Katharina Maier
Rache

Katharina Maier

Rache

ist eine Speise, die man kalt genießt

marixverlag

Bibliografische Information der Deutschen Nationalbibliothek
Die Deutsche Nationalbibliothek verzeichnet diese Publikation in der
Deutschen Nationalbibliografie;
detaillierte bibliografische Daten sind im Internet über

http://dnb.d-nb.de abrufbar.

Copyright© by marixverlag GmbH, Wiesbaden 2010
Covergestaltung: Nicole Ehlers, marixverlag GmbH
Bildnachweis: StockFood GmbH, München
Lektorat: Dr. Bruno Kern, Mainz
Satz und Bearbeitung: C&H Typo-Grafik, Miesbach
Der Titel wurde in der Palatino Linotype gesetzt.
Gesamtherstellung: Bercker Graphischer Betrieb GmbH & Co.KG,
Kevelaer
Printed in Germany

ISBN: 978-3-86539-242-8

www.marixverlag.de

Inhalt

Einleitung: Rache ist   7

I. Die Ursprünge der Rache – Der Mythos und die Bibel   16
   1. Götterrache   16
   2. Auge um Auge   24
   3. Von Frauen und Völkern – Rachegeschichten der Bibel . .   30

II. Die Archetexte der Rache – Die griechische Antike   39
   1. Heldenrache vor den Toren Trojas   39
   2. Zwischen Rache und Verbrechen – Orestes und Elektra .   51
   3. Die Rache ist weiblich – *Medea*   63

III. Die Zeit der Fehde – Das Mittelalter und die Heldenlieder .   69
   1. Die Fehdegesellschaft   69
   2. Ruhmreiches Rächen – *Beowulf* und die gelebte Fehde . . .   74
   3. Rache vor Gott und dem König – Das *chanson de geste* . . .   81
   4. Die Rache der Kriegerin – Das *Nibelungenlied*   90

Exkurs: Rache und Christentum   100

IV. Ehrenstücke und Rachetragödien – Das Theater der Renais-
    sance und des Barock   109
   1. *Der Cid* – Eine Frage der Ehre   109
   2. Pervertierte Rache – Das spanische Ehrendrama und sein
      Erbe   116
   3. Es fließt das Blut in Strömen – Die englische Rachetra-
      gödie   124
   4. Rachetragödie extraordinaire – Thomas Kyds *Spanische
      Tragödie*   129

V. Shakespeare und die Rache – Am Rande der Neuzeit   135
   1. Rachetragödie à la Shakespeare – *Titus Andronicus*   135
   2. Die Hunde des Krieges – Rache und Politik   143
   3. Tod der Zukunft – Die Rache als Zerstörerin   148
   4. Die Frage des Bösen – Rache als Motiv der Schurken   152
   5. Hamlet – Der Zauderer als Rächer   157
   6. Von Schadenfreude und Schattenseiten – Komische
      Rache   162

VI. Der Zwist von Mensch und Welt – Rache zwischen Auf-
    klärung und Industriezeitalter   167
   1. „Rache klassisch" – Schiller, Goethe und der Idealismus. .   169

INHALT

2. „Rache modern" – Kleists *Michael Kohlhaas* als Rächer der Enterbten 178
3. „Rache romantisch" – *Der Graf von Monte Christo* 186
4. „Rache psychologisch" – Emily Brontës *Sturmhöhe* 195

VII. Rache in Übersee – Amerika als neuer kreativer Raum 204
1. Rache als *Conditio humana* – Kapitän Ahab und der weiße Wal 204
2. Die Rache wird erwachsen – William Faulkner 211
3. Das Gesetz des Colts – Der Rachewestern 219

Exkurs: Holocaust – Die Rache und das Unfassliche 227

VIII. Rache postmodern – Alte und neue Geschichten um Vergeltung 234
1. Die alte Dame Rache 236
2. Die Rückkehr der Medea – *Die Teufelin* 245
3. Schreibend vergelten – Rache, Zeit und Erinnerung im *Geisterhaus* 256
4. Alles nur ein Spiel – Die Ästhetik der Rache und *Kill Bill* 267

IX. Die Rache lebt 273

Epilog: Rache heute 284

Literatur 287

Einleitung: Rache ist ...

... kalt, heiß, süß, bitter, dunkel, tödlich, schaurig und
genussvoll!

Jeder kennt den alltäglichen Drang, jemandem etwas heimzuzahlen. Das ist ganz normal. Wir gestehen es allerdings nicht
immer gern ein, denn edel ist es ja nicht gerade. Rachsüchtig zu
sein, zeugt nicht von Charakterstärke. – Oder etwa doch? Alles
kann man sich ja schließlich nicht gefallen lassen. Wer sich nie
für irgendetwas rächt, mit dem machen die anderen, was sie
wollen. Und schließlich ist Rache bekanntermaßen viel zu süß,
um sie nicht hin und wieder zu genießen. Verbotene Früchte
schmecken umso besser.

„Rache ist ein Gericht, das am besten kalt serviert wird",
weiß uns Mario Puzos Pate zu berichten. Das Universum von
Star Trek hat sich diese Weisheit angeeignet und zu einem alten klingonischen Sprichwort erklärt. Die Klingonen sind eine
Kriegerkultur. Ihnen geht nichts über die Ehre, und deswegen
wissen sie auch über Rache alles, was man darüber nur wissen
kann. Wir tun also gut daran, auf die Klingonen zu hören.

Nun ist es allerdings sehr aufreibend, selbst Rache zu nehmen. Es kostet Zeit, Energie, nicht selten Geld, die eigene
Freiheit und vielleicht sogar das Leben – je nachdem, wie blutig
die Vergeltung ist, die wir zu üben gedenken. Außerdem sind
recht viele Formen der Rache heutzutage illegal. Da ist es vielleicht besser, wir geben uns einer Ersatzbefriedigung hin. Zum
Glück hat die Literatur seit Jahrtausenden mit jeder Menge
aufregender, schauriger, schöner, spannender, rührender und
scharfsinniger Rachegeschichten aufzuwarten, die wir in den
Seiten dieses Buches eisgekühlt genießen können – und das
ohne jede Gefahr für Leib und Leben (höchstwahrscheinlich).

Wie Krieg und Liebe gehört Rache zu den großen Themen,
die die Menschen und die Schriftsteller schon immer umtreiben.
Auch die „reale" Geschichte, jenseits von Bühnenbrettern und
Buchseiten, hat die Suche nach Vergeltung und Gerechtigkeit
entscheidend geprägt. Auf den folgenden Seiten können wir
alles über die großen Rachegeschichten von ihren Ursprüngen
bis zur Gegenwart lesen und darüber, was sie uns alles über

dieses blutige, aufregende, wilde Phänomen zu sagen haben. *Rache ist eine Speise, die man kalt genießt* gibt auch einen Einblick in die kulturhistorische Entwicklung der Rache, die äußerst eng mit der Evolution von Recht und Gerechtigkeit verknüpft ist.

Zuvor jedoch wollen wir einen genaueren Blick auf dieses menschliche, allzu menschliche Phänomen Rache an und für sich werfen.

„Rachefantasien spielen eine große Rolle im Leben vieler ansonsten netter, großzügiger, ruhiger und fürsorglicher Individuen", meint die amerikanische Literaturprofessorin Regina Barreca augenzwinkernd[1], und untertreibt mit diesen Worten maßlos. Rache treibt uns alle an – als Rachedurst, Rachegelüste, Rachgier, Rachsucht oder Racheschwur. All diese Begriffe, die wir mit Rache verbinden, verraten uns, wie wild und unbeherrschbar sie ist. Sie weckt mächtige Gefühle und stürzt Menschen in emotionale Extremsituationen. Warum eigentlich?

„Das Verlangen, Rache für tatsächliche oder eingebildete Verletzungen zu üben, liegt uns Menschen höchstwahrscheinlich in den Genen", schreibt der US-Bundesrichter Richard A. Posner. „Das beweist die Gefühlsstärke und die Universalität der Rachsucht."[2]

Rache ist ein universelles Phänomen. Sie ist auch ein uraltes Phänomen. Schon die frühesten Texte der Menschheit erzählen uns Rachegeschichten – von den ägyptischen, babylonischen und griechischen Mythen über das Gilgamesch-Epos bis hin zur Bibel. Die Geschichte der westlichen Kultur ist ein wahres Buch der Rache. Evolutionstechnisch macht das durchaus Sinn, meint Richter Posner. Jemand wird mir weniger schnell mit der Keule eins auf den Kopf geben, wenn er befürchten muss, dass ich zurückschlage. Prähistorische Menschen, die mit dem Instinkt ausgestattet waren, das tatsächlich auch zu tun – zurückzuschlagen nämlich, oder gar Ärgeres –, hatten dementsprechend eine größere Überlebenschance. Sie wussten mögliche Angreifer von vornherein abzuschrecken. Und siehe: Es kam zur Evolution der Vergeltungssucht.

---

[1] Regina Barreca: *Süß ist die Rache. Von der Lust abzurechnen.* München: dtv 1998. S. 12.

[2] Richard A. Posner: *Law & Literature. Third Edition.* Cambridge, Mass.: Havard UP 2009. S. 77 (meine Übersetzung)

Rache dient anthropologisch gesehen also zuallererst einmal der Abschreckung. Am effektivsten ist sie, wenn sie gar nicht erst ausgeführt werden muss. Ich habe mein Evolutionsziel erreicht, wenn niemand mir und meiner Familie etwas tut, eben weil alle der Überzeugung sind, dass ich für einen Schaden unerbittlich Vergeltung üben werde. So betrachtet gehört Rache eindeutig in den Bereich des „Gesetzes des Stärkeren" – ein uraltes, unerbittliches Gesetz, das aber auch heutzutage nur allzu oft seine Wirkung zeigt.

Ist Rache also schlicht ein primitives Erbe aus der Urzeit, das sich unser immer wieder bemächtigt, ohne dass wir so recht etwas dagegen tun können? Nun, ganz so einfach sind die Dinge nicht.

Rache entsteht immer aus einer Unrechtssituation heraus. Ansonsten wäre die Handlung nichts als bloße Aggression. Damit ein Akt als „Vergeltung" bezeichnet werden kann, muss dem Agierenden zuerst ein Schaden zugefügt worden sein. Der Rächer ist also zunächst eigentlich nur Reagierender. Ob die Tat, auf die er reagiert, objektiv gesehen tatsächlich als Unrecht bezeichnet werden kann, ist dabei erst einmal irrelevant. Solange ich subjektiv der Meinung bin, dass mir jemand etwas getan hat, ohne dass ich es verdient hätte, handle ich aus Rachegefühlen heraus. Wenn ich zum Rächer werde, hat mich zuerst jemand zum Opfer gemacht.

„Das Wiederverletzenwollen ist ein natürlicher Nachfolger des Wiedergutgemachtsehenwollens", schreibt Johannes Dornseiff in seiner Studie über „Recht und Rache"[3]. Vergeltung ist also etwas anderes als Wiedergutmachung, wenn die beiden auch eng verwandt sind. Der Unterschied besteht darin, dass dem Rächer, im Gegensatz zum bloß Geschädigten, etwas genommen wurde, das sich nicht einfach materiell ersetzen lässt: durch eine Beleidigung, eine Verwundung, Ehebruch, Liebesverlust, Ehrkränkung oder durch den Tod (eines geliebten Menschen oder den eigenen). Ein Verlust, der Rache hervorruft, ist immer durch ein emotionales „Mehr" gekennzeichnet.

Aus dieser „Ursituation" der Rache ergeben sich mehrere Dinge für das Phänomen an sich:

---

[3] Johannes Dornseiff: *Recht und Rache. Der Rechtsanspruch auf Wiederverletzung.* Berlin: Freiling 2003. S. 96.

a) Rache ist immer zutiefst persönlich.

Im Gegensatz zur gerichtlichen Strafe wird Rache nicht durch irgendwelche Vergehen gegen das Gemeinwohl auf den Plan gerufen. Das Unrecht, das Rache auslöst, ist extrem persönlicher Natur: Jemand hat mit meinem Ehepartner geschlafen; mein Ehepartner hat mit jemand anderem geschlafen; ich wurde zutiefst beleidigt; meine große Liebe hat mich abgewiesen; den Menschen, die ich liebe, wurde Leid angetan; jemand hat meinen Partner, meine Eltern, meine Kinder getötet. Deswegen ist Rache so ungeheuer emotional und leidenschaftlich. Es geht um ein Unrecht an mir und den Meinen. Es ist persönlich.

Der Drang, Vergeltung zu üben, entsteht aus einer Verletzung unserer Persönlichkeit durch andere.[4] Das kann Angst, Schmerz, Wut, Unsicherheit, Hilflosigkeit, Zorn auslösen. Alle diese starken Gefühle können in Rache münden. Grundsätzlich steht Vergeltung daher eng mit unserem persönlichen Selbstverständnis in Zusammenhang. Es stellt sich die Frage, was ich tue, wenn mir jemand etwas getan hat. Kann ich mir und anderen noch in die Augen sehen, wenn ich einfach nichts tue, immer nur Opfer bleibe?

Vergeltung bedeutet auch immer, das eigene Selbstwertgefühl wiederherzustellen. Deshalb gehen Rache und Ehre stets Hand in Hand. Gesellschaften und Geschichten, die von einem strengen Ehrenkodex geprägt sind, folgen immer einem Ethos der Rache. Die Verletzung der eigenen oder der Familienehre erweist sich Jahrtausende lang als extrem starke Motivation, um Vergeltung zu üben. Richter Posner sagt dazu: „Schande und Schmach, die Reaktion auf erfahrene Unehre, sind eine große Hilfe, um die Angst zu überwinden. Es ist dann viel wahrscheinlicher, dass ein Opfer zurückschlägt."[5]

Rache, so scheint es, ist zuallererst selbstsüchtig.

Ganz und gar nicht, meint Richter Posner. Gerade Gesellschaften, in denen ein starker Rache- und Ehrenkodex herrscht, zeichnen sich auch durch extrem enge Familienbindungen und dezidierte Gruppenloyalität aus. Denn nicht immer werde ich zum Rächer meiner selbst. Das Unrecht, das an „den Meinen", vor allem an Familienmitgliedern, geschehen ist, zu vergelten, ist sehr oft eine viel stärkere Motivation zur Rache als eigener

---

[4] Matthias Mala: *Rache ist Blutwurst. Der ultimative Leitfaden für den rachedurstigen Zeitgenossen.* Landsberg am Lech: mvg-verlag 1997. S. 11.
[5] Posner, aaO., S. 77 ff.

Schaden. Vergeltung geht nicht nur mit Ehre einher, sondern auch mit Loyalität, Treue und Liebe.

Deswegen, so Posner, ist Rache auch so gefährlich für den Gesamtzusammenhalt der Gesellschaft. Persönliche Vergeltung ist ein äußerst destabilisierendes, wenn nicht gar anarchisches Element. Sucht ein Mensch Rache für sich selbst, dann verstößt er nicht selten gegen die Regeln der Gemeinschaft, um sie zu erlangen. Er löst sich sozusagen aus dem Verbund der Menschen heraus und wird zum „Vogelfreien", zum Gesetzlosen, der nur sich selbst und seiner Rache verpflichtet ist. So etwas ist immer eine Gefahr für die etablierte Gesellschaftsordnung. Dasselbe gilt für die engen Loyalitätsbande, die die Rache zwischen den Mitgliedern einer kleinen Gruppe schmieden kann – Bande, die viel stärker sind als alles, was die Gesellschaft zu bieten hat.

Seit Jahrtausenden setzen sich die Rachegeschichten der westlichen Literatur mit diesem anarchischen Potenzial der Vergeltung auseinander. Rache ist subversiv. Das ist nicht immer schlecht und kann große Kreativität freisetzen. Aber gefährlich ist es allemal.

b) Rache ist von unserem Gerechtigkeitsgefühl nicht zu trennen.

Dornseiff nennt den „gerechten Zorn", der hinter dem Wunsch steht, jemanden, der mir etwas angetan hat, wiederzuverletzen, „die Quelle allen Rechtsgefühls"[6]. Wenn das Bewusstsein fehlt, dass ein Unrecht geschehen ist, das nicht mit der alleinigen Rückgabe einer Sache wiedergutgemacht werden kann, ist es fast unmöglich, einen Begriff von Gesetz und Strafe zu entwickeln.

Ein Blick auf die kulturgeschichtliche Evolution des Abendlandes zeigt uns, dass die Entwicklung der Gerichtsbarkeit über die Jahrtausende eng mit dem Phänomen Rache zusammenhängt. Die meisten „primitiven", archaischen Gesellschaften, die wir kennen, sind Rachegesellschaften. Die allererste Form, Unrecht zu bestrafen, war die Form der Vergeltung – lange, bevor sich gesellschaftliche Kontrollinstitutionen entwickelten, die Urteile fällten und „legale Strafen" verhängen konnten. Rache war Recht.

Besonders im Fall von Mord und Totschlag war das Gesetz der Blutrache das einzige Kontrollmittel. Verwandte hatten das Recht, aber auch die Pflicht, den Tod eines Familienangehörigen

---

[6] Donseiff, aaO., S. 98.

zu rächen. Das Töten eines anderen Menschen ist, wie uns die Bibel durch die Geschichte über den Brudermord Kains an Abel zeigt, das „Urverbrechen". Wie nichts sonst ruft vergossenes Blut die Rache auf den Plan.

Das Recht entwickelte sich im Laufe der Kulturgeschichte aus dem Urphänomen Rache. Denn persönliche Vergeltung war zwar die erste Art der Strafe, aber sie ist auch essenziell unbeherrschbar und kann leicht eskalieren. Rache liegt also unserem Gerechtigkeitsverständnis zugrunde; gleichzeitig ist es die Aufgabe jedes Rechtssystems, persönliche Vergeltung einzudämmen. In gewisser Weise kann man sagen, dass die Gesellschaft und ihr juristisches System die Pflicht hat, dem Einzelnen die Verantwortung der Rache abzunehmen.

Schon das biblische Gebot von „Auge um Auge, Zahn um Zahn", das so gern als Gesetz der Blutrache zitiert wird, bedeutete eigentlich eine Eindämmung des Racheimpulses. Es besagt nämlich, dass Gleiches immer nur mit Gleichem vergolten werden darf – nicht mit mehr. Außerdem wird in der Bibel das Recht zur ultimativen Rache der höchsten Autorität in die Hände gegeben – der Gottes nämlich, der spricht: „Mein ist die Rache."

Dennoch kennen so archaische Gesellschaften wie die des Alten Testaments noch keinen wirklichen Unterschied zwischen Rache und Strafe. Beides ist so gut wie identisch. Das hebräische Wort „nkm", das die alttestamentliche Rache meint, bedeutet auch „Strafe" und „Gericht". Ähnlich, so erklärt Matthias Mala, verhält es sich mit den Ursprüngen des deutschen Wortes: „Das althochdeutsche Wort für Rache, ‚râhha', fußt auf dem gotischen Wort ‚vraka', das seine Wurzel im altindischen ‚vrg' hat. Dahinter verbirgt sich ein alter germanischer Rechtsbegriff. Missetäter, die den Landfrieden brachen, wurden danach ihres Landrechts verlustig und – vergleichbar mit dem biblischen Kain – aus der Gemeinschaft vertrieben. Schlimmstenfalls wurden sie für vogelfrei erklärt."[7]

Einen Übeltäter aus der Gemeinschaft auszustoßen war in solchen ursprünglichen Gesellschaften eine Art kollektiver Rache.

Auf solchen Rachegedanken gründet auch heute noch unser Rechtsdenken. Die Kulturgeschichte der Rache ist geprägt vom steten Kampf zwischen persönlicher Vergeltung und öffentlicher Gerichtsbarkeit. In der Antike und im Mittelalter waren

---

[7] Mala, aaO., S. 14.

die Grenzen zwischen diesen beiden Konkurrenzsystemen noch lange nicht in Stein gemeißelt. Erst mit der Renaissance und später der Aufklärung begann sich die öffentliche Justiz immer stärker durchzusetzen. Persönliche Rache wurde als Selbstjustiz verfemt. Für uns heute stehen Recht und Rache auf zwei unterschiedlichen Seiten einer scharf gezogenen Grenze. Eigentlich.

Das, was wir als „Recht" bezeichnen, ist alles andere als homogen. Da gibt es natürlich das allgemeine Gesetz, an das wir uns alle halten müssen, weil der Staat es so bestimmt. Aber das entspricht noch lange nicht immer unserem Gerechtigkeitsempfinden. Letzteres ist eher auf einer Art „natürlichem Recht" gegründet, das sich in Jahrtausenden der kulturellen Entwicklung gebildet hat und in der Regel von jedem „gefühlt" wird.

Dabei handelt es sich um eine Art Alltagsmoral und allgemeinmenschliches Gerechtigkeitsempfinden, das uns befähigt, etwas als „schlecht" oder „gut" einschätzen zu können, ohne Jura studiert zu haben. Dieses „natürliche Recht" lässt sich nicht mehr so einfach von Rache trennen wie heutzutage das Gesetz. Im Gegenteil: Mit dem „natürlichen Recht" als Maßstab bewehrt, schätzen wir offizielle Gesetze und Gerichtsbeschlüsse nicht selten als ungerecht ein. Wenn nun dem Opfer eines Verbrechens Gerechtigkeit verwehrt bleibt, weil die Justiz zu kurz greift, ein Fehlurteil fällt etc., und das Individuum daraufhin persönliche Rache übt, sagt unser „natürliches Rechtsempfinden" uns oft, dass diese Vergeltung gerechtfertigt war. Auch heute noch.

Recht und Rache bedingen einander. Gleichzeitig stehen sie in ständigem Konflikt. Die Geschichte der Rachegeschichten spiegelt dieses spannende Verhältnis auf vielfältige Art und Weise.

c) Das Unrecht, das der Rache vorangeht, ist immer ein fundamentales.

Ein „Unrecht" ist grundsätzlich ein Schaden, der einem Menschen zugefügt wird, ohne dass er es verdient hat. Eine solche Tat zerstört einen bestehenden „Normalzustand" der Ordnung und des Friedens. Diese Störung verstärkt die eigentliche Schuld des Täters. Er hat nicht nur seinem Opfer etwas Wertvolles weggenommen (seine Ehre, seine Unversehrtheit, einen geliebten Menschen), sondern es auch aus einem Zustand der Zufriedenheit herausgerissen.

Der neue Zustand der Unordnung ist schmerzvoll. Der Geschädigte bleibt entweder leidendes Opfer oder wird zum Rächer, um die gestörte Ordnung wiederherzustellen. „Das Verlangen nach Rache ist ein Verlangen nach dem Äquilibrium", schrieb die französische Philosophin Simone Weil einmal. Das bedeutet, dass die Rache an sich mehr ist als ein „kindisches" Vergeltungsdenken à la „Was du mir tust, tu' ich dir auch". Letzteres würde auch kaum die ungestüme Leidenschaft erklären, die Rache begleitet – ob sie nun in der Hitze des Moments geübt wird oder kalt und kalkuliert. Rache ist eine so starke Motivation, weil sie von ursprünglichsten Emotionen des Schmerzes und des Verlangens nach Sicherheit gespeist wird.

Jede ungerechtfertigte Gewalttat zerreißt in gewisser Weise das Gefüge der Welt, schlägt ihr eine metaphysische Wunde. Diese fundamentale Störung des Seins bildet den Kern aller Rachegeschichten, die wir in den Seiten dieses Buches kennenlernen können. Sie ist auch die philosophische Grundlage der Rache – das, was den Rächer über die bloße Emotion hinaus antreibt.

Wer Vergeltung sucht, strebt danach, durch Bestrafung des Täters die Wunde im Gefüge der Welt zu schließen. Auf einer tief liegenden, fast metaphysischen Ebene motiviert ihn die Hoffnung, dass die Wiederverletzung des Täters den verlorenen Frieden wiederherstellen kann. Doch wie Dornseiff betont, ist diese Hoffnung letzten Endes eine vergebliche, denn die Rachesituation „ist für den Angegriffenen, den Verletzten [...] keine Rückkehr zum Ur- und Natur- und Normalzustand, sondern ein ihm aufgezwungener Zustand"[8].

Es gehört zu der Natur der Rache, dass sie aus dem Opfer einen Täter macht, dessen Opfer der ursprüngliche Täter ist. „Der Rächer wird genauso ‚schuldig' wie der erste Täter", beschreibt Richter Posner[9] diese Grundsituation des Vergeltens. Dadurch wird Rache zu einem höchst zwiespältigen Phänomen, das uns als „neutrale Beobachter" in eine schwere Lage bringt: Dem Rächer ist ein Unrecht geschehen, aber er begeht selbst wieder Unrecht. In dem Drang, die Wunde der Welt zu heilen, schlägt er ihr weitere. Wie sollen wir das beurteilen? Rache führt dazu, dass unsere unverrückbaren Vorstellungen von „gut" und „schlecht" gewaltig ins Wanken geraten.

---

[8] Dornseiff, aaO., S. 74.
[9] Posner, aaO., S. 81.

d) Die Rachesituation ist grundsätzlich nicht aufzulösen.

Rache ist irrational. Sie entspringt dem Gerechtigkeitsdenken und dem Prinzip der Wiedergutmachung, doch die Verbrechen, die Vergeltungsdurst auslösen, können nicht wiedergutgemacht werden. Wenn mich jemand verwundet und ich verwunde ihn zurück, heilt meine Verletzung deswegen doch nicht schneller. Den Mörder eines geliebten Menschen zu töten, bringt mir den Toten nicht wieder. Rache versucht, Unrecht durch neues Unrecht wiedergutzumachen, weil die Unrechtssituation an sich untragbar ist. Diese Konstellation ist eine essenziell tragische.

Über Jahrtausende hinweg hat sich die Literatur des Abendlandes mit diesem widerspenstigen Phänomen auseinandergesetzt. Rache ist eines der großen Themen der Geschichten, die sich die Menschen seit Anbeginn der Zeit erzählen. Rachetexte entwerfen Szenarien, wie mit diesem ambivalenten, fast paradoxen Phänomen umgegangen werden könnte. Sie untersuchen die Rachesituation und veranstalten Versuche, sie im literarischen Raum doch irgendwie zu lösen.

Durch die Ambivalenz des Phänomens Rache entsteht ein Spannungsfeld, in dem sich die Literaten der Jahrhunderte nach Herzenslust austoben. Vergeltung und all ihre Mechanismen wurden und werden von allen Seiten beleuchtet. Jede Epoche findet neue Aspekte, neue Fragen, neue Problemstellungen, neue Lösungen. Und außerdem entstehen aus einer solchen Spannung heraus ungeheuer kreative, aufregende Geschichten, die Lust machen und Grauen erregen, uns trauern lassen, uns Angst einjagen und Mitleid in uns aufsteigen lassen. Die Rache ist ein weites Feld, und die Literatur wusste schon immer, reiche Ernte davon einzufahren. An uns ist es, diese Speise zu genießen.

I. Die Ursprünge der Rache – Der Mythos und die Bibel

1. Götterrache

Auf Rache gründete die Ordnung der Welt.
(Peter A. French, *The Virtues of Vengeance*)

Rache ist der Stoff, aus dem die Welt gemacht ist. Diesen Eindruck erwecken zumindest so manche archaische Schöpfungsmythen, in denen die Götter munter aneinander Vergeltung üben und fast nebenbei die Welt erschaffen. Werfen wir etwa einen Blick auf die griechische Mythologie rund um die Entstehung des Kosmos, so werden wir Zeuge eines ununterbrochenen Schöpferkampfes, der erst sein Ende findet, als Zeus' Herrschaft auf dem Olymp gefestigt ist. Der Weg vom Urzustand des Chaos hin zu einer geordneten Welt führt über eine Reihe göttlicher Racheakte.

Wie in der biblischen Genesis, beginnt auch in der griechischen Mythologie alles mit „Tohuwabohu" – das, was uns gemeinhin unter dem Satz: „Am Anfang war die Erde wüst und leer" bekannt ist. Im Grunde ist damit ein Zustand größter Unordnung gemeint, ein verschlingender Abgrund ohne Anfang und Ende, in dem zugleich Nichts und Alles ist. Vor allem fehlt im „Tohuwabohu" der göttliche Geist – das, was Leben und Ordnung schafft. In der griechischen Mythologie heißt dieser Zustand des Alles und Nichts „Chaos".

In der Bibel ist es Gottes Geist, der über den Wassern schwebt und Ordnung in das Chaos bringt – ein Prozess, der erst am berühmten siebten Tag wirklich abgeschlossen ist. Die griechischen Mythen sind sich dagegen ein wenig uneins, was geschah, um den ersten Funken an Welt aus dem Chaos zu gebären. War es der Tanz einer namenlosen Göttin auf den Urwassern, der den Wind hervorbrachte und, sich selbst befruchtend, das Weltenei gebar? Erhoben sich Licht und Finsternis, Nacht und Tag als Erstgeborene des Kosmos aus dem Chaos? Oder war zuerst Gaia, die Erdmutter?

Gaia jedenfalls ist die erste wahre Göttin, die die griechische Mythologie kennt. Aus sich heraus erschafft Mutter Erde das Meer, die Unterwelt, und den Himmel, Uranos. Letzteren erwählt sich Gaia zum Gemahl, und von ihm befruchtet gebiert sie den Großteil der Schöpfung und das erste Göttergeschlecht. Doch der zum Herrscher erhobene erste Göttervater wacht eifersüchtig über seine Macht. Bald sieht Uranos in Gaias gewaltigen Söhnen, den Titanen, nur noch eine Bedrohung seiner Herrschaft und verbannt sie tief in den Schoß der Erde. Gaia – im Fortschreiten des Mythos klammheimlich von der lebenspendenden, sich selbst und die Welt erschaffenden Schöpfungsgottheit zur beschlafenen und gebärenden Göttergattin degradiert – zieht alle Register, die ihr als weiblicher Gottheit in einem patriarchalisch strukturierten Mythos zur Verfügung stehen: Sie klagt und bittet Uranos als betrübte Mutter um Gnade für ihre verbannten Söhne und versucht, ihn im göttlichen Schlafgemach zu bezirzen – vergebens. Und mit dieser seiner hartherzigen Weigerung weckt Uranos zum ersten Mal in der Geschichte der jungen Welt ein äußerst gefährliches Wesen: die Rache.

Der erste Racheakt in der griechischen Mythologie entspringt dem Zorn einer Mutter, *der* Mutter: Gaia. Die enge Verbindung zwischen Vergeltung und dem Weiblichen wird die Rachegeschichten über die Jahrtausende durchziehen – mal ganz offen, mal verdeckt. Mehr noch als Männer, die Genugtuung suchen, wird die Gestalt der sich rächenden Frau für die wilden, grausamen und unbeherrschbaren Aspekte des Phänomens Rache stehen. Es ist fast, als würde sich hier ein tief liegendes Wissen oder auch eine tief liegende Angst immer wieder Bahn brechen: Rächer mögen in Laufe der Geschichte oft genug männlich sein. Aber die Rache ist weiblich.

Gaia hat im patriarchalisch geprägten Schöpfungsmythos der antiken Griechen zwar unterwegs ihren Status als erste, höchste und mächtigste Gottheit verloren, aber sie ist immer noch die Allmutter Erde – stark, machtvoll, dunkel und manchmal grausam. Voller Zorn über das Schicksal ihrer Kinder und über Uranos' Unnachgiebigkeit überreicht sie ihrem jüngsten Sohn Kronos eine eherne Sichel. Der Titan wird zum Werkzeug von Gaias Rache; er stellt seinen Vater zum Kampf und besiegt ihn. Mit der Sichel, die Gaia ihm übergeben hat, entmannt Kronos Uranos. Aus den Blutstropfen, die von der fürchterlichen Wunde des Himmels auf den fruchtbaren Erdboden spritzen,

werden die drei Erinnyen geboren. Diese Blutstöchter sind die
schauderhaften griechischen Rachegöttinnen. Heutzutage sind
die drei eher unter ihrem lateinischen Namen bekannt: die
Furien.

Im griechischen Schöpfungsmythos gebiert die Rachetat die
Rache selbst, und sie ist eine Tochter der Erde. Sehr unmissverständlich betont die griechische Mythologie die archaischen, elementaren Wurzeln des Phänomens Vergeltung. Nicht
nur ist Mutter Erde das erste Wesen, das Rache übt; als Folge
ihrer Tat entsteigen ihrem von Blut benetzten Schoß auch die
ursprünglichsten Rachegöttinnen der griechischen Mythologie.
Die Einzigen sind sie allerdings nicht. Die heute wohl noch bekannteste Figur, die in den antiken Mythen Vergeltung verkörpert, ist die Göttin Nemesis. Ihr Name ist sogar als Synonym
für Rache in den Sprachgebrauch eingegangen, auch wenn sie
eigentlich eher als Göttin des „gerechten Zorns" anzusehen ist.
Die Ursprünge der Nemesis sind nicht weniger archaisch als
die der Erinnyen; sie ist die Tochter von Nyx, der Nacht, die
– wie Gaia – zu den ersten Wesenheiten gehört, die aus dem
Chaos hervorgegangen sind. Nemesis ist allerdings eine weniger blutige Gestalt als ihre schauerlichen Basen. Ihr Name
bedeutet ursprünglich schlicht „Austeilung"; als Inkarnation
des gerechten Zorns sorgt sie dafür, dass jede Übeltat gerecht
bestraft wird, ganz besonders Vergehen der Menschen gegen
die Götter und offener Rechtsbruch. Die Rache, für die Nemesis
steht, geht also Hand in Hand mit göttlicher Strafe und menschlicher Gerechtigkeit. Sie ist das Fundament eines funktionierenden Gesellschaftssystems. Nemesis bedeutet in der alten Welt
eine sozial akzeptierte, ja notwendige Art von Rache, wie sie
uns über die Jahrtausende noch oft begegnen wird – eine Rache,
die sich in das Kleid der Vernunft hüllt und noch immer unser
Verständnis von Gerechtigkeit mitbestimmt.
Gaias Töchter, die Erinnyen oder Furien, verkörpern eine andere, wildere Form von Rache. Innerhalb der Geschichte des
Mythos mögen sie derselben Göttergeneration angehören wie
die hehre Nemesis; doch ihre Eigenschaften verweisen auf einen
viel älteren Ursprung. Figuren wie die anfängliche Allschöpferin
Gaia, die in wenigen Sätzen zur Gattin und „Gebärmaschine"
gemacht wird, verweisen auf eine Tiefenschicht des überlieferten altgriechischen Schöpfungsmythos. Dort finden wir Spuren
einer noch älteren Geschichte, die vermutlich einer matriarcha-

lischen Gesellschaft und Religion entsprang und die von der inzwischen dominanten patriarchalischen Kultur „überschrieben" wurde. Der altgriechische Schöpfungsmythos spiegelt diesen kulturgeschichtlichen Prozess, wenn er davon erzählt, wie Gaias Macht an Uranos übergeht, der dann von seinem Sohn Kronos gestürzt wird, den wiederum sein männlicher Spross Zeus vom Thron stößt. Zeus, der eigentliche Göttervater und „Über-Patriarch" der griechischen Mythologie, kann sich seiner Herrschaft wiederum erst sicher sein, nachdem er und seine olympischen Götter den endgültigen Sieg über die rächende Mutter Gaia und ihre Kinder, die Giganten, davongetragen haben. Mit Zeus' Triumph über die Erdmutter ist die Etablierung einer männlich dominierten Hierarchie vollendet – aus dem Chaos ist endgültig Ordnung geworden, und zwar eine patriarchalische Ordnung.

Doch zurück zu Gaia. In ihr und anderen Göttinnen manifestieren sich im patriarchalisch geprägten Mythos Echos einer matriarchalischen Religion. In deren Mittelpunkt stand vermutlich eine große Muttergöttin, die alle Aspekte des Lebens und des Todes in sich vereinte und in vielerlei Gestalt auftreten konnte. Auch die aus Blut geborenen Erinnyen sind ein später Schatten dieser leben- und todspendenden Göttin. Nicht zuletzt die Dreizahl der Furien, die in Göttinnenmythen eine häufige Rolle spielt, verweist darauf, genauso wie die Tatsache, dass die drei Göttinnen zu einer einzigen Gestalt verschmelzen können – zu Erinnys, der Rächenden. Erinnys wiederum ist ein Beiname von Demeter, die als nährende Getreidegöttin eine späte Manifestation von Mutter Erde unter den olympischen Gottheiten ist.[10] Die Schlange beißt sich selbst in den Schwanz, die Argumentation findet ihren Kreisschluss: Erinnys, die Rache, ist ein fundamental wichtiger Aspekt der großen Muttergottheit. In ihrer Gestalt zeigt das Leben sein grausames, wildes, aber auch gerechtes Gesicht. Denn Erinnys ersteht immer nur aus einem Unrecht, so wie auch die Furien aus der ersten Gewalttat der Schöpfungsgeschichte geboren wurden.

Ihren vorzeitlichen Ursprüngen entsprechend, scheren sich die Erinnyen in der griechischen Mythologie wenig um die Feinheiten menschlichen oder selbst göttlichen Rechts. Sie sind die hässlicheren, unbarmherzigeren und blutigeren Basen der

---

[10] Demeter wurde zur rächenden Erinnys, als ihr Bruder Poseidon sich ihr gegen ihren Willen aufdrängte.

vernunftgelenkten Nemesis. Ihrer ist die Rache all jener Taten, die das Zusammenleben archaischer menschlicher Gemeinschaften (vor-städtisch und vor-patriarchalisch) aufs Fundamentalste stören: der Bruch ritueller Bräuche wie etwa des Gastrechts oder der Verehrung der Götter; die Vernachlässigung von Familienpflichten, wie etwa der Sorge um Alte und Kranke; und vor allem das schlimmste aller Vergehen, nämlich das Vergießen des eigenen Blutes.

Archaische Gesellschaften funktionieren zu einem Großteil über Familien- und Sippenbande. Eine Untat, die von außen kommt, von einem Fremden an der Sippe verübt wird, kann „leicht" gestraft oder gerächt werden, indem der Fremde gezwungen wird, mit Leben oder einem Blutpreis für den Schaden zu bezahlen. Vergeht sich jedoch ein Mitglied einer Sippe an einem anderen, ja, nimmt ihm sogar das Leben, gerät die Familie in eine untragbare Situation: Um den Tod des einen zu rächen, müsste ein weiteres Mitglied der Familie den Übeltäter ums Leben bringen – und damit selbst einen Sippenmord begehen. Der Mord an einem Verwandten ist daher nicht ohne Grund in vielen Mythen das Urverbrechen; die Kastration des Uranos durch seinen Sohn kann als ein Quasi-Mord betrachtet werden, während die Bibel sich in diesem Fall weitaus weniger bildhaft ausdrückt und Kain den ersten Mord an seinem Bruder Abel begehen lässt.

Solche Urverbrechen strafen die Erinnyen, und sie strafen sie gnadenlos. Entweder zerreißen sie den Übeltäter in kleine Stücke oder sie treiben ihn als Inkarnationen des eigenen schlechten Gewissens in den Wahnsinn. Sie, die in der Regel als alte, hässliche, entstellte Frauen oder gar als tierhafte Dämoninnen dargestellt werden, sind unbeherrschbar und stehen für eine rasende, unaufhaltsame Art von Vergeltung, die mehr als menschlich ist. Nicht zuletzt manifestiert sich in ihnen auch die uralte Vorstellung, dass sich eine einmal begangene Bluttat früher oder später zwangsläufig rächt. Den Erinnyen entkommt niemand.

Genauso wie die Idee von „Nemesis" finden wir auch Echos der Furien in unzähligen Rachegeschichten späterer Jahrhunderte. Und wo Nemesis heutzutage im alltäglichen Sprachgebrauch für gerechten Zorn und schicksalhafte Strafe steht, bezeichnet das Wort „Furie" eine wilde, weibliche Wut, die nicht zu bändigen ist.

Die Schöpfungsgeschichte der antiken Griechen erzählt uns also auch von der Entstehung der (Blut-)Rache. Vergeltung ist älter als der Mensch selbst. Diese Darstellung legt Zeugnis ab von der unglaublichen Macht dieses zutiefst menschlichen Dranges, den die Griechen auch ihren Göttern zugeschrieben haben. Wie wir gesehen haben, war es die Erdmutter Gaia, die als Erste dieses übermächtige Gefühl empfand. Doch auch der Rest der griechischen „Urgeschichte" ist von Rache und Gegenrache strukturiert. Der entmannte Uranos etwa rächt sich an seinem Sohn Kronos mit dem Fluch, oder auch der Prophezeiung, Kronos würde selbst eines Tages von seinem eigenen Sohn vom Götterthron gestürzt werden. Enkel Zeus erfüllt die Prophezeiung und führt mit seinen Olympiern einen erbitterten Krieg gegen Kronos und seine Titanen, um das Schicksal von Zeus' Geschwistern zu rächen, die Kronos gleich nach der Geburt eines nach dem anderen verschlang. Die Niederlage der Titanen wiederum ruft ein letztes Mal ihre rächende Mutter Gaia auf den Plan; erst die Niederschlagung dieses Vergeltungsversuchs bringt Frieden unter der Herrschaft des Zeus. Die alten Griechen wussten also: Die Ordnung des Kosmos ruht auf den Pfeilern der Rache.

Auch in vielen anderen Mythen aus dem mesopotamisch-mediterranen Raum, der in vieler Hinsicht die Wiege unserer Kultur ist, finden wir dieses Wissen um die fundamentale Bedeutung der Rache. Menschen wie Götter teilen dieses Gefühl, und Vergeltung zu üben erweist sich oft als einziger Weg, zu seinem Recht zu kommen. Die Rache von Kronos an Uranos und von Zeus an Kronos ist letzten Endes nur ein Faktor in einem großen Götterkampf um die Ordnung des Kosmos und die Herrschaft über die Welt. Doch die so menschlichen Götter der antiken Mythen sind durchaus äußerst persönlicher Rache fähig. Sei es aus Zorn, wie etwa der Demeters über das unerwünschte und recht gewaltsame Werben ihres Bruders Poseidon, oder aus Eifersucht, wie sie Zeus' Frau Hera so oft gegen die unzähligen göttlichen und menschlichen Geliebten ihres Göttergatten empfinden muss – die Olympier können ausgesprochen private Motive bewegen, wenn sie auf der Suche nach Genugtuung sind. Liebesangelegenheiten stehen da natürlich sehr weit oben auf der Liste.

Eine besonders rachsüchtige Gottheit ist in dieser Hinsicht die babylonische Ischtar oder sumerische Inanna. Sie ist eine Göttin der Liebe, der Lust und des Lebens, aber sie ist auch eine wilde, kriegerische, leidenschaftliche und unbarmherzige Frau. Der bekannteste Mythos der Ischtar/Inanna erzählt von ihrem Abstieg in die Unterwelt und ihrer Auseinandersetzung mit der Göttin Ereschkigal. In der sumerischen Version der Geschichte lässt die Unterweltsgöttin Inanna, deren Abwesenheit die Erde in eine leere Wüste (ohne Sex) verwandelt hat, nur unter der Bedingung zurückkehren, dass sie jemanden in die Unterwelt schickt, um ihren Platz einzunehmen. Doch jedem Wesen, dem Inanna auf ihrem Heimweg begegnet, ist sie freundschaftlich zugetan, und sie lässt alle ziehen. Als sie jedoch nach Hause kommt, findet sie „die Liebe ihrer Jugend", ihren Ehemann Dumuzi oder Tammuz, vergnügt auf seinem Thron sitzen. Er betrauert die Abwesenheit seiner Geliebten, ihr Verharren in der Unterwelt, ganz offensichtlich nicht. Die Rache der zornentbrannten Inanna ist augenblicklich: Sie weist die Dämonen der Unterwelt an, den ungetreuen Dumuzi/Tammuz an ihrer Stelle mit in die Unterwelt zu nehmen. Nur das Opfer seiner Schwester Geschtinanna, die bereit ist, sein Schicksal zu teilen, sorgt dafür, dass der abgestrafte Liebhaber nur die Hälfte jedes Jahres in der Unterwelt verbringen muss.

Auch das mesopotamische Gilgamesch-Epos, einer der ältesten überlieferten literarischen Texte überhaupt, kennt die rachsüchtige Ischtar. Eine zentrale Episode der Geschichte beschäftigt sich mit ihrem Zorn. Eines Tages fällt der Göttin der unvergleichliche Held und König von Uruk, Gilgamesch, ins Auge. Und was und wen Ischtar will, das und den bekommt sie auch. Gilgamesch aber, der die Geschichten um Ischtars unglückselige Liebhaber kennt, einschließlich der „Liebe ihrer Jugend" Tammuz, hat die Stirn, die Göttin abzuweisen. Zornentbrannt eilt Ischtar zu ihrem Vater, dem obersten Gott Anu, und bittet ihn, als Rache für Gilgameschs Zurückweisung den Himmelsstier nach Uruk zu schicken. Schon damals scheint sich der Spruch zu bewahrheiten: „Die Hölle kennt keinen Zorn wie den einer verschmähten Frau." Und wenn sie eine Göttin ist, ist dieser Zorn nur umso verheerender.

Unzählige Krieger Uruks fallen dem Himmelsstier zum Opfer, und die Stadt wird fast verwüstet. Schließlich aber überwinden Gilgamesch und sein heldenhafter Freund und Blutsbruder Enkidu das göttliche Monstrum, nicht ohne Ischtar noch ein letztes Mal in übelster Weise zu beleidigen. In den Augen der Götter haben die Helden mit dieser Tat eine letzte Grenze überschritten – jene Grenze, die den Menschen von den

Göttern trennt und die nie durchbrochen werden darf. Sie strafen die Selbstüberhöhung der beiden lebenstrotzenden Helden mit Enkidus Tod, der Gilgamesch zu einer langen und vergeblichen Reise nach der Unsterblichkeit aufbrechen lässt. Die beleidigte Ischtar erhält ihre Rache schließlich doch.

Den Göttern kommt man am besten nicht in die Quere. Das erzählen uns fast alle antike Mythen, auch wenn es sich die Menschen nie nehmen lassen, sich mit den Göttern zu messen, ganz besonders im Falle von halbgöttlichen Heroen wie etwa Zeus' mächtigsten Sohn Herkules (auch der sich selbst überhebende Gilgamesch ist zu einem Drittel göttlichen Bluts). Doch wenn Menschen versuchen, sich den Göttern gleichzusetzen, geht das niemals gut. Die griechische Mythologie ist voll von solchen Geschichten, in denen der Hochmut solcher Menschen gestraft wird. So wird etwa Arachne, die vollendete Weberin, die in ihrer Arroganz die Göttin Athene zu einem Wettstreit herausfordert, zur Strafe in eine Spinne verwandelt. Niobe, Mitglied der verfluchten Familie der Tantaliden, von der wir noch so einiges hören werden, litt an übermäßigem Mutterstolz. Sie, die sieben Söhne und sieben Töchter geboren hatte, wagte es, sich über Leto zu stellen, die Mutter des Apollon und der Artemis, die ja nur zwei Kinder vorzuweisen hatte. Die gekränkte Leto rief ihre göttlichen Kinder zur Rache für diese Beleidigung an, und die Jägerin und der Bogenschütze töteten alle Kinder Niobes mit ihren unfehlbaren Pfeilen. Niobe aber verwandelte sich aus Schmerz zu Stein.

„Hybris" heißt im Altgriechischen diese menschliche Selbstüberschätzung, diese Anmaßung, sich dem Göttlichen gleich zu glauben oder sich sogar an dessen Stelle zu setzen. Die Bestrafung dieser Sünde fällt in den Aufgabenbereich der Göttin des gerechten Zorns, der Nemesis. Es zeigt sich also, wie eng, ja, unauflöslich Rache und Strafe im antiken Denken miteinander verbunden sind; das eine ist fast gleichbedeutend mit dem anderen. Erst im Laufe der Jahrhunderte entwickelte sich eine schärfere Unterscheidung zwischen diesen Begriffen, zwischen Vergeltung und Gerichtsbarkeit, zwischen Genugtuung und Gerechtigkeit.

Bemerkenswert ist auch, wie oft sich gerade menschliche Rächer der Hybris schuldig machen. In ihrem unbändigen Drang, Vergeltung für ein ihnen zugefügtes Unrecht zu üben, überschreiten sie früher oder später eine ähnliche Grenze wie

Gilgamesch und Enkidu in ihrer unbekümmerten Freude an der eigenen Kraft. Rächer setzen sich schnell an die Stelle des menschlichen oder auch des göttlichen Rechts. Nur allzu leicht erheben sie sich selbst zu etwas Mehr-als-Menschlichem. Bis in die Neuzeit hinein wird diese Selbstüberhöhung des Rächers fast immer gestraft. Es scheint, als führe die Suche nach Vergeltung nur zu oft dazu, dass der Rächer das Gespür für die eigenen Grenzen, das eigene Menschsein verliert. Der Preis für die Rache ist die Hybris. Der Preis für die Hybris ist Selbstverlust oder Tod.

2. Auge um Auge

> *„Mein ist die Rache, ich werde vergelten."* (Dtn 32,35)

Im antiken Denken gibt ist keinen Unterschied zwischen göttlicher Rache und göttlicher Strafe. Ob Leto, Apollon und Artemis sich an Niobe wegen einer persönlichen Beleidigung rächen oder ob sie die Selbstüberhebung der menschlichen Frau über die Götter als den Bruch eines fundamentalen religiösen Gesetzes strafen, bleibt sich gleich. Ähnlich verhält es sich auch im Alten Testament.

Nicht selten wird der Gott des Alten Testaments als ein „rächender Gott" bezeichnet. Peter A. French schreibt: „Das grundlegende Thema der Bibel ist Jahwes grenzenlose Rache gegen das Volk Israel, wann immer es ihm untreu wird."[11] Schon auf den ersten Seiten des Buches Genesis ist von Gottes Rache gegen die Menschen zu lesen, die ein Unrecht gegen ihn verüben: von der Vertreibung von Adam und Eva aus dem Paradies; von der Sintflut zur Strafe der Gottlosen; der Zerstörung des Turmes zu Babel durch die Verwirrung der Sprache; dem Untergang von Sodom und Gomorra in Feuer und Asche. All diese Taten Gottes können natürlich als Strafe für das sündhafte Verhalten der Menschen gelesen werden, und im Allgemeinen wird der Unterschied zwischen dem Gott des Alten und dem des Neuen Testaments darin gesehen, dass der eine gerechte, aber strenge

---

[11] Peter A. French: *The Virtues of Vengeance*. Lawrence: UP of Kansas 2001. S. 19. (meine Übersetzung).

Strafen austeilt, während der andere dem reuigen Sünder liebend vergibt. Das Alte Testament spricht aber immer wieder von der „Rache" Gottes gegen die Menschen, vor allem gegen sein ungehorsames auserwähltes Volk.

Diese Racheterminologie hat viel mit der extrem persönlichen Beziehung zwischen Israel und seinem Gott zu tun. Es ist die Beziehung eines Vaters zu seinen Kindern oder auch eines Bräutigams zu seiner Braut. Jeder Verrat an dieser Beziehung vonseiten des Volkes – etwa die Zuwendung zu anderen Göttern – stellt also eine persönliche Verletzung dar, für die Jahwe, wie jeder andere Beleidigte, Rache übt. French schreibt dazu: „Die Beziehung zwischen Jahwe und dem auserwählten Volk wird durchweg mit Worten beschrieben, die auf die ausgesprochen persönliche Natur dieses Verhältnisses verweisen. Und die Geschichte dieser Beziehung bewegt sich in einem steten Kreis von Rache zu Vergebung und Heilung und zurück zu Rache."[12] Jedes Mal, wenn Israel sich von seinem Gott abwendet, rächt sich der Herr, oft, indem er das Volk in die Hände seiner Feinde gibt. Diese Rache Gottes ist immer gerecht. Doch oft reut ihn das Schicksal seines Volkes bald, das unter dem Zepter seiner Unterdrücker, unter Krankheit oder Ähnlichem leidet. Dann nimmt Jahwe seine Rache zurück und vergibt dem Volk, das sich ihm wieder zugewandt hat, befreit es und gibt ihm Macht über seine Feinde.

Jahwes Rache richtet sich allerdings nicht nur gegen sein auserwähltes Volk; er rächt sich auch an den Feinden Israels, wenn sie seinem Volk Leid zugefügt haben. Bekanntestes Beispiel ist wohl der Auszug Israels aus Ägypten. Den Pharao, der das Volk Gottes Jahrzehnte lang Sklavendienste verrichten lässt und es nicht ziehen lassen will, straft Gott mit den berühmten Plagen. Als der Pharao das Volk Ägypten zunächst verlassen lässt, die Israeliten dann aber mit seinen Streitwagen verfolgt und vernichten will, lässt Gott Mose das Rote Meer teilen. Israel zieht trockenen Fußes hindurch. Über den Pharao und seine Krieger aber lässt Mose mit Gottes Macht die Wellen zusammenbrechen. So rächt Gott das Leid, das seinem Volk angetan wurde, und beweist gleichzeitig seine Macht und Überlegenheit über die Götter Ägyptens (im damaligen mesopotamischen Denken bedeutet der Sieg eines Volkes über ein anderes auch den Sieg

---

[12] French, aaO., S. 20.

der einen Götter über die anderen). Der Gott Israels wird so
zum Retter und Rächer seines Volks:

*Damals sang Mose mit den Israeliten dem Herrn dieses Lied; sie
sagten:*
> *Ich singe dem Herrn ein Lied,*
> *denn er ist hoch erhaben.*
> *Rosse und Wagen warf er ins Meer.*
> *Meine Stärke und mein Lied ist der Herr,*
> *er ist für mich zum Retter geworden.*
> *Er ist mein Gott, ihn will ich preisen;*
> *den Gott meines Vaters will ich rühmen.*
> *Der Herr ist ein Krieger, Jahwe ist sein Name.*
> *Pharaos Wagen und seine Streitmacht*
> *warf er ins Meer.*
> *Seine besten Kämpfer versanken im Schilfmeer.*
> *Fluten deckten sie zu,*
> *sie sanken in die Tiefe wie Steine.*
> *Deine Rechte, Herr, ist herrlich an Stärke;*
> *deine Rechte, Herr, zerschmettert den Feind.*
> *In deiner erhabenen Größe*
> *wirfst du die Gegner zu Boden.*
> *Du sendest deinen Zorn;*
> *er frisst sie wie Stoppeln.*
> *Du schnaubtest vor Zorn,*
> *da türmte sich Wasser,*
> *da standen die Wogen als Wall,*
> *Fluten erstarrten im Herzen des Meeres. (Ex 15, 1–8)*

Wer dem Volk Unrecht tut, tut auch Unrecht an seinem Gott,
fügt ihm eine persönliche Beleidigung zu. So verschmelzen göttliche Rache und göttliche Strafe im Alten Testament zu einem
Begriff. Dementsprechend heißt es im Buch Deuteronomium in
einem Lied über Gott, den Richter der Menschen:

> *Doch der Fels unserer Feinde ist nicht wie unser Fels;*
> *das beweisen unsere Feinde.*
> *Ihr Weinstock stammt von dem Weinstock Sodoms,*
> *vom Todesacker Gomorras.*
> *[...]*
> *Die Rache ist mein; ich will vergelten.*
> *Zu seiner Zeit soll ihr Fuß gleiten;*

denn die Zeit ihres Unglücks ist nahe,
und was über sie kommen soll, eilt herzu.
Denn der Herr wird sein Volk richten,
und über seine Knechte wird er sich erbarmen. (Dtn 32,31–36)

Jahwe richtet sowohl die Ungläubigen als auch sein auserwähltes Volk. Indem der eine Gott das Recht der absoluten
Rache für sich in Anspruch nimmt bzw. es ihm zugesprochen
wird, wird auch sein Status als höchster Herr und Richter anerkannt. Sein ist die Rache.

Im Neuen Testament wird Paulus diesen Ausspruch Gottes,
mit dem Jahwe das Recht für Rache für sich beansprucht, so
deuten, dass die Gläubigen (die wir später Christen nennen
werden) für ein erlittenes Unrecht nicht eigenhändig Vergeltung
suchen, sondern diese Aufgabe dem strafenden und gerechten
Gott überlassen sollen: „Rächt euch nicht selber, liebe Brüder,
sondern lasst Raum für den Zorn Gottes." (Röm 12,19)

Wie auch schon in der griechischen Antike entstanden mit der
Zeit Gegenbewegungen, die den Brauch persönlicher Rache, der
Selbstjustiz, einzudämmen suchten, und zwar zugunsten einer
höheren Gerichtsbarkeit – sei sie menschlicher oder göttlicher
Natur. Denn das Bedürfnis nach Rache ist zwar untrennbar
mit der Entwicklung unseres Gerechtigkeitsgefühls und einer
stabilen menschlichen Gemeinschaft verbunden; gleichzeitig
ist sie aber auch ein destabilisierendes Element, wenn die frag-
liche Gemeinschaft erst einmal eine gewisse soziale Ordnung
etabliert hat. Dann steht persönliche Rache immer in einem
Konkurrenzverhältnis zur öffentlichen Gerechtigkeit. Daher
wohnt ihr ein ungeheur subversives Potenzial inne – das Potenzial, etablierte Ordnungen zu stören oder gar zu sprengen.

Angesichts dieses ewigen Spannungsverhältnisses ruft
Paulus seine Gläubigen dazu auf, im Sinne der christlichen
Nächstenliebe ganz auf Rache zu verzichten. Schon im Alten
Testament finden sich ähnliche Tendenzen: „An den Kindern
deines Volkes sollst du dich nicht rächen und ihnen nichts
nachtragen. Du sollst deinen Nächsten lieben wie dich selbst."
(Lev 19,18) Hier liegt der Fokus allerdings noch nicht auf der
ganzen Menschheit, wie im Christentum, sondern auf dem einen, auserwählten Volk – eine Art erweiterte Sippe sozusagen.
Aber der christliche Aufruf, den eigenen Feinden zu vergeben,
findet sich auch schon im Alten Testament.

Versuche, persönliche Rache einzudämmen, oder besser gesagt zu regeln, durchziehen das gesamte Alte Testament. Vor allem in den fünf Büchern Mose, die zu einem Gutteil die vielen Gesetze darlegen, nach denen das Volk Gottes zu handeln hat, sind allerhand Regeln niedergeschrieben, wie mit Fällen von Blutrache und Ähnlichem umzugehen ist. Vergeltung ist dabei nicht verboten; vielmehr werden die Regeln festgelegt, nach denen sie zu funktionieren hat. Denn die Gesellschaft des Alten Testament ist in hohem Grad eine Rachegesellschaft. „Das Mosaische Gesetz billigte persönliche Rache in einem viel stärkeren Maße als die antiken Griechen", betont Peter A. French.[13]

Die sogenannte „Vergiftungsdoktrin" war in fast allen archaischen Gesellschaften anerkannt – die Vorstellung, dass eine Bluttat die gesamte Gemeinschaft vergiftet und erst durch einen Akt der Reinigung getilgt werden kann. Eine solche Reinigung geschah entweder durch göttliche Gnade (und einen entsprechenden religiösen Ritus), durch Bezahlung eines Blutpreises oder aber durch den Tod des Mörders. Im Mosaischen Gesetz nun spielt diese „Vergiftungsdoktrin" eine zentrale Rolle. Immer wieder wird die Notwendigkeit betont, einen Mord oder andere Bluttaten zu bestrafen. „Der Bluträcher soll den Mörder töten; wenn er ihn trifft, soll er ihn töten", heißt es im Buch Numeri (35,19). Andere Übersetzungen wählen im Deutschen das Wörtchen „darf" anstatt „soll" und heben so das Recht auf Blutrache hervor, anstatt den Aufruf als eine Pflicht zu sehen. Das macht natürlich einen erheblichen Unterschied aus, was die Unerbittlichkeit der vom Gesetz vorgeschriebenen Rache angeht, ändert aber nichts daran, dass Vergeltung ein integraler Bestandteil der Gesellschaft des Alten Testamentes ist – und ein streng regulierter.

Gern wird das biblische Gesetz von „Auge um Auge, Zahn um Zahn" als göttliche Rechtfertigung persönlicher Vergeltung gesehen, als eine Festschreibung der Regel, Gleiches immer mit Gleichem zu vergelten. Hier, so sagt man, manifestiert sich ein Kodex unerbittlicher Rache. Was dabei allerdings oft übersehen wird, ist, dass dieses sogenannte *lex talionis* bereits eine erste Eindämmung hemmungsloser Vergeltungssucht ist. Denn dem zugleich gesellschaftsbildenden und anarchischen Phänomen Rache wohnt immer die Gefahr der Eskalation inne.

---

[13] French, aaO., S. 18.

2. Auge um Auge

Über die Jahrtausende beschäftigen sich Rachegeschichten immer wieder mit dem Fluch der Fehde, der unendlichen Folge von Rache und Gegenrache, die ganze Familien und Sippen, ja sogar Völker auslöschen kann – ganz besonders, wenn den Vergeltungsakten jede Verhältnismäßigkeit fehlt. Auch die Bibel kennt diese unmäßige Rache und ihre ganze Problematik; so berichtet sie etwa vom Ausspruch eines Nachkommen des Brudermörders Kain:

> *Lamech sagte zu seinen Frauen:*
> *Ada und Zilla, hört auf meine Stimme,*
> *ihr Frauen Lamechs, lauscht meiner Rede!*
> *Ja, einen Mann erschlage ich für eine Wunde*
> *und einen Knaben für eine Strieme.*
> *Wird Kain siebenfach gerächt,*
> *dann Lamech siebenundsiebzigfach. (Gen 4,23–24)*

Eine solche übermäßige Rache mag eine gute Abschreckung sein und die Stärke eines Mannes, einer Sippe, eines Volkes unter Beweis stellen. Aber sie führt auch allzu leicht zur Eskalation, wenn ein Rechtssystem nach dem Prinzip funktioniert: „Was du mir antust, tue ich dir zehnfach an."

Das *lex talionis* vom „Auge für Auge, Zahn für Zahn" ist genau dazu gedacht, eine derartige Eskalation einzudämmen. Es funktioniert nach dem Prinzip, Gleiches mit Gleichem zu vergelten – aber nur mit Gleichem. Wenn mich jemand schlägt, kann ich mit einem Gegenschlag reagieren, darf ihn aber nicht umbringen. So heißt es im Buch Exodus: „Ist weiterer Schaden entstanden, so musst du geben: Leben für Leben, Auge für Auge, Zahn für Zahn, Hand für Hand, Fuß für Fuß, Brandmal für Brandmal, Wunde für Wunde, Strieme für Strieme." (21,23–24) Daraus folgt aber auch eine Plicht für gerechte Vergeltung: „Du sollst das Böse aus deiner Mitte wegschaffen [...]. Und du sollst in dir kein Mitleid aufsteigen lassen: Leben für Leben, Auge für Auge ..." – und den Rest kennen wir (Dtn 19,19–21).

Die Welt des Alten Testamentes funktioniert nach einem streng geregelten Vergeltungsprinzip, das übrigens für jeden freien Menschen gleichermaßen gilt, egal ob Mann oder Frau. Sogar den Sklaven werden im *lex talionis* des Alten Testaments ähnliche Rechte zugestanden; etwa muss ein Herr, der seinen Sklaven schwer verletzt, diesem als Wiedergutmachung die Freiheit geben. Die unerschütterliche Grundlage dieses insgesamt strengen, aber fairen Systems bildet die Vorstellung von einer gerechten, göttlichen und gottgefälligen Rache.

3. Von Frauen und Völkern – Rachegeschichten der Bibel

> *Es lebe der Herr! Mein Fels sei gepriesen.*
> *Der Gott meines Heils sei hoch erhoben;*
> *denn Gott verschaffte mir Vergeltung*
> *und unterwarf mir die Völker.* (Ps 18,47–48)

Rache ist im Alten Testament Gesetz – streng reglementiert, aber Gesetz. Sie bestimmt die Beziehung zwischen dem einen Gott und seinem Volk auf fundamentale Weise. Die biblische Rache ist nicht anarchisch und subversiv. Sie ist Teil der menschlichen Gemeinschaft, weil die Bedrohung, die sie für die selbige darstellt, durch göttliches Gesetz und den Allanspruch des rächenden Gottes im Zaum gehalten wird.

Angesichts dieser großen Bedeutung, die dem Phänomen der Rache innerhalb des Alten Testaments zukommt, ist es erstaunlich, dass es relativ wenige „reine" Rachegeschichten in der Bibel gibt. Die Urtexte der Rache stammen aus der griechischen Antike, nicht aus dem „Buch der Bücher". Vielleicht liegt diese geringe Auseinandersetzung mit dem Thema menschlicher Rache in dem Übergewicht göttlicher Vergeltung auf der einen und der strengen Reglementierung menschlicher Belange durch das *lex talionis* auf der anderen Seite begründet. Es bleibt wenig Raum, das Phänomen Rache in all seinen farbenprächtigen und blutigen Variationen zu beleuchten, wenn persönliche Vergeltung innerhalb so deutlich gesteckter Grenzen erlaubt ist.

Dennoch finden sich auch in der Bibel einige spannende Rachegeschichten. Interessanterweise haben sie, genauso wie in der griechischen Antike, oft etwas mit Frauen zu tun. Das Weibliche und die Vergeltung treten von Anfang an als ein eigenartiges, unzertrennliches Paar auf, wenn Rache auch eigentlich als die ureigene Aufgabe der Männer präsentiert wird.

Ein frühes Beispiel einer solchen Rachegeschichte ist die alttestamentliche Erzählung um Jakobs Tochter Dina. Jakob, dessen Beiname „Israel" lautet, ist der letzte der drei großen Stammväter des auserwählten Volkes (nach Abraham und Isaak). Bekannt ist vor allem die Geschichte seiner zwölf Söhne und seines Lieblingskindes Josef, das von seinen Brüdern als Sklave nach Ägypten verkauft wird, aber schließlich mit Gottes Hilfe zum engsten Berater des Pharao aufsteigt. Dina ist die einzige Tochter Jakobs, die namentlich erwähnt wird. Ihr Name bedeutet bezeichnenderweise „Richterin", aber auch „der zu Recht verholfen wurde".

Zu Zeiten Jakobs war die erweiterte Sippe, die eines Tages zum Volk Israel werden sollte, noch ein Nomadenstamm, der im Land Kanaan von Weideplatz zu Weideplatz zog. Andere Stämme lebten Seite an Seite mit ihnen, und die Hebräer ließen sich auch immer wieder in der Nähe von Städten nieder, wo andere Bräuche herrschten als unter den Nomaden. In einer dieser Städte lebten die Hiwiter. Eines Tages nun erblickt Sichem, der Sohn des „Fürsten des Landes", Jakobs Tochter Dina, die allein unterwegs ist, um sich die neue Gegend anzusehen. Die Bibel nimmt kein Blatt vor den Mund hinsichtlich dessen, was dann geschieht: Sichem vergewaltigt Dina.

Die Brüder der Geschändeten sind empört: „Eine Schandtat hatte Sichem an Israel begangen, weil er der Tochter Jakobs beiwohnte; so etwas darf man nicht tun." (Gen 34,7) Ob es die allgemeine Schande oder der Schmerz der Schwester ist, der Jakobs Söhne motiviert, wird nicht sonderlich deutlich. Grundsätzlich ist jedoch anzunehmen, dass im Stamme Jakobs wie noch heute bei Beduinen eine Vergewaltigung als ein Verbrechen angesehen wurde, das einem Mord gleichzusetzen und also der Blutrache würdig ist.

Jakobs Söhne sind entsprechend blutrünstig gestimmt. Das bringt die beiden Väter in eine schwierige Lage. Sichem hat nämlich durchaus die Absicht, die entehrte Dina zu ehelichen. Er liebt sie offenbar aufrichtig, und sein Vater ist bereit, jedes „Brautgeld" zu zahlen, das Jakob verlangt – auch als Entschädigung für das an Dina geschehene Unrecht. Beiden Patriarchen wäre eine Verbindung zwischen dem wohlhabenden Nomadenstamm und der reichen Stadt ganz offensichtlich mehr als recht. Aber Jakobs Söhne wollen Rache.

Dinas Brüder geben sich nicht mit einem Blutpreis zufrieden und sind gegen eine Verbindung ihrer Schwester mit dem Mann, der sie entehrt und gegen ihren Willen genommen hat. Die Gefühle der Frau in dieser Angelegenheit bleiben unerwähnt.

Ihre Brüder jedenfalls schmieden einen hinterhältigen Plan. Sie verlangen, dass die Hiwiter sich alle beschneiden lassen, bevor eine Verbindung mit den Töchtern Jakobs in Frage kommt. Die Männer der Stadt, in vorderster Reihe Sichem und sein Vater, willigen ein, in der Hoffnung, die Verbindung zwischen den beiden Stämmen ausbauen zu können. Als jedoch alle männlichen Hiwiter nach der Beschneidung im Wundfieber liegen, überfallen die Söhne Jakobs die ungeschützte Stadt.

Die Racheaktion wird zum Raubzug: Alle Männer werden abgeschlachtet, die Frauen und Kinder „fortgeführt" und die Stadt ausgeplündert. Darüber, ob die Rache für Dinas Entehrung immer noch ein echtes Motiv oder aber eine vorgeschobene Entschuldigung für die maßlose Tat ist, schweigt sich die Bibel aus. Jedenfalls entspricht die Aktion von Jakobs Söhnen in keinster Weise dem Talion-Prinzip von Gleich und Gleich. Der ehrwürdige Patriarch ist entsprechend wutentbrannt, denn seine Söhne haben ihn durch ihr unzivilisiertes, blutrünstiges Verhalten „in Verruf gebracht bei den Bewohnern des Landes" (Gen 34,30).

Dinas Geschichte erzählt von einer unmäßigen Rache, die die fundamentalen Regeln des menschlichen Zusammenlebens erschüttert – nicht, weil die Brüder Blutrache für eine Vergewaltigung üben, sondern weil ihre Vergeltung in maßlose Gewalt umschlägt und ausgeführt wird, obwohl die Väter längst zu einer gütlichen Einigung gekommen sind. Es ist genau diese Art von Rache, die später durch das Talion-Prinzip eingedämmt werden soll. Dennoch endet die Geschichte mit der empörten Frage von Jakobs Söhnen: „Durfte er unsere Schwester wie eine Dirne behandeln?" (Gen, 34,31) Sie erhalten keine Antwort, und die Frage bleibt offen, ob es tatsächlich rechtens sein kann, eine Frau für ein Brautgeld und einen Blutpreis einem Mann zu geben, der sie vergewaltigt hat.

Eine ähnliche, wenn auch verzwicktere Geschichte um Vergewaltigung und Bruderrache findet sich im zweiten Buch Samuel, das über die Zeit der Regentschaft des großen Königs David berichtet – ein ganz anderes Zeitalter als die Ära Jakobs, des Nomadenpatriarchen. Einer der bekanntesten von Davids vielen Söhnen ist der unglückselige Abschalom. Er rebellierte gegen seinen Vater und riss den Thron an sich, nur um dann auf tragische Weise den Tod zu finden. Die Trauer Davids um den umstürzlerischen Abschalom beweist eindrucksvoll die offenbar tiefe, allumfassende Liebe, die der große König für all seine Kinder, die ihm seine vielen Frauen und Nebenfrauen geschenkt hatten, hegte.

Die eigentliche Rachegeschichte, um die es hier gehen soll, ist vor Abschaloms zum Scheitern verurteilter Rebellion angesiedelt. Sie erzählt von der Vergeltung, die Abschalom im Namen seiner Schwester Tamar übt, die von ihrem Halbbruder Amnon vergewaltigt wurde. Anders als die Geschichte um die Entehrung Dinas, in der es im Endeffekt um Vaterrecht und Frauenrecht, um Blutrache und Blutpreis und um die Regeln eines funktionierenden Zusammenlebens in einer menschlichen Gemeinschaft geht, liegt der Schwerpunkt hier auf den Emotionen der Beteiligten. Amnons Leiden an seiner Liebe zu seiner Halbschwester wird intensiv geschildert. Offenbar hält sich der älteste Sohn Davids lange Zeit zurück, „denn sie war Jungfrau, und es schien Amnon unmöglich, ihr etwas anzutun." (2 Sam 13,2) Schließlich erliegt er aber doch seiner Begierde. Indem er sich krank stellt und den königlichen Vater bittet, Tamar zur Krankenpflege abzustellen, lockt er das junge Mädchen in sein Schlafzimmer und verlangt von ihr, ihm zu Willen zu sein. „Nein, mein Bruder, entehre mich nicht! So etwas tut man in Israel nicht. Begeh keine solche Schandtat!", fleht die verzweifelte Tamar (2 Sam 13,12). Sie ist sogar bereit, ihren Vater um eine Ehe mit dem Halbbruder zu bitten. Amnon lässt sich jedoch nicht erweichen und vergewaltigt seine Schwester. Wie schon in der Geschichte um Dina wird auch hier unmissverständlich gemacht, dass eine solche sexuelle Nötigung einer Frau ein untragbares Verbrechen ist. Es darf nicht ungerächt bleiben.

Mit der eigentlichen Vergewaltigung ist es noch nicht genug. Amnons Begierde schlägt nach vollendeter Tat in einen jähen Hass um, und er lässt Tamar aus seinem Haus werfen. Die junge Prinzessin ist doppelt entehrt; Amnon hat sie nicht nur vergewaltigt, sondern überantwortet sie auch der öffentlichen Schande. Trost sucht sie bei ihrem Bruder Abschalom, der sich ihrer annimmt und sie in seinem Haus leben lässt, wo sie ein einsames Dasein fristet. „Sprich nicht darüber, meine Schwester, er ist ja dein Bruder", rät Abschalom Tamar zunächst (2 Sam 13,20). Ob er sie mit diesen Worten zur Vergebung anhalten will oder eine Strafaktion des königlichen Vaters in Aussicht stellt, wird nicht ganz klar. David jedenfalls wird wegen der ganzen Sache „sehr zornig"; eine greifbare Konsequenz scheint Amnons Verhalten jedoch nicht zu haben. Der große König wird seinem Ruf als vergebender Vater gerecht, doch geschieht das auf Kosten seiner Tochter.

Anders Abschalom. Seine Rache an dem Vergewaltiger seiner Schwester ist ein Gericht, das wahrhaft kalt genossen wird. Zwei Jahre lang straft Abschalom seinen Halbbruder nur mit eisernem Schweigen. Als aber die Gelegenheit zur Rache gekommen ist, ergreift er sie mit beiden Händen: Bei einem Fest, zu dem er alle Söhne seines Vaters lädt, lässt er den betrunkenen Amnon von seinen Männern erschlagen. Abschaloms Rache ist kühl überlegt, präzise und auf den Punkt. Anders als Jakobs Söhne schießt er nicht über das Ziel hinaus und lässt sich nicht zu einer Orgie der Gewalt hinreißen. Er nimmt Amnons Leben für das zerstörte Leben Tamars – Gleich um Gleich, Leben um Leben. Dementsprechend verzeiht auch der königliche Vater, der um Amnon so tief trauert wie später um den rebellischen Abschalom, dem Rächer schließlich seine Tat.

Die Motive von Jakobs Söhnen für die Rache Dinas bleiben ziemlich verschwommen. War sie vielleicht nur ein Vorwand für einen Raubzug? Abschaloms Rache dagegen ist in dieser Hinsicht wohl eine „reine". Die ganze Geschichte spricht von den tiefen Gefühlen, die der Königssohn für seine Schwester hegt; dass er seine Tochter, die „eine Frau von großer Schönheit" werden sollte (2 Sam 14,27), später Tamar nennt, ist sicher kein Zufall. Die Geschichte von Abschaloms Bruderrache für die vergewaltigte, verzweifelte Tamar ist vielleicht eine der anrührendsten Geschichten um Vergeltung überhaupt.

Neben der Rache des Volkes Israel an seinen Feinden und der Rache Gottes an seinem untreuen Volk ist die Rache ins Unrecht gesetzter Frauen offensichtlich ein wichtiges Thema im Alten Testament. Dies gibt einen Hinweis darauf, dass es für Frauen ein stetes Problem war, an ihr Recht zu kommen, ja, dass es in der damaligen mesopotamischen Welt nicht selbstverständlich war, ein Unrecht, das an einer Frau getan wurde, überhaupt als ein solches zu begreifen. Die Bibel jedoch lässt hier keine Unklarheiten aufkommen: Das Talionsrecht von Gleich um Gleich gilt für jeden, egal ob Mann oder Frau. Ein weibliches Wesen kann vielleicht nicht selbst zur Rächerin werden, aber es ist die Pflicht der männlichen Verwandten, für sie Vergeltung zu üben – ganz besonders, wenn es um sexuelle Übergriffe geht.

Die Bibel kennt allerdings auch Frauen, die diese Situation auszunutzen wissen und würdige Töchter der verschmähten Ischtar aus dem Gilgamesch-Epos sind. Eine dieser Rachsüchtigen ist Frau Potifar. Sie ist die Gattin eines ägyptischen Hofbeamten, in dessen Haushalt Josef, Sohn Jakobs und Halbbruder der unglückseligen Dina, schließlich landet, nachdem er von seinen eigenen Brüdern als Sklave verkauft worden war. Schnell steigt der tüchtige Jakobssohn in der Gunst seines Herrn und wird zum Verwalter ernannt. Unglücklicherweise ist Josef auch noch „schön von Gestalt und Aussehen" (Gen 39,6). Das entgeht nun keineswegs Frau Potifar, die ein Auge auf den jungen Sklaven geworfen hat. Josef erwehrt sich ihrer Annäherungsversuche standhaft. Eines Tages, als seine Herrin ihm regelrecht das Gewand vom Leib reißt, muss er sogar nackt aus dem Haus flüchten. Die verschnupfte Frau Potifar übt prompte Rache. Lauthals bezichtigt sie Josef der versuchten Vergewaltigung. Der junge Hebräer wird ins Gefängnis geworfen, dem er nur mit Gottes Gnade schließlich wieder entrinnt. Offensichtlich weiß die Bibel dasselbe zu berichten wie das Gilgamesch-Epos und der antike griechische Mythos um Medea: Niemand rächt sich so unerbittlich wie eine verschmähte, beleidigte Frau.

Eine späte Nachfahrin von Ischtar und Frau Potifar ist Königin Herodias aus dem Neuen Testament. Sie wird zwar nicht ver-, aber eindeutig geschmäht. Dem Matthäusevangelium zufolge war Herodias, die Frau des Königs Herodes Antipas, eigentlich mit dessen Bruder Philippus verheiratet. Herodes hatte um ihretwillen seine erste Frau verstoßen. Die Ehe der beiden war also keineswegs rechtens, was keiner so leidenschaftlich anprangerte wie der unbequeme Prophet Johannes der Täufer. Die beleidigte Herodias wusste schreckliche Rache zu üben. Auf ihr Betreiben ließ Herodes den unliebsamen Wahrheitssager verhaften. Aber damit war es der stolzen Königin noch nicht genug. Als ihre Tochter Salome bei einem Fest ihren Stiefvater mit einem ihrer anmutigen Tänze so entzückte, dass der verklärte König ihr versprach, ihr jeden Wunsch zu erfüllen, verlangte das Mädchen auf Anstiftung der Mutter das Haupt des Täufers auf einem Silbertablett. Herodes kam der Bitte recht widerwillig nach – aber Herodias konnte sich gerächt fühlen. Dass sie sowohl ihre Tochter als auch ihren Mann für den Mord an einem großen Propheten instrumentalisierte, scheint sie nicht weiter gekümmert zu haben.

Das Neue Testament ist nicht gerade reich an Rachegeschichten. Das Prinzip der Vergeltung geht schlecht zusammen mit der neuen Botschaft um Vergebung und Nächstenliebe. Statt

„Auge für Auge" heißt es jetzt: „Wenn einer dich auf die Wange schlägt, halte ihm auch die andere hin." Da sticht die Geschichte um Johannes den Täufer, Herodias, Salome und die übersteigerte Rache der beleidigten Königin deutlich hervor. Sie hat über die Jahrhunderte viele Dichter und Künstler inspiriert, nicht zuletzt Oscar Wilde, der in seinem Theaterstück *Salomé* die Königstochter eine makabre Liebe zu dem todgeweihten Propheten Jochnaan entwickeln lässt. Trotz ihrer Kürze gehört diese würzige Rachegeschichte zu einer der bekanntesten Episoden aus dem Neuen Testament.

Frau Potifar und Königin Herodias gehören zu den schillerndsten Gestalten der Bibel. Sie, die verschmähten und geschmähten Frauen, die sich so unerbittlich zu rächen versuchen, scheinen unsere Fantasie mehr zu beflügeln als die unglückseligen Frauen vom Schlage Dinas und Tamars. Letzteren kommt allein die Rolle des Opfers zu. Sobald sie ihre Funktion als „Rachemotiv" erfüllt haben, verschwinden sie aus der Geschichte, und das Augenmerk richtet sich auf die rächenden Brüder – die blutrünstigen Jakobssöhne oder den kühl kalkulierenden Rächer Abschalom. Anders steht es da mit der weiblichen Hauptperson einer alttestamentlichen Episode um hinterhältige Rache und gerechte Vergeltung, die weder als geschändete Gerächte noch als beleidigte Rächerin auftritt. Es handelt sich um Königin Ester, die ihr unterdrücktes Volk vor einem wahren Genozid bewahrt.

Das Buch Ester ist wohl eines der spannendsten des Alten Testaments. Es liest sich wie ein Abenteuer aus Tausendundeiner Nacht. Die Handlung ist im Kontext des Babylonischen Exils zu sehen – Gottes große Rache gegen sein untreues Volk. Israel wurde von den Babyloniern unter Nebukadnezar II. zerschlagen, und die Elite des Volkes nach Babylon umgesiedelt, wo sie nun mehr oder weniger als „Bürger zweiter Klasse" lebten. Insgesamt dauerte dieses Babylonische Exil über fünfzig Jahre, von 598 bis 539 v. Chr. Das Buch Ester spielt zu einer Zeit, da das Babylonische Reich bereits von den Persern zerschlagen war, da der im Text als „Artaxerxes" bezeichnete König vermutlich mit dem historischen Xerxes I. gleichzusetzen ist (519 – 465 v. Chr.). Offenbar lebten auch zu jener Zeit noch überall im jetzt Persischen Reich verstreut viele Juden, und das durchaus als gleichberechtigte Untertanen, wie die Position von Esters Onkel Mordechai als Hofbeamter zeigt.

Das Buch Ester erzählt eine Geschichte um Hofintrigen, Eifersüchteleien und maßlose Rache. In seiner Position als Hofbeamter gelingt es dem Juden Mordechai, eine Verschwörung gegen König Artaxerxes' Leben und Thron aufzudecken. Der König lässt daraufhin Mordechai die höchsten Ehren zukommen, tritt aber dabei seinem Ersten Berater Haman auf die Füße. Dieser hatte die pompöse Zeremonie für Mordechai in dem Glauben vorgeschlagen, Artaxerxes beabsichtige ihn, Haman, zu ehren. Diese empfundene Zurücksetzung ist der Tropfen, der das Fass zum Überlaufen bringt, denn Haman ist ohnehin nicht gut auf Mordechai zu sprechen. Schließlich hatte sich der gläubige Jude stets strikt geweigert, sich vor dem zweitmächtigsten Mann des Reiches auf den Boden zu werfen.

Haman ist ein typischer Bösewicht – selbstverliebt, eitel, korrupt, dekadent. Wenn ein solcher Mann Rache für eine Beleidigung übt, dann fällt es uns nicht schwer, diesen Vergeltungsakt als Unrecht zu erkennen. Doch das sagt nichts über das Phänomen Rache an sich aus, sondern über die Art, wie sie geübt wird, und die Person, die sie übt. Der gekränkte Haman schmiedet einen fürchterlichen Racheplan, der der Beleidigung, die ihm wiederfahren ist, in keinster Weise entspricht: „Aber es erschien ihm nicht genug, nur Mordechai zu beseitigen. Da man ihm gesagt hatte, welchem Volk Mordechai angehörte, wollte Haman alle Juden im Reich des Artaxerxes vernichten – das ganze Volk Mordechais." (Est 3,6).

Haman mag von Rachegefühlen motiviert sein, aber was er tut, ist nicht Rache, es ist Wahnsinn – und aus unserer heutigen Perspektive eine grausige Mahnung an die Geschehnisse des 20. Jahrhunderts im Zuge des Holocaust. Genozid als Rachetat? Das sprengt alle Parameter, innerhalb derer wir Rache verstehen und nachvollziehen können. Es ist ein wahrhaft böser Akt, und es fehlt ihm all die Ambivalenz, die das Problemfeld um Rache und Vergeltung ansonsten auszeichnet. Die Strafe, die Haman für sein Handeln trifft, empfinden wir auf ganzer Linie als gerecht.

Dem hinterhältigen Berater gelingt es, Artaxerxes zu überzeugen, dass alle Juden in seinem Reich an der heimlichen Zersetzung desselben arbeiten. Er bringt den König dazu, den Befehl zum Völkermord zu erlassen. Was Haman aber nicht weiß, ist, dass Ester, die geliebte Frau Artaxerxes', ebenfalls Jüdin ist. Die wunderschöne junge Waise hatte Artaxerxes bei seiner Brautschau vor allen anderen Schönheiten entzückt und war zu seiner Königin aufgestiegen – eine alttestamentliche Aschenputtelgeschichte. Ihre jüdische Herkunft hielt Ester lange geheim. Doch angesichts des drohenden Genozids bittet sie ihr Onkel Mordechai um Hilfe.

Ungefragt mit einer Bitte vor dem König zu erscheinen, ist an Artaxerxes' Hof ein Gesetzesbruch, und Ester muss ihren ganzen Mut zusammennehmen, um es zu wagen, an ihren Mann heranzutreten. Doch Esters Schönheit und ihr offensichtlicher Kummer rühren Artaxerxes, der seine Frau ehrlich und leidenschaftlich liebt. Er verspricht, ihr jeden Wunsch zu erfüllen. Bei einem Festmahl in Esters Haus, zu dem sie den König und Haman geladen hat, enthüllt sie die Untaten des Beraters und bittet um das Leben ihres ganzen Volkes. Artaxerxes ist entsetzt und empört und lässt Haman an dem Galgen aufknüpfen, den der rachsüchtige Berater schon voller Erwartungsfreude für seinen Feind Mordechai hatte errichten lassen. Den Juden seines Reiches aber gestattet Artaxerxes, Rache an all ihren Feinden zu nehmen.

Es ist nicht ungewöhnlich, dass im Alten Testament eine jüdische Frau zur Retterin ihres ganzen Volkes wird. Ester schafft das allein mit weiblicher Demut – und einer ordentlichen Portion weiblicher Schläue. In „ihrem" Buch wird von einer ungerechten Rache erzählt, die ein unfassliches Ausmaß anzunehmen droht und allein dem gekränkten Stolz eines eitlen, machthungrigen Mannes entspringt. Damit kontrastiert wird die „gerechte" Rache, die der Gott Israels durch Ester und Artaxerxes als seine Werkzeuge an den Peinigern seines Volkes nimmt. Wieder wird überdeutlich gemacht, welche Arten der Vergeltung rechtschaffen sind und welche nicht. In Haman und dem von ihm geplanten Genozid manifestiert sich das zerstörerische Potenzial der Rache in nie gekanntem Ausmaß. Am Ende zerstört seine niedere Rachsucht ihn selbst – und es ist gut so.

II. DIE ARCHETEXTE DER RACHE – DIE GRIECHISCHE ANTIKE

1. Heldenrache vor den Toren Trojas

> *Daher sind auch Recht und Gerechtigkeit etwas Schönes, nicht minder, sich lieber an den Feinden rächen und sich nicht mit ihnen versöhnen; denn es ist nicht nur Recht, Gleiches mit Gleichem zu vergelten (was aber Recht ist, das ist schön), sondern auch die Sache des Tapferen ist es, sich nicht überwältigen zu lassen. Auch Sieg und Ehre gehören unter das Schöne.*
>
> (Aristoteles, *Rhetorik*)

Die *Ilias*, die auf das 8. Jahrhundert vor Christus datiert und dem Dichter Homer zugeschrieben wird, gilt gemeinhin als das älteste Werk der europäischen Literatur. Der Einfluss dieses Epos über den Trojanischen Krieg auf die antike Welt und selbst noch fast 3000 Jahre später kann kaum überschätzt werden. Es erzählt eine Geschichte von Göttern und Menschen, von Liebe, Verrat, Eifersucht, Ehre, Tapferkeit und Opfer. Vor allem aber ist die *Ilias* eine Geschichte über Vergeltung und Rache, und sie kreist um den Ingrimm eines einzigen Mannes.

„Singe mir, Muse, den Zorn des Peleussohn Achilleus", lautet die berühmte erste Zeile des aus circa 15.000 Versen bestehenden Heldengedichts. Die Worte wirken wie ein Vorhang, den der Autor Homer zurückzieht, um seinen Zuhörern und Lesern selbst nach Tausenden von Jahren einen Blick auf die Schlachtfelder vor Troja werfen zu lassen: „So ward Zeus' Wille vollendet: / Seit dem Tag, als erst durch bitteren Zank sich entzweiten / Atreus' Sohn, der Herrscher des Volks, und der edle Achilleus."[14] – So endet der erste Absatz der *Ilias*. Mit nur sieben Zeilen führt uns der Dichter geschickt mitten hinein in das heroische Geschehen, das er vor unseren Augen ausbreiten wird.

---

[14] Im Folgenden wird die *Ilias* nach der Übersetzung von Johann Heinrich Voß (1793) zitiert.

Homer beginnt die heute wie damals wohlbekannte Geschichte vom Trojanischen Krieg nicht mit ihren Anfängen. Er erzählt nicht direkt von der Entführung der schönen Helena durch den Troer-Prinzen Paris, die „tausend" griechische Schiffe über die Ägäis nach Kleinasien geschickt und die griechischen Könige zu einer zehnjährigen Belagerung der Stadt Troja getrieben hat. Auch beginnt Homer nicht mit jenem „Zickenkrieg" unter den olympischen Göttinnen, der das ganze Schlamassel ausgelöst hat: In an gewisse heutige Castingshows erinnernder Manier gerieten Hera, die Gemahlin des Zeus, Athene, die Göttin der Weisheit, und Aphrodite, Göttin der Liebe, in Streit, welche von ihnen wohl die Schönste sei, und suchten sich ausgerechnet den jungen Troer-Prinzen und Weiberhelden Paris als „Jury" aus. Da im Krieg, in der Liebe und bei Schönheitswettbewerben alles erlaubt ist, versuchten die drei Kontrahentinnen, Paris zu bestechen – Hera mit Macht, Athene mit Weisheit und Aphrodite mit der schönsten Frau der bekannten Welt. Der junge Prinz, der sich auch in den Versen der *Ilias* nicht unbedingt durch Kraft und Klugheit auszeichnet, überreichte den „Zankapfel" als Schönheitstrophäe daraufhin, was kaum überraschen mag, der schaumgeborenen Aphrodite, die wohl ein wenig mehr über Männer wusste als die Matrone Hera und die jungfräuliche Athene. Die beiden Verliererinnen finden sich in der *Ilias* auch prompt aufseiten der Griechen wieder – ein weiteres Beispiel für die Vergeltung, die geschmähten Frauen unweigerlich üben, mögen sie nun Sterbliche oder Göttinnen sein.

Schon ganz am Anfang der Geschichte des Trojanischen Krieges steht also ein Anlass, wenn nicht zu Rache, so doch zu Missgunst und Zwietracht. Der Zwist überträgt sich schnell – wie in griechischen Mythen so häufig der Fall – von der Ebene der Götter auf die der Menschen. Und so findet sich Paris als Folge des göttlichen Schönheitswettbewerbs nicht nur mit der – dummerweise schon verheirateten – schönen Helena in seinem Bett wieder, sondern die Troer haben auch eine gewaltige Armee griechischer Heroen vor ihren Toren lagern, die der gehörnte Gatte Menelaos, seines Zeichens König von Sparta, mitgebracht hat, um das ihm zugefügte Unrecht zu – wir ahnen es – rächen.

Doch von all dem berichtet uns Homer höchstens in Rückblenden. Sein ursprüngliches Publikum wusste aus der mündlichen Überlieferung, aus vermutlich unzähligen Rhapsodenliedern und Geschichten über den damals immerhin schon ca. 500 Jahre zurückliegenden tatsächlichen Krieg und die ihn umgebenden Mythen um zankende Götter und halbgöttliche Helden gut Bescheid. Der Dichter musste sich also nicht mit „Vorgeplänkel" aufhalten, sondern konnte sich auf die Geschichte konzentrieren, die er eigentlich erzählen wollte: die Geschichte des Zorns des Achilleus und der Rache, die der „Peleussohn" gleich in mehrfacher Weise an jenen übt, die glauben, ihm nehmen zu können, was ihm etwas bedeutet.

Etwa die ersten zwei Drittel der *Ilias*, die gegen Ende des Trojanischen Krieges spielt, drehen sich um den in Zeile 6 und 7 des Epos angesprochenen Zwist zwischen Achilleus, Sohn der Meeresgöttin Thetis und des sterblichen Peleus und bester und unbezwinglicher griechischer Krieger, und Agamemnon, König von Mykene und Bruder des gehörnten Menelaos, der von den versammelten griechischen Königen und Zeus selbst das Zepter des Heerführers über die zusammengewürfelte Armee vor den Toren Trojas erhalten hat. Der Streit zwischen dem Ersten der Krieger und dem Ersten der Könige entzündet sich – einmal wieder – an einer Frau bzw. an zweien: den beiden erbeuteten Troerinnen Chryseis und Briseis, die jeweils Agamemnon und Achilleus als Kriegsbeute zugefallen waren. Chryseis jedoch ist die Tochter eines Priesters des Apollon. Der Olympier, der ohnehin aufseiten der Troer steht, reagiert ausgesprochen ungehalten, als Agamemnon sich weigert, seinem Priester die Tochter gegen ein angemessenes Lösegeld zurückzugeben (ein Verfahren, das innerhalb der *Ilias* und der heroischen Gesellschaft Homers üblich ist). Um die Beleidigung seines Priesters und den Hochmut Agamemnons zu rächen, lässt Apollon im Lager der Griechen eine Seuche ausbrechen, die das Heer zu dezimieren droht. Eine ganze Reihe von Griechen, wortführend unter ihnen Achilleus, macht sich nun dafür stark, dass Agamemnon Chryseis zu ihrem Vater und ihrem Gott zurückschickt, samt reichlicher Gaben an Apollon, um den beleidigten Olympier zu besänftigen. Der Heerführer muss einlenken, sehr zu seinem Unmut, sieht er sich doch in seiner Ehre gekränkt; innerhalb des heroisch-homerischen Kodex ist er nicht automatisch verpflichtet, das angebotene Lösegeld anzunehmen, obwohl es von Weisheit und Vernunft zeugen würde, wenn er es täte.

Agamemnon ist also beleidigt, und da der eigentliche Übeltäter – Apollon nämlich – unantastbar ist, rächt der mykenische König diese Verletzung seiner Ehre und (vor allem) seiner Autorität an dem prominentesten der Griechen, die sich eingebildet haben, ihm, dem Heerführer, sein Verhalten vorschreiben zu können, und damit auch noch erfolgreich waren – an keinem anderen als Achilleus. In einer Versammlung legt Agamemnon recht überzeugend dar, dass ihm, dem Ersten der Könige, ein Chryseis gleichwertiger Ersatz zusteht, und zwar Briseis, die bei derselben Gelegenheit erbeutete Konkubine von Achilleus. Obwohl der empörte „Beste der Krieger" stichhaltige Gegenargumente zu bringen weiß, ist er schließlich gezwungen, sich zu beugen. Achilleus schäumt. Nicht nur hat ihm Agamemnon eine Frau entzogen, die Achilleus später einmal, wörtlich übersetzt, als „Braut meines Herzens" bezeichnen wird;[15] der Heerführer hat ihn auch herabgewürdigt, weil er ihn, so meint Achilleus, nicht wie einen (gleichgestellten) Freund, sondern geradezu wie einen Feind behandelt hat. Und so kommt es in der *Ilias* das erste Mal zum Ausbruch des „Zorns des Achilleus": Für den „Schaden", den Agamemnon ihm zugefügt hat – Verlust der Frau und Verlust an Ehre –, rächt sich der Peleussohn, indem er den Griechen das entzieht, was Agamemnon ihm allzu sehr zu genießen vorgeworfen hat: sein Geschick als Kämpfer. Zusammen mit den von ihm angeführten Myrmidonen zieht sich Achilleus vom Krieg zurück und schwört, nicht wieder zu kämpfen, bis das ihm zugefügte Unrecht wieder gutgemacht wird und/oder die Verteidigungsarmee der Troer die Schiffe der Griechen erreicht. Böse Zungen sagen auch: Der große Achilleus setzt sich in sein Zelt und schmollt.

Die Rache des Peleussohns an Agamemnon und den anderen Griechen, die seine Entehrung zugelassen haben, ist durchaus nicht nur passiv-aggressiv. In seinem Ingrimm fleht Achilleus zu seiner Mutter, der Meeresgöttin Thetis, und diese bittet wiederum an Seiner statt Zeus, den Griechen solange nicht den Sieg zu gewähren, bis ihrem Sohn Genugtuung wiederfahren ist. Der Göttervater, der einst ein Auge auf Thetis geworfen hatte, erfüllt ihr Anliegen, das seinem eigenen, übergreifenden Plan zugutekommt. Er schickt Agamemnon einen trügerischen Traum, der den Heerführer überzeugt, den Krieg auch ohne Achilleus gewinnen zu können, verbietet den restlichen Göttern, noch länger in den Zwist der Menschen einzugreifen,

---

[15] Vgl.: Donna F. Wilson: *Ransom, Revenge, and Heroic Identity in the* Iliad. Cambridge: Cambridge UP 2002. S. 87.

und unterstützt selbst von nun an die Troer und ihren Anführer, den heldenhaften Hektor, Bruder des ehebrecherischen Paris und ältester Sohn des Königs Priamos.

Die folgenden Gesänge der *Ilias* beschreiben verschiedene Kämpfe und Schlachten in der Abwesenheit von Achilleus, die wachsende Überlegenheit der Troer unter Hektor und die Versuche der Griechen, Agamemnon zum Nachgeben und Achilleus zur Rückkehr zu überreden. Schließlich ist es soweit: Die Schlacht hat das Lager der Griechen erreicht, und Achilleus' eigene Zelte und Schiffe sind in Gefahr, Feuer zu fangen. Der Peleussohn sieht aber seine Rache gegen Agamemnon immer noch nicht vollendet; der Mykener hat ihm zwar inzwischen Besänftigungsgeschenke (inklusive Briseis), aber keine wirkliche Entschuldigung angeboten. Der „Größte der Griechen", so scheint es, ist auch der Sturste. Damit begeht Achilleus jedoch einen entscheidenden Fehler: Er übersieht, dass mit dem Eindringen der Troer in das Lager der Griechen die Grenzen der Bitte, die Zeus ihm gewährt hat, erreicht sind und die Pläne des Göttervaters nicht länger mit seinen eigenen übereinstimmen.

In dieser Situation tritt Achilleus' Freund Patroklos auf den Plan. Über die Beziehung dieser beiden Charaktere bei Homer ist schon in der Antike heiß diskutiert worden, und das hat sich bis heute nicht geändert: Sind sie Mitglieder einer Familie, Waffenbrüder im Sinne eines heroisch-kriegerischen Männerbundes, enge Freunde oder doch ein Liebespaar? Achilleus selbst jedenfalls spricht von Patroklos als einem, „den ich wert vor allen Freunden geachtet / Wert wie mein eigenes Haupt". Diesem so Wertgeschätzten erlaubt der Peleussohn angesichts der Not der Griechen, in Achilleus' eigener Rüstung in den Kampf zu ziehen und die Troer zurückzuschlagen – und schickt ihn damit in den Tod. Zwar gelingt es Patroklos, an der Spitze von Achilleus' Kriegern die Feinde aus dem griechischen Lager zu vertreiben, dem hervorragendsten Verteidiger der Stadt jedoch unterliegt er: Hektor tötet Patroklos in der Schlacht und nimmt die Rüstung Achilleus' an sich.

Die Trauer und der Zorn Achilleus', deren Zeuge Homer uns nun werden lässt, übertrifft alles, was wir bisher gesehen haben. Der Groll gegen Agamemnon war kalt und kalkuliert, ebenso wie die Rache, die Achilleus für die Ehrverletzung an dem Heerführer und allen Griechen übt. Die Wut, ja Raserei, die Achilleus nach Patroklos' Tod ergreift, ist lodernd heiß, und sie richtete sich in all ihrer Kraft und Fürchterlichkeit gegen Hektor im Besonderen und die Troer im Allgemeinen. Reihenweise metzelt Achilleus die Troer nieder, nachdem er Patroklos' nackten Leichnam auf dem Schlachtfeld liegen sehen musste; jede Bitte um Gnade, jedes Angebot eines Lösegelds für ein Leben schmettert er ab – meistens mit einem Schwertschlag oder einem Speerstoß.

Schließlich stellt Achilleus Hektor und nimmt gnadenlos Rache für den Tod seines Patroklos: Nicht nur tötet er den von ihm im Zweikampf Besiegten, sondern er schleift auch dessen Leiche, an seinen Streitwagen gebunden, um das Grab des Freundes. Und noch immer scheint Achilleus' maßloser Rachedurst nicht gestillt. Erst als der alte König Priamos selbst, von den olympischen Göttern geschützt, heimlich im Lager der Griechen eindringt und Achilleus gegen ein Lösegeld um die Herausgabe des Leichnams seines Sohnes bittet, lenkt der Rächer ein. Es ist, als hätte das Erscheinen des Königs und Vaters ein „Klick" im Gehirn des Kriegers ausgelöst, der auf einmal wieder Mitgefühl zeigen kann. Jetzt empfindet er sogar Respekt für seinen königlichen Feind und für den „Kriegerbruder" Hektor. Der Hunger nach Rache lässt nach, der Zorn ebbt ab. Die *Ilias* endet mit der Rückkehr von Priamos mit dem Leichnam seines Sohns nach Troja, wo Hektors Mutter, seine Frau Andromache und Helena den Tod des Helden beweinen. Wir als Leser wissen, dass die Stadt ohne Hektor fallen wird. Achilleus wiederum, der weiß, dass er Hektor nicht lange überleben wird, schläft neben Briseis, wegen der der „Konflikt im Konflikt" begonnen hat.

Homers Epos spiegelt eine ganze Welt. Seine große Geschichte von dem Zorn und der Rache des Achilleus ist eingebettet in ein ganzes System von Vergeltung und Wiedervergeltung. Die Gesellschaft, in der der Dichter und sein ursprüngliches Publikum lebten, vor allem aber die Welt, die er in der *Ilias* entwirft, ist eine kriegerisch-heroische. Dementsprechend fußt sie auf einem komplizierten Netzwerk von sozialen Beziehungen, die unter anderem über Ehre, Ruhm, aber auch gegenseitige Schuld funktionieren. Ein Bruch der Regeln, die diese aristokratische Gesellschaft zusammenhalten, wird mit Strafe von einer höheren Autorität geahndet oder durch persönliche Rache des Geschädigten durch ihn selbst, seine Verwandten oder Freunde an dem Schädiger.

Der Trojanische Krieg wurde laut Überlieferung durch genau solch einen Bruch des grundlegenden Verhaltenskodex ausgelöst. Paris nimmt sich mit Helena nämlich nicht nur die Frau eines anderen, nein: Der Raub geschieht, während der Troer-Prinz und die Seinen Gäste bei Menelaos sind. Somit stellt die Entführung der spartanischen Königin den Bruch eines der fundamentalsten Gesetze aller primitiven und archaischen Gesellschaften dar: des Gastrechts. Auf einer übergeordneten Ebene, die für die ursprünglichen Zuhörer Homers zweifellos klar ersichtlich war, ist die (abzusehende) Zerstörung Trojas gerechte Vergeltung für die Verletzung eines so grundlegenden Gesetzes menschlichen Zusammenlebens. „Wir lernen aus der *Ilias*, dass Rache funktioniert", schreibt Richard A. Posner in diesem Zusammenhang;[16] in gewisser Weise befindet sich also das gesamte griechische Heer auf einer Rachemission, die Zeus zwangsläufig unterstützen wird. Dass, wie heute allgemeine Meinung, auch politische Interessen wie der Reichtum und die strategische Lage Trojas die Griechen in den Krieg trieben[17], ist von heroisch-homerischer Perspektive her kein Widerspruch: Der Raub Helenas stellt auch einen Raub von Ehre dar, der durch Tod, aber auch durch den Gewinn von Ruhm und Reichtum gesühnt werden kann – vorzugsweise durch beides.

Wie Donna Wilson in ihrer einsichtsvollen Studie über die Rolle von Rache und Wiedergutmachung in der *Ilias* zeigt, lassen sich in der homerischen Kriegergesellschaft Status und Einfluss nur über den Gewinn von Ehre und deren äußerer Symbole erringen. Dazu gehören etwa Achilleus' viele Siege sowohl auf dem Schlachtfeld als auch in freundschaftlichen Wettkämpfen unter den Griechen oder auch Agamemnons Heerführerzepter. Außerdem zählen zu solchen Statussymbolen Frauen wie Chryseis und Briseis oder andere „Wertsachen", die als Beute den Hervorragendsten unter den Griechen zugesprochen werden.

Dem Höchstrangigen stehen die größte Ehre und somit auch die wertvollsten Güter zu, während umgekehrt Anzahl und Wert dieser Güter den „Grad" an Ehre ihres Besitzers reflektieren. Aus diesem Denken heraus erwächst der soziale Konflikt zwischen dem König Agamemnon und dem „ersten Krieger" Achilleus. Agamemnon verliert an Status, indem er deren äußeres Symbol, Chryseis, abtreten muss. Aus seiner Sicht heraus ist Achilleus an diesem seinem Verlust an Ehre mitschuldig.

---

[16] Posner, aaO., S. 100.

[17] Manche gehen in ihrer Interpretation so weit zu sagen, die Rückgewinnung Helenas bzw. Rache für ihre Entführung sei nur ein willkommener Vorwand gewesen, das reiche Troja zu belagern.

Agamemnons Meinung nach steht es ihm als Heerführer zu, diese „Lücke" in seiner Ehre wieder aufzufüllen, und dass er das aus dem Besitz von Achilleus tut, ist ein rechtmäßiger Akt der Wiedergutmachung.

Der Peleussohn jedoch denkt nicht in denselben politischen Kategorien wie der König Agamemnon; sein Verständnis von Ehre entspringt einem noch archaischeren Denken, in dem Rang, und damit auch Anspruch auf Beute und auf Symbole der Macht, allein dem kriegerischen Verdienst geschuldet sind – und darin ist und bleibt Achilleus der Beste. Dadurch, dass ihm die wohlverdiente Briseis von einem Mann weggenommen wird, den er allerhöchstens als Gleichgestellten betrachtet, erleidet seine Ehre so großen „Schaden", dass er – von seiner Perspektive aus – nicht anders als mit unerbittlichem Grimm reagieren kann. Als wie ungeheuerlich Achilleus die Beleidigung empfindet, die ihm der mykenische König angetan hat, macht er im neunten Gesang der *Ilias* Odysseus gegenüber deutlich:

Nur mir von allen Achaiern
Nahm er's, und hat das reizende Weib, womit er der Wollust
Pflegen mag! Was bewog denn zum Kriegszug gegen die Troer
Argos' Volk? Was führt' er hieher die versammelten Streiter,
Atreus' Sohn? War's nicht der lockigen Helena wegen?

Lieben allein denn jene die Fraun von den redenden Menschen,
Atreus' Söhn'? Ein jeglicher Mann, der edel und weis' ist,
Liebt und pflegt die Seine mit Zärtlichkeit: so wie ich jene
Auch von Herzen geliebt, wiewohl mein Speer sie erbeutet.

Achilleus erinnert hier an den Grundkonflikt, an den Ursprung des Kriegs: an den Raub Helenas, den zu rächen die griechischen Heroen vor Troja kämpfen, und zwar um Menelaos willen, der, wir erinnern uns, Agamemnons Bruder ist. Indem Achilleus seine Liebe zu Briseis mit der des Spartanerkönigs zu Helena gleichsetzt, geht er auch davon aus, dass ihm gleiches Unrecht widerfahren ist. Nur nimmt Achilleus – anders als Menelaos, der nicht nur seinen Bruder, sondern alle Griechen zu Hilfe gerufen hat – seine Rache selbst in die Hand. Zunächst will der Peleussohn die ihm widerfahrene Beleidigung sogar unmittelbar mit dem Schwert vergelten. Doch Athene – bezeichnenderweise Göttin der Weisheit und der Vernunft – hält ihn davon ab. Achilleus hört auf sie und vertraut darauf, dass

Zeus ihm Genugtuung verschaffen wird. Er hält als Rache sozusagen seine eigene Kampfkraft als Geisel, bis Agamemnon eingesteht, dass er ihm Unrecht getan hat. Das mag uns heute gefährlich an die Reaktion eines bockigen Teenagers erinnern, und Agamemnon lässt durchblicken, dass er das durchaus ähnlich sieht; aus Achilleus' Perspektive, die für Homers Zuhörer nachvollziehbar gewesen sein muss, handelt der Peleussohn aber durchaus besonnen und vernünftig – und damit ausgesprochen griechisch.

Ein solcher Ansatz, wie Wilson ihn verfolgt, lässt natürlich die starken emotionalen Bindungen und Reaktionen außer Acht, die Homer keineswegs vergisst. Er erklärt uns aber die komplizierte Struktur der homerisch-heroischen Gesellschaft und Achilleus' exzessives Schmollen, das wir aus heutiger Perspektive psychologisch als Charakterschwäche eines unreifen, egozentrischen Gemüts interpretieren würden. Dass die *Ilias* beide Deutungen zulässt – und noch viele andere mehr –, beweist ihre Zeitlosigkeit, nicht zuletzt, wenn es um die Darstellung von Rache geht.

Homer konfrontiert seine Leser mit mehreren Arten von Vergeltung, die zum Teil fließend ineinander übergehen. Die eben beschriebene Art des Strebens nach Genugtuung ist eine davon. Sie stellt einen integralen, funktionalen Bestandteil des sozialen Systems der heroisch-kriegerischen Gesellschaft dar. Es handelt sich um eine legitime Art, erlittenes Unrecht zu rächen, die fast synonym mit Wiedergutmachung gesetzt werden kann. Nicht nur in archaischen Gesellschaften kommt diese Spielart von Vergeltung der Gerechtigkeit sehr nahe. Auch heute noch spricht sie unser Gerechtigkeitsempfinden an, solange wir nachvollziehen können, dass die ursprüngliche Handlung dem Rächer ungerechtfertigterweise Schaden zugefügt hat.

In gewisser Weise kann Achilleus nur durch extreme Mittel erreichen, dass Agamemnon, der faktisch die oberste Autorität im griechischen Lager innehält, gezwungen wird, ein von ihm begangenes Unrecht wiedergutzumachen. Doch der Peleussohn überschreitet eine entscheidende Grenze – nicht nur aus heutiger, sondern auch aus homerischer Sicht. Aus Sturheit und Stolz treibt er seine Weigerung zu kämpfen zu weit, weil er ein Einlenken Agamemnons nur im Rahmen seiner eigenen, selbst für den aufmerksamen Leser nicht wirklich klar werdenden Bedingungen akzeptieren will. Achilleus wird maßlos und lässt damit auch jene Besonnenheit und Vernunft hinter sich, die Homers ursprüngliche Zuhörer als essenziell griechisch erkannt haben. Der Preis dieser zu weit getriebenen Vergeltungssucht ist nicht nur das Leben zahlloser griechischer Krieger – alle Waffenbrüder von Achilleus –, sondern auch desjenigen, der Achilleus' Herzen am nächsten steht, sei es als Bruder-Freund oder als Liebhaber: Patroklos.

Patroklos' Tod ist der entscheidende Wendepunkt in der *Ilias* und der Geschichte von Achilleus' Zorn. Zwar lässt der Peleussohn, wie gesagt, auch schon zuvor in seiner Rache an Agamemnon eine exzessive Tendenz erkennen, doch sein unsäglicher Zorn über Patroklos' Tod überschreitet jedwedes Maß. Eigentlich entspricht es durchaus den Normen der heroisch-homerischen Gesellschaft, dass er seinen Freund rächt, indem er dessen Bezwinger, Hektor, ebenfalls umbringt – derartiges Töten und Wiedertöten geschieht in den Versen der *Ilias* andauernd. Nicht die Tatsache, dass Achilleus tödliche Rache übt, sprengt die Verhaltensnormen, sondern ihre Grenzenlosigkeit, die sich manifestiert, als er zahllose Troer wegen Patroklos hinschlachtet, zwölf Gefangene bei dessen Bestattung sterben lässt und – vor allem – Hektors Leiche schändet, die Bitte des schon Sterbenden ignorierend:

Wieder begann schwachatmend der helmumflatterte Hektor:
„Dich beschwör' ich beim Leben, bei deinen Knien und den Eltern.
Lass mich nicht an den Schiffen der Danaer Hunde zerreißen;
Sondern nimm des Erzes genug und des köstlichen Goldes
Zum Geschenk, das der Vater dir beut, und die würdige Mutter.
Aber den Leib entsende gen Ilios, dass in der Heimat
Trojas Männer und Fraun des Feuers Ehre mir geben."

Finster schaut' und begann der mutige Renner Achilleus:
„Nicht beschwöre mich, Hund, bei meinen Knien und den Eltern!
Dass doch Zorn und Wut mich erbitterte, roh zu verschlingen
Dein zerschnittenes Fleisch, für das Unheil, das du mir brachtest!
So sei fern, der die Hunde von deinem Haupt dir verscheuche!
Wenn sie auch zehnmal so viel und zwanzigfältige Sühnung
Hergebracht darwögen und mehreres noch mir verhießen!
Ja wenn dich selber mit Gold auch aufzuwiegen geböte
Priamos, Dardanos' Sohn; auch so nicht bettet die Mutter
Dich auf Leichengewand' und wehklagt, den sie geboren;
Sondern Hund' und Gevögel umher zerreißen den Leichnam!"

Achilleus' Rache an Hektor überschreitet nicht nur die Normen der heroisch-homerischen Gesellschaft, sondern jeglicher Menschlichkeit. Sein ingrimmiger Wunsch, Hektor zu zerreißen und sein Fleisch roh zu verschlingen, macht die Unstillbarkeit, Maßlosigkeit und Unmenschlichkeit von Achilleus' Rachedurst deutlich; Kannibalismus ist nicht nur in der griechischen Mythologie, sondern in der gesamten westlichen Literatur, die folgen wird, ein oft gebrauchtes Symbol für unmäßige Vergeltung, für einen Rächer, der eine Grenze überschreitet und die Menschlichkeit hinter sich lässt. Apollon, der, wie der sterbende Hektor vorhersagt, zusammen mit Paris seinerseits den Tod des trojanischen Helden rächen und Achilleus den Tod bringen wird, sagt einmal über den „Besten der Krieger": „Er weiß von wilden Dingen", und vergleicht ihn mit einem reißenden Löwen. Seine Maßlosigkeit macht Achilleus nicht nur zu „etwas, das nicht griechisch ist"; er wird „mehr als Mensch und weniger als das"[18].

Der rächende Achilleus wandelt sich zu etwas Unbezähmbarem, Unbegreiflichem; er wird zur Personifikation einer wilden Rache, die sich aller Bändigung entzieht. Hier manifestiert sich in der *Ilias* jene zweite Form der Rache, die uns über die Jahrtausende begleiten wird: nicht eine quasi-akzeptierte Rache, die als Instrument dient, um eine Art von Gerechtigkeit zu erlangen, und auf ihre Weise untrennbarer Bestandteil des sozialen Systems ist; sondern eine Rache, die außerhalb jeglicher Systeme steht, jene sogar unterminiert oder sprengt. Diese Art der Vergeltung ist anarchisch und subversiv und sie verwandelt den Rächer bis zur Unkenntlichkeit. Er (oder sie) verändert sich, verliert etwas von sich selbst – nicht selten sogar seine Menschlichkeit und/oder sein Leben. Wie viele spätere Rächer ist sich auch Achilleus dessen wohl bewusst. Er nimmt seinen Tod als Preis für seine unbändige Rache ohne Zögern an.

„Bald, mein Sohn, verblühet das Leben dir, sowie du redest! / Denn alsbald nach Hektor ist dir dein Ende geordnet!", prophezeit die weinende Thetis ihrem trauernden und wütenden Sohn. Achilleus ist es gleichgültig. Von Patroklos' Tod an zählt für ihn nichts anderes mehr als Rache für seinen Freund/ Geliebten, Hektors Untergang und ein ruhmvoller Tod für sich selbst. Er steht ab jetzt abseits der menschlichen Gesellschaft, äußerlich dadurch erkennbar, dass Achilleus sich weigert, zu

---

[18] Wilson, aaO., S. 120 (meine Übersetzung).

essen und zu trinken. Auch die gesellschaftlich akzeptierte, ja notwendige Rache an Agamemnon, die ihm zuvor so wichtig war, ist dem Peleussohn nun herzlich egal. Zwar erhält er Briseis in einer von dem Mykenerkönig und Odysseus pompös inszenierten Zeremonie zurück, übrigens immer noch, ohne dass Agamemnon einen Fehler eingesteht; aber die Teilnahme des „Besten der Krieger" an gesellschaftlichen Riten ist nur noch oberflächlich. Nach Patroklos' Tod ist Achilleus „a dead man walking", und Hektors Tod, die Erfüllung seiner Rache, besiegelt dies. Die plötzliche Annahme von Priamos' Lösegeld für den Leichnam seines Sohnes ist nur eine provisorische Rückkehr in das heroische soziale System der *Ilias*. Sie erlaubt eine Lösung für den Konflikt, den das Epos erzählt. Homer zeigt uns so, dass Vergeltung geübt werden darf und soll, aber niemals maßlos und ohne Grenzen.

Die unmäßige, wilde, anarchische Rache hat drei große Tote gefordert: Patroklos, Hektor und Achilleus. Jenseits aller Fragen von Moral und Ethik berühren uns das Schicksal und die emotionalen Beziehungen dieser drei Charaktere noch heute, egal, auf welche Seite wir uns ziehen lassen. Homer bindet den zu Rächenden, den Rächer und das Racheobjekt untrennbar aneinander; sie verschmelzen nicht unbedingt zu einer Person, aber verschwimmen miteinander. Patroklos trägt die Rüstung seines Freundes/Geliebten, der ihn „liebt wie sich selbst", und kämpft an seiner statt. Hektor tötet Patroklos und legt selbst Achilleus' Rüstung an, die zum Totengewand wird, aber ihn äußerlich sowohl mit seinem Opfer als auch mit seinem Mörder gleichsetzt. Achilleus' Leben und Tod sind über göttliche Vorhersehung an Hektor gebunden, und ohnehin ist der Prinz Achilleus' Spiegelbild auf der Seite der Troer. Wenn der bodenständige, ehrenhafte Hektor auch nie der Entrücktheit, der Unmenschlichkeit und dem „Mehr-Sein" des halbgöttlichen Griechen gleichkommt, so tötet Achilleus doch mit Hektor, der seine Rüstung trägt, auch sich selbst, und er weiß es. Homer konfrontiert uns in der *Ilias* mit einer äußerst scharfsichtigen Analyse der Rachebeziehung, der untrennbaren Verbindung zwischen dem, der gerächt wird, dem, der rächt, und dem, an dem Rache geübt wird. Es ist eine ausgesprochen enge, ja, intime Beziehung, die eine solche Art der Rache kreiert, und Homer zeigt uns das überdeutlich.

Die zutiefst persönliche Rache, wie sie Achilleus an Hektor übt, ist menschlich und unmenschlich zugleich, fordert einen extrem hohen Preis, und doch erscheint sie oft unweigerlich zu geschehen, geschehen zu müssen. Sie ist eine unbändige Kraft, und sie ist fast immer zerstörerisch. Aber sie verleiht dem Text der *Ilias* eine ungeheure Energie, die das Epos über die Jahrtausende getragen hat.

2. Zwischen Rache und Verbrechen – Orestes und Elektra

O, welch ein herrlicher Tag, um sich zu rächen!

(Aischylos, *Agamemnon*)

Das erste schriftlich erhaltene Werk der griechischen, ja, der europäischen Literatur ist, wie wir gesehen haben, eine große, komplexe und scharfsinnige Rachegeschichte. Und auch in den folgenden Jahrhunderten lässt das Thema „Rache" die Griechen nicht los. Besonders die zweite, große literarische Gattung, die zur Zeit der griechischen Antike entsteht, die Tragödie nämlich, wendet sich Geschichten um Vergeltung und Genugtuung – und um Mord und Totschlag – mit besonderer Vorliebe zu. Das Dreigestirn der großen attischen Tragiker – Aischylos, Sophokles und Euripides – ist „besessen vom Rachethema"[19]. Genauso beschäftigt sich das Epos auch nach der *Ilias* gerne mit – vorzugsweiser blutiger – Vergeltung. So endet Homers *Odyssee* in einer wahren Racheorgie.

Nach zehn Jahren Trojanischer Krieg und zehn Jahren der Irrfahrt will Odysseus endlich nach Ithaka zu Frau und Sohn heimkehren und seinen rechtmäßigen Platz als König wieder einnehmen. Dazu muss er sich allerdings erst einmal der Freier entledigen, die der augenscheinlichen Witwe Penelope den Hof machen und ein Auge auf den Königsthron geworfen haben – obwohl mit dem jungen Telemachos ein legitimer Erbe existiert. Penelope, die nicht an den Tod ihres Mannes glaubt, weigert sich standhaft, sich wieder zu verheiraten. Doch während sie sich wacker sträubt, verprassen die Freier munter Odysseus' Besitz und vergnügen sich mit den – allen Darstellungen zufol-

---

[19] Susan Jacoby: *Wild Justice. The Evolution of Revenge.* London: Collins 1985. S. 21 (meine Übersetzung).

ge mehr als willigen – Mägden. Solche Unverschämtheit kann der homerische Held nicht ungesühnt lassen, und er hat es auch gar nicht vor.

Die Rache an den frechen Freiern wird schon zu Anfang des Epos dezidiert als ein Ziel des sich auf dem Heimweg befindlichen Odysseus benannt, und er übt sie schließlich schnell, brutal und effizient. Nach einer Geschichte um List, Verkleidung und Wiedererkennung tötet Odysseus zusammen mit seinem Sohn Telemachos die über die plötzliche Rückkehr des Königs sehr verstörten Freier in homerisch-heroischer Manier. Die Mägde, die sich den Frevlern (auch sie missbrauchen letzten Endes das Gastrecht) so bereitwillig hingegeben haben, lässt Odysseus kurzerhand hängen. – Diese brutale Effizienz hat wenig von der vielschichtigen, ambivalenten Darstellung von Rache, wie sie uns in der *Ilias* begegnet. Da wir als Leser aber fest auf der Seite des Protagonisten Odysseus und seiner mutigen und klugen Frau Penelope stehen, verschafft seine blutige Vergeltung uns durchaus ein Gefühl der Befriedigung – das Epos endet „gut", Recht und Ordnung sind wiederhergestellt und die Helden wieder vereint.

Neben Odysseus' ultimativer Rache erwähnt sein Epos auch immer wieder das Schicksal eines weiteren Heimkehrers des Trojanischen Krieges: das von Achilleus' altem Widersacher Agamemnon. Die Geschichte um die Rückkehr des großen Königs nach Mykene, um seinen Tod und die Rache desselben durch seinen Sohn Orestes gehört zu einem der bekanntesten und am meisten bearbeiteten Plots der Antike. Die Griechen waren fasziniert von dieser „*Orestie*", und alle drei großen Tragiker haben sich dieses Stoffes angenommen. Der all diesen verschiedenen Bearbeitungen zugrunde liegende Mythos geht – in etwa – so:

Angefangen hatte alles mit Agamemnons Urgroßvater Tantalos. Der stand zwar zu den olympischen Göttern in einem prekären Verhältnis, doch trotzdem folgten diese einer Einladung des Königs zu einem Festmahl. Tantalos verfiel nun auf die vermessene Idee, die Allwissenheit der Götter auf die Probe zu stellen. Deswegen ließ er seinen Sohn schlachten und den Olympiern zum Mahl servieren. Die Götter durchschauten diesen Frevel jedoch sofort, fügten die gebratenen Überreste des Prinzen wieder zusammen und erweckten den Jungen wieder zum Leben. Sein Rabenvater wiederum wurde dazu verurteilt, im Hades sprichwörtlich gewordene Tantalosqualen zu erleiden.

Doch damit nicht genug: Wie so häufig in den griechischen Mythen kommen auch hier die Untaten der Väter über die Häupter der Söhne, und das immer und immer wieder. Ein so ruchloser Frevel wie der des Tantalos – blind-stolze Herausforderung der Götter und der Mord am eigenen Fleisch und Blut – wirkt im griechischen Denken immer über Generationen hinweg nach, bis die Schuld endlich gesühnt und die Familie „gereinigt" wurde. Die Nachfahren des Tantalos traf dementsprechend der von den Göttern ausgesprochene Tantalidenfluch: In jeder Generation sollte zumindest einer von ihnen einen Blutsverwandten auf schauerliche Art und Weise ermorden.

Bis zu diesem Punkt dreht sich der Mythos von Tantalos und den Seinen um göttliche Strafe. Zu einer Rachegeschichte unter Menschen wird der Mythos um die Tantaliden mit dem Bruderpaar Atreus und Thyestes. Ersterer war König von Argos, während Letzterer immer wieder Versuche startete, den Thron an sich zu reißen, und außerdem ein Verhältnis mit der Frau seines Bruders hatte. Aus Rache für diese Untreue lud Atreus Thyestes unter dem Vorwand der Versöhnung zu einem Festmahl und nahm sich anscheinend seinen Großvater zum Vorbild: Er schlachtete die Kinder seines Bruders und setzte sie ihm als Hauptgericht vor. Thyestes, selbstverständlich nicht mit der Klarsicht der Götter begabt, verzehrte das Fleisch seiner Kinder. Wieder begegnet uns hier das Motiv des Kannibalismus als Symbol für eine maßlose, unverhältnismäßige und vor allem unmenschliche Rache.

Als Thyestes von dem unsäglichen Frevel erfuhr, den sein Bruder an ihm und seinen Kindern begangen hatte, belegte er Atreus und dessen Haus mit einem weiteren Fluch. Dieser sogenannte Atridenfluch ist sozusagen eine Folge des Götterfluches gegen Tantalos und verstärkt diesen. Einer der Ersten, den er trifft, ist Atreus' Sohn Agamemnon. Der Mykenerkönig wird somit Opfer einer Art übernatürlichen Vergeltung, die sein Onkel für die grauenhafte Untat und den Mord an seinen Kindern an Atreus und der Frucht seiner Lenden übt. Instrument dieser Rache ist Aigisthos, der einzige überlebende Sohn von Thyestes. – Diese Tantalidengeschichte ist der erste „Vergeltungsstrang", der in die *Orestie* mündet: ein über Generationen von den Eltern auf die Kinder übergehender Fluch des Mordens und des Rächens.

Zu dieser generationenalten Fehde gesellt sich noch eine zweite, unmittelbarere und persönlichere Art der Rache, die im

Kreis der allerengsten Mitglieder der „Familie Agamemnon" ihren Anfang nimmt: Bevor er in den Trojanischen Krieg aufbrach, opferte Agamemnon, um günstigen Wind für die griechischen Schiffe zu erflehen, seine Tochter Iphigenie der Göttin Artemis. Die erbitterte Mutter und Ehefrau Klytaimnestra – interessanterweise eine Schwester der schönen Helena – hat nun während des Krieges zehn Jahre Zeit, ihren Groll zu hegen und ihre Rache für den Tod der Tochter zu planen.

Die Mykener-Königin geht ein ehebrecherisches Verhältnis mit Vetter Aigisthos ein, der wiederum die Gelegenheit ergreift, die Generationenfehde weiterzuführen. Als Agamemnon siegreich aus dem Krieg zurückkehrt, auch noch mit der Troer-Prinzessin Kassandra als Kriegsbeute im Schlepptau, ist sein Schicksal längst besiegelt. Klytaimnestra empfängt ihren Mann mit vorgeblicher Freude und führt ihn ins rituelle Bad, wo sie und Aigisthos den ahnungslosen Heerführer mit einer Axt erschlagen. – Es ist, wie Aischylos seine Klytaimnestra ausrufen lässt, „ein herrlicher Tag, um sich zu rächen".

Die Flüche, die auf dem Herrscherhaus lasten, wirken jedoch weiter. Klytaimnestra und Aigisthos regieren Seite an Seite in Mykene, aber Agamemnon hat Kinder hinterlassen – vor allem einen Sohn und potenziellen Rächer: Orestes. Dieser wächst fern vom Hof auf, entweder weil Mutter und Stiefvater ihn weit von sich wissen wollen, oder weil die ältere Schwester Elektra den Jungen aus Mykene herausschaffen kann, bevor die Mörder ihres Vaters auch ihren Bruder beseitigen können. Als Orestes nun ein gewisses Alter erreicht hat, kehrt der junge Mann zurück, um im Auftrag Apollons den Mord an seinem Vater zu rächen und die ihm zustehende Herrschaft über Mykene zu fordern.

Der junge Orestes steht vor einem unlösbaren Dilemma: Wenn er dem Gebot des Gottes und der Tradition der patriarchalisch-heroischen Gesellschaft folgt und den Mord an seinem Vater rächt, macht er sich des Frevels des Muttermordes schuldig und bricht eine der archaischsten Regeln menschlichen Zusammenlebens, indem er nicht nur eine Blutsverwandte tötet, sondern die Frau, die ihm das Leben geschenkt hat. Orestes' wahrhaft tragischer, auswegloser Konflikt fesselte, zusammen mit der besonderen Schauderhaftigkeit der Rachetat, das Interesse der drei großen Tragiker Athens. Dass ein Sohn den Mord an seinem Vater rächt, war damals in aller Augen mehr als gerechtfertigt; es gab kaum ein rechtschaffeneres

Unterfangen. Doch in diesem Falle erforderte es den Bruch eines absoluten Tabus. Orestes, der, um den Mord an seinem Vater zu rächen, einen weiteren begehen muss, den er theoretisch an sich selbst rächen müsste, befindet sich in einer geradezu absurden Situation. Was, so fragen sich Aischylos, Sophokles und Euripides in ihren Tragödien, sagt uns diese Geschichte von Orestes über Rache und Gerechtigkeit, über Menschen und Götter?

Die sogenannte attische Tragödie entstand im Kontext des Athens des 6. und 5. Jahrhunderts vor Christus. Hier entwickelte sich nach Tyrannenherrschaft und im Zuge der siegreichen Kriege gegen die Perser eine funktionsfähige Demokratie. Das Theater war ein wichtiger Bestandteil im Leben dieser *pólis*, dieses demokratischen Stadtstaates. Ihm kamen rituelle, unterhaltende und gesellschaftspolitische Funktionen zu. Über das Erinnern einer großen Vergangenheit – die Geschichten der griechischen Mythen und die homerischen Epen – setzten sich Tragödienschreiber und Zuschauer mit der eigenen Identität als Griechen und Athener auseinander, und über die Konflikte der Helden wurden moralische Fragestellungen verhandelt. Der Stoff der Tragödien waren die altbekannten Erzählungen; nicht das *Was* des Geschehens stand im Vordergrund, sondern das *Wie* der Darstellung und Interpretation durch den jeweiligen Tragiker. Und dieses Wie führt zu spannenden Unterschieden gerade in der Behandlung der *Orestie* und der Variation des Rachemotivs durch das Dreigestirn.

Aischylos, um 525 vor Christus geboren, ist der Älteste der drei. In vieler Hinsicht kann er als Begründer der attischen Tragödie angesehen werden, die selbst heute noch unser Verständnis von Theater und von „Tragik" beeinflusst. Er hatte die Demokratie in Athen entstehen sehen, ja, sogar aktiv an ihr gearbeitet, und lebte und wirkte im Goldenen Zeitalter der Stadt. Nur von ihm sind alle drei Stücke der *Orestie* erhalten geblieben (die Tragödien wurden traditionellerweise in einem ritualisierten Wettbewerb dem Publikum präsentiert; es wurde dabei jeweils eine Tragödientrilogie und ein Satyrspiel jedes Autors aufgeführt).

Aischylos' *Orestie* setzt sich aus den Stücken *Agamemnon*, *Die Choephoren* (als „die Weihgussträgerinnen" oder „die Grabspenderinnen" übersetzt) und *Die Eumeniden* zusammen. Das erste Stück erzählt von der Rückkehr Agamemnons und dem Rachemord an dem Heerführer mit beeindruckenden Bildern. Besonders wortmächtig sind die Monologe der Seherin Kassandra, die Agamemnons und ihren eigenen Tod vorhersagt, aber nicht verhindern kann. Rache ist im griechischen Denken eine unaufhaltsame Macht; ihre Vollendung ist unumgänglich.

Bei Aischylos wird die rächende Mutter Klytaimnestra zur treibenden Kraft; Aigisthos ist lediglich passiver Zuschauer. Es ist die Königin, die Agamemnon überlistet. Sie macht sich seinen zu großen Stolz zunutze und ermordet ihn mit einer Axt in seinem Bad – oder, von ihrer Perspektive aus gesehen, richtet sie ihn wohl eher hin. Das Ende des Stückes zeigt sie als triumphierende Siegerin, wenn auch der Chor – ein typisches Element in der attischen Tragödie – auf die Rückkehr Orestes' hofft.

Diese ersehnte Heimkehr des Rächers geschieht in den *Choephoren*. Orestes ist gekommen, um den Befehl Apollons, den Mord an seinem Vater zu rächen, auszuführen. Durch eine List, die ihm der Gott eingegeben hat, erlangt er Zugang zum Palast: Er gibt sich als ein Bote aus, der mit der Nachricht des Todes Orestes' zu Klytaimnestra kommt. Nur seine ältere Schwester Elektra erkennt ihn nach einiger Verwirrung, obwohl Klytaimnestra in einem unheilsschwangeren „Drachentraum" eine Schlange an ihrer Brust liegen sieht, die ihr zusammen mit der Muttermilch das Blut aussaugt. Diese Szene findet ihr Echo, als sie dem rächenden Orestes gegenüber ihre Brust, die ihn gestillt hat, entblößt und um Gnade bittet. Orestes gewährt sie nicht. Auch wenn er zögert und die „natürlichen" Gefühle eines Sohnes überwinden muss: Er tötet seine Mutter und Aigisthos.

Seinem heroischen Status entsprechend, erfüllt Orestes das Gebot Apollons, der diesen „Sühnemord" verlangt hat, um den Tantaliden- und den Atridenfluch zu brechen. Aischylos' Orestes akzeptiert, dass der Preis für diese Reinigung darin besteht, dass er selbst unaussprechliche Schuld auf sich lädt. Am Ende der *Choephoren* steigen die Erinnyen auf, jene uralten Göttinnen, die den Mord an Blutsverwandten rächen. Orestes, der Schuldig-Gewordene, verfällt dem Wahnsinn.

Doch der Plan Apollons hat noch nicht seine Vollendung gefunden. Im dritten Stück, den *Eumeniden,* kommt es zur Gerichtsverhandlung in Athen, unter der Vorsteherschaft der Göttin Athene und vor einem zu diesem Zweck gegründeten Gerichtshof, dem Areopag. Die Erinnyen sind die

Anklägerinnen. Sie wollen den Muttermord, das unnatürlichste aller Verbrechen, bestraft sehen. Apollon ist der Verteidiger. Er postuliert, dass der Mord am Vater unmöglich ungerächt bleiben konnte. Auf für uns heute abenteuerlich anmutende Art und Weise wird argumentiert, dass das Kind eher dem Vater entspringt als der Mutter, die nur das Gefäß für den Samen sei. Athene, die nach dem Mythos dem Kopf des Zeus entsprungen ist, meint schließlich, dass auch sie keiner Frau und keiner Mutter etwas schuldig sei, weil kein weibliches Wesen sie geboren habe. Dementsprechend entscheidet sie zusammen mit dem Areopag zugunsten von Orestes. Er wird nach göttlichem und weltlichem Recht freigesprochen, der Atridenfluch ist endgültig gebrochen und die generationenübergreifende Schuld getilgt. Die Erinnyen verwandeln sich in die Eumeniden, die „Wohlmeinenden", und werden zu Schutzgöttinnen Athens.

Letzten Endes erzählt uns Aischylos' *Orestie*, wie Rache zur Gerechtigkeit wird und die (griechische, Athener) Zivilisation den Schritt von der Fehde zur Gerichtsbarkeit vollzieht. Am Beginn steht persönliche Blutrache, die von Generation zu Generation weitergetragen wird, ohne je ihr Ende zu finden. Ja, sie gipfelt in einer absolut paradoxen Situation, in der der Rächer den Tod des Racheobjekts an sich selbst rächen müsste. Am Ende steht der Urteilsspruch eines von den Göttern eingesetzten Gerichts, der Ordnung aus dem Chaos kreiert.

Natürlich haben zahllose Literaturwissenschaftler unserer Tage zu Recht darauf hingewiesen, dass es sich bei Aischylos' Gerechtigkeit um eine ganz spezielle handelt: um die Legitimation eines patriarchalischen Rechts, wie es auch im noch jungen demokratischen Athen herrschte. Dieser speziellen Art des Gesetzes wird in den *Eumeniden* vor anderen, älteren Rechts- und Gesellschaftsformen der Vorzug gegeben.

Die Erinnyen, die Orestes in den Wahnsinn treiben und nach seinem Blut verlangen, sind uralte, mächtige Göttinnen, die von der allerersten Göttergeneration abstammen, von Uranos, dem Himmel, und von Gaia, Mutter Erde selbst. Sie sind Repräsentantinnen einer archaischen und matriarchalisch ausgerichteten Gesellschaftsordnung, in der ein Mord an einem Blutsverwandten das schlimmste Verbrechen ist, weil es die Grundfesten des Zusammenlebens der Familienverbände erschüttert. Die Mutter Klytaimnestra, die den Mord an ihrer Tochter rächte, handelte genau nach den Gesetzen, für die die Erinnyen stehen. Dass sie dafür Agamemnon tötet, der zwar ihr

Mann, aber nicht ihr Blutsverwandter ist, kann von der Schwere der Schuld her für die Erinnyen nie vergleichbar sein mit der großen Sünde des Muttermords, die Orestes auf sich geladen hat. Apollon, Athene und der Areopag – der zu Aischylos' Zeit tatsächlich als Gericht in Athen etabliert wurde – sind Vertreter einer neuen, patriarchalischen Ordnung, die zuallererst die Rache des Mordes am Vater legitimiert. Sie setzen sich in allen Punkten durch. Die Erinnyen, Repräsentanten des Matriarchats auf der einen und manifeste Rache auf der anderen Seite, hören am Ende des Stückes in gewisser Weise schlicht auf zu existieren.

In den *Eumeniden* wird eine Gerichtsbarkeit etabliert, die mit Gesetzen funktioniert, die nicht immer dem „natürlichen Recht" entsprechen. Aber sie ist in der Lage, Ordnung wiederherzustellen, wo vorher Chaos herrschte. Diese (Rechts-) Ordnung mag uns, wie den Erinnyen, nicht unbedingt gerecht und geradezu frauenfeindlich erscheinen, aber Aischylos zufolge funktioniert sie und kann Zyklen von immer grauenhafterer Rache durchbrechen. Dass die Lösung des „Rachefluchs" nur geschehen kann, indem der Mensch – Orestes – dem Ratspruch der Götter folgt, bewusst Schuld auf sich lädt und damit ein Leiden annimmt, dem nur die göttliche Gnade ein Ende bereiten kann, entspricht voll dem Menschen- und Götterbild des ersten, großen Tragikers.

Ähnlich wie viele andere archaische Gesellschaften glaubten die antiken Griechen, dass ein Mord, vor allem ein Mord an Blutsverwandten, die gesamte Gemeinschaft, wie etwa die *pólis*, vergiftet. Dieser Glauben spiegelt sich im Mythos um das Mykener Herrscherhaus im Tantaliden- bzw. Atridenfluch wider, der durch einen einzigen frevelhaften Mord eines Vaters an seinem Sohn ausgelöst wird und eine Spirale der Gewalt nach sich zieht. Dabei kann die ursprüngliche „Verunreinigung" auch andere Bluttaten in der Gemeinschaft auslösen, die nicht mit ihr in direkter, kausaler Verbindung stehen – eine Art spiritueller Butterfly-Effekt des Mordens. Man könnte auch sagen: Eine böse Tat „rächt sich" unweigerlich, indem sie andere böse Taten gebiert, oft noch Jahrzehnte später. Diese ominöse Kraft ist eine abstrakte, von den Menschen losgelöste Art der Rache, die aus begangenem Unrecht entspringt und irgendwann ihre Wirkung zeigt. Auch diese Art der Vergeltung, die dem Schicksal, den Göttern, der Geschichte oder einer anderen „Macht" zugesprochen werden kann, wird uns über die Jahrhunderte und bis in die Gegenwart hinein begleiten.

Dass eine böse Tat „sich rächt" (auch an Unschuldigen), kann im antiken Denken nur dadurch verhindert werden, dass eine Art „Reinigung" vorgenommen wird – durch Rache, durch die Strafe über ein Gericht oder durch die Gnade der Götter. Sophokles, der seinerzeit als aufgehender Stern am „Athener Theaterhimmel" den Altmeister Aischylos bei seinem ersten Wettbewerb besiegte, stellt in seiner *Elektra* die Frage: Unter welchen Umständen kann ein so unreiner Akt wie ein Muttermord als Reinigung für ein zuvor geschehenes Verbrechen dienen? Wie ist diese Gräueltat mit der absoluten Reinheit des Göttlichen, für die Apollon steht, vereinbar?[20]

Sophokles versucht eine Antwort auf diese Frage zu finden, indem er eine Gestalt in den Mittelpunkt seiner Tragödie stellt, die bisher eher am Rande des Geschehens stand: Orestes' Schwester Elektra. Jahrelang muss die junge Frau verachtet und isoliert am Mykener Hof ausharren und mit ansehen, wie die Mörder ihres Vaters in Luxus leben, unrechtmäßig auf dem Herrscherthron sitzen und ein ehebrecherisches Bett teilen.

Klytaimnestra wird bei Sophokles zu einer Übeltäterin, deren Motive Reichtum, Macht und die Begierde nach Aigisthos sind. Außerdem ist sie der Überzeugung, die Opferung Iphigenies hätte ihre eigene Ehre verletzt, weil Agamemnon ihr etwas genommen hat, was als Mutter „rechtmäßig ihr gehört"; mit dem Mord an ihrem Ehemann rächte sie also gar nicht ihre Tochter, sondern nur sich selbst. Diese Klytaimnestra jubelt offen über die Nachricht des angeblichen Todes ihres Sohnes und wird als Schlächterin dargestellt, die Agamemnon mit der Axt niedermetzelte und dann das blutige Mordinstrument an dem Haar ihres Opfers abwischte.

Die Motive von Elektra und Orestes hingegen sind selbstlos: Er folgt der Weisung des Gottes, und sie strebt danach, die Ehre des Vaters wiederherzustellen und das durch die Mordtat vergiftete Mykene zu reinigen. Dennoch ist Sophokles' Elektra eine sehr ambivalente Figur. Wie alle seine Protagonisten ist sie überlebensgroß. Sie ist die Tochter ihres Vaters, und als solche ist sie völlig isoliert am Mykener Hof, einsam und ohne jeden Status. Dementsprechend befolgt sie auch keinerlei Anstandsregeln

[20] Anne Pippin Burnett: *Revenge in Attic and Later Tragedy*. Berkley: U of California P 1998. S. 119 ff.

mehr. Elektra verleiht ihrer Trauer, ihrer Wut und ihrem Ekel laut Ausdruck; sie ist eine penetrante, schrille Stimme des Gewissens, die die Vergangenheit, und damit die Erinnerung an Agamemnon und das Unrecht des Mordes, stets lebendig hält. Wo Orestes geradezu mechanisch dem „reinen" Befehl eines Gottes gehorcht, ist Elektra voller Leidenschaft und Schmerz.

Bei Sophokles erliegt auch Elektra zunächst Apollons List und glaubt an Orestes' Tod. Mit ihrem Bruder stirbt ihre letzte Hoffnung auf Rache/Gerechtigkeit, und das treibt sie zur Verzweiflung. Elektra ist bereit, ihre Weiblichkeit hinter sich zu lassen und zu töten wie ein Mann, wie ein homerischer Held, der seinen Vater rächt. Damit wird sie zu einer Repräsentantin jener wilden, ungestümen Rache, die Achilleus Hektor töten und sich selbst aufgeben lässt. Auch Elektra ist kurz davor, eine Grenze zu überschreiten, was sie – aus damaliger Perspektive – ihren Identitätskern, nämlich ihre Weiblichkeit, kosten wird.

Der unbändige Racheimplus Elektras richtet sich allein gegen den Ehebrecher, Mordkomplizen und falschen Herrscher Aigisthos. Doch ehe sie ihren vagen, ja, verrückten Racheplan ausführen kann, begegnet Elektra Orestes, und es kommt zu einer höchst emotionalen Wiedererkennungsszene der Geschwister. Die beiden vereinigen ihr Streben. Der wilde, anarchische Racheimpuls der Schwester wird durch den göttlichen Befehl gezügelt und fruchtbar gemacht, indem er dem hauptsächlich aus Pflichtgefühl handelnden Orestes die entscheidende Leidenschaft und Entschlossenheit vermittelt, die er braucht, um sein furchtbares, aber notwendiges Werk zu vollenden.[21]

Sophokles psychologisierte die *Orestie*. Es stehen nicht mehr der göttliche Plan und der bereitwillig leidende, verallgemeinerbare Mensch im Mittelpunkt, wie bei Aischylos, sondern konkrete Personen, die mit psychischen Extremsituationen konfrontiert werden. Dies gelang ihm so gut, dass seine Elektra zu einer extrem ambivalenten Figur wurde. Sie ist zwar ungebrochen, aber so voller Hass, so auf die Vergangenheit fixiert und so voller Rachedurst, dass sie nicht wenigen als eine Wahnsinnige erscheint, die Orestes überhaupt erst zu der grauenvollen Tat des Muttermords treibt. Es wirkt ganz so, als hätte schon Euripides, Sophokles' jüngerer Kollege, dies so gesehen.

---

[21] Zwar erfordert auch die Tötung Klytaimnestras und Aigisthos' wiederum „Reinigung"; diese ist aber schon implizit, denn das letzte Wort des Stückes, von der Stimme des Gewissens, Elektra, ausgesprochen, ist „luterion" – das Reinigungsritual.

Seine *Elektra* entstand fast zeitgleich mit der von Sophokles und kommentiert sowohl das Stück seines Zeitgenossen als auch die Trilogie des Altmeisters Aischylos. Während er Letzteren in Teilen seiner Tragödie geradezu parodiert, stellt Euripides Sophokles' Stück in gewisser Weise auf den Kopf: Während Sophokles auf der Suche nach einer „reinen", gerechtfertigten Rache ist, nutzt Euripides den „altehrwürdigen", epischen Stoff der Orestes-Geschichte, um aufzuzeigen, wie kleinlich, unehrenhaft, hässlich, aber auch alltäglich Rache sein kann. Wo Sophokles überlebensgroße Persönlichkeiten auf die Bühne stellt, bevölkert Euripides seine *Elektra* mit Alltagsmenschen. Das brachte ihm seinerzeit sogar den Vorwurf ein, er würde der edlen Form der Tragödie nicht gerecht und sei auf reine Effekthascherei aus. Unter anderem hieß es, „er bringe von schändlichen Leidenschaften getriebene Frauen auf die Bühne und verderbe damit sein Publikum"[22]. Uns erscheint das heute wie erstaunlich moderner psychologischer Realismus, der mit einer anständigen Prise Zynismus gewürzt ist.

Euripides hat seine Elektra vom mykenischen Königshof verbannt und aufs Land geschickt. Sie, Sophokles' penetrante Stimme des Gewissens, wurde mundtot gemacht. Um zu verhindern, dass sie einen potenziellen Rächer von edlem Blut zur Welt bringt, haben Klytaimnestra und Aigisthos sie an einen armen, nicht-adligen Landmann verheiratet (der sie aber aus lauter Ehrerbietung und auch Ehrenhaftigkeit nicht anfasst). Elektra wird bei Euripides zur nörgelnden Hausfrau, die sich darüber beschwert, dass sie ihre ärmlichen Kleider selbst weben muss, während ihre Mutter am Mykener Hof in dem unrechtmäßigen Reichtum schwelgt, den ihr die Kriegszüge des gemeuchelten Agamemnon eingebracht haben. Klytaimnestra, die Elektra später im Stück besucht, ist ähnlich durchschnittlich und kleingeistig. Euripides macht aus der Axt schwingenden Monstermutter eine sehr fehlbare Frau, deren Hauptmotivationen Luxussucht und Machthunger sind. Sie verfügt lediglich über eine hinterhältige, „weibliche" Schläue und weiß die Männer in ihrem Umfeld gekonnt zu manipulieren, um zu bekommen, was sie will. „Man sollte immer versuchen, den Menschen gefällig zu sein – sogar einem Ehemann!",

---

[22] Bernhard Zimmermann. „Euripides". In: *Metzler Lexikon der Weltliteratur. 1000 Autoren von der Antike bis zur Gegenwart.* Herausgegeben von Axel Ruckaberle. Stuttgart/Weimar: Metzler 2006. Band 1. S. 447.

ist der letzte Satz, den sie ausspricht, bevor sie in Elektras Hütte und damit in ihren Tod geht.

Der Apfel fällt nicht weit vom Stamm. Wo bei Sophokles Elektras Leidenschaft ihrem Bruder die nötige Entschlossenheit verleiht, muss bei Euripides die Schwester Orestes geradezu zum Muttermord überreden. Durch reine Hartnäckigkeit und kalten Pragmatismus redet sie ihm seine Zweifel an dem göttlichen Gebot aus (Hat er es sich vielleicht nur eingebildet? Ist das Orakel wirklich unfehlbar?). Euripides' Orestes ist ein leicht zu lenkender junger Mann, der den Plänen folgt, die andere für ihn aushecken, und seine Gräueltaten mit dem Eifer eines gewaltbereiten Adoleszenten ausführt. Seine Mission mag gerechtfertigt sein; seine Motive sind es kaum. Aigisthos, der gerade in einem Nymphenhain um den Tod Orestes' betet, erschlägt er in einer fast farcehaften Szene mehr oder weniger hinterrücks.

Elektra muss man bei Euripides als Rächerin weitaus ernster nehmen als ihren Bruder. Zwar ist es Orestes, der Klytaimnestra die Kehle durchschneidet, aber die eigentliche aktive Kraft ist Elektra; das „Verdienst" gehört ganz ihr. Mit der Nachricht, dass sie angeblich ein Kind zur Welt gebracht hat, lockt sie ihre Mutter erst aufs Land und dann in ihre Hütte, wo Orestes mit gezückter Klinge auf Klytaimnestra wartet. Natürlich steht im Hintergrund auch bei Euripides der Mord an Agamemnon, der solcherart gerächt wird. Aber in erster Linie rächt sich Elektra für etwas, das nur eine Folge des gewaltsamen Todes ihres Vaters ist: Indem sie ihre Tochter an einen nicht-adligen Bauern verheiratet hat, hat Klytaimnestra Elektra den potenziellen Status als Mutter edler Söhne genommen, der ihr als Herrschertochter eigentlich gebührt. Das, so Anne Pippin Burnett, ist „etwas ganz Neues", was Euripides da auf die Bühne bringt: Eine Frau rächt sich an einer anderen Frau, nicht wegen einer Frage der Ehre, sondern, weil sie in ihrem „sexuellen Status" herabgesetzt worden ist.[23] Schon dem toten Aigisthos hat Elektra diese Demütigung heimgezahlt, indem sie wortmächtig seine sexuelle Dominanz gegenüber ihrer Mutter infrage gestellt und ihn als „Klytaimnestras Zuchthengst" bloßgestellt hat. – Euripides' „Hausfrau" übt erst eine kleinliche und dann eine blutige Rache aus ausgesprochen egozentrischen, materialistischen und alltäglichen Motiven.

Das Stück endet grotesk. Ganz gegen die Gepflogenheiten der attischen Tragödie kommen die erfolgreichen Rächer auf

---

[23] Burnett, aaO., S. 237 (meine Übersetzung).

die Bühne und spielen den Mord an Klytaimnestra in einer Art freudigen Siegestanz nach. Unseres Wissens kam das Athener Publikum nie näher heran, eine Gewalttat tatsächlich auf der Bühne dargestellt zu sehen, als in dieser Szene. Unterbrochen wird sie ausgerechnet von den vergöttlichten Zwillingen Castor und Pollux, Klytaimnestras Brüder. Doch anstatt ihrer Pflicht als Rächer für die Ermordung ihrer Schwester nachzukommen, verkünden die beiden eine Art himmlischen Generalablass (wenn auch an gewisse Bedingungen geknüpft).

Diese bizarre Schlussszene wirkt fast wie eine Entlarvung der Versuche von Aischylos und Sophokles, Orestes' (und Elektras) fürchterliche Tat zu rechtfertigen. Auch Burnett meint, Euripides' Tragödie oszilliere „zwischen Blutvergießen und Farce".[24] Daraus entsteht eine Quasi-Groteske, die die Absurdität exzessiver Rache offenlegt, vor allem, wenn sie aus kleinlichen Motiven geschieht. Damit reflektiert Euripides zum Einen den neuen Alltag in einem sich bereits in einer Phase der Dekadenz befindlichen Athen, in dem sich tagtägliche Banden in verschiedenen Blutfehden bekriegten. Rache war nicht länger episch; sie war gewöhnlich geworden.[25] Zum Anderen konfrontiert er uns in seiner *Elektra* aber auch mit einer zeitlosen Problematik um Verbitterung, Missgunst und ausgesprochen „unedle" Gewalt.

3. Die Rache ist weiblich – *Medea*

> *Der Himmel kennt keine ärgere Raserei*
> *als in Hass verwandelte Liebe,*
> *die Hölle keinen Zorn wie den einer*
> *verschmähten Frau.*
> (William Congreve, *The Mourning Bride*)

In seiner *Elektra* hetzt Euripides zwei Frauen aufeinander, die beide luxussüchtig, boshaft und sexbesessen sind (Klytaimnestra kann durchaus als manipulative Nymphomanin, Elektra als neidische vertrocknete Jungfer gelesen werden). Außerdem wird Rache stark mit weiblicher Hinterlist und anderen wenig

---

[24] Burnett, aaO., S. 244.
[25] Vgl. Burnett, aaO., S. 225 f.

schmeichelhaften „weiblichen" Eigenschaften in Verbindung gebracht. Manche sehen in dem jüngsten der drei großen attischen Tragiker deswegen einen ausgewiesenen Frauenfeind und führen in der Regel als weiterer Beweis ein zweites seiner Stücke an: *Medea*. Diese vielleicht bekannteste Tragödie von Euripides erzählt die Geschichte einer Frau, die ihre eigenen Söhne tötet, um sich an dem Mann zu rächen, der sie verlassen hat.

Der Medea-Mythos ist eingebunden in die Argonautensage. Iason, der Sohn des rechtmäßigen Königs von Iolokos, versammelte die als Argonauten bekannte Heldengruppe um sich, um der Forderung seines thronräuberischen Onkels nachzukommen und das Goldene Vlies zu erbeuten. Diese Reliquie befand sich im „barbarischen" Kolchis (im heutigen Kaukasus) und wurde dort unter anderem von Medea gehütet, Priesterin, Zauberin, Tochter des Königs von Kolchis und Enkelin des Sonnengottes Helios. Medea verliebte sich in Iason und half ihm dabei, das Goldene Vlies zu stehlen, obwohl das Verrat an ihrem Volk und ihrem Vater bedeutete. Sie scheute nicht einmal davor zurück, ihren eigenen Bruder zu töten und zu zerstückeln, um ihr Ziel zu erreichen. Medea wird also schon im Mythos als eine starke, kluge, aber auch gewaltbereite und skrupellose Frau dargestellt. Diese Gestalt fand Euripides, dessen Frauenfiguren ohnehin durch ihre deutliche Dominanz auffallen, offenbar ausgesprochen faszinierend.

Iason, so geht der Mythos weiter, heiratete Medea (zum Dank? aus Liebe?). Jahre später hatte sich das Paar mit den beiden gemeinsamen Söhnen in Korinth niedergelassen, nachdem Medea auf die für sie typische raffiniert-grausame Art Iason geholfen hatte, sich an seinem Onkel, dem Usurpator des Thrones seines Vaters, zu rächen (durch eine List brachte sie die Töchter des Onkels dazu, ihn zu zerstückeln und zu kochen, in der Hoffnung, ihn durch Medeas Magie zu verjüngen). Eines Tages nun bot Kreon, der König von Korinth, Iason die Hand seiner Tochter Glauke an. Iason akzeptierte und verließ Medea.

Hier setzt nun die Handlung von Euripides' Tragödie ein. Medea ist rasend; sie fühlt sich beleidigt, herabgewürdigt, verraten, und das von dem Mann, den sie liebt und der der Vater ihrer Söhne ist. Angesichts ihrer Vorgeschichte ist es kaum überraschend, dass sich die barbarische Zauberin dafür furchtbar rächen wird. Medea, die sich zunächst scheinbar in ihr Schicksal fügt, schickt Glauke als Hochzeitsgeschenke ihr eigenes Festgewand und Diadem. Die Prinzessin legt beides auch prompt an. Beides ist jedoch mit magischem Gift getränkt, das Glauke und den ihr zur Hilfe eilenden Kreon in Flammen aufgehen lässt. Doch das reicht Medea und Euripides noch nicht: Um Iason voll und ganz zu zerstören, ersticht sie auch seine – und ihre – beiden kleinen Söhne. Sie rächt sich an ihm, indem sie mit Braut und Kindern „seine Zukunft vernichtet"[26], so wie er auch ihre zerstört hat, als er sie fallen ließ.

Viele Wissenschaftler sind der Meinung, dass erst Euripides den Kindsmord in die Medea-Geschichte einführte und sie damit ein Verbrechen begehen ließ, das noch furchtbarer und unnatürlicher war als die Tötung seiner eigenen Mutter durch Orestes. Das gibt zunächst jenen Nahrung, die den Tragiker einen Frauenfeind heißen. Schließlich behauptet er, dass eine „verschmähte Frau" imstande ist, so weit zu sinken, dass sie alle Muttergefühle vergisst und ihre eigenen Kinder umbringt, nur um den Mann zu treffen, der sie verlassen hat. Stellt Euripides damit „weibliche Rache" nicht als etwas „Unnatürliches" dar und spricht Frauen, ähnlich wie Aischylos, das Recht auf Vergeltung ab? „Nein", sagen etwa Susan Jacoby und Peter A. French. Ein genauerer Blick auf die furchtbare Geschichte, die Euripides uns erzählt, gibt ihnen recht.

Euripides' *Medea* ist letzten Endes ein soziales Drama, meint Jacoby, und damit sei der Tragiker seiner Zeit „nicht eine Generation oder zwei voraus gewesen, sondern um dreiundzwanzig Jahrhunderte"[27]. In der *Elektra* haben wir schon gesehen, dass Euripides ein scharfsichtiger Alltagspsychologe war (gerade weil uns nicht immer angenehm sein mag, was er uns zeigt). Auch Medea tut, was sie tut, durchaus aus ihrer psychologischen Konstitution heraus: weil sie eine ungeheuer starke, intelligente, aber auch unerbittliche, grausame Person ist. Aber Euripides' Tragödie ist darüber hinaus eine Analyse, ja, Entlarvung der sozialen Umstände, die Medea zu ihrer exzessiven Rache, die sich im Kindsmord manifestiert, treiben.

Wie schon erwähnt, ist Medea eine „Barbarin", also eine „Fremde", eine „Nicht-Griechin". Damit wurde ihre Ehe mit Iason von den Griechen nicht wirklich als eine solche anerkannt; Medeas Status in Korinth entspricht also eher dem einer Konkubine als dem einer verheirateten Frau. Ihr mag als Tochter eines Königs mit Respekt und als Zauberin mit (Ehr-)Furcht be-

---

[26] Jacoby, aaO., S. 25.
[27] Jacoby, aaO., S. 24.

gegnet werden, aber sie ist und bleibt eine Fremde. Sie ist isoliert und allein in Korinth, und sie hat keinerlei Rechte. Iason bricht weder ein Gesetz noch eine soziale Norm, wenn er sie verlässt; er behandelt sie schändlich und hat jedes Recht dazu.

Dass Euripides dieses gesellschaftliche Problem bewusst war, zeigt sich in dem Streitgespräch zwischen Iason und Medea, in dem er sie überzeugen will, dass sein Verhalten zu ihrem Besten und zum Besten ihrer Kinder ist (die immer den potenziellen „legitimen" Kindern Glaukes untergeordnet bleiben würden). Er appelliert an die so griechische Tugend der Vernunft, wirft ihr aber auch hochmütig an den Kopf, dass es schließlich besser sei, die verstoßene Frau eines Griechen als die Prinzessin irgendeines wilden Stammes zu sein. Medea soll die Tatsache, dass ihr Leben zerstört wird, also stumm, wenn nicht freudig, akzeptieren, weil es für alle die vernünftigste Lösung ist. Da sie eine Fremde ohne jegliche Verbindung ist, hat Medea im patriarchalischen Korinth auch keine männlichen Verwandten, die für sie einstehen, sie rächen könnten. Verschärft wird ihre Situation noch dadurch, dass sie alle Brücken hinter sich abgebrochen hat, als sie Iason gefolgt war. Sie kann nicht nach Kolchis zurück, und trotzdem verbannt sie König Kreon zu Beginn des Stücks aus der Stadt Korinth, die ihr eine Art Heimat geworden sein muss.

Medea steht mit dem Rücken zur Wand. Sie kann sich entweder fügen und in eine äußerst ungewisse Zukunft als Verstoßene und Verbannte aufbrechen (und wohin soll sie gehen?), oder sie, die sich an niemanden wenden kann, nimmt das Recht in die eigene Hand. Dass Iason nicht erkennt, dass die Frau, die für ihn ihren Bruder und seinen Onkel getötet hat, sich für die letztere Option entscheiden wird, lässt ihn außerordentlich kurzsichtig erscheinen. Er ist ganz sicher keine Figur, die die Sympathie des Zuschauers erregte – weder damals noch heute –, und es ist kaum möglich, Medea kein Recht auf Genugtuung zuzugestehen. Jacoby meint dazu: „*Medea* ist der erste Text der abendländischen Literatur, der eine Frau und ihren furchtbaren Akt der Rache vor dem Hintergrund eines sozialen Systems beleuchtet, das ihr die legalen Mittel vorenthält, Anklage zu erheben und Gerechtigkeit zu erlangen."[28]

Das heißt natürlich nicht, dass Euripides die extremen Mittel, die Medea ergreift, um Rache zu üben, entschuldigt. Aber er versucht geradezu sozialpsychologisch zu erklären, wie es so

---

[28] Jacoby, aaO., S. 24.

weit kommen konnte. Medea ist kein „guter" Charakter; sie ist eine bemerkenswerte Frau, die zur Verbrecherin wird, und ihr soziales System, dessen Vertreter nicht als moralisch „besser" als sie dargestellt werden, trägt entscheidend zu ihrem Fall bei. Durch die Ungeheuerlichkeit ihres Verbrechens unterstreicht Euripides diese Aussage nur und macht Medeas Schicksal umso furchtbarer und bedauernswerter.

Doch das ist noch nicht das letzte Wort, das in Bezug auf Medea gesprochen werden kann. Denn Euripides' barbarische Zauberin erregt nicht nur unsere Furcht und unser Mitleid, sondern auch unsere Bewunderung. Sie ist eine ausnehmend charakterstarke und vor allem intelligente Frau, die das fremde System, in dem sie lebt, durchschaut. Kreon wirft sie indirekt vor, dass die Gesellschaft Angst vor klugen Menschen hat, die deswegen entweder ihre Klugheit verbergen oder die Feindseligkeit ihrer Mitmenschen ertragen müssen. Gleichzeitig schafft sie es, das Ausmaß ihrer eigenen Intelligenz zu verbergen, und übertrumpft alle: den Chor aus korinthischen Frauen, die sie zur Komplizenschaft überredet; Kreon, dem sie eine Aufschiebung ihrer Verbannung abringt und damit die für ihre Rache notwenige Zeit herausschindet; und Iason, den sie an die Wand argumentiert.

Iason unterstellt Medea, die einzige Motivation für ihren Ärger wäre Eifersucht, und nimmt damit eine typisch griechisch-männliche Position ein; schließlich war man(n) damals landläufig der Meinung, Frauen würden ausgesprochen leicht ihren sexuellen Impulsen erliegen und sich von ihnen lenken lassen (eine Position, die zu vertreten ja Euripides selbst ironischerweise vorgeworfen wurde). Medea dagegen verteidigt ihren Zorn, indem sie eine unerhörte Position für sich beansprucht: die eines gleichberechtigten Partners. Hat sie nicht Seite an Seite mit Iason heroische Abenteuer bestanden und sich als ihm ebenbürtig erwiesen? Sein Verhalten bricht also nicht nur ihr Herz und ihre gemeinsame Ehe, sie verletzt auch auf gleiche Weise ihre Ehre wie das Verhalten Agamemnons die von Achilleus in der *Ilias*. Medea erklärt sich zum Heros und nimmt daher das Recht für sich in Anspruch, die Beleidigung heroisch zu rächen.[29] Diese Forderung ist aus dem Mund einer

---

[29] Donald J. Mastronarde. „General Introduction". In: Euripides: *Medea*. Cambridge: Cambridge UP 2001. S. 8 f.

Frau wahrlich unerhört. Die Rächerin stellt sich selbst außerhalb des gesellschaftlichen Systems, und das bedeutet eine deutliche Gefahr für dessen grundlegende Werte – Medea ist Rache in all ihrer subversiven Herrlichkeit und Fürchterlichkeit.

Die Position, die Medea vertritt, ist nicht ganz die des Stücks. Ihre Argumentation würde es rechtfertigen, Iason zu kastrieren oder zu töten, sie vielleicht sogar zu dem Mord an Glauke und Kreon berechtigen – aber nicht zu dem an ihren Kindern. Mit dieser Tat lässt Euripides die kolchische Prinzessin die Grenze zum Exzess überschreiten und sie weit in den Bereich der wilden, anarchischen, unfasslichen Rache vordringen, zu deren Personifikation sie letzten Endes wird. Medea ist ein Paradox, das sich unserem Verständnisvermögen entzieht. Wir wollen auf ihrer Seite sein, weil sie so eindeutig diejenige ist, der Unrecht getan wird. Aber wir können nicht auf ihrer Seite sein, weil sie unschuldige Kinder tötet.

Verstärkt wird diese Spannung durch die absolute Überlegenheit Medeas über alle anderen Charaktere. Sie ist immer souverän, äußert erfolgreich mit ihren Plänen, und sie wird am Ende nicht von einer höheren Macht bestraft. Im Gegenteil: Das Stück endet mit einer triumphierenden Medea, die einen gebrochenen Iason zurücklässt, während sie in dem von Drachen gezogenen Streitwagen ihres Großvaters, des Sonnengottes, davonfliegt. Während der Aufführung im antiken Athen bestieg Medea mit dem Streitwagen die *machina* (eine Bühnenmaschine für „special effects"), die allen Gepflogenheiten zufolge allein den Götterfiguren vorbehalten war. Euripides macht damit seine Rächerin auch bildlich zu etwas Unmenschlichem, Unfassbarem, das machtvoll und zerstörerisch ist.

Medea wird zur Inkarnation der Rache selbst. Wir können diese Kraft nicht verurteilen, ohne gleichzeitig ihre Berechtigung einzugestehen, und wir können sie nicht rechtfertigen, ohne auch ein moralisches Urteil über sie zu fällen. Aufzuhalten aber ist sie nicht, wenn sie erst einmal entfesselt ist. Rache kann Menschen in etwas Monströses verwandeln, das uns letztendlich mit der Frage konfrontiert, was es bedeutet, Mensch zu sein.

Die Texte der griechischen Antike sind die Archetexte, die Urtexte der Rache. Über die Jahrhunderte hinweg, bis in unsere heutige Zeit hinein, wurden sie immer wieder aufgegriffen, neu erzählt, uminterpretiert, von anderen Seiten beleuchtet. Sie geben uns seit Jahrtausenden Instrumente in die Hand, Archetypen der Rache zu begreifen.

III. DIE ZEIT DER FEHDE – DAS MITTELALTER UND DIE HELDENLIEDER

1. Die Fehdegesellschaft

Das Mittelalter, und ganz besonders die Feudalzeit, stand von Anfang bis Ende unter dem Zeichen privater Rache.
(Marc Bloch, *La Société féodale*)

Die Gesellschaft des Hochmittelalters (ca. 11. bis 13. Jahrhundert n. Chr.) war eine Fehdegesellschaft. Dieser simple Satz vereinfacht einen sehr komplexen Sachverhalt, ist aber dennoch zutreffend. Die mittelalterliche Feudalgesellschaft war ein hoch differenziertes soziales System. Das vergessen wir oft, wenn wir vom „dunklen Mittelalter" reden und eine Epoche von mindestens siebenhundert Jahren über einen Kamm scheren. Die Denkweise des Mittelalters war eine andere als die der Antike und als die der Neuzeit. Sie zeichnet sich, genauso wie alle anderen Welt- und Gedankengebäude, durch eine faszinierende Eigengesetzlichkeit aus.

Das bekannteste der Elemente, die die Welt „des Mittelalters" ausmachen, ist wohl der Code der Ritterlichkeit, wie er uns in den Geschichten um die Tafelrunde und die Gralsuche und in den deutschen Minneliedern überliefert ist. Innerhalb dieses Verhaltenskodex spielt eine bestimmte Art von christlicher Ehre eine wichtige Rolle, und er kann in der Tat als ein regulatives Instrumentarium betrachtet werden, das dazu diente, die Balance in der Feudalgesellschaft, die durch komplizierte Loyalitätsbindungen geprägt war, aufrechtzuerhalten. Ein Mann war seiner Sippe, seinem Lehnsherrn und, innerhalb der Minnetradition, seiner Dame verpflichtet, und ein „echter" Ritter musste in der Lage sein, diesen unterschiedlichen

Loyalitäten gerecht zu werden, ohne in einen unauflösbaren Konflikt zu geraten. Manchmal wollte es das Schicksal natürlich anders, und da half alle Prinzipientreue nichts. Hier fand sich spannendes Konfliktpotenzial, dessen sich die Literatur natürlich gerne annahm, um daraus aufregende „Heldenlieder" zu gestalten.

Rache bzw. Fehde ist ein integraler Bestandteil der feudalen, mittelalterlichen Welt. Zumindest von der Grundidee dieses gesellschaftlichen Systems her steht sie der Gerechtigkeit nicht als potenziell destruktiver Mechanismus gegenüber, sondern geht mit ihr Hand in Hand. Die Strafe, die Könige und Kaiser aussprechen, wird genauso als Rache empfunden, wie die Rache, die ein Krieger für Entehrung oder Tod eines Freundes oder Verwandten übt, als gerechte Strafe betrachtet wird. Es wird kaum ein Unterschied gemacht zwischen (politischem) Krieg und (persönlicher) Fehde, und im Zweikampf zweier Ritter findet die Rache sogar ihre ritualisierte Form. Ein solches „Duell", wenn es nicht zu Turnierzwecken ausgetragen wird, war ein probates Mittel, einen Konflikt zwischen zwei Lehnsleuten zur Auflösung zu bringen, und wird als ein Gottesurteil verstanden. Gewann der Rächer – bzw. der Recke, der für seine Sache in den Zweikampf zog –, war auch die Rache gerechtfertigt und geschah mit Gottes Segen. Unterlag die Seite der Rächenden jedoch, war auch die Schuld des Geforderten getilgt bzw. seine grundsätzliche Unschuld erwiesen.

Jenes Verständnis von Ehre, Gottesurteil und Zweikampf sollte über die Jahrhunderte unglaublich beständig bleiben, allen Wechseln von Weltbildern und neuem philosophischen Gedankengut zum Trotz. Das Duell als Instrument der Rache und der Ehrenrettung wird uns bis ins 19., ja bis ins 20. Jahrhundert hinein begleiten. Auch uns Heutigen ist die Idee nicht fremd, wenn wir diesen Zweikampf auch nur noch in fiktionalen Räumen, wie etwa im Western, ausgetragen sehen. Die zwischen zwei Menschen in einem Kampf auf Gleich und Gleich ausgetragene Fehde ist das vielleicht beharrlichste Erbe des Mittelalters.

Die Tatsache, dass Rache und Fehde in diesem extremen Ausmaß ritualisiert wurden, verrät uns, welche wichtige Rolle dieses Konzept in der feudalen Gesellschaft im Allgemeinen spielte. Die großen „Gründungstexte" der mittelalterlichen europäischen Literatur geben uns weiteren Einblick in dieses geistesgeschichtliche Phänomen. Hier sehen wir, dass Rache zumindest im „literarischen Alltag" eine selbstverständliche Erscheinung ist. Die mittelalterlichen Geschichten kennen kaum Figuren wie den Orestes von Sophokles oder, ganz zu schweigen, von Euripides, der schon beginnt, die Notwendigkeit der Blutrache infrage zu stellen. Auch konfrontieren sie uns nicht auf dieselbe Weise mit der Absurdität, in der das Gesetz der Vergeltung gipfeln kann, wenn Orestes den Tod seiner Mutter an sich selbst rächen muss. Dennoch setzt sich auch die mittelalterliche Literatur mit der grundsätzlichen Problematik des Sippenmords auseinander, jenes Verbrechens, das die Rachegesellschaft aus ihren Angeln zu heben droht, weil der Rächer einer solchen Tat wiederum „eigenes Blut" vergießen muss.

Die Sippenbindungen der feudalen Welt sind vielleicht noch komplizierter als die der Antike, sodass es leicht passieren kann, dass ein Verwandter den Tod oder die Ehre eines Familienmitglieds an einem dritten Verwandten rächen muss. Das frühmittelalterliche, angelsächsische Epos *Beowulf* etwa erwähnt so einen Fall. Der Titelheld selbst erzählt von einem Mann, der den Tod seines Sohnes nicht rächen konnte, weil er erstens als gerechtfertigte Strafe für ein „sündhaftes Verbrechen, das das Herz zertrümmert" gestorben ist und zweitens der Verantwortliche ein Mitglied derselben Sippe ist. Diese Unerfüllbarkeit der Rache, wie sie der Tod eines Edelmannes eigentlich erfordert, wird zur unerträglichen Situation für den Vater: „Dann, allzu schwer mit diesem Kummer belastet, gab er die Freuden des Daseins auf und wählte für sich das Licht Gottes" – oder, mit anderen Worten: Der verhinderte Rächer gibt sich selbst den Tod. In einer Situation, in der Vergeltung wegen widerstreitender Loyalitäten unmöglich wird, bleibt ihm kein anderer Ausweg.

Anders als an der antiken Tragödie wird diese Situation im frühmittelalterlichen Heldenlied jedoch nicht als tragisch empfunden. Die Art und Weise, wie diese Geschichte in Beowulf erzählt wird, lässt zwar Raum für Mitleid, aber der rachelose Vater scheint hier ruhigen Gewissens in den Tod zu gehen. Er kann schlicht nicht mehr ehrenvoll in der Welt leben, also stirbt er stattdessen ehrenvoll. Das ist kein beklagenswerter Ausgang einer tragischen Verwicklung, sondern ein konsequentes Ende für ein Leben innerhalb eines kriegerischen Kodex.

Die früh- und hochmittelalterliche Kultur und Literatur lebt Rache, ob sie sie nun zelebriert, kritisiert oder versucht, sie einzudämmen. Die Fehde ist ebenso sehr ein kollektives wie ein persönliches Phänomen. Innerhalb dieser adlig-kriegerischen Kultur kann jeder zum Gerächten, zum Rächer und zum Racheobjekt werden. Für Letzteres bedarf es nicht einmal eines eigenen Vergehens. Durch die enge Sippenbindung, die die feudale Gesellschaft prägt, entstand auch ein gesteigertes Verständnis von Sippenschuld. Um den Tod eines Verwandten zu rächen, ist es nicht immer notwendig, dass ich den tatsächlichen Mörder töte; ich kann meine Rache auch an seinem Neffen, seinem Sohn, seinem Onkel etc. üben, ohne mich des Vorwurfs der übermäßigen Grausamkeit auszusetzen. John Kerrigan beschreibt diese Haltung folgendermaßen: „Die Opfer von Gewalt müssen nicht unbedingt die Verursacher des Schadens sein. [...] Jeder konnte berechtigterweise für etwas bestraft werden, das ein Verwandter oder auch ein Waffenbruder getan hatte."[30]

Ganz so selbstverständlich war diese Art von „Sippenhaft" in der Alltagsrealität mittelalterlicher Gesellschaften natürlich nicht; nicht jeder war damit einverstanden, ohne zu mucken die Schuld eines Verwandten zu tragen. Gerade aus dieser Situation heraus erwächst ja der nur schwer zu durchbrechende Kreislauf der Fehde, da natürlich auch das zweite Opfer Verwandte hat, die wahrscheinlich nur umso williger sind, diesen neuen Tod zu rächen, weil sich das Opfer nichts zuschulden kommen hat lassen. Dennoch gibt es genug Präzedenzfälle in der Literatur und auch überlieferte Gerichtsbeschlüsse, die zeigen, dass eine „Sippenrache" durchaus rechtens und anerkannter Teil der Fehdemechanismen war, die der feudalen Welt zugrunde lagen. In der Renaissance und mit dem sich ausbreitenden Humanismus würde sich die Idee in der Literatur verwurzeln, dass der Tod von Unschuldigen ein schreiend rotes Alarmsignal ist, das die Destruktivität der Rache und des Rächers bloßlegt. Dem mittelalterlichen Denken ist dieser Glaube noch fern (allerdings sollte es Jahrhunderte dauern, bis dieses Alarmsignal tatsächlich allgemein verständlich wurde).

Die komplexe Fehde- und Feudalgesellschaft hat viele Wurzeln: das Christentum; die römische Antike; die germa-

---

[30] John Kerrigan: *Revenge Tragedy: Aeschylus to Armageddon*. Oxford: Clarendon Press 1996. S. 150 (meine Übersetzung).

nisch-nordische Kriegergesellschaft. All diese Einflüsse vermischten sich im Laufe der Spätantike und des Frühmittelalters, bis schließlich das hoch differenzierte soziale System des Hochmittelalters entstand. Diese komplexe Gesellschaft hier in all ihren Facetten darzustellen, würde jeglichen Rahmen sprengen. Wir können in diesem Buch lediglich einen kurzen Blick in diese spannende Welt werfen, um zu sehen, wie sich in jener Zeit, deren Denkweise uns so fremd und gleichzeitig seltsam vertraut ist, die Rache in ihren großen literarischen Texten manifestiert hat.

Grundsätzlich jedoch ist zu sagen, dass die feudale Gesellschaft zu ihrer Blütezeit ein flexibles, anpassungsfähiges System war, das funktionierte. Natürlich hatte es mit den ihm inhärenten gesellschaftlichen Problemen zu kämpfen, aber es war selbstregulierend.[31] Kerrigan betont im Hinblick auf die Fehdegesellschaft: „Diese Praxis der Fehde darf nicht als ein Exzess gedankenloser Gewalt betrachtet werden, der seine Berechtigung von einem Gesellschaftssystem erhielt, das zu primitiv war, um ihn zu verhindern. Vielmehr handelte es sich dabei um einen Mechanismus des ‚active problem solving' innerhalb einer Gesellschaft, die noch keine allgemeine, zentralisierte Gerichtsbarkeit kannte."[32]

---

[31] Das mittelalterliche Feudalsystem war nicht von vVornherein „schlechter" oder „besser" als andere Gesellschaftsmodelle. Es hatte seine Eigengesetzlichkeiten und seine eigenen Probleme und war letztendlich nicht imstande, sich an eine sich verändernde Zeit anzupassen. Auch können wir aus unserem heutigen Verständnis um menschliche Grundrechte heraus ein berechtigtes Urteil über das Feudalsystem fällen. Das ändert jedoch nichts daran, dass es zu seiner Zeit als Gesellschaftsmodell innerhalb seiner eigenen Parameter funktionierte – zumindest so gut wie Gesellschaftssysteme das nun einmal tun.

[32] Kerrigan, aaO., S. 147.

2. Ruhmreiches Rächen –
Beowulf und die gelebte Fehde

> *Mehr frommt es jedem,*
> *Den Freund zu rächen, als ihn viel zu betrauern.*
>
> (*Beowulf*)

Einer der frühesten Texte, in dem sich die Fehdegesellschaft niederschlägt, ist das schon erwähnte angelsächsische Epos *Beowulf*. Heute wird diese Heldendichtung als das erste große Gedicht der englischen Literatur gerühmt. Die älteste erhaltene Handschrift stammt ca. aus dem Jahr 1000, das Epos selbst ist aber höchstwahrscheinlich schon im frühen 8. Jahrhundert entstanden.

Wie die homerischen Epen ist auch *Beowulf* aus einer mündlichen Tradition heraus entstanden. Viele Motive germanischer und skandinavischer Mythen haben ihren Weg in das Heldengedicht gefunden, und es bezieht sich immer wieder auf historische Ereignisse, die etwa im 5. Jahrhundert nach Christus anzusiedeln sind. Spannend ist *Beowulf* nicht nur wegen seiner aufregenden Geschichte und seines unglaublichen Sprachreichtums, sondern auch, weil der Text sich in einer Art Schwebe befindet zwischen „heidnischer" Stammeswelt und dem christlichen Mittelalter. Die Kriegergesellschaft, die in dem Epos dargestellt wird, entspricht der der vorchristlichen germanischen und skandinavischen Völker. Archäologischen Erkenntnissen zufolge porträtiert das Heldenlied die Zeit, zu der es spielt, überraschend authentisch. Der Verfasser hat die eigentlich „heidnische" Geschichte jedoch auch mit einem christlichen Weltverständnis unterlegt und mit entsprechenden Motiven gewürzt. *Beowulf* ist also in gewisser Weise ein Hybridtext, der zwei Epochen miteinander verbindet und deutlich macht, wie kontinuierlich sowohl geschichtliche Entwicklung als auch literarische Traditionen sind.

In der vorchristlichen skandinavisch-germanischen Gesellschaft waren Rache und Gerechtigkeit so gut wie eins, vielleicht noch mehr als in der sie ablösenden mittelalterlichen Welt. Vergeltungsdenken war fest verwurzelt in dieser kriegerischen Mentalität. Rache und Fehde sind den Charakteren in *Beowulf* in Fleisch und Blut übergegangen und durchdringen jeden Vers des Heldengedichts. Überlegungen über die Natur der Fehde begegnen uns in *Beowulf* immer wieder. Dies zeigt nicht zuletzt, dass die „primitive" Fehdegesellschaft durchaus über ihre Eigengesetzlichkeit reflektieren konnte, auch wenn sie vielleicht andere Fragen an sich selbst stellte, als wir das heutzutage tun würden. Interessanterweise ist es oft Beowulf, der große Held und ehrenvolle Krieger, der Präzedenzfälle erzählt, die zeigen, wie die Fehdegesellschaft funktioniert und wo möglicherweise ihre Schwächen liegen. Hier ein Beispiel einer der längeren Reden des Helden, der, wie alle Stammeskrieger heroischer Zeiten, alles andere als auf den Mund gefallen ist:

Das Volk war fröhlich: Ich erfuhr in der Welt
Unter des Himmels Hälfte bei Hallsitzenden
Nie mehr der Metlust, da die mächtige Königin,
Der Völker Friedensschirm bald die Flur durchschritt,
Die Söhne zu ermuntern, und den Mannen etlichen
Ringschmuck schenkte, eh sie zum Sitze ging;
   Bald den älteren Tapferen die Tochter Hroðgars
Nach der Ordnung allen den Alebecher reichte;
Freawaru hört' ich sie von den Flursitzenden
geheißen, als sie herrliche Schätze
Den Helden hinbot. Verheißen war sie,
   Mit Gold begabt, dem guten Sohne Frodas.
Unter Hroðgars Obhut, des alten Schildingen,
War sein Reich bestellt; auch rühmte man wohl,
Wie er mit der Tochter Hand die Todfehde
Der verfeindeten Völker gesühnt. Freilich mag selten,
   Wenn ein Volk erlegen ist, auf lange Zeit
Das Racheschwert rasten, wie ruhmwert die Braut auch sei.
Missbehagen wird es bald dem Headobardenfürsten
Und den Kriegern des bezwungenen Volkes,
Wenn an der Fürstin Hand ein dänischer Heldensohn
In der Höflinge Schar die Halle betritt,
   Der frech sich gürtet mit seiner Väter Erbe,
Dem herrlichen Kleinod der Headobardenkönige.
[...]
   Dann spricht wohl beim Bier, erblickt er den Schmuck,

Ein alter Eschkämpe, [...]
Jammernd beginnt er, dem jungen Kämpen
Den Sinn zu erforschen;
        Seine Wut zu wecken, spricht er solche Worte:
„Kannst du, mein König, das Kampfschwert schauen,
Das dein Vater vormals im Gefechte trug
Unter dem Lindenschild das letzte Mal,
Das teure Eisen, als ihn die Dänen schlugen,
        Die der Walstatt walteten (Wiedervergeltung schlief
Nach der Fürsten Fall), die frechen Schildinge?
Nun stolziert im Saal ein Sohn dieser Mörder,
Ich weiß nicht welches, tut wichtig mit dem Schmuck,
Pocht auf den Mord und prunkt mit dem Kleinod,
        Das du dem Rechte nach selbst besitzen solltest."
So mahnt und meistert er ihn zu mancher Zeit
Mit strafenden Worten, bis die Stunde kommt,
Dass der fremde Fürst für seines Vaters Taten
Nach der Schwerter Biss blutfarb schlummert.[33]

Fehde ist in der Gesellschaft Beowulfs gleichbedeutend mit Krieg. Der Dänenkönig Hroðgar wird als weiser, guter Herrscher gerühmt, weil er eine alte „Todfehde" beilegen will, indem er die Hand seiner – offenbar, glaubt man Beowulf, ausgesprochen wundervollen – Tochter Freawaru dem Königssohn des verfeindeten Stammes/Volkes zur Frau gibt. Das ist nicht nur ein rein politischer Schachzug der Verbindung zweier Königsfamilien, um Frieden zu erreichen. Die „Übergabe" Freawarus und ihrer Mitgift an die Feinde bedeutet auch eine Bezahlung jeglicher Schuld, die eigentlich noch gerächt werden müsste. In der Fehdegesellschaft muss Blut nicht immer mit Blut bezahlt werden; auch ein anderer Preis ist akzeptabel und ehrenvoll. Die Hand einer Frau ist sicher nicht die schlechteste Art, eine Fehde zu beenden. Freawaru kann so zum „Friedensschirm" ihres Volkes werden.

So weit zumindest die Theorie. Aber Beowulf kennt seine Pappenheimer. Die Hand einer Frau oder Gold mag eine faktische Sühne für eine Blutschuld sein, aber ist sie auch psychologisch befriedigend? Ausgesprochen realistisch schildert

---

[33] Bei der hier wiedergegebenen Version des angelsächsischen Epos *Beowulf* handelt es sich um die von mir überarbeitete und modernisierte Übersetzung von Karl Simrock (1802–1876) von 1856.

Beowulf eine mögliche Eskalation am fremden Königshof, wo die Anwesenheit der neuen Königin und ihres Gefolges, das aus einstigen Feinden besteht, über einem Krug Bier schnell zu bösem Blut führen kann. Zu leicht flammt die Rachsucht wieder auf, und die Fehde kann trotz einvernehmlicher Beilegung nur allzu schnell in die nächste Runde gehen. Blutschuld, die nicht mit Blut bezahlt wird – das funktioniert Beowulfs Meinung nach nur selten, weil Menschen eben nicht so schnell vergessen und verzeihen, wie sie sollten. Hier mag auch die Stimme des christlich motivierten Erzählers durchdringen, der durch die mahnenden Worte seines Helden seine Leser zu eben jener christlichen Tugend der Vergebung animieren will.

Dass die Beilegung einer Fehde durch eine andere Art als durch Vergeltung und Wiedervergeltung möglich ist, zeigt Beowulfs eigene Geschichte. Sein Gastgeber König Hroðgar hat selbst einmal einen Blutpreis gezahlt, um eine Fehde zu beenden, in die Beowulfs Vater verwickelt war. Dementsprechend fühlt sich der große Geatenkrieger[34] dem Dänen verpflichtet. Es entsteht ein gegenseitiges Treueverhältnis zwischen Krieger und König, das der späteren Feudalbeziehung zwischen Lehnsherrn und Lehnsmann ähnlich ist und auf seine Weise genauso eng, wenn nicht enger ist als die Bindung an die eigene Sippe.

Das Epos *Beowulf* zeigt uns also eine Welt, in der Fehde und Rache sowohl zum Lebensalltag gehören als auch die Politik entscheidend mitbestimmen. Da verwundert es wenig, dass der erste Teil des Heldengedichts um dieses Thema kreist.[35] Dabei würden wir aus heutiger Perspektive zunächst andere Motive für die Handlungen der Antagonisten vermuten und nicht unbedingt gleich als Erstes auf den Wunsch nach Vergeltung kommen. Für die Charaktere des Epos jedoch scheint das keine Frage zu sein: Der erste Teil von *Beowulf* erzählt die Geschichte einer Fehde.

Ort des Geschehens ist Heorot, die Methalle[36] von König Hroðgar. Die Halle ist so herrlich wie die überbordenden Feste,

---

[34] Hinter den „Geaten" *Beowulfs* werden die Gauten oder auch die Goten vermutet.

[35] Der zweite Teil des Epos spielt vierzig Jahre nach den Geschehnissen, die der erste behandelt. Beowulf ist inzwischen selbst König der Geaten und trägt seine letzte Schlacht gegen einen Drachen aus, der seinen Hort verteidigen will. Das Epos endet mit Beowulfs Tod und standesgemäßer Bestattung.

[36] Der Königssitz, in dem gefeiert, aber auch gewohnt wird.

die dort gefeiert werden. Der Dänenstamm Hroðgars lebt offensichtlich in friedlichem Überfluss, und die Menschen singen ihre heldische Lebensfreude in die Nacht hinaus. Damit stören sie aber das Ungeheuer Grendel auf, eine Art Troll, der aus Wut über das Singen und die Freude der Menschen Heorot jede Nacht angreift und viele von Hroðgars Kriegern tötet.

Die Bewohner von Heorot leben von nun an in Angst und Schrecken, bis der Geatenkrieger Beowulf auftaucht, der alle Eigenschaften eines halbgöttlichen Helden vom Schlage Achilleus oder des irischen Finn McCool aufzuweisen hat. Halb wegen seiner alten Verpflichtungen Hroðgar gegenüber, halb aus dem heroischen Drang heraus, sich selbst zu beweisen, stellt sich Beowulf Grendel und tötet das Ungeheuer mit bloßen Händen. Angesichts der Situation würde uns als modernen Lesern nun als Handlungsmotivation schlicht Selbstverteidigung oder die Befreiung der Bewohner Heorots von einer übernatürlichen Plage einfallen. Das Epos allerdings nennt als primäres Motiv dezidiert Rache für die bereits von Grendel getöteten Krieger. Die Notwendigkeit der Vergeltung jener Tode kommt vor jeder anderen Überlegung.

Damit aus diesem Konflikt zwischen Menschen und Ungeheuer jedoch eine richtige Fehdegeschichte wird, braucht auch Grendel einen Rächer – auf den ersten Blick für uns eine etwas bizarre Vorstellung. Seit wann haben Monster, Trolle oder Drachen jemanden, der bereit wäre, für sie Vergeltung zu üben? Grendel jedoch hat eine Mutter, eine Meerfrau – die Bezeichnung „Jungfrau" wäre in diesem Fall mehr als unangebracht –, die ihren furchtbaren Sohn an Schrecklichkeit noch übertrifft. Und daran, dass diese „Seewölfin" von Rache, und nur von Rache, getrieben wird, besteht auch für uns moderne Leser nicht der geringste Zweifel.

„Seine Mutter sollte nun gehen, die Gierige, mit giftigem Sinn, den sorgenvollen Gang, ihren Sohn zu rächen", heißt es im Gedicht. Grendels formidable Mutter ordnet sich in die Reihe der großen rächenden Frauen ein, die allein schon durch ihre Wildheit und Unerbittlichkeit etwas Dämonisches erhalten. Wie Medea, die Rächerin ihrer selbst, die in einen gottgleichen Status erhoben wird und mit einem von Drachen gezogenen Streitwagen von dannen fährt, ist auch Grendels Mutter eine unheimliche weibliche Kraft. Die schlangengleiche „Seewölfin" ist eine Manifestation weiblicher Wut, der kaum beizukommen ist.

Grendels Mutter lässt ihren Zorn über den Tod ihres Kindes nicht direkt an Beowulf, dem Verantwortlichen, aus. Vielmehr befriedigt sie ihren Hunger nach Vergeltung, indem sie – vermutlich eher wahllos – den engsten Vertrauten Hroðgars umbringt. Hier begegnet uns jene schon angesprochene „Sippenhaft", die die Fehdegesellschaft charakterisiert: Ein Verwandter oder ein Waffenbruder kann für die Schuld eines Sippenmitglieds, eines Kriegskameraden oder eines Lehnsherrn bezahlen müssen.

Und das Fehderad dreht sich weiter, denn der Dänenkönig ruft nun wiederum Beowulf um Rache für seinen getreuen Krieger an:

„Die Fehde hat sie gerächt,
Wegen der du gestern Nacht Grendel niederrangst,
    Ihn heftig haltend in harter Umklammerung,
Der zu lange schon meiner Leute Zahl
Mordend minderte. Jetzt musste er erliegen,
Mit seinem Tode bezahlen. Aber schau, eine Andere kam,
so mächtig, so böse, so verheerend, ihre Sippe zu rächen.
    Sie führt die Fehde nun fort, die Alte!"
[...]
        Beowulf entgegnete, der Sohn Ecgðeows:
„Fasse dich, weiser Fürst! Mehr frommt es jedem,
Den Freund zu rächen, als ihn viel zu betrauern.
Von Uns muss Jeder das Ende
    Dieses weltlichen Lebens erwarten: Der es vermag,
soll Ruhmestaten vor dem Tode wirken: Das gebührt dem Helden."

Beowulf gelingt die große Tat natürlich. Nach langem, schweren Kampf besiegt er die „Seewölfin". Mit Grendels Mutter ist der letzte Spross dieser Familie vernichtet, und die Fehde findet ihr natürliches Ende.

Besonders interessant ist an dieser Fehdegeschichte um Beowulf, die Bewohner von Heorot, Grendel und seine Mutter, dass die beiden Ungeheuer so menschliche Motivationen umtreiben und dass ihre Gegner dies auch anerkennen. Sie sind zwar furchtbare, mit übernatürlichen Kräften begabte Dämonen, so wie Beowulf ein unmenschlich starker, unbezwingbarer Held ist; im Rahmen der Fehde werden sie aber nicht anders behandelt als rein menschliche Feinde, die einen Sippenangehörigen auf dem Gewissen haben, und sie verhalten sich auch nicht anders.

Grendels Mutter handelt aus demselben Rachedurst heraus wie König Hroðgar, nur geht der ihre tiefer und, so könnte man argumentieren, ist noch berechtigter. Schließlich rächt sie den Tod eines Sohnes, nicht nur eines Getreuen. Das Epos stellt sie auch tatsächlich als trauernde und wütende Mutter dar, und nicht etwa als unmenschliches Monstrum. Grendel und seine Mutter mögen äußerlich Ungeheuer sein, aber ihr Innenleben unterscheidet sich kaum von dem der anderen Charaktere. Sie sind keine Menschen verschlingenden Biester, die nur töten um des Tötens willens und weil „sie eben böse sind".

Auch Grendel handelt nicht aus reiner Grausamkeit heraus, wenn er Heorot zum ersten Mal angreift, sondern weil für ihn, den von der menschlichen Gesellschaft Ausgestoßenen, das fröhliche Singen der anderen unerträglich ist. Die Musik und festliche Freude symbolisiert für ihn die Einbindung in den Sippenverband, die ihm verwehrt bleibt. Die Fehde zwischen Heorot und Grendel findet letztendlich auch deshalb ein so schnelles Ende, weil Grendel und seine Mutter nur einander haben und jeder weitere Rächer fehlt. Das monströse, dämonische Äußere der Gegner verbildlicht dementsprechend ihren Ausschluss aus der menschlichen Gemeinschaft. Dies unterstreicht der christlich orientierte Verfasser des Epos noch zusätzlich, denn er lässt Grendel und seine Mutter von Kain abstammen, dem ersten Brudermörder, der, mit dem Kainsmal angetan, von Gott in die Welt geschickt und zum rastlosen Wanderer wird.

Der Ausschluss aus der menschlichen Gemeinschaft erfolgt in einem sozialen System wie der Kriegergesellschaft *Beowulfs* meist als Strafe für ein schlimmes Verbrechen, ganz besonders für einen Verwandtenmord à la Kain. Im angelsächsischen Heldengedicht manifestiert sich diese Sippenlosigkeit als ein monströser Makel, der die mit ihm Behafteten zu dämonischen Wesen macht. Aber selbst solche Ausgestoßene haben immer noch Anteil an der Rache und den Mechanismen der Fehde, die so essenziell wichtig für *Beowulf* und spätere mittelalterliche Texte sind.

3. Rache vor Gott und dem König – Das *chanson de geste*

„Du willst also deinen Vater rächen, den Grafen von Roussillion,
der im Rang eines Generals stand. Lass sehen ...
Das beste Verfahren, einen General zu rächen, ist, drei
Majore zu erledigen. Wir können dir drei zuteilen, mit denen du
leichtes Spiel hast. Dann kommt die Sache in Ordnung."

(Italo Calvino, *Der Ritter, den es nicht gab*)

Das angelsächsische Epos *Beowulf* liefert uns eine frühmittelalterliche Perspektive auf eine vormittelalterliche Zeit. Die germanisch-nordische Kriegergemeinschaft der Geaten und Dänen ist in vieler Hinsicht „ursprünglicher" als die Feudalgesellschaft, die sich im Frühmittelalter entwickelte und die im Hochmittelalter ihre Blütezeit erreichte. Das Kämpferideal, das Beowulfs Welt charakterisiert, ist kompromissloser, vielleicht ungeschminkter. Beowulf ist ein Hau-Drauf-Held, der sich im Sieg über seine Feinde sonnt und auch jedes Recht dazu hat. Ein ruhmreicher Tod in der Schlacht, wie er ihn am Ende des Epos stirbt, ist ohne jede Frage einem natürlichen Tod vorzuziehen. Beowulf stirbt, wie er gelebt hat: als ehrenvoller Krieger. Das Epos weiß: Der Tod ist unvermeidlich, und so ist es am Menschen, die Zeit, die ihm zusteht, zu einer ruhmvollen zu machen.

Insgesamt ist die Weltsicht des angelsächsischen Heldengedichts um Einiges düsterer als die, die in der hochmittelalterlichen Literatur mit all ihren hehren Idealen der Ritterlichkeit vertreten wird. Träger dieser Ideale sind neben den später entstehenden Höfischen Romanen, die den ritterlichen Kodex in seiner Reinform entwickelten, die Heldenlieder. Vorreiter war in beiden Gattungen das sich formende mittelalterliche Frankreich. Hier entstanden die sogenannten *chansons de geste*, von fahrenden Sängern vorgetragene Heldengedichte, die erst nach und nach verschriftlicht wurden. Das älteste und gleichzeitig bedeutendste Werk dieser Gattung ist das *Chanson de Roland* oder *Rolandslied*, das wohl irgendwann im Zeitraum zwischen 1000 und 1130 entstand und von vielen als Gründungswerk der französischen Literatur betrachtet wird.

Wie die *Ilias* oder *Beowulf* bezieht sich auch das *Rolandslied* auf faktische, historische Ereignisse, die aber schon einige Jahrhunderte zurückliegen. In diesem Fall greift das Heldenlied Geschehnisse aus dem Jahr 778 auf. Damals verlor der noch junge Karl der Große oder Charlemagne auf einem Feldzug in Spanien bei der Überquerung der Pyrenäen durch einen Angriff der Basken die Nachhut seines Heeres. Das *Rolandslied* nun nimmt diese relativ vage überlieferten historischen Ereignisse und strickt seine ganz eigene Legende um einen gottgefälligen Krieg gegen die in Spanien ansässigen Muslime und um einen idealen König, der den Tod seiner Ritter und seines Neffen rächt.

Mit der Hochstilisierung des zu jener Zeit hochverehrten Karl des Großen zum Inbegriff des Königtums reiht sich das *Rolandslied* in die allgemeine Tendenz der Literatur und Kultur seiner Zeit und seines Landes ein; Karin Becker schreibt dazu: „In den frühen Liedern ist er [Karl der Große] der Inbegriff des vorbildlichen Feudalkönigs und Weltkaisers, ein guter Lehnsherr, ein mächtiger Glaubenskämpfer, zugleich Priesterkönig und Heiligengestalt. Ihn zeichnen Überlegenheit, Frömmigkeit und Gerechtigkeit aus."[37]

Ein solches überhöhtes Vorbild an Königs-, Christen- und Menschentum wurde der von Dezentralisierung und sozialer Zerrissenheit geprägten Realität entgegengestellt; dasselbe gilt allgemein für die in der mittelalterlichen Literatur präsentierten persönlichen und gesellschaftlichen Ideale. Fehde mochte im vom Lehnswesen und mächtigen (Klein-)Aristokraten geprägten Früh- und Hochmittelalter Alltag sein. Das heißt aber nicht, dass man sich der diesem System inhärenten Problematiken nicht bewusst war, wie etwa der ständig drohenden Eskalation von Gewalt. Beweise dafür haben wir ja schon in *Beowulf* gesehen.

Die Dominanz der Fehdegesellschaft bedeutete auch, dass das Mittelalter immer wieder geprägt war von den Privatkriegen einzelner (Klein-)Adliger. Diese waren in der Regel Herr im eigenen, kleinen Reich, ganz besonders, wenn eine starke, dominante Königs- oder Kaiserfigur fehlte, wie das *Rolandslied* sie in dem Ideal „Charlemagne" feiert. Das Lehnssystem war

---

[37] Karin Becker: „Früh- und Hochmittelalter". In: *Französische Literaturgeschichte*. Herausgegeben von Jürgen Grimm. Stuttgart: Metzler 1999. S. 1–88. hier: S. 19.

von ständigen sozialen „Machtverhandlungen" geprägt, die zwischen dem König oder dem entsprechenden Fürsten und seinen Lehnsmännern (die für die ihnen Untergebenen wiederum selbst Lehnsherren waren) geführt wurden. Private Fehde und königliche Gerechtigkeit befanden sich in einem ständigen Konflikt, und die Aufgabe jedes Lehnsverhältnisses bestand darin, eine Balance zu finden, die funktionierte. Die höfische Literatur sowie die Heldenlieder spielten ihre jeweils eigenen Rollen in diesem ständigen Balanceakt um Macht, Einfluss und gesellschaftliche Stabilität. Die *chansons de geste* neigten dabei mal der einen, mal der anderen Seite zu. Das früh entstandene *Rolandslied* versucht, wie gesagt, der Realität der gesellschaftlichen Uneinigkeit das Idealbild eines „guten Königs" und dessen „guten Kriegern" entgegenzusetzen – ein Porträt des perfekten Lehnsverhältnisses also.

Das *Rolandslied* ist unter anderem ein Kreuzzugsgedicht. Kreuzzüge gegen die „gottlosen Heiden" – in der Regel die Muslime in Spanien oder im Heiligen Land – werden aus heutiger Perspektive oft als ein probates politisches Mittel beurteilt, um die Uneinigkeit unter der heimischen Aristokratie auszumerzen und die unzähligen Privatfehden vergessen zu machen. Denn schließlich war es folgerichtig, den „kleinen" Zwist unter Mitchristen zu begraben, um sich der größeren, gottgefälligen Aufgabe des Kampfes gegen die Heiden zu widmen – eine recht blutige Art des „Teambuilding", oder, um einen älteren Begriff zu wählen, die Erzwingung eines Burgfriedens angesichts eines gemeinsamen Feindes. John Kerrigan schreibt im Hinblick auf die Kreuzzugsdichtung: „Sie zelebriert die Kraft der christlichen Schwerter, die sich der Macht des Islams stellen müssen. […] Diese Schwerter sind die Waffen einer göttlichen Rache."[38]

Jedenfalls können sich die christlichen „Rächer" der Hilfe Gottes bei ihrem rechtschaffenen Unterfangen gewiss sein. Es wird also versucht, der als gesellschaftlicher Usus etablierten Fehde mit der Idee einer übergeordneten, gottgefälligen Rache beizukommen. Die christlichen Ritter werden so zu Instrumenten einer göttlichen Vergeltung gegen die Feinde des „auserwählten Volkes" hochstilisiert, wie wir sie eher aus dem Alten Testament kennen – „Mein ist die Rache, ich werde vergelten, spricht der Herr".

---

[38] Kerrigan, aaO., S. 155.

Dementsprechend erzählt das *Rolandslied* von der rechtschaffenen Rache des Kaisers Charlemagne an seinen muslimischen Feinden. Diesem dem Gedicht zugrunde liegenden Thema und den ausführlichen, epischen Schlachtdarstellungen zum Trotz muss allerdings festgehalten werden, dass das *Rolandslied* den Krieg keineswegs glorifiziert. Im Gegenteil ist der große Karl schon zu Anfang des Gedichts kriegsmüde und sinnt auf Frieden – ein Wunsch, der wegen der Hinterhältigkeit seiner Feinde und wegen Verrat aus den eigenen Reihen unerfüllt bleibt. Das *Rolandslied* endet mit einem göttlichen Befehl an Charlemagne, zu einem weiteren Kreuzzug aufzubrechen, und der Kaiser gehorcht mit schwerem Herzen und müden Gliedern. Er hat genug Krieg gesehen, folgt jedoch dem göttlichen Willen. Krieg wird im *Rolandslied* also weder verteufelt noch verherrlicht. Er wird als eine schwere Pflicht gesehen, die selbst den Rücken des großen, idealen Kaisers beugt.

Doch zurück zum Anfang: Charlemagne ist also des Kämpfens müde. Er ist bereit, Frieden mit den spanischen Muslimen unter dem Fürsten Marsile zu schließen. Karls Neffe Roland, dessen Namen das Chanson trägt, rät jedoch vehement davon ab. Warum? Unter anderem deshalb, weil Marsile zwei Botschafter der Christen hat hinrichten lassen und diese noch ungerächt sind. Das *Rolandslied* steht also von Anfang an unter dem Zeichen der Verschränkung von Krieg, Politik und Rache. Es stellt diese Verbindung als völlig selbstverständlich dar.

Der Gegenspieler des aufrechten Rächers Roland ist dessen Stiefvater Ganelon, der Schwiegersohn Charlemagnes. Er wirft seinem ungeliebten Stiefsohn Kriegstreiberei vor, woraufhin unser Held prompt Ganelon als Abgesandten für die Friedensverhandlungen vorschlägt – wenn er doch den Heiden schon so wohlgesinnt ist. Der Kaiser willigt ein, und Ganelon wird zum Verräter – vielleicht aus Rache für die Beleidigung durch Roland, oder schlicht, weil er ein wahrhafter Judas ist. Er schmiedet zusammen mit Marsile den Plan, nach Abschluss der Friedensverhandlungen die Nachhut des aus Spanien abziehenden Frankenheeres zu überfallen, wohl wissend, dass Roland ihr Befehlshaber sein wird. Aufgrund dieses Verrats – und ein wenig auch wegen Rolands heldischer Selbstüberschätzung – wird die fränkische Nachhut von den Heiden abgeschlachtet. Noch im Sterben bläst Roland sein Horn Olifant und ruft damit den Rächer Karl herbei.

Charlemagne befindet sich nun in einer doppelten Rachesituation: Zum einen muss er den Tod seiner Krieger und seines Neffen rächen, zum anderen den Verrat seines Verwandten und Vertrauten Ganelon. Ersteres gelingt Karl mit Gottes Hilfe; sogar die Sonne hält für eine Stunde in ihrer Bahn inne, um dem christlichen Kaiser den Sieg über die Ungläubigen zu ermöglichen. Die ganze Geschichte um Verrat, Rache und Krieg wird so zum Teil des göttlichen Heilsplans; Roland ist einen Märtyrertod gestorben, und Karl wird zur strafenden – oder auch rächenden – Hand Gottes.

Dass Charlemagne nicht nur als Kaiser, sondern auch als trauender Onkel handelt, wird im *Rolandslied* nicht als Interessenkonflikt dargestellt. Rache des Lehnsherrn und Rache des Verwandten sind vielmehr zwei Seiten derselben Münze, und die Gottgefälligkeit des Unterfangens garantiert die Erfüllung beider Belange. Hierin unterscheidet sich das mittelalterliche Denken fundamental von dem späterer Jahrhunderte, die tendenziell versuchten, private Rache zugunsten staatlicher Gerechtigkeit zurückzudrängen. Um dies zu erreichen, war aber elementar wichtig, dass der Monarch, die Verkörperung der „öffentlichen Gerechtigkeit", zwar als Fürst Rache übt, das heißt Urteil spricht und Strafe verhängt, aber niemals als Mensch private Vergeltung sucht. Das *Rolandslied* kennt diese Unterscheidung noch nicht. Nach dem vernichtenden Sieg über die Muslime muss sich Charlemagne dem zweiten Racheakt zuwenden: der Bestrafung Ganelons. Ob er es als strafender Kaiser oder als rächender Onkel, als verratener Lehnsherr oder als enttäuschter Schwiegervater tut, macht hier keinen Unterschied. Seine persönliche Verwicklung in die Angelegenheit vermenschlicht den „Idealkaiser" vielmehr und macht seine Rache unmittelbarer und machtvoller.

Auch bei dieser zweiten kaiserlich-menschlichen Vergeltungsaktion greift die Hand Gottes ein. Ganelons Kämpe Pinabel schafft es fast, durch sein rhetorisches Geschick die versammelten Adligen, die über den Verräter Gericht sitzen, davon zu überzeugen, dass Ganelons Verhalten gerechtfertigt war. Die Frage soll durch einen Zweikampf entschieden werden. Der Sache Charlemagnes nimmt sich der wackere Thierry an, der jedoch seinem mächtigen Gegner Pinabel rein körperlich eindeutig unterlegen ist. Als Thierry dennoch der Todesstoß gelingt, ist klar, dass Gott, und niemand sonst, sein Urteil gesprochen hat. Die Sache des Kaisers hat sich als gerecht erwiesen, und

Ganelon wird gevierteilt. Der zweite Racheakt des Rolandlieds ist mit dem Segen Gottes vollendet.

Das *Chanson de Roland* entwirft das Ideal einer gottgewollten Rache und einer gerechten Welt unter einem großen König. Ausgelöst wird der Konflikt in diesem Heldenlied nicht in erster Linie durch die Feindschaft mit den Ungläubigen, sondern durch den Verrat eines Lehnsmannes. Dieser Bruch der für den Bestand der Feudalgesellschaft essenziellen Lehnsbindung wird durch Gott, den Kaiser und die Mitvasallen bestraft.

Insgesamt affirmiert das *Rolandslied* also das Primat des Königtums, des Oberlehnsherrn sozusagen. Das gilt aber bei Weitem nicht für alle *chansons de geste*. Im Laufe der Zeit wurden die sogenannten Rebellen- oder Empörerepen immer häufiger, „deren Helden sich als Identifikationsfiguren der nach Unabhängigkeit strebenden Feudalherren erfolgreich gegen einen unfähigen, unwürdigen oder tyrannischen Herrscher zur Wehr setzen". Solche Chansons scheinen darauf hinzuweisen, dass die Feudalgesellschaft nur so lange funktioniert, wie ihr ein fähiger, wenn nicht gar idealer Oberlehnsherr vorsteht. Karin Becker weist jedoch darauf hin, dass die schlechten Könige in den Empörerepen eine ganz allgemeine Anklage gegen die Dominanz des Monarchen über die doch sehr eigenständig denkenden Adligen darstellen. Die Übermacht der königlichen bzw. kaiserlichen Autorität wird als schädlich angeprangert, und zwar in desto schärferem Maße, umso mehr diese Dominanz anstieg: „Doch ist die exemplarische Herrscherfigur im Zuge des Machtzuwachses der königlichen Zentralgewalt und der Verschärfung der Konflikte mit den Großvasallen einem starken Wandel unterworfen, sodass in späteren Epentexten aus dem großköniglichen Wunschbild oft ein profeudales Zerrbild wird."[39]

In der wachsenden Übermacht des Königs kündigt sich schon eine Ablösung der früh- und hochmittelalterlichen Spielart des Feudalsystems an, in der die Großvasallen wiederum selbst Lehnsherren und damit uneingeschränkte Herrscher im eigenen (kleinen oder großen) Land waren.[40] Im Laufe der nächsten Jahrhunderte wird die königliche Dominanz immer mehr

---

[39] Becker, aaO., S. 19 f.

[40] Eine Ablösung, die eigentlich Jahrhunderte dauern sollte und vielleicht nie ganz abgeschlossen wurde.

wachsen, was schließlich in einem Absolutismus à la Ludwig XIV. gipfeln sollte. Doch die – mehr oder weniger selbstverantwortlichen – Adligen gaben natürlich ihre Macht nicht gerne ab. Sie ließen sich auch nicht ohne Gegenwehr einschränken. Dieser Machtkampf zwischen Aristokratie und Königtum währte Jahrhunderte und verlief auch nicht unbedingt kontinuierlich. Er schlägt sich deutlich in der Literatur nieder, unter anderem eben in den Empörerepen.

Das wohl berühmteste dieser rebellischen Chansons ist *Raoul de Cambrai* (1180–1220). Wo Fehdegesellschaft und Oberlehnsherrenschaft im *Rolandslied* noch Hand in Hand gehen, legt *Raoul de Cambrai* die dem System inhärenten Probleme offen. Das Chanson malt ein erschreckendes Bild der destruktiven sozialen Unruhe, in die eine Fehdegesellschaft unter einem schlechten König stürzen kann. Dieses spezielle Empörerepos belässt es nicht dabei, das auf einen Monarchen ausgerichtete Gesellschaftsmodell anzuprangern und dessen Schwächen bloßzulegen. Vielmehr stellt es auch die Sippenfehde und damit die adlige Lebensweise an sich infrage. *Raoul de Cambrai* ist also eine Art literarischer Rundumschlag.

Das *Chanson* beginnt mit einem von König Louis begangenen Unrecht an seinem Vasallen und Neffen Raoul de Cambrai – ob das geschieht, weil Louis nur ein schwacher, oder weil er gar ein „böser" König ist, sei dahingestellt. Jedenfalls spricht der Monarch das Land von Raouls Vater, nämlich Cambrai, nach dessen Tod einem anderen Lehnsmann zu, und nicht dem Sohn des Verstorbenen. Louis bewegt sich zwar damit innerhalb seiner Rechte als Lehnsherr (Lehen waren, wie das Wort sagt, nur „geliehenes" Land, das immer wieder vom Lehnsherrn neu verliehen werden musste); aber die Vergabe des Lehens Cambrai an eine andere Familie ist doch eine offene Beleidigung Raouls. Das *Chanson* stellt die Entscheidung des Königs deutlich als Unrecht dar. Es zieht damit die Macht des Königs als Lehnsherrn in Zweifel und favorisiert die Vorstellung von vererbbarem Landbesitz.[41]

Raoul verlangt als Ersatz für sein verlorenes Erbe ein anderes Lehen, Vermandois. Als Louis auch dieses Anliegen seines Neffen ablehnt, zieht der verschnupfte Vasall in den Krieg – nicht

---

[41] Die Frage, ob ein Lehen nach dem Tod eines Lehnshalters an den Lehnsherrn zur freien Verfügung zurückfällt oder automatisch als rechtmäßiges Erbe innerhalb einer Familie zu verbleiben habe, war in jener Zeit ein steter Zankapfel.

gegen den König, aber gegen die Familie, die Vermandois als Lehen innehält. Dadurch aber stürzt Raoul seinen Lehnsmann Bernier in einen fundamentalen Loyalitätskonflikt. Raoul und Bernier stehen sich so nahe, dass sie einander *frère*, Bruder, nennen, aber Bernier ist auch Mitglied der Familie de Vermandois. Seine Mutter lebt in einem Kloster, das Raoul im Zuge seines Privatkrieges schleift, und verliert zusammen mit allen anderen Nonnen ihr Leben im Feuer. Bernier ist hin und her gerissen zwischen seiner ritterlichen Pflicht seinem Herrn und der (kindlichen und ritterlichen) seiner Mutter gegenüber. Das alte Dilemma widerstreitender Loyalitäten, das spätestens mit der *Orestie* seinen Weg in die Geschichten um Rache und Vergeltung gefunden hat, ist auch der Fehdegesellschaft nicht fremd. Der Charlemagne des *Rolandslieds* hatte noch keine Probleme, sich zwischen seinem Neffen und seinem Schwiegersohn zu entscheiden; zu deutlich war Ganelons Schuld. Die Welt von *Raoul de Cambrai* ist in dieser Hinsicht ambivalenter und macht damit die Entscheidungen, die der Rächer treffen muss, weniger klar – die Fehdegesellschaft ist am Zerbrechen oder hat zumindest deutliche Risse bekommen.

Schließlich jedoch entscheidet sich Bernier für die Gesetze der Sippenfehde. Er tötet Raoul in einem Zweikampf, versucht aber dann, den Kreislauf von Vergeltung und Wiedervergeltung im Keim zu ersticken, indem er sein Leben und das seiner Gefolgsleute in die Hände von Raouls Verwandten gibt: In einer hoch symbolischen Geste fallen Bernier und die Seinen vor den Cambrais auf die Knie und überreichen ihre Schwerter. Dieser große Akt der Demut müsste eigentlich genug sein, die Fehde zu brechen.

Doch hier entlarvt sich die ganze Schwäche, ja, Bösartigkeit von König Louis. Er könnte (und sollte) seine Lehnsleute die Sache unter sich ausmachen lassen und dem hochmittelalterlichen Code von Ritterlichkeit, wie ihn Bernier und die Seinen durch ihre Demutsgeste vorbildlich erfüllen, Geltung verschaffen. Stattdessen versucht Louis, man weiß nicht genau wieso, die Fehde erneut anzufachen, indem er Bernier einen Bastard schimpft. Und plötzlich üben die Vasallen den Schulterschluss. Raouls Onkel erinnert sich und die Allgemeinheit daran, dass es Louis' ungerechte Entscheidung war, seinem Neffen das Lehen vorzuenthalten, die letztendlich zu Raouls Tod führte. Und auf einmal stehen Raouls und Berniers Sippen beide in Fehde zu dem König. Ein allgemeines Chaos bricht aus, das in der Plünderung und Brandschatzung von Paris endet. Der Verfasser von *Raoul de Cambrai* konfrontiert uns hier mit dem destruktiven Potenzial, das der Fehdegesellschaft innewohnt, und ruft Lehnsleute wie Lehnsherrn gleichermaßen zur Verantwortung.

Berniers Handeln entspricht noch voll den Idealen der Fehdegesellschaft. Seine Zurückstellung der eigenen Gefühle gegenüber dem Ziehbruder Raoul, der faire Zweikampf, die Demutsgeste der Schwertübergabe – all das zeigt an, dass Rache idealerweise als notwendiger, stabilisierender Faktor fungieren kann. Aber angesichts der unvollkommenen Realität voller kleinlicher Zwistigkeiten, großer Ungerechtigkeiten und schwacher Lehnsherren kann das Ideal der Fehde nur zu kurz greifen. In dieser „Realität", wie sie *Raoul de Cambrai* malt, führt Rache nur zu Chaos und Untergang – symbolisiert im Bild des brennenden Paris.

In der vormittelalterlichen Gesellschaft von *Beowulf* ist die Fehde noch grundsätzlich ein stabilisierendes Element. Konkurrierende Loyalitäten wurden mehr oder weniger vermieden, indem jemand, der einen Sippenmord beging, als Strafe aus der Familie ausgestoßen wurde (da niemand den Mord mit seinem Blut rächen konnte, ohne sich selbst wiederum des gleichen Verbrechens schuldig zu machen). Das Ungeheuer Grendel und seine Mutter – Nachkommen des biblischen Brudermörders Kain – symbolisieren letztendlich solche Sippenlose. Zwischen verschiedenen Stämmen und Völkern kann die Fehde, wie das Epos reflektiert, immer wieder zu Problemen führen, weil sie wegen der kaum zu unterdrückenden Gefühle der Rachsucht und der Ehrverletzung nur schwer einzudämmen ist. In einer Gesellschaft, die sich über das Kriegertum definiert, wird dies aber nicht in gleichem Maße als Problem wahrgenommen, wie wir das heute täten.

Im Laufe des Mittelalters jedoch potenzieren sich diese destabilisierenden Elemente. Eine große Aufgabe, vor die sich die Feudalgesellschaft gestellt sah, war es, die Eskalation von Sippenfehden zu verhindern. Nicht zuletzt dazu diente das hohe Ritterideal, wie es von den Höfischen Romanen propagiert wurde. Es beeinflusst noch heute unsere Vorstellung von Ritterlichkeit: ein Ritter beschützt, dient Gott und seinem Lehnsherrn und sucht die Minne, das heißt, die reine Liebe, zu einer Dame, die ihn dazu antreibt, das große Ideal auch zu erreichen. In dieser Welt der reinen Ritterlichkeit, die sich in besonderer Weise in den hochmittelalterlichen Gralsrittern um Artus' Tafelrunde manifestiert, hat Rache kaum einen Platz. Sie verliert schlicht an Bedeutung. Damit verfolgt der Höfische Roman eine Art didaktisches Programm, das der allgemeinen Destabilisierung entgegenwirken soll.

4. Die Rache der Kriegerin – *Das Nibelungenlied*

> *Durch zweier Frauen Zanken | ging da mancher Held verloren.*
>
> (*Nibelungenlied*)

Ez wuohs in Burgonden ein vil edel magedin,
daz in allen landen niht schoeners möhte sin,
Kriemhild geheizen. Si wart ein schoene wip.
dar umbe muosen degene vil verliesen den lip.

Es wuchs in Burgunden | solch edel Mägdelein,
Dass in allen Landen | nichts Schönres mochte sein.
Kriemhild war sie geheißen, | und ward ein schönes Weib,
Um die viel Helden mussten | verlieren Leben und Leib.

So beginnt das *Nibelungenlied*, das wohl berühmteste mittelhochdeutsche Heldengedicht.[42] Damit wird schon von der zweiten Strophe an deutlich: Nicht der heldenhafte Siegfried ist die eigentliche Hauptfigur der Geschichte, sondern seine geliebte Kriemhild. Die bekanntesten Episoden aus dem *Nibelungenlied* mögen Siegfrieds Kampf mit dem Drachen und der Tod des Helden sein; Günther Schweikle jedoch umschreibt das Thema des Heldengedichts passenderweise so: „... ein Epos vom Männerverrat an den Frauen Brünhild und Kriemhild und an dem strahlend-naiven Helden Siegfried am Burgunderhof

---

[42] Nur eine formelhafte Einleitungsstrophe geht dieser Einführung Kriemhilds voran.

und Kriemhilds Rache, die zum Untergang der Burgunden führt"[43].

Das um das Jahr 1200, also mitten im Hochmittelalter, ent-standene *Nibelungenlied* ist wie alle Heldengedichte ein Kon-glomerat aus einer ganzen Reihe von Sagen und von Legenden über tatsächliche historische Ereignisse. Die grundlegenden Geschichten und Motive finden wir in vielen nordischen, skan-dinavischen und germanischen Sagas. Dort begegnen uns die bekannten Figuren in verschiedenen Kleidern – von der kämp-ferischen Brünhild über den Drachentöter Siegfried bis hin zur Rächerin Kriemhild. Ihre historischen Wurzeln haben die Geschehnisse in der Zeit der Völkerwanderung.

Im 5. Jahrhundert wurde das Herrscherhaus und Volk der Burgunder von den Römern und hunnischen Hilfstruppen dezimiert. Dieses Ereignis hat vermutlich Eingang in das *Nibelungenlied* gefunden, wenn auch in stark veränderter Form: Hier wird das Geschlecht der Burgunder am ungarischen Hof von Kriemhilds zweitem Ehemann hingemetzelt – die Rache Kriemhilds an den Mördern ihres Siegfrieds. Das Instrument dieser Rache, Kriemhilds zweiter Gatte, ist der Hunnenkönig Etzel – kein anderer als der historische Attila. Es wird deshalb vermutet, dass Kriemhilds historisches Vorbild die Germanin Ildikó ist, die Attila kurz vor seinem Tod heiratete. In der alt-nordischen Lyraedda heißt diese Gestalt Gudrún; auch sie ist eine Rächerin, aber das Ziel ihrer schrecklichen Vergeltung ist hier der ihr aufgezwungene Gatte Atli (Attila/Etzel), der für den Tod von Gudrúns Brüdern verantwortlich ist.

Das *Nibelungenlied* stellt die hochmittelalterliche, höfische Verarbeitung von viel erzählten Stoffen dar. Doch es scheint so, dass gerade im Motiv der Frauenrache alte, vorfeudale, vor-christliche Tiefenebenen der Geschichte an die Oberfläche drin-gen. In den Gestalten von Brünhild, die in der Lyraedda eine von Odin wegen ihrer Eigensinnigkeit verstoßene Walküre ist, und Kriemhild/Ildikó/Gudrún finden wir das Echo einer krie-gerischen Weiblichkeit, wie sie das höfische Hochmittelalter ei-gentlich nicht mehr kennen will.

---

[43] Günther Schweikert: „Nibelungenlied". In: *Metzler Lexikon der Weltlite-ratur. 1000 Autoren von der Antike bis zur Gegenwart*. Band 3. Herausgegeben von Axel Ruckaberle. Stuttgart/Weimar: Metzler 2006. S. 20–21. hier S. 20.

Bekannt ist aus dem *Nibelungenlied* vor allem der erste Teil des Gedichts, der auch als „Siegfriedlied" bezeichnet wird. Wie dieser Name unschwer vermuten lässt, dreht sich dieser Abschnitt des Textes hauptsächlich um Siegfried von Xanten, seine wackeren Taten und seine Liebe zu der Burgunderprinzessin Kriemhild.

Für das Motiv der Frauenrache ist im „Siegfriedlied" allerdings zunächst die Beziehung des Helden zu einer ganz anderen Dame von Bedeutung: zu Brünhild, im *Nibelungenlied* die Königin von Island. In den der Geschichte zugrunde liegenden Sagen ist Brynhild eine ungeheuer mächtige weibliche Gestalt: eine eigenwillige Walküre; ein mit magischen Kräften bewehrtes Frauenwesen; eine heldenstarke Kriegerin. Letztere Eigenschaft behält diese Gestalt auch in der hochmittelalterlichen Dichtung – zumindest zu Anfang. Das stellt nun ein großes Problem für den schwerverliebten Gunther dar, Kriemhilds Bruder und König der Burgunder. Er hätte die streitbare Isländerkönigin allzu gerne zur Frau. Brünhild jedoch will nur demjenigen Mann ihre Hand zur Ehe reichen, der sie im Zweikampf besiegt – und da hat Gunther, der sich zwar durch königliche Macht, aber nicht durch Heldenkraft auszeichnet, keine Chance. Zum Glück hat der zukünftige Schwager Siegfried vom Zwergenkönig Alberich, dem Hüter des Nibelungenschatzes, eine magische Tarnkappe geschenkt bekommen und kann so Gunther im Zweikampf gegen Brünhild hilfreich unter die Arme greifen. Die Königin unterliegt zu ihrer Überraschung und geht die Ehe mit ihrem angeblichen Bezwinger ein.

Ganz mit ihrem – für sie unerklärlichen – Schicksal abgefunden hat sich Brünhild aber anscheinend nicht. In der Hochzeitsnacht, als Gunther seine ehemännlichen Pflichten erfüllen will, offenbart sich noch einmal ihre ganze weibliche Überlegenheit: Sie überwältigt ihren Gatten, fesselt ihn und hängt das Bündel Mann an einem Nagel im Schlafgemach auf. Deutlicher kann der Triumph der kriegerischen, machtvollen Weiblichkeit über den Mann, der ja immerhin ein König ist und also ein „Alphatier" sein soll, nicht sein. Erneut ist es an Schwager Siegfried, den überlebensgroßen Mann und Helden, die Sache zu richten. Mithilfe der Tarnkappe übernimmt er auch das Geschäft von Brünhilds Entjungferung. Als Beweis für seine Heldentat klaut er ihr auch noch Ring und Gürtel, die er seiner Kriemhild zum Geschenk macht – Männer hatten offensichtlich auch im Hochmittelalter keine Ahnung von Frauen.

Brünhilds kriegerische Kraft ist nach ihrer Entjungferung gebrochen – sie schwindet schlichtweg, und die ehemalige sagenhafte Heldin wird voll und ganz zur höfischen Dame. Für heutige Leser ist diese Geschichte um Gunther, Siegfried und Brünhild kaum anders zu lesen als eine gewaltsame Unterwerfung des Weiblichen unter das Männliche. Selbst wenn man ihre mythischen Wurzeln als magische Lufttochter, halbgöttliche Schildträgerin und rebellische Walküre außer Acht lässt, ist die kriegerische Königin eine Verkörperung weiblicher Stärke, Macht und auch Tödlichkeit. Nur durch männliche Gewalt und männliche List kann diese ungebärdige Weiblichkeit gebrochen und in ein Verhaltensschema gegossen werden, das einer *frouwe* (einer verheirateten adligen Dame) entspricht. Das schließt die völlige Unterwerfung unter den Willen ihres „Herren", d.i. ihres Ehemannes, ein. Doch die Unterdrückung dieser weiblichen Kraft, so werden wir sehen, rächt sich, und sie rächt sich blutig.

Man muss nicht erst in die Tiefenschichten des Textes vordringen, um zu erkennen, dass der Verrat an Brünhild Siegfried, und letztendlich auch Gunther, teuer zu stehen kommt. Zunächst jedoch gehen Jahre des Friedens und der Freude ins Land. Brenzlig wird es erst, als Siegfried und Kriemhild mit einem ganzen Tross an Getreuen und Sippenangehörigen aus Xanten nach Worms gereist kommen, um ihre Verwandten zu besuchen. Zwischen den beiden *frouwen* entsteht ein erbitterter Streit um die Rangfolge am Wormser Hof. Es ist ein wahrhafter Zickenkrieg, der hier geführt wird und der nichts gemein hat mit kriegerischem Zweikampf, wie ihn die jungfräuliche Brünhild einst gewohnt war zu führen. Sie hat sich voll in ihre Rolle ergeben und kämpft mit den Waffen, die ihr erlaubt sind: giftigen Worten. Kriemhild pariert verbalen Schlag mit Gegenschlag – ein mittelalterliches Beispiel sprichwörtlicher Stutenbissigkeit.

Zugrunde liegt der strittigen Statusfrage ein ehrlicher Irrtum Brünhilds, an dem niemand anderer die Schuld trägt als Gunther und Siegfried. Als nämlich die beiden um die isländische Königin werben gingen, gab Siegfried sich als „ein Mann", also ein Vasall, Gunthers aus. Seitdem hatte sich niemand die Mühe gemacht, Brünhild aufzuklären, die also in Siegfried weiterhin trotz seines Status als Xantener Königssohn einen Untergebenen Gunthers sah. Das wirft sie auch Kriemhild an den Kopf, die sich etwas viel auf den Mut und die Kampfkraft ihres Mannes einbildet und lautstark verkündet, er sei allen anderen Männern am Wormser Hof überlegen. Und doch sei sie, Kriemhild, nichts anderes als die Frau eines Vasallen, kontert Brünhild. Kriemhild ist empört und spielt hochmütig das Geheimnis um Brünhilds Entjungferung aus, das ihr ihr – entweder allzu vertrauensseliger oder allzu prahlerischer – Gatte anvertraut hat: Wenn sie, Kriemhild, die Ehefrau eines Vasallen sei, dann wäre Brünhild nichts anderes als die „Kebse" (Zweitfrau, Mätresse) eines Vasallen. Als Beweis zeigt sie den Ring und Gürtel Brünhilds vor, die Siegfried in der fraglichen Nacht hatte mitgehen lassen.

Die ganze Episode stellt eine fundamentale Beleidigung der Ehre Brünhilds als verheirateter Frau und Königin dar. Immer noch sind aber weder Gunther noch Siegfried bereit, wenigstens der gekränkten *frouwe* gegenüber die Sache aufzuklären. Und so weist das *Nibelungenlied* mit Recht wiederholt darauf hin, dass dieser Zank der beiden Frauen noch vielen tapferen Männern das Leben kosten würde. An diesem Augenblick nämlich entzündet sich die Fehde, die Siegfrieds Leben fordert. Schließlich schwört der getreue Königsmann Hagen: „Dass Siegfried sich rühmen durfte | der lieben Herrin mein! / Ich will des Todes sterben | oder es muss gerächt sein."

Nun ist Hagen ohnehin kein Fan von Siegfried von Xanten. Aber er ist im *Nibelungenlied* auch das Musterbild eines loyalen Lehnsmannes. Dass Siegfried offenbar die Ehre seiner Königin beschmutzt hat – ob durch bloße Prahlerei oder anderweitig –, muss endgültig den Rächer in ihm wecken. Dem so motivierten Hagen von Tronje gelingt es schließlich tatsächlich, Gunther zum Verrat an Siegfried anzustacheln und den Xantener hinterrücks zu Tode zu bringen.

Es ist keine geradlinige Fehdegeschichte, die hier erzählt wird, und das Unrecht, das Brünhild doppelt, ja dreifach, angetan wurde, wird nicht direkt gerächt – aber indirekt sehr wohl. Seine Täuschung der wackeren Kriegerin ist der vielleicht einzige wahre Fehler, den der „strahlend-naive" Siegfried jemals begeht. Und dieser Fehler führt über mehrere Ecken zu seinem Tod. Rache mag nicht das eigentliche Motiv des teils neidischen, teils um die Sicherheit seines Königreiches besorgten Hagen sein; er wird aber dennoch zum Instrument des ersten Racheakts einer unterdrückten, mythischen Weiblichkeit im *Nibelungenlied*.

Das „Siegfriedlied" erzählt uns, neben glorreichen Helden-
taten, von der subtilen Rache für den Betrug an der Jungfrau
Brünhild, den Verlust ihrer Freiheit und für Gefährdung ihrer Ehre als *frouwe*. Es ist keine bewusste Vergeltung, die die
ehemalige Kriegerin hier übt, auch wenn sie den Wunsch nach
dem Tod des ehemals vielleicht geliebten Siegfrieds mehrfach
äußert. Weibliche Genugtuung kann im „Siegfriedlied" nur indirekt und auf verschlungenem Wege erfolgen; es handelt sich
um ein fast mythisches, schicksalhaftes „Sich-Rächen" eines
einmal geschehenen Unrechts, wie wir es aus der griechischen
Antike kennen. Im zweiten Teil des Heldengedichts wird sich
das ändern; er ist unter dem Namen „das Burgunderlied" bekannt, weil er vom Untergang dieses Geschlechts erzählt – oder
auch als „Kriemhilds Rache".

Im „Siegfriedlied" ist Kriemhild das Idealbild einer *frouwe*.
Sie macht sich allerhöchstens eines gewissen Hochmuts schuldig, aber die Verteidigung ihres Status als Frau eines eigenstän-
digen Königs bzw. Königssohns ist durchaus rechtens. Sie un-
terwirft sich für ihre vorlaute Beleidigung Brünhilds sogar der
Züchtigung durch ihren Herrn, ihren Ehemann.

Der zweiten Fehler, den Kriemhild im „Siegfriedlied" begeht,
ist zu große Vertrauensseligkeit. Er ist wiederum in männlichem
Betrug gegründet. Warum sollte Kriemhild Hagen, den getreu-
esten Gefolgsmann ihres Bruders im Besonderen und ihrer Sippe
im Allgemeinen, nicht vertrauen? Aber Hagen belügt sie, um
Siegfrieds Schwachstelle herauszufinden: Der Drachentöter hatte
sich bekanntermaßen im Blut des von ihm erlegten Ungeheuers
gebadet und war dadurch unverwundbar geworden. Nur eine
kleine Stelle auf seiner Schulter hatte das Blut nicht benetzt.
Diese Schwachstelle kennt seine Frau natürlich. Hagen überzeugt Kriemhild nun, in Erfüllung seines Dienstes als Gunthers –
und damit auch ihr – Vasall, Siegfried im Kampf besser schützen
zu wollen. Die Getäuschte markiert daraufhin die verwundbare
Stelle am Wams ihres Ehemannes durch ein gesticktes Kreuz,
um Hagen seinen Vasallendienst zu erleichtern.

Hagen von Tronje wird mit dem Einverständnis König
Gunthers zum Mörder Siegfrieds. Als wäre das nicht genug,
lässt er den Leichnam des Helden auch noch vor die Tür von
Kriemhilds Kemenate legen. Er erweckt damit eine Furie, die
das Burgundergeschlecht von der Erde tilgen wird.

Zunächst reagiert Kriemhild auf Siegfrieds Tod mit all
den Konventionen eruptiver Trauer, die die mittelalterliche

Literatur kennzeichnen. Der Schmerz, den sie wegen ihres Verlustes empfindet, ist so groß, unfasslich, unerträglich, dass sie sogar Blut spuckt. Sie tobt, weint, schreit und verlangt nach Vergeltung. Und eigentlich wären, dem Fehdegesetz entsprechend, auch genug Rächer anwesend, die sofort zur Tat schreiten könnten; schließlich hat ein Tross von Sippenmitgliedern das Paar aus Xanten nach Worms begleitet, unter ihnen auch Siegfrieds Vater Siegmund. Würde das *Nibelungenlied* einem traditionellen Schema folgen, müsste nun die Fehde, die mit der Beleidigung Brünhilds begann, sofort in eine neue Runde gehen. Doch auf einmal macht Kriemhild einen Rückzieher; sie beschwichtigt ihre Xantener Sippe und wendet die bevorstehende Blutrache ab. Ihre Gründe sind erstens Schutz der Xantener vor der Übermacht der Wormser; zweitens ist die Bindung an ihre Ursprungsfamilie, vor allem an die Unschuldigen wie etwa ihre Mutter und den Bruder Giselher, nach wie vor sehr stark; und drittens plant sie vielleicht schon zu diesem Zeitpunkt eine viel ausgeklügeltere und umfassendere Rache.

Was immer Kriemhilds Motive für die Unterbindung einer sofortigen Fehde sein mögen, erzählerisch geschieht dadurch im *Nibelungenlied* etwas ganz Bestimmtes, wie Irmgard Gephart unterstreicht: „Im Gefüge ihrer Doppelbindung verhindert Kriemhild zunächst die Blutrache durch Siegmund. Und insofern sind auch ihre späteren Racheimpulse nicht mehr mit diesem Begriff zu erfassen, als dieser an ein betroffenes Kollektiv gebunden ist. Kriemhild aber handelt späterhin als jemand, der aus allen Bindungen herausgefallen ist, und gerade hierin liegt das Dämonisch-Gefährliche ihrer Person nach dem Tod Siegfrieds."[44]

In diesem Augenblick verabschiedet sich das *Nibelungenlied* von der höchst ritualisierten Fehde und wird zu einer Geschichte um die ausgesprochen persönliche Rache einer Frau, der der Mensch genommen worden ist, der ihr am meisten auf der Welt bedeutet.

Die Rächerin Kriemhild löst sich aus allen Familienbindungen heraus, die für die Gesellschaft des Mittelalters von so großer Bedeutung waren. Sie lehnt die Rückkehr nach Xanten mit ihrer angeheirateten Sippe ab (sogar Siegmunds Angebot, als Regentin herrschen zu können). Außerdem trennt sie sich von

---

[44] Irmgard Gephard. *Der Zorn der Nibelungen. Rivalität und Rache im* Nibelungenlied. Köln: Böhlau 2005. S. 99.

ihrer Geburtsfamilie, die sie zu einem großen Teil verraten hat. Die Kriemhild des „Burgunderlieds" ist keine vorbildliche *frouwe* mehr. Sie wirft jegliche soziale Rolle ab und wird zur unbeherrschbaren Kriegerin, die den Tod ihres Gefährten rächt – unerbittlich, gnadenlos, blutig. Sie reiht sich damit unter die dämonisierten weiblichen Rächerinnen wie Ischtar, Medea und Grendels Mutter ein und scheint die große, männliche Angst zu bestätigen, die sich gerade in diesen „archaischen" Texten immer wieder manifestiert: dass nichts schlimmer ist als der Zorn einer machtvollen Frau.

Als Racheinstrument dient dieser „Naturgewalt" Kriemhild ihr zweiter Ehemann, der Hunnenkönig Etzel. Mit ihm, einem der mächtigsten Herrscher seiner Zeit, lebt sie einige Jahre in Ungarn und bereitet kühl kalkulierend ihre Vergeltung vor. Aus der so heftig trauernden Kriemhild ist eine geduldige Ränkeschmiedin geworden, die ihre Rache kalt und ohne Rücksicht plant.

Das „Burgunderlied" hat eine ganze Schar von aufrechten Recken aufzuweisen, die der Vergeltung Kriemhilds auf die eine oder andere Weise zum Opfer fallen. Als nämlich Etzel auf das Betreiben seiner Frau hin alle Burgunder zum Königshof nach Ungarn einlädt, lässt Kriemhild ihre Sippe durch ein Hunnenheer überfallen. Eine schreckliche Schlacht bricht aus. Von den Burgundern überleben nur Gunther und Hagen, die beiden Hauptschuldigen. Die zwei werden von Dietrich von Bern gefangen genommen, dem wohl edelsten Recken, der an Etzels Hof lebt.

Dietrich, der an Unbezwingbarkeit fast Siegfried gleichkommt, ist von dem Kampfesmut vor allem Hagens so beeindruckt, dass er das Leben der beiden besiegten Burgunder schont. Er lässt sie seiner Königin vorführen und bittet für sie um Gnade. Doch Kriemhild ist zur „Über-Rächerin" geworden. Sie kennt genauso wenig Erbarmen wie Achilleus vor den Toren Trojas. „Wollt ihr mir wiedergeben, | was ihr mir habt genommen, / So mögt ihr wohl noch lebend | heim zu den Burgunden kommen", wirft sie Hagen ins Gesicht. Der Erzähler und Hagen sind der Meinung, Kriemhild beziehe sich damit nur auf den Nibelungenhort, Siegfrieds Schatz, den sein Mörder im Rhein versenkt hat. Hagen weigert sich stolz, sein Leben durch die Herausgabe des Schatzes zu erkaufen (und unterstellt Kriemhild, dass ihr das klar sei). Er nimmt das Geheimnis um den Nibelungenschatz mit in den Tod.

Kriemhilds hasserfüllter Ausruf hat jedoch noch eine zweite Bedeutung. Schließlich kennen wir die Hunnenkönigin inzwischen und wissen, dass der Schatz ihr vielleicht nicht unwichtig, aber im Vergleich zum Mord an ihrer großen Liebe bedeutungslos ist. Ihr Ausruf wird zum Racheschrei schlechthin. Nichts und niemand kann ihr Siegfried wiedergeben, und deswegen kann Vergeltung durch nichts und niemanden abgewendet werden. Kriemhild hat Jahre auf ihre Rache gewartet; umso unerbittlicher übt sie sie jetzt. Sie lässt ihrem Bruder den Kopf abschlagen. Hagen entreißt sie das Schwert Siegfrieds, das der Täter nach dem Mord für sich beanspruchte, und köpft ihn eigenhändig.

Das *Nibelungenlied*, das ja mit dem Lobpreis Kriemhilds beginnt, stellt ihre Schonungslosigkeit und die Maßlosigkeit ihrer Rache unmissverständlich dar und scheint ihre Handlungsweise auch zu verurteilen. Die Hunnenkönigin ist zu einer unbeherrschbaren, zerstörerischen Kraft geworden – zur Verkörperung der anarchischen Rache, die jenseits aller Menschlichkeit steht. Vielleicht ist sie mehr als Mensch, ein Heros vom Schlage Achilleus', wie er mit normalen Maßstäben nicht mehr zu fassen ist. Etzel, der Zeuge der Taten seiner Frau wird, ist so entsetzt, dass er in Tränen ausbricht.

Aber Kriemhild ist nicht nur die Inkarnation anarchischer Rache. Mit Siegfrieds Schwert in ihren Händen wird sie auch zur Manifestation kriegerischer Weiblichkeit. Aus der vorbildlichen *frouwe* ist das geworden, was Brünhild zu Anfang noch war und was von den Männern zerstört worden ist. In Kriemhild ersteht es furchtbarer wieder auf. Das Weibliche rächt sich in der Gestalt Kriemhilds an allen Männern, die es betrogen und gebrochen haben. Das ist es eigentlich, was die Hunnen so erschüttert: Von der Hand der Frau fallen ein König, ein Erster unter Männern, und ein Krieger, der das ganze „Burgunderlied" über als Verkörperung des getreuen Gefolgsmanns und männlichen Heldentums gefeiert worden ist. Kriemhilds Schwertstoß trifft die patriarchalische Gesellschaft mitten ins Herz. Das kann nicht ungestraft bleiben:

> *„Weh!" rief der König, | „wie ist hier gefällt*
> *Von eines Weibes Händen | der allerbeste Held,*
> *Der je im Kampf gefochten | und seinen Schildrand trug!*
> *So feind ich ihm gewesen bin, | mir ist leid um ihn genug."*

Da sprach Meister Hildebrand: | „Es kommt ihr nicht zugut,
Dass sie ihn schlagen durfte; | was man halt mir tut,
Ob er mich selber brachte | in Angst und große Not,
Jedoch will ich rächen | dieses kühnen Tronjers Tod."

Hildebrand im Zorne | zu Kriemhild sprang:
Er schlug die Königstochter | mit einem Schwertesschwang.[45]

Kriemhild stirbt, damit Hagens Tod gerächt wird, aber nicht von der Hand seiner Familienangehörigen, sondern von der des Waffenmeisters Dietrichs von Bern, des alten Hildebrand. Die alleinige Tatsache, dass eine Frau einen so edlen Recken, einen Mann, tötet, macht jeden Mann zu seinem Rächer.

Am Ende steht der Versuch der Ausmerzung des Kriegerisch-Weiblichen. Durch den Tod der Über-Rächerin Kriemhild mag er vordergründig gelingen. Doch ihr alleiniger Akt hat die patriarchalische Gesellschaft in ihren Grundfesten erschüttert, und es ist dieser Eindruck, das Bild der machtvollen, schwertschwingenden Kriemhild, das dem Leser bleibt. Und eines noch: Zu den wenigen Überlebenden des *Nibelungenlieds* und des Burgundergeschlechts gehört Königin Brünhild, deren bildliche Entmannung am Anfang der weiblichen Fehde gegen das Männliche stand. Sie, das Echo der Walküre, des magisch-kriegerischen Frauenwesens, bleibt.

Inmitten einer literarischen Tradition ritualisierter Fehde und gesellschaftlich akzeptierter Vergeltungspolitik konfrontiert das *Nibelungenlied* seine Leser mit den anarchischen, wilden, subversiven, anti-gesellschaftlichen Aspekten der Rache. Eine solche Rache, erzählt es uns, ist furchtbar. Und am furchtbarsten, so erzählt es uns auch, ist sie in Gestalt einer Frau.

---

[45] Die wiedergegebenen Textpassagen aus dem *Nibelungenlied* orientieren sich an Karl Simrocks Übersetzung aus dem Mittelhochdeutschen aus dem Jahr 1827.

EXKURS:

RACHE UND CHRISTENTUM

Vergeltet niemand Böses mit Bösem! Seid allen Menschen gegenüber auf Gutes bedacht! Soweit es euch möglich ist, haltet mit allen Menschen Frieden! Rächt euch nicht selber, liebe Brüder, sondern lasst Raum für den Zorn Gottes; denn in der Schrift steht: Mein ist die Rache, ich werde vergelten, spricht der Herr. Vielmehr: Wenn dein Feind Hunger hat, gib ihm zu essen, wenn er Durst hat, gib ihm zu trinken, tust du das, dann sammelst du glühende Kohlen auf sein Haupt. Lass dich nicht vom Bösen besiegen, sondern besiege das Böse durch das Gute!

So schreibt der Apostel Paulus in seinem Brief an die Römer (12,17–21). Diese Stelle enthält einige der wichtigsten Prinzipien christlichen Lebens, die alle auf dem übergreifenden Gebot der Nächstenliebe basieren. Da hat Rache keinen Platz – jedenfalls die menschliche Rache nicht. Um seinen Standpunkt klar zu machen, bezieht sich Paulus auf alttestamentliche Mahnungen, selbst einem Feind, der in Not ist, Gutes zu tun. Er ordnet diese Weisungen in den Kontext von Jesu umfassender Vergebungslehre ein. Wer nach diesen Prinzipien lebt, kann unmöglich gleichzeitig einem Ethos der Rache folgen, kann nicht länger Gleiches mit Gleichem, oder gar mit Schlimmeren, vergelten. Statt „Auge um Auge, Zahn um Zahn" heißt es hier: „Wenn dich einer auf die rechte Wange schlägt, dann halte ihm auch die andere hin." (Mt 5,39)

Ganz ohne die Möglichkeit zur Rache oder Genugtuung lässt Paulus seine Gläubigen bei genauerem Hinsehen allerdings nicht. Stattdessen schlägt er – bewusst oder unbewusst – eine sehr subtile Art der Vergeltung vor, nämlich das, was wir heute noch unter „glühende Kohlen auf das Haupt sammeln" verstehen. Die englische Schriftstellerin George Eliot (1819–1880) hat in ihrem Roman *Die Mühle am Floß* (1860) diese so christliche Rache sehr treffend beschrieben: „Einen Feind gedemütigt zu sehen ruft eine gewisse Zufriedenheit hervor,

aber sie ist nur mager, verglichen mit der vorzüglich abge-
stimmten Befriedigung, ihn durch das eigene wohlwollende
Handeln oder ein ihm gezeigtes Entgegenkommen gedemütigt zu sehen. Das ist eine Art Rache, die in die Waagschale
Tugend fällt."

Eine Rache durch bewusste gute Taten an jemandem, der mir
Unrecht zugefügt hat, kann ausgesprochen effektiv sein. Auf
jeden Fall ist sie gesünder für den Rächer, der auf diese Weise
vielen der unangenehmen Konsequenzen entgehen kann, die
die Mechanismen der Vergeltung unweigerlich nach sich ziehen. Nicht zuletzt vermeidet der Rächer durch gute Taten das
Selbst-schuldig-Werden, das so viele Vergeltungssuchende in
den Geschichten, die wir in diesem Buch kennenlernen, bis zur
Unkenntlichkeit verändert oder gar zerstört.

Und doch scheint dieser schlauen, christlichen Rache ein
wichtiger Aspekt zu fehlen, der die unmittelbarere, direk-
tere Art der Vergeltung ausmacht – nämlich die emotionale
Befriedigung, Schlag mit Gegenschlag zu erwidern. Es bedarf
wohl eines subtilen Geistes, um sich an der Rache durch gute
Taten zu erfreuen und daraus die gleiche Genugtuung zu ziehen
wie aus der direkten Vergeltung eines geschehenen Unrechts
durch aktives Handeln gegen den Gegner. Anscheinend hat
die christliche Rache schlichtweg nicht die gleiche Süße wie die
direkte – denn wer würde sonst den gefährlicheren, selbstdes-
truktiven Weg wählen, wenn die Rache durch Gutes so einfach
wäre?

Dazu kommt natürlich die Tatsache, dass es Zeitgenossen
gibt, auf deren Häuptern man glühende Kohlen in Zentnern
häufen kann, ohne dass sie auch nur einen Schweißtropfen vergießen. Die christliche Rache à la Paulus und George Eliot mag
förderlich für die psychische und moralische Gesundheit des
Rächers sein – doch eine echte Befriedigung aus ihr zu ziehen,
wie ein Geschädigter sie begehrt, scheint schwer zu sein. So
schreibt Eliots Zeitgenosse Heinrich Heine (1797–1856) mit der
ihm eigenen Ironie:

*Ich habe die friedlichste Gesinnung. Meine Wünsche sind: eine
bescheidene Hütte, ein Strohdach, aber ein gutes Bett, gutes Essen,
Milch und Butter, sehr frisch, vor dem Fenster Blumen, vor der Tür
einige schöne Bäume, und wenn der liebe Gott mich ganz glücklich
machen will, lässt er mich erleben, dass an diesen Bäumen etwa sechs
bis sieben meiner Feinde aufgehängt werden. Mit gerührtem Herzen*

werde ich ihnen vor ihrem Tode alle Unbill verzeihen, die sie mir im Leben zugefügt – ja, man muss auch seinen Feinden verzeihen, aber nicht früher, als bis sie gehenkt werden.[46]

Nun hat noch nie jemand mit Recht behauptet, dass christliche Lebensweise einfach wäre, und Paulus weiß seine Gläubigen, die sich der Rache enthalten sollen, mit dem Hinweis auf den rächenden Gott zu trösten – und im Zaum zu halten. Wieder argumentiert der späte Apostel mit dem Alten Testament, in diesem Fall mit dem von Mose besungenen Ausspruch Gottes „Mein ist die Rache". Wenn Paulus seine Gläubigen anweist, „Raum für den Zorn Gottes" zu lassen, so weist er darauf hin, dass jemand, der sich selbst rächt, der göttlichen Gerechtigkeit vorgreift und damit dem Herrn sozusagen ins Handwerk pfuscht. „Gottes Mühlen mahlen langsam, aber stetig, trefflich fein", heißt ein altes Sprichwort. Gott bestraft einen Sünder also immer, und sei es erst im Jenseits. Jeder menschliche Rächer setzt sich dementsprechend an die Stelle Gottes und nimmt in die eigenen Hände, was allein in die des Herrn gehört.

Dies macht auch der mittelalterliche Kirchenlehrer und Philosoph Thomas von Aquin (1225–1274) in seinem Hauptwerk *Summa theologiae* (1265/66–1273) deutlich. Das Werk strukturieren theologische, moralische, ethische und philosophische Fragestellungen, mit denen sich Thomas eine nach der anderen intensiv auseinandersetzt. Die hundertachte Frage widmet er dem Problemkomplex der Rache. Auf die Frage „Ist Vergeltung gerecht?" antwortet er sich selbst: „Es erweist sich, dass Vergeltung nicht gerecht ist. Denn wer sich anmaßt, was Gottes ist, begeht eine Sünde. Die Rache aber ist des Herrn." Er fährt fort: „Vergeltung wird geübt, indem Strafe ausgeteilt wird, und diese erregt Angst. Aber das Neue Gesetz gründet nicht auf Angst, sondern auf Liebe, wie Augustinus sagt. Darum ist zumindest nach dem Neuen Testament jede Art von Rache nicht gerecht."[47]

Allerdings, so argumentiert Thomas gegen sich selbst, gibt es doch eine Art der Rache, die „gerecht" ist – die göttliche nämlich: „Wird Gott nicht seine Auserwählten rächen, die Tag und Nacht zu ihm schreien? Die Antwort muss lauten: Ja, er wird. Rache kann also nicht von sich heraus böse und unrechtsmä-

---

[46] Aus: *Gedanken und Einfälle*. Heinrich Heine. Sämtliche Werke (hg. v. Ernst Elster). Bd. 7. Leipzig o.J., S. 400.

[47] Aus: *Summa theologiae*, II-II, q. 158 (meine Übersetzung).

ßig sein." Es ist demnach an Gott und seinen Stellvertretern auf Erden – seien sie kirchliche oder weltliche –, Rache zu üben, also Unrecht zu strafen. Thomas macht hier bereits den Unterschied zwischen persönlicher Vergeltung und öffentlicher Gerichtsbarkeit, den zu etablieren Jahrhunderte dauern würde. Für den „Privatmann" gilt seiner Meinung nach: „Wenn ein Unrecht, das einem Mann getan wird, allein seine Person betrifft, so soll er es geduldig ertragen."

Diese christliche Lehre stellt hohe Ansprüche an das Leidensvermögen des Einzelnen, vor allem angesichts großer Ungerechtigkeit und der Fehlbarkeit menschlicher Gerichtsbarkeit. Letztere, so erzählen uns so viele Rachegeschichten, ist oft die Ursache dafür, dass der unbeherrschbare Drang nach Vergeltung sich Bahn bricht und eigentlich rechtschaffene Menschen zu Sündern werden.

Die christliche Perspektive verschärft das Grundproblem der Rache: dass das Opfer, um Vergeltung (für sich oder andere) zu üben, selbst zum Täter wird. Wer sich rächt, begeht eine Sünde – weil er sich an die Stelle Gottes setzt, einem anderen Leid zufügt, das Gebot der Nächstenliebe bricht. Will man dieses Sündig-Werden nicht in Kauf nehmen, so bleibt nur die Hoffnung auf die göttliche Rache. Oft greift diese erst im Jenseits. In einer Gedankenwelt, in der Rache und Strafe einander immer noch fast entsprechen und die Unterscheidung zwischen beiden weiterhin sehr unscharf ist, ist die Vorstellung von einer Hölle, in der die Sünder für ihre Verfehlungen brennen, die ultimative Metapher für die Rache Gottes.

Dante Alighieri (1265–1321) hat die Vorstellung von diesem jenseitigen Ort der Strafe entscheidend geprägt. Im ersten Teil seiner *Göttlichen Komödie* schildert er die Reise seines Ich-Erzählers durch das *Inferno*, eine Hölle mit neun Kreisen. Während der Wanderer, von dem Dichter Vergil geführt, immer weiter in die Hölle hinabsteigt, wird er Zeuge, wie die großen Sünder der Geschichte bestraft werden. Je tiefer er geht, desto schlimmer werden die Sünden und desto grauenvoller die Strafen.

Der neunte und letzte Kreis der Hölle ist bei Dante den Verrätern vorbehalten. Aber unter so berühmten Gestalten wie dem biblischen Judas und dem Caesar-Mörder Brutus finden sich dort auch Opfer und Täter einer sehr bizarren Rachegeschichte. Im neunten Kreis von Dantes Hölle gibt es einen gefrorenen See, in den unter anderem der Familienverräter Ugolino ver-

bannt ist. Doch Graf Ugolino sühnt hier nicht nur sein schänd-
liches Verbrechen, nein: Er erhält auch die Gelegenheit, sich
in alle Ewigkeit an seinem einstigen Freund, dem Erzbischof
Ruggieri, zu rächen, der zu Lebzeiten eine grausame Vergeltung
für Ugolinos Verrat ersonnen hatte. Ruggieri ließ damals nämlich nicht nur Ugolino selbst, sondern auch dessen zwei kleine
Söhne und zwei Neffen inhaftieren und die fünf Gefangenen
ohne jede Nahrung dahinvegetieren. Hilflos musste der Graf
den vier Kindern beim Sterben zusehen. Tagelang saß Ugolino
allein mit den Kinderleichen in seiner Zelle, bis er schließlich
seinem eigenen Hunger erlag und die Toten verschlang.

Ugolino hat nach Dante mit seinem Verrat eines der schlimmsten Verbrechen überhaupt begangen. Er hat seinen Platz im
neunten Kreis der Hölle redlich verdient. Aber die Rache des
Erzbischofs Ruggieri ist nicht nur unverhältnismäßig, sondern auch über alle Maßen grausam und gottlos, indem er
Ugolino zu einer noch weit größeren Sünde zwingt. Seit der
Antike ist es der Gipfel der unmäßigen Rache, das Racheobjekt
zum Verspeisen der eigenen Kinder zu bringen. Da mag die
Vergeltung an sich noch so gerechtfertigt sein: Derartiges unmenschliches Übermaß bricht alle Gesetze der Welt und der
Gottheit und macht aus dem Rächer ein Monstrum. Dantes
„göttliche" Rache für ein solches Vergehen ist mehr als ge-
recht: Ugolino muss zwar für seine eigenen Sünden im tiefsten
Schlund der Hölle leiden, aber Ruggieri ist an seiner Seite. Der
Graf kann nach Herzenslust Rache an seinem Rächer üben, indem er immer wieder aufs Neue das „monströse" Hirn seines
Peinigers verspeisen darf.

Dante präsentiert uns hier ein Beispiel gerechter göttlicher
Rache. Die Strafe entspricht auch bildlich gesehen exakt den
Verbrechen von Rächer und Racheobjekt. Gleichzeitig aber hat
er mit dem gefrorenen See in der Mitte der Hölle eine großartige Metapher für die Destruktivität der Rache gefunden, die alle
Beteiligten in einem unauflöslichen Kreis gegenseitiger Gewalt
gefangen hält. Ugolino und Ruggieri sind dazu verdammt, sich
in alle Ewigkeit gegenseitig zu verschlingen – das, was sie in
ihrem Leben ohnehin aneinander getan haben. Menschliche
Rache kann nur zerstören. Göttliche Rache straft gerecht.

Im Grunde ist die Haltung der christlichen Lehre der
Rache gegenüber mehr als klar. Da gibt es keine Grauzonen.
Dennoch waren Jahrhunderte lang auch in christlichen Gesell-

schaftssystemen, wie sie etwa das Hochmittelalter oder das barocke Spanien charakterisierten, Rache und Fehde alltägliche Erscheinungen und mehr oder weniger sozial anerkannt. Über tausend Jahre lang gelang es immer wieder, das Christentum und den Rachegedanken miteinander zu vereinen.

Grundlage dieser paradoxen Situation ist zunächst der alttestamentliche Racheauftrag, innerhalb dessen die (maßvolle) Vergeltung eines Unrechts nicht nur ein Recht, sondern sogar eine Pflicht ist: „Du sollst das Böse aus deiner Mitte wegschaffen [...]. Und du sollst in dir kein Mitleid aufsteigen lassen: Leben für Leben, Auge für Auge, Zahn für Zahn." (Dtn 19,19–21) Der gerechte Rächer tritt in der Bibel als ein Stellvertreter Gottes auf. Auch Thomas von Aquin, der ja eigentlich gegen die persönliche Vergeltung argumentiert, spricht sich in der *Summa theologiae* für diese Art von Rache aus: „Es ist lobenswert, Vergehen gegen die eigene Person geduldig zu ertragen, aber Vergehen am Gesetz Gottes zu übersehen, ist schändlich."

Wer eine gottlose Tat nicht bestraft, macht sich selbst schuldig. Thomas spricht zwar in diesem Zusammenhang hauptsächlich von jenen, zu deren „Rang und Position" es gehört, über Kriminelle zu Gericht zu sitzen, aber natürlich lassen sich solche Definitionen sehr schnell aufweichen. „Ich sage, dass Vergeltung gerecht und tugendhaft ist, wenn sie der Verhinderung von Bösem dient", schreibt Thomas. Und wer kann sich und seine Rache dann nicht vor sich selbst als gottgefällig und notwendig verteidigen?[48]

Der Auftrag, „Rache für Sünde" gegen Gott und den Nächsten zu üben, verwandelt die eigentliche klare Haltung der christlichen Lehre gegenüber Vergeltung an den Feinden in eine Grauzone. Alles ist Definitionssache. Zwar bestehen Denker wie Thomas beharrlich darauf, dass an der eigenen Person geübtes Unrecht stoisch ertragen werden muss und nur jedes andere Vergehen geahndet werden soll. Aber das ist schließlich alles eine Frage der Perspektive. Mit dieser Denkweise kann man auch Kreuzzüge gegen die Ungläubigen als „gottgefällige" Vergeltung interpretieren. Selbst Genugtuung für die Ehrverletzung zu suchen, kann man so irgendwie rechtfertigen – etwa folgendermaßen: In jedem Menschen ist ein göttlicher Funke. Die Ehre des Menschen ist der höchste Ausdruck dieses Göttlichen. Wer diese Ehre verletzt, begeht ein Vergehen gegen

---

[48] Aus: *Summa theologiae*, II-II, q. 158.

Gott. Also ist in diesem Fall persönliche Vergeltung gottgefällig.[49]

– Eine solche Argumentation ist natürlich nicht im Sinne von
Kirchenlehrern wie Thomas von Aquin, erklärt aber, warum
selbst angesichts der grundsätzlich mehr als deutlichen christlichen Haltung gegen Rache zweitausend Jahre Christentum
nichts an der Vorstellung ändern konnten, dass es gerechte
Vergeltung gibt.

Grundsätzlich wurde aber natürlich immer wieder mit christlichem Gedankengut argumentiert, wann immer es darum
ging, die Praxis der Selbstjustiz einzudämmen. Der Glaube,
dass ein Rächer sich zum Sünder macht, findet sich in vielen
Rachegeschichten wieder – entweder unterschwellig oder auch
ganz offen.

Wie schon erwähnt, verschärft diese tief in der Religion ver-
wurzelte Haltung die dem Phänomen Rache innewohnende
Grundproblematik. Auch Texte aus der griechischen Antike
zeigen uns immer wieder, dass ein Rächer – selbst wenn er im
Auftrag einer Gottheit handelt – äußerst leicht Gefahr läuft,
sich selbst zu überhöhen. Im christlichen Denken, geprägt von
dem göttlichen Ausspruch „Mein ist die Rache", bedeutet diese
Selbstüberhöhung zugleich eine Sünde gegen Gott. Der Rächer
setzt sich nicht nur an die Stelle weltlichen Rechts; das allein ist
schon bedenklich genug, aber erscheint doch oft gerechtfertigt,
ja unumgänglich, angesichts der inhärenten Fehlerhaftigkeit
menschlicher Gerichtsbarkeit. Doch der Rächer maßt sich
auch Gottes Werk an. Das kann nun durchaus bedeuten, dass
er als Instrument Gottes fungiert. Oft heißt es aber, dass der
Rächer sträflicherweise die Grenzen vergisst, die ihm durch
sein Mensch-Sein gesetzt sind. Dadurch gibt er sich der ewigen
Verdammnis anheim, und der Preis für die Rache ist seine Seele
– es sei denn, er bereut und überantwortet sich der göttlichen
Gnade.

Des Weiteren lieferte das christliche Denken den Lesern von
Rachegeschichten einen Referenzrahmen, anhand dessen sie das
Verhalten der Charaktere moralisch beurteilen konnten. Wir
können heute Rachegeschichten vergangener Jahrhunderte mit
einer anderen Brille auf der Nase lesen und unser Augenmerk

---

[49] So etwa lautet die Argumentation, mit der in den spanischen Ehrendramen die Tötung untreuer Ehefrauen legitimiert wird.

auf andere Aspekte lenken – etwa auf die psychische Bürde, die auf dem Rächer lastet. Auch fällt es uns vielleicht leichter, uns dem Gefühl hochgradiger Befriedigung hinzugeben, das so einige Rachegeschichten in uns erregen können, sodass gelesene Vergeltung für uns zum eiskalten Genuss werden kann. Dennoch darf man nicht vergessen, dass im Grunde allen abendländischen Rachegeschichten die Vorstellung von persönlicher Vergeltung als Sünde unterliegt – ob sie diesem Gedanken zustimmen oder gegen ihn anerzählen, steht auf einem anderen Blatt.

Es ist jedenfalls kein Zufall, dass John Milton (1608–1674) in seinem *Verlorenen Paradies* den größten Sünder aller Zeiten auch zum größten Rächer aller Zeiten werden lässt: Luzifer. In seinem großen christlichen Epos erzählt Milton in bildreich-heroischer Sprache von der großen Schlacht im Himmel und von der Erschaffung der Welt bis zur Vertreibung Adams und Evas aus dem Paradies.

Alles beginnt mit der Rebellion Luzifers und seiner Engel gegen Gott. Die große Sünde des „Morgensterns", des strahlendsten aller Himmelssöhne, ist, dass er sich dem Allerhöchsten gleich dünkt. Gott und sein Heer getreuer Engel tragen den Sieg über Luzifer und die Seinen davon, und die „Morgensöhne" werden aus dem Himmel verstoßen und in die Hölle verbannt. Doch Miltons Satan ist nicht geschlagen. Er ist ein vitaler, ungebrochener Bösewicht, der im Laufe der Jahrhunderte nicht selten Bewunderung erregte. Miltons Luzifer brachte seinem Schöpfer den Vorwurf (oder das Lob) ein, er stehe heimlich auf der Seite des Teufels, der gegen einen tyrannischen Herrscher rebelliert.

Jedenfalls will der Satan des *Verlorenen Paradieses* lieber in der Hölle herrschen als im Himmel dienen und schwört seinem Bezwinger ewige Rache:

Ob das Schlachtfeld auch verloren,
Ist doch nicht alles hin; der Wille nicht,
Der unbesiegbar, nicht der Rache Durst,
Der ewge Hass und Mut, sich nicht zu beugen.[50]

---

[50] John Milton: *Das Verlorene Paradies*. Deutsch von Adolf Böttger. Wiesbaden: marixverlag 2008. S. 20.

Miltons Satan wird zum ultimativen Rächer, und wieder erhebt er sich damit gegen Gott. Seine Rache ist die Negation der Schöpfung. Den Allmächtigen kann er nicht berühren, aber er ist fest gewillt, wo immer er kann, die Schöpfung auf dunkle Pfade und in die Vernichtung zu führen. Sein erster Racheakt richtet sich gegen das neue Lieblingskind Gottes: den Menschen. Die Verführung Evas (und Adams), Gottes Gebot zu brechen und vom Baum der Erkenntnis zu essen, geschieht also aus Rache des Teufels an Gott. Und jede neue menschliche Sünde wiederholt diese erste Rachetat.

Milton macht es damit den antiken Mythen gleich und erklärt Rache zu einem Grundstoff des Kosmos. Wie in der Geschichte um Gaia, Uranos, Kronos und Zeus bildet auch im *Verlorenen Paradies* ein Racheakt das Fundament der Weltgeschichte. Gleichzeitig erklärt Milton die Rache zum fundamental Bösen, indem er sie dem Teufel zurechnet. Die trotzige Rebellion des lebensprühenden Satan, der nicht in Ketten leben will, mag noch Sympathie hervorrufen, vor allem bei den Lesern späterer Jahrhunderte. Dass er aber seine Rache gegen den unschuldigen Menschen richtet, dessen verlorene Unschuld sogar Satan selbst bedauern muss, macht ihn zu einem wahren, zum ultimativen Bösewicht. Luzifer erkennt in einem seiner selbstreflexiven, melancholischen Momente, in denen er seine ewige Trennung von der göttlichen Liebe allzu schmerzhaft spürt: „Die Rache, süß zuerst, wird bitter bald / Und prallt auf sich zurück."

Satan, der ultimative Rächer, ist der ultimative Bösewicht, und er sieht das sogar selbst so. Aus christlicher Perspektive kann jegliche Vergeltung, die nicht göttlich ist, letzten Endes nur verurteilt werden. Die Rache ausgemerzt hat diese Tatsache allerdings nie – oder, um es mit Mark Twain zu sagen: „Rache ist schlecht und unchristlich und auf jede erdenkliche Weise unschicklich ... (Aber sie ist trotzdem mächtig süß)."

IV. EHRENSTÜCKE UND RACHETRAGÖDIEN – DAS THEATER DER RENAISSANCE UND DES BAROCK

1. *Der Cid* – Eine Frage der Ehre

> *Ich beklagenswerter Vollstrecker einer gerechten Klage*
> *und unglückliches Opfer einer ungerechten Härte!*
>
> (Pierre Corneille, *Der Cid*)

Gemeinhin sagt man, dass die „Französische Klassik", das Goldene Zeitalter der französischen Bühne, mit der Tragikomödie *Der Cid* aus der Feder Pierre Corneilles (1606–1684) eingeläutet wurde. Dieses Stück wurde Ende des Jahres 1636 in Paris uraufgeführt, zwölf Jahre, nachdem der berühmte Kardinal von Richelieu Minister geworden und mit seinem „Projekt" begonnen hatte, das damals dezentralisierte Frankreich unter einen König zu vereinen, notfalls mit Gewalt, in erster Linie aber mit allen Mitteln der Politik. Das Theater, so war Richelieu überzeugt, konnte dabei eine wichtige Funktion übernehmen, als „Instrument der Propagierung einer staatlich sanktionierten (Ordnungs-)Ideologie"[51]. Der Kardinal verfasste sogar selbst poetologische Regeln, wie ein „gutes" Theaterstück zu sein habe, wobei er sich an den Tragödien der griechischen Antike und der *Poetik* des Aristoteles orientierte. Richelieu und seine Dramen schreibenden Zeitgenossen verschärften die darin entworfenen Richtlinien in einem Maße, das in den darauffolgenden Jahrhunderten als „klassische Regelstrenge" sowohl viele Bewunderer und Nachahmer fand als auch heftig kritisiert wurde. Pierre Corneille war einer der wichtigsten Vertreter die-

---

[51] Jürgen Grimm: „Das Jahrhundert der Klassik". In: *Französische Literaturgeschichte*. Herausgegeben von Jürgen Grimm. Stuttgart: Metzler 1999. S. 162–201. S 184.

ses „classicisme Richelieu". Doch mit dem Stück *Der Cid* eckte der „Klassiker" heftig an. Und dabei scheint er doch Richelieus Vorgabe, mit seiner „Tragikomödie" die von dem Kardinal entwickelte „Ethik des Verzichts" in den Dienst des Staates zu stellen[52], getreulich nachzukommen.

Mit der Geschichte des *Cid* lässt sich Corneille von dem mittelalterlichen, kastilischen *Cantar de mio Cid (Lied von meinem Cid)* inspirieren. Das aus dem 12. oder 13. Jahrhundert stammende Heldenlied erzählt die glorreichen Abenteuer des „vollendeten" kastilischen Ritters Rodrigo Díaz de Vivar. Dieser kämpfte damals sowohl aufseiten der Christen gegen die damals in Spanien ansässigen Mauren als auch durchaus mal als Söldner eben jener Mauren gegen andere verfeindete muslimische Stämme oder sogar gegen Christen. Der Ehrenname „Cid" leitet sich vom arabischen „sidi", d.i. „Herr", ab. Er ist ein Ausdruck der Bewunderung für diesen „vollendeten Ritter", der bis heute zu den Nationalhelden Spaniens gehört (wenn auch alles andere als unumstritten).

Mit dem Rückbezug auf diese „spanische Thematik" lag Corneille voll im Trend. Das Goldene Zeitalter des spanischen Theaters, über das wir noch einiges hören werden, hatte in den 30er Jahren des 17. Jahrhunderts seinen Höhepunkte erreicht, und „spanische Geschichten" waren, nicht nur in Frankreich sehr beliebt. Schließlich hatte so ein bisschen spanisches Flair etwas sehr Exotisches.

Corneille nahm also eine spanische Geschichte her und machte aus ihr etwas ganz Eigenes: ein Drama um Rache, Liebe und Verzicht, die dennoch ein gutes Ende findet und den „edlen", „ehrenhaften" Menschen feiert. Sein „Cid", der eingefranzösichte „Don Rodrigue", ist ein junger Adliger am Königshof von Sevilla, der die schöne, tugendsame Chimène genauso sehr liebt wie sie ihn. Doch die Väter des jungen Paares sind erbitterte Rivalen.

Die beiden Alten streiten unter anderem um das angesehene Amt des Erziehers des Kronprinzen. Der Posten wird schließlich dem Vater Rodrigues, Don Diègue, zugesprochen. Sein Konkurrent reagiert mit ausgesprochen unedler Verbitterung. Er lässt sich dazu hinreißen, seinen Rivalen zu ohrfeigen – eine grobe Beleidigung, die durch die Schmach erhöht wird, dass

---

[52] Grimm, aaO., S. 187.

der alte Don Diègue zu schwach ist, um den Kontrahenten selbst mit dem Degen zu stellen. Es ist nun an Rodrigue, die Ehre seines Vaters wiederherzustellen: „Komm mein Sohn", fordert Don Diègue, „komm, mein Blut, mach meine Schande wett; / Komm und räche mich [...] / für eine Beleidigung, so grausam, dass sie unser beider Ehre tödlich verletzt."[53]

Eine solche Schmach kann nur mit Blut getilgt werden; Rodrigue muss den Beleidiger seines Vaters zum tödlichen Duell herausfordern. Die Aussicht, selbst zu sterben, schreckt den tapferen jungen Adligen natürlich nicht. Doch wie kann er dem Vater der Frau, die er über alles liebt, das Leben nehmen? Oder soll er ihn schonen und ignorieren, was Vater, Tradition, seine eigene Ehre und sein öffentliches Ansehen eindeutig fordern?

Rodrigue sieht sich mit einem Dilemma konfrontiert, das unauflöslich erscheint: „Ich ziehe, wenn ich mich räche, ihren [Chimènes] Hass und ihren Zorn auf mich; / ich ziehe ihre Verachtung auf mich, wenn ich mich nicht räche."[54] Denn wie könnte die tugendsame, stolze Chimène jemals einen Mann lieben, geschweige denn ehelichen, der so ehrlos ist, die Beleidigung seines Vaters ungesühnt zu lassen?

Schließlich entscheidet sich Rodrigue für die Option, die seiner „gloire" – seinem Ruhm und seiner Ehre – entspricht: Er wählt die Rache und nimmt den Tod und Chimènes Hass in Kauf. Damit handelt Rodrigue als ein „héros cornélien"[55]: als ein „außergewöhnliches" Individuum, das nur seiner Standesehre und einem uns heute befremdlich anmutenden Verständnis von Rationalität und Würde verpflichtet ist. Seine *raison*, seine Vernunft, das heißt die Rücksicht auf seinen Stand und seine Ehre, hat über seine *passions*, seine Leidenschaften, hier in erster Linie seine Liebe zu Chimène, den Sieg davongetragen. Im Rahmen eines strengen Ehrenkodex Rache zu üben, ist in diesem Denken ein unbedingtes Muss, dem alle anderen Forderungen untergeordnet werden müssen – und es ist ausgesprochen „vernünftig".

Der junge Rodrigue bleibt im Duell siegreich und tötet Chimènes Vater. Nun ist es an der jungen Frau, zu beweisen, dass sie des *héros* Rodrigue auch würdig ist – dass auch sie sich durch *gloire* und *raison* auszeichnet. Und sie tut es.

---

[53] Pierre Corneille. *Der Cid*. Stuttgart: Reclam 1997. S. 77.
[54] *Der Cid*, aaO., S. 81.
[55] Grimm, aaO., S. 187.

Unter Klagen schwört Chimène, sich die Liebe zu Rodrigue aus dem Herzen zu reißen. Denn wie kann sie den Mörder ihres Vaters lieben? Sie will nicht ruhen, ehe der Tod ihres Vaters gerächt ist. Doch als Rodrigue ihr sein Leben zu Füßen legt, bereit, sich von ihr mit seinem Degen durchbohren zu lassen, lehnt sie ab. Chimène geht einen anderen Weg und fordert Gerechtigkeit vom König: „Majestät, dulden Sie nicht, dass unter Ihrer Herrschaft / sich vor Ihren Augen eine solche Unbotmäßigkeit ereignet; / dass die Tapfersten ohne Ahndung dem vermessensten Treiben ausgesetzt sind."[56]

Der König ist geneigt, Chimène Gehör zu schenken und über Vater und Sohn Gericht zu sitzen. Bevor es jedoch so weit kommen kann, greifen die Mauren Sevilla an, das mit Chimènes Vater einen seiner wichtigsten Verteidiger verloren hat. Rodrigue sammelt kurz entschlossen eine Gruppe Getreuer um sich und besiegt die Mauren quasi im Alleingang.

Nun hat sich die Situation grundlegend geändert: Rodrigue ist ein siegreicher Kriegsheld und hat sich für den sicheren Fortbestand Sevillas unverzichtbar gemacht. Chimène besteht, ihrer *gloire* entsprechend, dennoch weiter auf Rache bzw. Gerechtigkeit. Ihr ist es egal, ob der Angeklagte ein relativ unbedeutender adliger Jüngling oder ein triumphierender Held ist; sie verlangt, dass die Blutschuld getilgt wird. Als der König sich weigert, schickt sie einen ihrer Verehrer als Verteidiger ihrer Ehre in ein Duell mit Rodrigue. Letzterer, dem inzwischen von seinen Feinden der Ehrennamen „Cid" gegeben wurde, ist siegreich und verschont seinen Kontrahenten großzügig. Chimène jedoch meint irrtümlich, Rodrigue wäre im Duell gefallen – ihrer Ehre und der ihres Vaters ist Genüge getan, und nun kann sie ihrer Trauer über den vermeintlichen Tod Rodrigues offen Ausdruck verleihen. Dadurch enthüllt sich freilich, dass es ihr unmöglich war, sich die Liebe zu dem Helden „aus dem Herzen zu reißen". Chimène kann ihre wahren Gefühle nicht länger leugnen. Auf das Gebot des Königs hin, der Rodrigue bereits freigesprochen hat, verzichtet sie schließlich auf ihre Rache, folgt ihrem Herzen und wird die Frau des Helden, der Sevilla so tapfer verteidigt hat und auch in Zukunft verteidigen wird.

Der Cid hat trotz tragischem Konflikt ein „gutes Ende". Corneille lässt uns erleben, wie zwei Liebende, die einander in

---

[56] *Der Cid*, aaO., S. 119.

puncto Ehre, Vernunft und Pflichtbewusstsein ebenbürtig sind, zueinander kommen, obwohl sich ihnen die Pflicht gegenüber ihrer Familie und ihrer eigenen *gloire* in den Weg zu stellen scheint. Rache erweist sich hier – und das ist eine Seltenheit – nicht als destruktiv (den Tod von Chimènes Vater ausgenommen). Rodrigue und Chimène glauben zwar zunächst, einen Teil von sich selbst aufgeben zu müssen – ihre Liebe zueinander – und den anderen ins Verderben stürzen zu müssen; aber in Wahrheit führt der Racheplot dazu, dass sie sich uns und einander als „ehrenvolle" Menschen beweisen können. Gerade Rodrigue verliert sich nicht in der Suche nach Vergeltung, wie so viele andere Rächer, die uns bereits begegnet sind; nein, er findet durch sie erst zu seiner wahren Identität als „Cid".

Uns heutigen Lesern erscheint es natürlich so, als wäre dieses versöhnliche Happy End nur auf Kosten von Chimène möglich. Wir sehen eine junge Frau, die – anders als ihr Zukünftiger – darauf verzichtet, eigenhändige Rache zu üben, und sich stattdessen mit der Bitte um Gerechtigkeit an die zuständige Autorität, den König, wendet. Sie macht eigentlich alles richtig. Dennoch ist sie es, die sich am Schluss ihren Anspruch auf Gerechtigkeit versagt, um ein gutes Ende zu garantieren.

Noch dazu vermittelt das Stück dem Leser/Zuschauer ein Gefühl der Ungeduld Chimène gegenüber; man kann kaum umhin, darauf zu warten, wann sie denn endlich ein Einsehen haben wird und sich eingesteht, dass sie Rodrigue noch immer liebt. Man könnte also durchaus sagen, dass *Der Cid*, ähnlich wie Aischylos' *Orestie*, männlicher Rache den Vorzug vor weiblicher gibt und nur dadurch ein versöhnliches Ende finden kann. Eine gewisse Art von Ordnung ist wiederhergestellt, aber wir wissen heutzutage nicht so recht, ob sie uns schmecken will.

Kardinal von Richelieu hatte da ganz andere Probleme mit Corneilles Stück. Seiner Meinung nach war *Der Cid* politisch zu subversiv, da nicht nur eine, sondern sogar zwei Duellszenen darin vorkommen und diese Praxis innerhalb des Stückes letztendlich gutgeheißen oder zumindest akzeptiert wird. Richelieu selbst war ein ausgesprochener Gegner des Duellierens und ließ diese Praxis 1637 – weniger als ein Jahr nach der Erstaufführung des *Cid* – verbieten.[57]

---

[57] Vgl.: Miriam Havermann, in: *Metzler Lexikon der Weltliteratur. 1000 Autoren von der Antike bis zur Gegenwart.* Herausgegeben von Axel Ruckaberle. Stuttgart/Weimar: Metzler 2006. Band 1. S. 333–334. S. 334.

Duelle waren ein Überbleibsel des alten, aristokratischen Systems, eine Art Selbstjustiz, die die Adligen untereinander – in kleinen wie in großen Angelegenheiten – übten. Sie stellten ein „Konkurrenzsystem" zur königlichen Rechtsprechung dar. Richelieu arbeitete unermüdlich, um das Primat des Monarchen zu etablieren; adlige Selbstjustiz untergrub die Autorität des absolutistischen Königtums, die Richelieu unangreifbar machen wollte. Ein Bühnenstück, in dem der Held ungestraft Duelle ficht und in dem die Abhängigkeit des Königs von diesem starken Krieger betont wird, konnte dem Kardinal nur gegen den Strich gehen.

Dabei zeigt sich bei näherem Hinsehen, dass sich in Corneilles *Cid* genau der Prozess gesellschaftlicher Wandlung widerspiegelt, der im Frankreich dieser Zeit unter der „Oberaufsicht" Richelieus vor sich ging. Zu Beginn des Stückes finden wir noch das alte feudale, von der Aristokratie dominierte System vor, wie es im Mittelalter und in der Renaissance in Frankreich herrschte. Es manifestiert sich in den beiden Vaterfiguren und in deren Verständnis von Standesehre, die schon durch eine Ohrfeige verletzt und nur durch Blut und Tod wiederhergestellt werden kann.

Auch Rodrigue – und Corneille – denkt noch innerhalb dieses Systems, wenn er glaubt, seine *gloire* nur dann erlangen und erhalten zu können, wenn er eigenhändig Rache übt. Dass er sich mit Vernunftargumenten überzeugt, diesen Schritt zu tun, entspricht dem Geist der Renaissance und der französischen Klassik in Anlehnung an Descartes und dessen strikte Trennung von Geist und Körper. Uns überrascht als moderne Leser allerdings, dass Rache hier nicht dem Bereich der unbeherrschbaren Emotionen („animalischer" Körper) zugeordnet wird, sondern der Vernunft („göttlicher" Geist). Wenn wir uns zurückerinnern, gemahnt uns Rodrigues Verhalten jedoch an die „vernünftige", gesellschaftlich akzeptierte Vergeltung, die Achilleus in der *Ilias* an Agamemnon übt. „Vernünftige" Rache ist also nichts völlig Neues; schon die griechische Antike kannte sie, wenn der homerische Heros Achilleus auch weitaus kalkulierter vorgeht als der Corneille'sche *héros*.

Innerhalb des sozialen Systems, das uns *Der Cid* präsentiert, ist es vernünftig und gesellschaftlich akzeptiert, ja essenziell notwendig, seine Ehre zu erhalten. Dass Rodrigue zugunsten seines sozialen Ansehens einen Mord begeht und seine Liebe aufs Spiel setzt, mag uns unverständlich oder verwerflich erscheinen; für Corneille ist es das Gegenteil. Seiner Ansicht nach ist *gloire* ein Wesenszug, der den Menschen von Grund auf definiert und der von innen kommt, auch wenn er an äußerlichen Status und gesellschaftliche Akzeptanz geknüpft ist. Ohne *gloire* ist es der Mensch nicht wert, Mensch geheißen zu werden.

Doch Rodrigue folgt den Werten eines alten, vom Adel dominierten Systems, um seiner *gloire* gerecht zu werden. Dadurch gerät der junge Held unversehens in Konflikt mit den Werten des neuen Gesellschaftssystems des Absolutismus. Denn in seinem Racheduell tötet er nicht nur den Beleidiger seines Vaters, sondern auch den militärischen Befehlshaber Sevillas. Er beraubt die Stadt ihres wichtigsten Verteidigers. Deswegen handelt der Rächer Rodrigue gegen die Interessen der Gemeinschaft, und somit gegen die *raison*.

Die Notwendigkeit, seine *gloire* zu erhalten, zwingt Rodrigue zur „Sünde" an der *raison*. Darin liegt der eigentliche tragische Konflikt des Dramas. Man könnte auch sagen: Rodrigue (und Corneille) gerät zwischen zwei konkurrierende Wertesysteme, denen er beiden gerecht werden muss, aber nicht kann. Nur indem er mit seinem Sieg über die Mauren den Platz des von ihm Getöteten als Verteidiger der Stadt einnimmt, ist das Verbrechen an der *raison*, das Rodrigue begangen hat, wettgemacht. Deswegen kann der König ihn begnadigen.

Chimène handelt zunächst eher im Einklang mit dem neuen System und der *raison*. Anstatt den Mörder ihres Vaters selbst zu töten, wendet sie sich an den einzigen Herrn über Recht und Gerechtigkeit: den König. Dies entspricht einem monarchischen, noch mehr aber einem absolutistischen Denken.

Als Rodrigue jedoch unverzichtbar für das Gemeinwohl wird, verstößt Chimènes Forderung plötzlich gegen die Vernunft und gegen das öffentliche Interesse; ein Todesurteil würde die Stadt ihres besten Verteidigers berauben. Chimène erkennt das nicht, ja fällt sogar in das alte Rachesystem zurück und schickt ihren Verehrer los, um sich für sie zu duellieren. Nur das Machtwort des Königs (und das Nachgeben Chimènes, ihre Rückkehr zur *raison*), kann diese Situation auflösen. Dies entspricht ganz der Ideologie des Absolutismus.

Doch die Spannungen, die innerhalb des Stückes zwischen konkurrierenden gesellschaftlichen Systemen herrschen und durch den Racheplot des *Cid* offengelegt werden, kann das harmonisierende Ende nicht einfach aufheben. Corneilles wichtigstes Drama erweist sich als ein Spiegel seiner Zeit. Die Gesellschaft des französischen Barock war, allen homogenisierenden Bemühungen Richelieus zum Trotz, alles andere als homogen. Rache, dieses ambivalente Phänomen, das sowohl gesellschaftliche Funktionen erfüllen kann als auch als subversive und/oder destruktive Kraft wirksam ist, wird im *Cid* zu einem Indikator eines fundamentalen gesellschaftlichen Konflikts.

2. Pervertierte Rache – Das spanische Ehrendrama und sein Erbe

> *Ich bin meiner Ehre Arzt*
> *Ihr will ich das Leben erhalten*
> *Durch einen Aderlass; denn jene*
> *Wird wiederhergestellt durch Blut.*
> (Calderón de la Barca, *Der Arzt seiner Ehre*)

Spaniens „siglo de oro" (Goldenes Zeitalter) war der französischen Klassik um einige Jahrzehnte voraus. Es zeichnet sich durch eine farbenprächtige, überschwängliche Barockliteratur aus. Lope de Vega (1562–1635), dem Begründer des spanischen Theaters dieser Zeit, ging es darum, klassische Dramentheorie mit dem Publikumsgeschmack zu vereinen. Er empfahl unter anderem die Thematik der Ehre als besonders geeignet für ein Bühnenstück. Daraus entstanden zum Einen die für das *siglo de oro* charakteristischen *comedias de capa y espada* – die Mantel- und Degenstücke. Zum Anderen entwickelten sich die sogenannten „Ehrendramen".

Das Weib des Anderen ist das erste Ehrenstück der spanischen Geschichte und entstammt der Feder des besagten Lope de Vega. Es folgt einem relativ überschaubaren Plot: Die Hochzeit eines reichen Bauern wird gestört durch die Ankunft eines verletzten Comendadores, eines Adligen, der sich sofort unsterblich in die Braut verliebt. Im Laufe des Stückes versucht der Aristokrat vergeblich, die tugendsame Ehefrau zu verführen. Trotz deren Standhaftigkeit geraten Gerüchte in Umlauf, durch die ihr Mann von der ganzen Sache erfährt. Daraufhin rächt der

Bauer seine verletzte Ehre und die seiner Frau, indem er, alle Standesregeln verachtend, den Comendadore tötet – eine Tat, die am Ende des Stücks vom König gutgeheißen wird.

Dem großen spanischen Dramatiker Calderón de la Barca (1600–1681), der in vieler Hinsicht als der Nachfolger von Lope de Vega angesehen werden kann, war die Ehrenthematik vielleicht noch wichtiger als seinem Vorgänger. Sie begegnet uns in unzähligen seiner Stücke, unter anderem in *Der Richter von Zalamea*, einem von Calderóns bedeutendsten Werken. Die Handlung erinnert ein wenig an Lope de Vegas Ehrenstück, aber ähnliche Plots sind, wie wir noch sehen werden, in diesem Genre alles andere als ungewöhnlich.

Die Titelfigur des Dramas ist der gerade frisch zum Bürgermeister und Richter des bäuerlichen Dorfes Zalamea ernannte Pedro Crespo. Er nimmt den mit seinem Soldatentrupp durch das Dorf ziehenden Hauptmann Alvaro de Ataide gastfreundlich auf, aber der Adlige vergilt es dem Bauern denkbar schlecht: Er vergewaltigt Crespos Tochter Isabel, und als sein Gastgeber ihn bittet, die Ehre des Mädchens durch Heirat wiederherzustellen, reagiert de Ataide nur mit Hohn und Spott. Also lässt Crespo den Hauptmann verhaften und macht ihm den Prozess, obwohl eigentlich das Militärgericht für den Offizier zuständig wäre.

Der Dorfrichter ist der Überzeugung, dass nur durch sein eigenes Handeln Ordnung und Recht wiederhergestellt werden können. Der kommandierende Offizier des adligen Übeltäters droht dem aufmüpfigen Bauern, das Dorf in Flammen zu stecken, sollte Crespo seinen Untergebenen nicht herausgeben. Doch dies führt nur dazu, dass der Dorfrichter den Hauptmann zum Tod durch den Strang verurteilt und hinrichten lässt. Der inzwischen eingetroffene König gibt Crespo im Nachhinein recht und ernennt ihn zum Richter auf Lebenszeit.

Calderóns Pedro Crespo ist ein ungeheuer lebendiger, charismatischer Charakter, der den Leser in den Bann und auf seine Seite zieht. Seine Art der Rache geht selbst aus unserer heutigen Perspektive mit Gerechtigkeit Hand in Hand. Zwar mag es uns stören, dass weniger der Schmerz seiner Tochter als die Verletzung ihrer und seiner Ehre für Crespo im Mittelpunkt steht, aber wir bewundern den unerschrockenen Bauern für den – einmal wieder – subversiven Akt, einem Adligen den Prozess zu machen. Dass Calderóns Philipp II. das damals illegale Vorgehen Crespos absegnet, ja, sogar belohnt, legitimiert auch den Ehrbegriff des Dorfrichters: Seine Ehre ist genauso verletzbar und verdient es genauso, gerächt zu werden, wie die eines Adligen. Dadurch wird bei Calderón die *honra* (Ehre), die vorher allein dem Adel zugestanden wurde, zu einem Stände übergreifenden, allgemein-menschlichen „Gut". Der Dramendichter selbst schreibt: „Gut und Leben für den König / Setzet ein, jedoch die Ehre / Ist das Erbteil unserer Seele, / Und die Seele ist ganz Gottes."

Ehre ist für Calderón etwas ganz dem Individuum Eigenes und gleichzeitig Göttliches; jedem kommt demnach das Recht zu, seine Ehre zu schützen oder deren Verletzung zu rächen. Die einzigen Autoritäten, die darüber richten können und dürfen, sind Gott und der König. Und die stehen, zumindest bei Calderón, immer auf der Seite der Rächenden.

Die Schattenseite dieses übergreifenden, allgemein-menschlichen und gleichzeitig göttlichen Verständnisses von Ehre – und damit auch von Rache – manifestiert sich in Calderóns eigentlichen Ehrendramen: *Für heimliche Beleidigung heimliche Rache* (1636/37), *Der Arzt seiner Ehre* (um 1635) und *Der Maler seiner Schande* (1650). Sie alle laufen im Grunde nach demselben Plotmuster ab: Das Leben eines Ehepaares wird gestört, als ein ehemaliger Verehrer der Frau durch Zufall wieder auf den Plan tritt. Die Frau ist dem alten Galan durchaus zugetan; entweder ist er eine Jugendliebe, oder sie hat sich gar nur zur Ehe mit dem anderen Mann entschlossen, weil sie fälschlicherweise glaubte, der Angebetete wäre tot. Der Eindringling wiederum liebt die Frau noch immer und ist wildentschlossen, sie zu besitzen. Durch List oder Schmeichelei oder auch gewaltsame Entführung versucht er, sie für sich zu gewinnen. Die Frau ringt mit sich und ihrer Neigung, entschließt sich jedoch, den alten Galan abzuweisen und ihrem Mann treu zu bleiben. Doch zu spät: Durch den mehr oder weniger offensichtlichen Kontakt zwischen dem anderen Mann und seiner Frau (ein Treffen, ein Briefwechsel, die angesprochene Entführung) ist bereits der Anschein erweckt worden, die Frau könnte ehebrüchig sein. Das allein genügt, um die Ehre des Mannes zu verletzen. Zufällige Umstände – heute würde man höchstens von „Indizienbeweisen" sprechen – tragen dazu bei, den Ehegatten von der Untreue seiner Frau zu überzeugen. Er rächt seine geschändete Ehre, indem er seine Frau und in der Regel auch deren Verehrer umbringt. Sein Verhalten wird, wie schon bekannt, von einer höheren Autorität für gut und recht befunden.

In keinem der drei „Ehrenstücke" ist die Schuld der Frau erwiesen, ja, in der Regel ist sie eigentlich überhaupt nicht ehebrüchig geworden, sondern hat sich gegen ihr Herz und für ihre Pflicht entschieden. Aber allein die Kontaktaufnahme mit einem anderen Mann reicht offenbar, um sie schuldig zu machen – schuldig genug, dass sie den Tod verdient. Im *Arzt seiner Ehre* etwa ertappt der Protagonist seine Frau, wie sie einen Brief an ihre Jugendliebe schreibt, in dem sie den alten Galan bittet, sie nie wieder zu besuchen. Der Ehemann glaubt den Ehebruch durch den alleinigen Akt des Briefeschreibens bewiesen und zwingt einen Arzt, seiner Frau die Pulsadern aufzuschneiden – er wird zum *médico de su honra*, zum „Arzt seiner Ehre", der seine Frau zur Ader lässt, um seine Ehre wieder gesund zu machen.

So etwas klingt in unseren Ohren nur noch makaber. Und Calderón? Heißt der große Verfechter der allgemein-menschlichen, göttlichen Ehre das Verhalten seiner Protagonisten tatsächlich gut?

Evangelina Rodriguez Cuadros spricht von Calderóns strengem, unverrückbaren „Ehrenkodex, dessen tragische Opfer immer Frauen sind"[58], und stellt damit durchaus eine enge Verbindung zwischen den Ehrvorstellungen des Autors und denen seiner Charaktere her. Doch, so ist sie überzeugt, da darf man nicht stehen bleiben. Cuadros liest Calderóns Ehrendramen gegen den Strich und kommt zu folgendem Ergebnis: „In erster Linie ist Calderón ein Dramatiker, der Freiheit und freien Willen thematisiert. [...] Die furchtbare Abwesenheit einer solchen Freiheit, der traumatische Mangel an Möglichkeiten, die eigenen, privaten Gefühle gegen einen von der Gesellschaft vorgegebenen Verhaltenskodex durchzusetzen, erklärt, wie jene Räume des Grauens entstehen können, mit denen uns die Ehrenstücken konfrontieren. Hier prallt der nutzlose Heroismus der Frauen auf den monströsen Heroismus ihrer Männer, die ihrerseits in den unerbittlichen Regeln der Gesellschaft gefangen sind. Diese Gesellschaft wiederum versucht, sich selbst durch starre Gesetze zu retten, deren Grausamkeit der Stückeschreiber offenlegt."[59]

---

[58] Evangelina Rodríguez Cuadros: „Pedro Calderón de la Barca". In: *The Cambridge History of Spanish Literature*. Herausgegeben von David T. Gies. Cambridge: Cambridge UP 2009. S. 265–282. S. 275 (meine Übersetzung).

[59] Cuadros, aaO., S. 277 f.

Wie bewusst Calderón den gesellschaftlichen Rigorismus, der das Spanien des *siglo de oro* beherrscht, in seinen Dramen anprangert, muss dahingestellt bleiben. Die „Ehrenstücke" sind jedenfalls Spiegel einer Gesellschaft, in der nur noch der äußere Schein zählt. Für Calderón selbst mag die *honra* ein Stück Göttlichkeit im Menschen sein; seine Charaktere erwecken diesen Eindruck nicht. Ganz im Gegenteil erweist sich deren Ehrversessenheit als ein Stück Unmenschlichkeit.

Calderóns nicht-gehörnte Ehemänner sind weder eifersüchtig noch scheinen sie ihre Frauen zu lieben.[60] Allein der äußere Verlust an Ehre bewegt sie zum Morden. Sie durchleiden keine inneren Kämpfe, werden nicht von heftigen Leidenschaften zerrissen und nach der Tat nicht von ihrem Gewissen geplagt. Ihre Rache ist so mechanisch, wie ihr Ehrverständnis hohl und leer ist. Nicht die gewaltige, leidenschaftliche, unbeherrschbare Spielart der Rache, die so oft die Grenzen des Nachvollziehbaren überschreitet, macht hier die Rächer unmenschlich; nein, es ist eine von der Gesellschaft nicht nur akzeptierte, sondern sogar verlangte Art der persönlichen Vergeltung, die diese Rächer ihrer selbst wahrhaft entmenschlicht. Der Gegensatz zu dem vitalen, charismatischen Bauern Pedro Crespo, der nicht nur seine Ehre, sondern auch das seiner Tochter angetane Unrecht rächt, ist so deutlich spürbar, dass die „Ehrendramen" als wenig anderes als eine Entlarvung der gesellschaftlichen Zustände ihrer Zeit verstanden werden können – und vielleicht zeigen sie auch Calderóns eigenem, umfassenden Ehrbegriff seine Grenzen auf.

Im 17. Jahrhundert stand das riesige Weltreich Spanien vor dem Zerfall. Richelieus Pendant am (ebenfalls absolutistischen) Hof Philipps IV. war der Graf von Olivares. Doch anders als der Kardinal stand der mächtige Minister nicht vor dem Problem, ein geeintes Land zu schaffen, sondern er musste ein bröckelndes Reich zusammen- und Spaniens Status als Weltmacht erhalten. Spanien, dessen Soldaten sich ohne Sold im Krieg in Flandern aufrieben, das sich mit Segregationsbestrebungen vonseiten der Provinzen Portugal, Aragon, Katalonien und Andalusien konfrontiert sah, und in dem Korruption und Ehrenhändel an der

---

[60] Vgl. *Kindlers Neues Literaturlexikon*. Chefredaktion Rudolf Radler. München: Kindler 1988/1998. Band 3. S. 501.

Tagesordnung waren, war mitten in seinem Goldenen Zeitalter schon in einem langsamen Niedergang begriffen.

Der unbewegliche, unerbittliche Ehrenkodex, wie er sich in Calderóns Dramen manifestiert, war ein Symptom dieser Dekadenz. In Wirklichkeit – und das zeigen die „Ehrenstücke" zumindest uns heutigen Lesern – war die *honra* längst zu einer leeren Hülse geworden, der doch alles geopfert werden musste. Die Ehre eines Mannes, sein Ansehen in den Augen der Welt, war ein so delikates Konstrukt, „aus so zerbrechlichem Stoff", wie Calderón selbst schrieb, „dass sie an einer einzigen Handlung zerbricht und dass ein Luftzug sie befleckt"[61]. Jede tatsächliche und eingebildete Beleidigung wurde mit dem Degen gerächt. Dies entspricht der allgemeinen Unnachgiebigkeit eines gesellschaftlichen Systems, das sich an einem derart starren Verhaltenskodex ausrichtet, dass jede Individualität im Keim erstickt wird. Der äußere Schein muss unbedingt gewahrt werden, dem Code muss entsprochen werden, und wenn dieser verlangt, dass Rache geübt zu werden hat, dann muss das geschehen, ungeachtet der eigenen Gefühle.

Diese von Calderón schon angedachte Thematik würde die Gesellschaft und Literatur über die Jahrhunderte begleiten. Gerade im 19. Jahrhundert, als das Verhältnis zwischen Individuum und Gesellschaft und das zerstörerische Potenzial dieses Konflikts Hauptthemen in der Literatur wurden, begegnen uns Calderóns ehrversessene, hohle Rächer wieder. So lässt etwa Clarín, einer der bedeutendsten realistisch-naturalistischen Autoren der spanischen Sprache, in seinem psychologischen Roman *Die Präsidentin* den gehörnten Ehemann Don Víctor de Quintanar den Geliebten seiner Frau zu einem Duell herausfordern, in dem er sterben wird. Zuvor jedoch zeigt Clarín uns diesen insgesamt etwas lächerlichen Charakter, wie er, mit einer Hand den Degen schwingend, in der anderen ein Buch hält und selbiges hingerissen liest: Es ist Calderóns *Arzt seiner Ehre*.

Der verknöcherte Ehrenkodex hat die Jahrhunderte überdauert und nichts von seiner Tödlichkeit verloren. Wenn er noch inhaltsloser, leerer und absurder geworden ist, so erhöht das nur die Tragik des Schicksals der Figuren, die aufgrund dieses Verhaltenscodes zugrunde gehen. Ana, die Präsidentin, die an

---

[61] Vgl. *Kindlers Neues Literaturlexikon.* Band 3, a.a.O., S. 501.

der Gesellschaft, deren Produkt sie ist und in deren Käfig sie gleichzeitig eingesperrt ist, unsäglich leidet und keine anderen Auswege findet als Spiritualismus und Ehebruch, stirbt bei Clarín nicht. Die Gesellschaft übernimmt selbst die Rache des Bruchs ihrer strengen Regeln: Sie verachtet und verstößt die zuerst so bewunderte, verehrte „Mystikerin", die in ihren Augen genauso gut tot sein könnte.

Eine ähnliche Situation finden wir in Theodor Fontanes berühmtem Roman *Effi Briest* (1894/95). Wie Claríns „Regenta" präsentiert sich auch Effi zunächst als gesellschaftlich angepasste junge Frau. Wie es sich gehört, folgt sie der Weisung ihrer Eltern und heiratet in sehr zartem Alter den ehemaligen Verehrer ihrer Mutter, Baron von Instetten. Nun ist Effi keine Rebellin; eigentlich will sie nichts anderes, als ihre traditionelle Rolle auszufüllen. Doch auf wenig greifbare Weise ist das erstickende System der wilhelminischen Gesellschaft nicht das Umfeld, in dem sie, „die Tochter der Luft", tatsächlich gedeihen kann.

In Effis Fall manifestiert sich dieses fatale Nicht-Zusammenpassen von Individuum und Gesellschaft in einer bleiernen Langeweile. Um dieser zu entgehen, unterhält sie schließlich eine Zeitlang eine Affäre mit einem Freund ihres Mannes, Major von Crampas. Erst Jahre später fliegt die ganze Sache auf. Effi ist inzwischen die Mutter einer Tochter, hat sich mit ihrem Leben längst arrangiert und Crampas so gut wie vergessen. Dennoch lässt sich ihr Mann von ihr scheiden, als er die alten Liebesbriefe findet, und hält sie eisern von der gemeinsamen Tochter fern. Effi muss in einfachen Verhältnissen und von der Gesellschaft ausgeschlossen leben, bis ihre Eltern sie nach Hause holen, wo sie (wohl an Lungenentzündung) stirbt.

Auch an Crampas „muss" sich Instetten wider besseren Wissens rächen; er fordert den Ex-Liebhaber seiner Frau zu einem Duell und tötet ihn. Instetten selbst führt danach ein zurückgezogenes Leben voller Bedauern, dass er so gehandelt hat, wie er aufgrund sozialer Normen hat handeln müssen.

Wieder „rächt sich" die Gesellschaft für einen Bruch ihrer Regeln; die Individuen wirken wie reine Instrumente dieser Rache, weil sie sich ausnahmslos der „Vorherrschaft" des Verhaltenscodes beugen. Wie Calderóns Protagonisten ist Instetten weder eifersüchtig noch hasst er Effi und Crampas. Anders als Calderóns Rächer liebt er seine Frau, soweit dies einem kühlen Vernunftmenschen seines Schlags möglich ist. Er ist sich der leeren Formelhaftigkeit des Ehrbegriffs, der ihn zu seinen Handlungen zwingt, durchaus bewusst. Dennoch gehorcht er ihm und nimmt eine Rache, die ihm gleichgültig ist, ja, ihn sogar emotional verletzt.

Instettens Begründung für sein Verhalten, das er einem Freund auseinandersetzt, kann als Gipfel jener literarischen Auseinandersetzung mit Rache, Ehre und gesellschaftlichen Forderungen angesehen werden, die bei Calderón angedeutet wird:

Es steht so, dass ich unendlich unglücklich bin; ich bin gekränkt, schändlich hintergangen, aber trotzdem, ich bin ohne jedes Gefühl von Hass oder von Durst nach Rache. [...] Aber im Zusammenleben mit den Menschen hat sich ein Etwas ausgebildet, das nun mal da ist und nach dessen Paragrafen wir uns gewöhnt haben, alles zu beurteilen, die anderen und uns selbst. Und dagegen verstoßen geht nicht; die Gesellschaft verachtet uns, und zuletzt tun wir es selbst und können es nicht aushalten und jagen uns die Kugel durch den Kopf. [...] Also noch einmal, nichts von Hass oder dergleichen, und um eines Glückes willen, das mir genommen wurde, mag ich nicht Blut an den Händen haben; aber jenes, wenn Sie wollen uns tyrannisierende Gesellschafts-Etwas, das fragt nicht nach Charme und nicht nach Liebe und nicht nach Verjährung. Ich habe keine Wahl. Ich muss.

Hier begegnet uns noch über 200 Jahre später jene Form von Rache, die uns schon in Werken wie *Der Cid* und Calderóns Ehrendramen im vollen Ausmaß vor Augen tritt und dort noch mehr oder weniger gutgeheißen und legitimiert wird: eine an einen strengen Ehrbegriff gekoppelte, gesellschaftlich verlangte Art der Vergeltung, deren Zerstörungskraft, Unmenschlichkeit und Inhaltslosigkeit erst in den realistischen und naturalistischen Romanen des 19. Jahrhunderts voll erkannt und angeprangert wird.

3. Es fließt das Blut in Strömen – Die englische Rachetragödie

> *The plot is laid for dire revenge.*
> (Thomas Kyd, *Die Spanische Tragödie*)

Die Jahrhundertwende vom 16. auf das 17. Jahrhundert war nicht nur eine „goldene Zeit" für das spanische Drama, sondern auch für das englische Renaissancetheater, dessen berühmtester Vertreter William Shakespeare ist. Im elisabethanischen und jakobinischen England entstand eine ganz eigene Art der Theaterkunst, die sich zwar, dem Geist der Renaissance entsprechend, an antiken Vorbildern orientierte, aber sich recht unbekümmert von allen Regeln freimachte. Sie war am Königshof genauso zu Hause wie in den städtischen Theaterbauten, wo die Bühnenstücke neben Bären- und Hahnenkämpfen zur Unterhaltung des Volkes aufgeführt wurden. Ein äußerst beliebtes Genre in der Zeit zwischen 1580 und 1630 waren die sogenannten *revenge tragedies* – Rachetragödien, die Mord, Vergeltung und allgemeine Gräueltaten zum Thema hatten und auch äußerst anschaulich auf die Bühne brachten.

Diese englischen Rachetragödien unterscheiden sich von den in der Regel etwas später entstandenen spanischen Ehrenstücken oder auch von Corneilles *Cid* in vielerlei Hinsicht, vor allem aber in einem entscheidenden Punkt: Die Fragen der Ehre spielen darin kaum eine Rolle. Hier geht es nicht um ein (mehr oder weniger) rationales Abwägen, welche Handlungsweise der eigenen Ehre und dem gesellschaftlichen Ansehen am ehesten entspricht. Auch sind die elisabethanischen und jakobinischen Protagonisten nicht in einem festen, unverrückbaren Wertesystem verankert, an dessen Regeln sie ihr Verhalten ausrichten müssen und unter Zuhilfenahme dessen sie es auch problemlos rechtfertigen können. Vielmehr bringt die englische Rachetragödie unzügelbare, gewaltige und gewalttätige Emotionen auf die Bühne, die Menschen zerreißen und in den Wahnsinn und/oder in den Tod treiben. Tränen fließen hier ebenso großzügig wie das Blut, das Täter und Opfer, die zu Tätern werden, gleichermaßen vergießen. Die Motive der Rächer sind Eifersucht, verschmähte Liebe, unerfüllte Lust, der vergebliche Wunsch nach Gerechtigkeit und der Schmerz über den gewaltsamen Tod eines geliebten Menschen, der so unaushaltbar und unaussprechbar ist, dass er kein anderes Ventil finden kann als zügellose Gewalt.[62]

Dabei entstanden die englischen Rachetragödien durchaus aus einer ähnlichen gesellschaftlichen Situation heraus wie die spanischen Ehrenstücke oder auch Corneilles *Cid*, wenn auch vielleicht aus einer „glücklicheren". England hatte sich in der zweiten Hälfte des 16. Jahrhunderts unter Elisabeth I. zu einer starken Weltmacht entwickelt, und die Zeiten der inneren Unruhen und Uneinigkeit schienen endlich vorbei (auch wenn sie nur zu bald wiederkehren würden). Doch auch dieses momentan gefestigte England sah sich vor dieselbe Herausforderung gestellt wie der Rest Europas: Das Primat der gesetzlichen Rechtsprechung, und damit des Monarchen und seiner rechtmäßigen Vertreter, musste gefestigt und die immer noch übliche Praxis der Selbstjustiz ausgemerzt werden. War Letztere einst, zu vorfeudalen und feudalen Zeiten, noch integraler Teil des Rechtssystems gewesen, entsprach sie nun nicht länger der sich neu entwickelnden, proto-bürgerlichen Gesellschaft, in der Recht und Rache nicht mehr identisch waren. Die Autorität, Unrecht zu bestrafen, lag nun endgültig in der Hand des Königs und der von ihm berufenen Gerichte.

Diese mehr oder weniger gesamteuropäische gesellschaftlich-politische Situation zeigt sich in den spanischen Ehrenstücken an der Figur des Monarchen, dem die absolute Legitimierungsmacht zukommt. Seine Billigung des jeweiligen Akts der Rache und der Ehrenrettung war unbedingt notwendig, um diesen auch als tatsächlich „rechtens" und „rechtschaffen" zu deklarieren. Auf der englischen Bühne nun manifestiert sich diese gesellschaftlich-politische Situation auf andere Weise. Eigentlich nämlich sollten die meisten Rachetragödien eine moralisch-didaktische Funktion übernehmen und ihre Botschaft lauten: „Öffentliche Rache", das heißt Rechtsprechung und Strafe durch den König oder die Gerichte, ist „gut", private Rache, also Selbstjustiz, ist „schlecht".[63] Doch wie bei Kunst im Allgemeinen so üblich, geriet die tatsächliche Aussage der indi-

---

[62] Annalisa Castaldo: „'These were spectacles to please my soul': Inventive Violence in the Renaissance Revenge Tragedy". In: James Robert Allard. *Staging Pain. 1580–1800.* Farnham, Surrey: Ashgate 2009. S. 49–56. S. 56.

[63] Jacoby, aaO., S. 34.

viduellen Stücke weitaus differenzierter, nicht zuletzt, weil die gesellschaftliche Wirklichkeit nun einmal nicht immer – oder auch nur ausgesprochen selten – mit politischen Zielen übereinstimmt.

Dennoch heißt die *revenge tragedy* im Großen und Ganzen private Rache nicht gut. Stets findet der Rächer selbst den Tod, auch wenn seine Sache gerecht ist. Wo Vergeltung geübt wird, häufen sich die Leichen Unschuldiger auf der Bühne. Doch diese Berge von Toten sind in der Regel nicht allein die Schuld des Selbstjustiz übenden Helden. Vielmehr ist der blutige Ausgang einer jeden Rachetragödie auch auf den Mangel an Gerechtigkeit zurückzuführen, der in der Welt herrscht, welche das Stück entwirft: ein korruptes, dekadentes Gesellschaftssystem, das natürlich keinesfalls englisch, sondern „fremd" und „exotisch", vorzugsweise südeuropäisch, ist. So auch in einem um 1606 in Shakespeares *Globe Theatre* uraufgeführten Bühnenwerk, das den wenig originell anmutenden Titel *The Revenger's Tragedy*, „Die Tragödie des Rächers", trägt.

Die Handlung dieses Bühnenstückes spielt an einem „italienischen" Fürstenhof, und vor dem großäugigen Zuschauer tun sich wahre Abgründe der Unmoral und Lasterhaftigkeit auf. Der Herzog, eigentlich die höchste Autorität im Fürstentum, in deren Händen die Ausübung von Gerechtigkeit liegen sollte, mordet und vergewaltigt nach Herzenslust, und seine Söhne sind nicht besser. Als die tugendhafte Gloriana die Annäherungsversuche dieses Wüstlings abweist, „rächt" sich der Herzog für ihre Unbeugsamkeit, indem er sie vergiftet.

Die *Revenger's Tragedy* setzt sich hier mit einer Problematik auseinander, die das gesamte Genre häufig beschäftigt: Was geschieht, wenn derjenige, der ein Verbrechen begangen hat, Teil der Riege ist, die eigentlich für Gerechtigkeit sorgen soll, sprich: des Herrscherhauses? Und was, wenn sein Opfer von deutlich niedrigerem Stand ist, und so den mächtigen Bösewicht nicht anklagen kann? Dann, so gibt die Rachetragödie als Antwort, treiben der Schmerz und die untragbare Situation den Ankläger dazu, zum Rächer zu werden und eine Selbstjustiz zu üben, die (fast) alle Beteiligten ins Verderben stürzt.

In der *Revenger's Tragedy* ist es Glorianas Bräutigam, ein anfangs rechtschaffener, kluger Mann mit dem treffenden Namen „Vindice", der sich gezwungen sieht, den aus niedrigsten Beweggründen begangenen Mord an seiner Geliebten zu rächen. Im „Sündenpfuhl" des italienischen Hofes kann er nicht mit Gerechtigkeit rechnen. Vindice schwört, den Herzog und seine buhlerische, inzestuöse, mörderische Brut auszulöschen. Mithilfe seines loyalen Bruders macht er sich ans grauenvolle Werk.

Das Stück beginnt entsprechend makaber mit einem „Gespräch", das Vindice mit Glorianas Schädel führt. Er hat nämlich das Skelett seiner gemeuchelten Geliebten zu Rachezwecken aufbewahrt. Von Anfang an ist Vindices Unterfangen also vom Tod überschattet: von dem Glorianas, der ihn zum Rächer macht; von dem, den er als Rächer austeilen wird; und von dem Tod, den er selbst als Strafe für seine Taten erleiden wird. Denn Vindice beginnt das Stück zwar als derjenige, dem schreckliches Unrecht angetan wurde; aber im Laufe der Tragödie verliert er seine hohen moralischen Ansprüche und wird den Monstern immer ähnlicher, die er aus der Welt tilgen will. Am Ende werden er und sein Bruder für die Verbrechen, die sie im Namen der Rache begangen haben, von dem neuen ehrbaren Herrscher hingerichtet. Alle „bösen" Elemente sind am Schluss des Stückes beseitigt, wenn auch ausgesprochen gewaltsam. Die Ordnung ist wieder hergestellt. Jedenfalls theoretisch.

Vindices exzessive, grauenhafte Art, Rache zu nehmen, macht eigentlich überdeutlich, zu welchen Ungetümen es selbst die Gerechtesten machen kann, Selbstjustiz zu üben. Der Autor der *Revenger's Tragedy*, dessen Identität übrigens nicht ganz klar ist[64], wählt wie viele andere seiner Kollegen Bilder extremen Grauens, um die Monstrosität der Rache so deutlich zu machen, dass auch der dümmste Zuschauer seine Botschaft versteht. Besonders evokativ ist die Schlüsselszene der „Tragödie des Rächers": die Vergeltung, die Vindice an dem lüsternen Mörder seiner geliebten Gloriana übt.

Vindice bringt den Herzog durch eine List dazu, zu einem Stelldichein mit einer begehrten Schönen zu erscheinen. In Wirklichkeit wartet das in reiche Gewänder gehüllte Skelett Glorianas auf den Wüstling. Der Herzog erkennt das nicht – eine ausgesprochen scharfe Metapher für das Verhältnis solcher Herren zu dem Objekt ihrer Lust. Verzückt schwingt er „die Schöne" in einem wahren Totentanz über die Bühne. Schließlich küsst der Lustmolch den von Vindice mit Gift prä-

---

[64] Als wahrscheinlichste Kandidaten werden Cyril Tourner und Thomas Middleton gehandelt.

parierten Totenschädel und verendet elendiglich auf der Bühne. Noch im Sterben zwingt ihn sein Mörder, mit anzusehen, wie seine Ehefrau sich von seinem Bastardsohn beschlafen lässt.

Dieses makabere Geschehen und die geradezu unheilige Freude, die Vindice am Gelingen seiner Vergeltung hat, entlarvt auf der einen Seite tatsächlich den „moralischen Verfall" des Rächers. Auf der anderen Seite jedoch ist diese Szene extrem bildmächtig und effektvoll, und das nicht nur, weil das Schicksal des Herzogs so viel an poetischer Gerechtigkeit hat. In ihrer ganzen Grauenhaftigkeit wohnt Vindices Rache an dem lasterhaften Herrscher eine ungeheure Faszination inne. Dasselbe gilt für viele andere Gräuel- und Mordtaten, die in den englischen Rachetragödien, ganz anders als in antiken Dramen oder etwa auch in Corneilles *Cid*, tatsächlich offen auf der Bühne dargestellt werden.

Nichts wurde in den elisabethanischen Theaterhäusern der Vorstellungskraft überlassen. Die *revenge tragedies* übertrumpften sich schier mit immer neuen, höchst erfinderischen, exzessiven und nicht selten bizarren Gewaltszenen. Analisa Castaldo hat sicher nicht unrecht, wenn sie die Wirkung, die solche Darstellungen blutigen Grauens auf das elisabethanische Publikum gehabt haben müssen, mit unserer heutigen Faszination von Horror-, Splatter- und ähnlichen Filmen vergleicht.[65] Fiktive, aber gut inszenierte Gewalt kann schaurig-genussvoll sein.

Wie wir vor den Fernsehbildschirmen wollte auch das elisabethanische Theaterpublikum zu allererst unterhalten werden, und die *revenge tragedies* erfüllten dieses Bedürfnis mit einem Übermaß an Blutvergießen und anderen Schandtaten. Dazu kommt, dass die Sache des Rächers einfach zu gerecht ist, seine Trauer zu groß, sein Schmerz zu nachvollziehbar und sein Schicksal zu bemitleidenswert, um im Zuschauer nicht Verständnis für seine Taten aufkommen zu lassen. Und nicht selten teilen wir die unendliche Befriedigung, die der Held bei Vollendung der Rache empfindet; schließlich werden wir dabei auch immer Zeuge der Überwindung eines mächtigen, eigentlich unangreifbaren Feindes. Man denke nur daran, wie unschwer wir uns mit Rachegestalten wie Zorro, revolverschwingenden Westernhelden oder der Bill-killenden Uma Thurman identifizieren können.

---

[65] Castaldo, aaO., S. 50.

Der Schluss liegt nahe, dass die Rachetragödien der elisabethanischen und jakobinischen Zeit nicht direkt als Abschreckung wirkten – und das vielleicht noch nicht einmal wirklich wollten. Vielmehr spiegeln sie die allgemeine, zeitgenössische Haltung gegenüber allen Spielarten der Rache wider, wenn auch auf eine verzerrte, ungeheuer überspitzte Art und Weise. Susan Jacoby fasst diese Haltung sehr einleuchtend zusammen: „Die Elisabethaner waren sich bewusst, wie emotional wichtig Rache ist, und deswegen legten sie so viel Wert darauf, den Racheimpuls zu kontrollieren. Private Vergeltung stellte eine Bedrohung sowohl für die alltägliche Ordnung dar als auch für die wachsende Autorität des Nationalstaats – ganz zu schweigen davon, dass sie die unsterbliche Seele des Menschen in Gefahr brachte. Doch die Elisabethaner hätte der Gedanke ungeheuer verwundert, dass es möglich sein solle, den eigenen Racheimpuls zu zügeln, wenn öffentliche Gerechtigkeit durch Abwesenheit glänzt."[66]

Letzten Endes, so sagen uns die englischen Rachetragödien, ist es für das Individuum unmöglich, seinen Drang nach Vergeltung zu unterdrücken. Der Mensch muss Übeltäter, die ihm Unrecht getan haben, bestraft sehen. Tut das nicht der Staat, dann übernimmt der Einzelne seine Rache selbst – mit fatalen Konsequenzen für sich und seine Umwelt.

4. Rachetragödie extraordinaire – Thomas Kyds *Spanische Tragödie*

> *Es findet sich der Tag, sie alle abzuschlachten!*
> (William Shakespeare, *Titus Andronicus*)

Unter den elisabethanischen *revenge tragedies*, die das Grauen auf die Bühne bringen und menschliches Leiden bis an die Grenze der Erträglichkeit und darüber hinaus auszureizen wissen, sticht besonders Thomas Kyds *Spanische Tragödie* hervor. Diese wird von vielen als erstes Werk des Genres angesehen. An der *Spanischen Tragödie* lässt sich gut erkennen, dass die Darstellung von Rache auf der elisabethanischen Bühne nicht

---

[66] Jacoby, aaO., S. 40.

immer nur plakativ war, sondern dass auch eine differenzierte Auseinandersetzung mit diesem heiklen, wenn auch reißerischen Thema stattfand.

Die *Spanische Tragödie*, die um 1590 entstand, beginnt programmatisch: Der Geist des jüngst im Krieg zwischen Spanien und „Portingale" getöteten Andrea tritt auf und erzählt von seiner Reise durch eine griechisch-römische Unterwelt. Der junge Spanier scheint Proserpine, die Gattin des Pluto und Herrin des Totenreiches, so bezaubert zu haben, dass sie ihm „lächelnd" Vergeltung für seinen frühen Tod verspricht. Die Göttin der Unterwelt stellt dem unversöhnlichen Andrea die Personifikation der Rache zur Seite – interessanterweise eine männliche Gestalt. Dieser finstere Geselle verkündet dem Toten, dass er nun mit ansehen darf, wie der portugiesische Prinz Balthazar, der ihn auf dem Schlachtfeld erschlagen hat, durch die Hand von Andreas Geliebter, der schönen Bel-imperia, ums Leben kommen wird. Andrea und „Revenge" werden von nun an als Zuschauer das grausige Geschehen beobachten.

Inzwischen in irdischen Gefilden: Das spanische Heer hat das portugiesische besiegt. Prinz Balthazar ist in Gefangenschaft geraten. Wem das Verdienst dafür anzurechnen ist, ist zunächst ein wenig unklar. Der spanische König entscheidet jedoch letztendlich zugunsten von Horatio, Sohn seines Marschalls und bester Freund des toten Andrea, und gegen seinen eigenen Neffen Lorenzo. Letzterer geht zwar nicht leer aus, scheint sich aber genug zurückgesetzt zu fühlen, um in Zukunft auf große Rache für diese kaum als solche zu bezeichnende Beleidigung zu sinnen – entweder das oder er ist ein ausgesprochener Bösewicht, der allein um der Bosheit willen handelt.

Zurück am spanischen Königshof schließt Lorenzo schnell Freundschaft mit Prinz Balthazar, der als königliche Geisel gehalten wird.[67] Horatio kommt derweil Bel-imperia näher, der Schwester Lorenzos, die zwar um Andrea trauert, aber sich bald in dessen besten Freund Horatio verliebt. Doch auch Prinz Balthazar ist in heißer Liebe zu der schönen Königsnichte entbrannt, sehr zur Freude von Lorenzo. Bel-imperia will natürlich nichts mit dem Mann zu tun haben, der Andrea auf dem Gewissen hat. Dem Prinzen und Lorenzo leuchtet diese „uner-

---

[67] Solche Geiseln waren üblich an den europäischen Königs- und Fürstenhöfen. Sie waren Garanten dafür, dass Friedensverträge eingehalten wurden. Sie wurden nicht anders als geehrte Gäste und ihrem Rang entsprechend behandelt.

klärliche" Abscheu des Mädchens dem Portugiesen gegenüber in keinster Weise ein. Als Balthazar entdeckt, dass Bel-imperia Horatio liebt, kocht er vor Wut. Auf abstruse Weise reimt er sich zusammen, warum er „Rache" an Horatio üben muss, der sich hinterhältig in Bel-imperias Herz geschlichen hat und damit verhindert, dass die Schöne Balthazars Liebe erwidert. „Rache" begegnet uns hier in der Welt der Menschen also zunächst als leeres Wort, als eine Art „Deckmantel", der andere Motive verbergen soll – in Balthazars Fall Eifersucht und den Wunsch nach Beseitigung seines Nebenbuhlers.

Der „böse" Lorenzo ist schnell bereit, diese vorgeschobene Rache zu unterstützen. Zusammen mit mehreren ruchlosen Dienern lauern er und Balthazar den Liebenden auf, die sich zu einem nächtlichen Stelldichein in der Gartenlaube von Horatios Vater verabredet haben. Sie überfallen das Paar hinterrücks, hängen Horatio an der Laube auf und erdolchen ihn. So findet der Marschall Hieronimo den Leichnam seines Sohnes.

Im weiteren Verlauf des Stückes wird der alte Mann, der die Rolle des „gerechten" Rächers übernimmt, zur Hauptfigur des Stückes. Hieronimo ist eine höchst anrührende Verkörperung des trauernden Vaters, dem der gewaltvolle, viel zu frühe Tod seines Kindes das Herz im Leib zerreißt. Die rohen Emotionen, die die *revenge tragedies* so gerne auf die Bühne bringen, finden in ihm auf besonders bewegende Weise Ausdruck. Auch Bel-imperia trauert und beklagt das Unrecht, das geschehen ist; aber Hieronimo schreit seinen Schmerz auf eine Weise in den Himmel, die zwar schockiert, aber gerade in ihrem Übermaß authentisch und „wahr" wirkt. Denn was kann die Trauer über den jähen Mord an dem eigenen Kind anderes sein als unfassbar groß und kaum zu ertragen?

Hieronimos Gefühle berühren uns. Wie es sich für eine *revenge tragedy* gehört, erhalten seine Handlungen allerdings schnell einen makaberen Anstrich: Er taucht ein Halstuch in das Blut seines Sohnes und schwört, den Leichnam nicht zu begraben, bis die Untat gerächt ist. Dennoch bleibt Hieronimo, der als Marschall bezeichnenderweise das Amt eines Richters ausübt, bis fast zum Schluss ein Gerechter, der in einer ungerechten Welt nach Gerechtigkeit sucht.

Dass etwas ausgesprochen „faul" ist in dieser spanisch-portugiesischen Gesellschaft, zeigt uns Kyd durch eine Nebenhandlung, die am Hofe des Königs von „Portingale" stattfindet. Da in Kyds Welt die Wege zwischen Spanien und Portugal erstaunlich weit sind, erhält der Monarch lange nicht die Nachricht, dass sein Sohn lebt und am spanischen Hof als Geisel gehalten wird. Dies nutzt ein machthungriger Höfling aus, um seinen Hauptkonkurrenten des hinterhältigen Mordes an Balthazar zu beschuldigen. In seiner Hieronimo-ähnlichen Trauer glaubt der Monarch diesen Worten sofort, obwohl der Beschuldigte einer seiner ehrbarsten und engsten Vertrauten ist. Dieser kommentiert seine Verurteilung zum Tod mit folgenden Worten: „Es verdrießt mich nicht, eine Welt zu verlassen, / in der nichts bestehen kann als Ungerechtigkeit." Die *Spanische Tragödie* behandelt hier eine Problematik, die auch spätere Texte des Genres immer wieder thematisieren werden: Was, wenn der König oder Richter zwar Recht spricht, aber persönliche Gründe sein Urteilsvermögen beeinträchtigen? Ein solcher Monarch, das zeigt uns nicht nur *Die Spanische Tragödie*, ist ein schwacher Herrscher und ein schlechter Richter, und das kann nur zu Ungerechtigkeit und zu ungezügelter Selbstjustiz führen.

Stillschweigend wird diese negative Beurteilung des portugiesischen Königs auch auf den ihm übergeordneten spanischen Herrscher übertragen. Es wird offenbar kein Versuch vonseiten der Autoritäten unternommen, den Mord an Horatio aufzuklären. Selbst als Hieronimo durch einen Brief Bel-imperias endlich die Identität der Übeltäter erfährt, ist ihm offensichtlich klar, dass er von dem König nicht Gerechtigkeit zu fordern braucht, wenn es um dessen eigenen Neffen und den Prinzen Balthazar geht. Zu Recht ruft der alte Marschall aus: „O Welt, die du keine Welt bist, sondern nur ein Haufen öffentlicher Ungerechtigkeit / wirr und voll mit Mord und Untaten!" Es bleibt ihm nichts anderes übrig, als die Gerechtigkeit/Rache selbst in die Hand zu nehmen.

Ganz stimmt diese letzte Aussage allerdings nicht. Denn jede Bluttat, so lernen wir aus der *Spanischen Tragödie*, „rächt sich" selbst. Daran erinnern uns unter anderem die Figuren von Andrea und „Revenge", die das Geschehen ja die ganze Zeit von der Seite aus beobachten. Sie gemahnen uns daran, dass all die Gräuel, die wir sehen, auf einer übergeordneten Ebene Folge der ersten Bluttat sind, nämlich des gewaltsamen Todes Andreas. Auf der Handlungsebene steht Andreas Sterben in der Schlacht zwar zu den weiteren Morden in keiner kausalen Beziehung – auf einer metaphysischen Ebene tut es das aber durchaus.

Hier entdecken wir ein Echo der antiken „Vergiftungsdoktrin": Der gewaltsame Tod eines Menschen verunreinigt die gesamte Gemeinschaft und zieht nur Tod und immer wieder Tod nach sich. Auch der Mord an Horatio rächt sich im Laufe des Stückes ganz unabhängig von Hieronimos Plänen selbst. Lorenzo nämlich sorgt dafür, dass die bei der Untat beteiligten Diener sich einer nach dem anderen gegenseitig umbringen, bis der Letzte schließlich am Galgen baumelt.

Zur Freude aller, die auf eine Verbindung des spanischen und des portugiesischen Königshofes hoffen, hat es Balthazar in der Zwischenzeit geschafft, mit Bel-imperia verlobt zu werden. Die Schöne ist von ihrem Bruder quasi mundtot gemacht worden, aber von Hieronimo in seinen komplizierten Racheplan eingeweiht. Leider versäumt der trauernde Vater dasselbe bei seiner Frau, die sich aus Kummer über den Tod ihres Sohnes und des Ausbleibens jeglicher Rache erhängt. Diese herzensgute Isabel ist wohl das unschuldigste Opfer, das die Vergeltung bzw. deren Ausbleiben in der *Spanischen Tragödie* fordert. Ihr Tod zeigt, wie willkürlich jene höhere Kraft ist, durch die sich blutige Taten rächen: Tod fordert immer noch mehr Tod, egal ob durch Vergeltung oder durch Trauer oder anderweitig, egal wie schuldig oder unschuldig die Opfer. Gegen Ende der *Spanischen Tragödie* wird der bis dato so gerechte Hieronimo in gewisser Weise zur Verkörperung dieser willkürlichen rächenden Kraft (mehr noch als die allegorische Gestalt am Rande der Bühne, die ihren Namen trägt).

Der Marschall hat sich einen ausgeklügelten Plan ersonnen, um seinen Sohn zu rächen und gleichzeitig das Verbrechen öffentlich zu machen. Letzteres ist nämlich ein ausgesprochen wichtiges Element vieler *revenge tragedies*: In einer Welt, in der Gerechtigkeit nicht zu erlangen ist und der Übeltäter unangreifbar scheint, wird der Rache nicht Genüge getan, wenn sie heimlich geschieht. Sie muss vor den Augen der Welt ausgeführt werden, die so von dem geschehenen Unrecht erfährt; der Tod des Rächers, der aus dieser Öffentlichmachung unweigerlich folgt, wird als Preis für die Aufdeckung des ursprünglichen Verbrechens in Kauf genommen. Denn nur diese Enthüllung kann die „übernatürliche" Kraft der Rache brechen und der Folge von Tod über Tod ein Ende bereiten. Solange die Untat und die genauen Umstände verschwiegen werden müssen bzw. totgeschwiegen werden (am spanischen Königshof redet schlichtweg keiner vom Tod Horatios), häufen sich Leichen über Leichen. Erst das Aussprechen der Tat macht dem Sterben ein, wenn auch gewaltsames, Ende. Nur so kann am Schluss der *revenge tragedy* die für das Genre typische Hoffnung auf eine friedliche Zukunft stehen.

Wie hat also Hieronimo vor, den Mord an seinem Sohn öffentlich zu machen? Er, der sich augenscheinlich mit dem Tod Horatios abgefunden hat, wird gebeten, für den spanischen und den portugiesischen König, der inzwischen zwecks der bevorstehenden Hochzeit seines Sohnes am Hofe eingetroffen ist, ein Theaterstück zu inszenieren. Der für solcherlei Dinge bekannte Marschall zieht flugs ein selbstverfasstes Drama aus dem Ärmel, das die Umstände des Todes seines Sohnes in leicht verfremdeter Form wiedergibt. Der listige Hieronimo bittet Balthazar, Lorenzo und Bel-imperia, das Stück zusammen mit ihm aufzuführen: der portugiesische Prinz in der Rolle des lüsternen Sultans, Bel-imperia als die von ihm Begehrte, Lorenzo als sein Nebenbuhler und Hieronimo selbst als sein intriganter Diener.

Als der Tag der Aufführung gekommen ist, spielt Hieronimo seine Rolle bis zur Vollendung: Er ersticht den Nebenbuhler, um dem Sultan zu seiner Geliebten zu verhelfen; nur war der Dolch in seiner Hand echt, und Hieronimo meuchelt somit auf offener Bühne Lorenzo, den Mörder seines Sohnes. Die eingeweihte Bel-imperia folgt dem Skript ebenfalls getreu. Sie ersticht den „Sultan" Balthazar und sich selbst – wiederum mit einem echten Dolch.

Von diesem Moment an verwandelt sich die *Spanische Tragödie* von einer Erzählung gerechter Vergeltung in ein absurdes Schauspiel sinnloser Gräuel. Hieronimo enthüllt den Leichnam seines Sohnes (den Leser, der im Kopf überschlägt, wie viel Zeit seit Horatios Tod vergangen sein muss, überfällt das blanke Grausen). Dann beißt er sich im Laufe des Verhörs die Zunge ab und erdolcht sich selbst und den Bruder des Königs, der kein anderes Verbrechen begangen hat, als der Vater Lorenzos zu sein. Die beiden Könige bleiben, wie vor den Kopf gestoßen, vor einem Berg von Leichen stehend zurück.

Dem Zuschauer Andrea verschafft dieses absurde, blutige Schlusstableau große Befriedigung. Zuvor hatte er sich im Laufe des Stückes immer wieder bei „Revenge" beschwert, dass die Lebenden entweder glücklich oder die falschen gestorben sind. Nun aber ist er äußerst erfreut, dass sein Tod mit so viel Blut gerächt wurde. Dabei macht er keinen Unterschied zwischen Freund und Feind. Herzlich bedankt er sich bei „sweet Revenge" für das grausige Schauspiel.

Durch die Figur des rachsüchtigen, toten Andrea zeigt uns Kyd noch einmal in aller Deutlichkeit, wie willkürlich Rache sein kann. Dabei ist es egal, ob die gesuchte Vergeltung so gerechtfertigt ist wie die Hieronimos oder so seltsam unnachvollziehbar wie die Andreas, der schließlich „legitim" im Krieg gefallen ist.

Rache und Mangel an Gerechtigkeit, so *Die Spanische Tragödie*, enden immer in einer Katastrophe. Gleichzeitig fällt dem aufmerksamen Leser/Zuschauer auf, dass der eigentliche Urheber allen Unglücks der Krieg zwischen Spanien und Portugal ist. Es „rächt sich" im Grunde also nicht nur das gewaltsame Ableben Andreas allein, sondern ein viel größeres Blutvergießen, das innerhalb der damaligen Gesellschaft nicht eigentlich als „Unrecht" anerkannt war. Hier verbirgt sich unter all dem Schauder und Grausen ein äußerst modernes Element in Kyds Drama, das den Krieg als den „Vater aller Übel" entlarvt.

V. Shakespeare und die Rache – Am Rande der Neuzeit

1. Rachetragödie à la Shakespeare – *Titus Andronicus*

> *Rachsucht erfüllt mein Herz, Tod meine Hand,*
> *Blut und Verderben toben mir im Haupt.*
> (William Shakespeare, *Titus Andronicus*)

An der Schwelle zur Moderne ist Rache und ihr Verhältnis zur Gerechtigkeit ein heiß und kontrovers verhandeltes Thema. Außerdem wissen wir längst, dass der Durst nach Vergeltung zu den wildesten, aber auch zu den fundamentalsten Motivationen gehört, die uns Menschen antreiben – Jahrtausende des Geschichtenerzählens sind dafür ein Zeugnis. Da verwundert es wenig, dass William Shakespeare, dem es wie wohl keinem anderen gelungen ist, „den Menschen", und vor allem „den modernen Menschen", auf die Bühne zu stellen, auch dieses Thema mit der ihm eigenen Einfühlsamkeit, Scharfsichtigkeit und Zeitlosigkeit behandelt hat.

In den meisten Geschichten, die uns bis jetzt begegnet sind, fällt uns der ambivalente Charakter der Rache ins Auge: Der Drang, Vergeltung zu üben, entspringt offensichtlich einem zutiefst menschlichen Bedürfnis nach Gerechtigkeit. Das Empfinden, dass ein großes Unrecht getan wurde, das die fundamentalsten Regeln der menschlichen Gesellschaft auf eine Art und Weise verletzt hat, die ein „Einfach-weitermachen-als-wäre-nichts-Geschehen" unmöglich macht, lässt uns mit dem Rächer sympathisieren. Gleichzeitig ist Rache jedoch fast immer destruktiv. Sie verwischt moralische Grenzen, denn Unrecht zu sühnen, bedeutet, selbst Unrecht zu verüben, solange nicht eine höhere Autorität die Austeilung gerechter Strafe übernimmt.

Rache macht Opfer zu Tätern und Täter zu Opfern. Nicht selten verändert sie den Rächer bis zur Unkenntlichkeit, und der Preis, der zu zahlen ist – sowohl durch den individuellen Rächer als auch durch die Gemeinschaft im Allgemeinen –, ist unweigerlich hoch, manchmal zu hoch. Zuweilen, wie etwa in Corneilles *Cid* kann die Wandlung, die der Rächer durchläuft, als eine positive Persönlichkeitsentwicklung dargestellt werden: Die Krise, die schwere Aufgabe der Rache, führt zu einer Reifung des Charakters und lässt ihn als gestärktes und „erwachsenes" Individuum seinen Platz in der Gesellschaft einnehmen – Bildungsromane der Rache sozusagen. Auch die Geschichte von Orestes, wie sie etwa Aischylos und Goethe erzählen, fällt in diese Kategorie. Meist jedoch zerstört die Rache den Rächer selbst – seine moralische Integrität, sein Leben, seine Identität. In der Regel reißt sie auch noch eine ganze Reihe Unschuldiger mit ins Verderben.

William Shakespeare hat dieses ambivalente Phänomen „Rache" im Gesamtkorpus seiner Dramen so differenziert und vielschichtig behandelt wie sonst nur wenige. Dabei lässt sich nur ein einziges seiner Werke so richtig in das zur elisabethanischen Zeit so populäre Genre der „Rachetragödien" einordnen: *Titus Andronicus*.

Es gibt einige Werke aus der Feder von William Shakespeare (1564–1616), die den meisten Leuten, die sich beruflich mit dem „Barden" aus Stratford-upon-Avon beschäftigen und dessen Status als „größter Dichter aller Zeiten" aufrechterhalten möchten, großes Unbehagen bereiten. Dazu gehört etwa *Der Widerspenstigen Zähmung*. Wie kann ein Autor, der schon um die Wende vom 16. auf das 17. Jahrhundert starke, „emanzipierte" Frauengestalten geschaffen hat, ein Stück verfassen, in dem es darum geht, dass eine Frau, die sich der patriarchalischen Gesellschaft mit Klauen und Zähnen widersetzt, durch die Ehe und Mittel, die an Misshandlung grenzen, zur gehorsamen Ehefrau umgeformt wird? Ein solcher Text stürzt jene, die in Shakespeare – nicht zu Unrecht – einen Proto-Feministen sehen wollen, in Verlegenheit, und sie würden ihn wohl gerne einfach wegwünschen.

Auch Shakespeares Rachetragödie *Titus Andronicus* gehört zu diesen weggewünschten Texten. So viel sinnloses Blutvergießen und krasse Gewalttaten, wie sie dieses „Römerstück" aufzuweisen hat und die leicht den Verdacht aufkommen lassen, bloße Effekthascherei zu sein, mochten lange Zeit vielen nicht gefallen, die Shakespeare als das überlegene, klarsichtige Dichtergenie feiern. War der Barde vielleicht noch zu jung, um zu sehen, was er da tat? Brauchte er das Geld?!

Das Übermaß und vor allem die extreme Natur der Gewalt, die uns in *Titus Andronicus* roh und schonungslos vor Augen geführt werden, lösten und lösen solche Reaktionen bei Lesern und Zuschauern aus, die an das Theater im Allgemeinen und daher auch an seinen angeblich größten Vertreter einen humanistisch-moralischen Anspruch stellen und eine gewisse, grundlegende (moderne) Menschlichkeit von dem Menschheitsdichter Shakespeare erwarten. Andere weisen auf die fehlende formale, poetische Reife des Stückes hin und meinen, der Barde sei 1593 (spätestens in diesem Jahr wurde das Stück uraufgeführt) noch dabei gewesen, sich auszuprobieren, zu „üben".

Erst gegen Ende des 20. und im 21. Jahrhundert erregte die kompromisslose Darstellung von Rache in *Titus Andronicus* wieder Aufmerksamkeit. Dies mag auch auf eine Wandlung der gesamtgesellschaftlichen Haltung gegenüber dieser hochbrisanten Problematik hindeuten. Vielleicht erhöhte sich in den letzten Jahrzehnten das Bewusstsein wieder, wie unbeherrschbar und gefährlich der Drang nach Rache sein kann, aber auch wie grundlegend menschlich der Wunsch danach ist. In ihrem

1985 entstandenen rechtsphilosophischen Werk *The Evolution of Revenge* beklagt Susan Jacoby das Fehlen dieses Bewusstseins im moralischen Denken des 20. Jahrhunderts noch so bitterlich und vergleicht es mit der krankhaften Unterdrückung der Sexualität Ende des 19. Jahrhunderts.

Jüngere Inszenierungen von *Titus Andronicus* – unter anderem die fabelhafte Verfilmung mit Anthony Hopkins und Jessica Lange von 1999 – legen offen, wie komplex die Behandlung des Themenfeldes „Rache" in einem von Shakespeares ungeliebtesten Stücken ist. Der Barde konfrontiert uns hier mit einigen sehr unangenehmen Wahrheiten – was keinen geringen Anteil daran haben mag, dass seine Rachetragödie so vielen ein Dorn im literarischen Auge ist. Außerdem werfen *Titus Andronicus* und die Rache, die darin von so vielen so grausam und blutig geübt wird, ein interessantes Licht auf andere Stücke Shakespeares, in denen Vergeltung weniger krass gezeichnet wird, aber von gleicher fundamentaler Bedeutung ist.

Im Mittelpunkt von *Titus Andronicus* steht der Titelheld, der zu allererst eines ist: ein loyaler Soldat des großmächtigen Römischen Reiches. Seit vierzig Jahren hat er in verschiedenen Kriegen für Rom gekämpft und dabei einundzwanzig seiner Söhne verloren, die tapfer in die Fußstapfen ihres Vaters getreten waren. Zu Beginn des Stückes kehrt Titus siegreich von einem Kriegszug gegen die Goten zurück, im Schlepptau die gefangene Gotenkönigin Tamora und deren drei Söhne. Doch wieder hat der römische General mit dem Leben seiner eigenen Söhne für diesen Sieg zahlen müssen. Diese Tode fordern ein rituelles Blutopfer, und Titus und seine vier überlebenden Söhne wählen ein edles „Opferlamm": Tamoras erstgeborenen Sohn. Alles Flehen der Gotenkönigin bleibt nutzlos. Für Titus steht außer Frage, dass dem Totenbrauch, den Tamora „grausam" und „gottverhasst" nennt, Genüge getan werden muss. Der junge Gote wird erstochen, seine zerstückelten Glieder werden verbrannt, und sein Schlächter erwartet von der verzweifelten Mutter, sich in ihr Schicksal zu fügen. Das Blut seiner Söhne, so denkt Titus, ist gesühnt, und das auf gerechte, legitime Weise.

Zeitgleich entbrennt in Rom unter den beiden Söhnen des frisch verstorbenen Imperators ein Streit um die Nachfolge. Titus unterstützt den Erstgeborenen, Saturninus, dem ja korrekterweise nach der Erbfolge der Vorzug vor dem jüngeren Bruder, Bassianus, zu geben ist. Und Titus ist nichts, wenn nicht korrekt. Die Tribunen und das Volk folgen dem Rat des beliebten Generals.

Mit Saturninus hat Titus, der doch geglaubt hat, alles richtig zu machen, einen schwachen, dekadenten, kleingeistigen und nachtragenden Herrscher auf den Thron gesetzt. Saturninus glaubt, hinter jeder Ecke Intrigen und Verrat zu wittern, und neidet Bassianus und Titus ihre Beliebtheit beim Volk. In einem angeblichen großzügigen Akt wählt er Lavinia, Titus' einzige Tochter, zu seiner Frau. Die ist allerdings längst Bassianus versprochen.

Titus Andronicus überlegt nicht lange: Er ist ein Diener Roms und damit des Imperators; folgerichtig muss Lavinia dem Befehl Saturninus' gehorchen. Die junge Generation jedoch hat ein anderes Verständnis von Recht und Gerechtigkeit: Titus' Söhne helfen Bassianus, dem rechtmäßigen Verlobten ihrer Schwester, Lavinia zu „entführen" und gegen den Willen des Vaters zu heiraten. Zum ersten Mal in seinem Leben geraten Familie und Staat für Titus in Konflikt. Doch das Selbstverständnis des Alten ist so unauflöslich an seine Treue gegenüber Rom gebunden, dass er sich ohne Zögern gegen seine Söhne stellt. Als Verräter bezeichnet er sie, die „nicht länger von meinem Blut" sind, und erschlägt sogar einen von ihnen, der die flüchtende Lavinia beschützen will.

Saturninus vergilt seinem treuesten Diener diese unmenschlich erscheinende Loyalität nicht und entzieht ihm seine Gnade. Die verfahrene Situation löst sich erst auf, als Tamora, der Saturninus auf den ersten Blick verfällt und die er anstelle von Lavinia zu seiner Kaiserin macht, sich für die in Ungnade gefallene Familie Andronicus einsetzt. Saturninus vergibt Titus und den Seinen, der Vater vergibt seinen Kindern, und der Friede in Rom scheint wieder hergestellt.

Shakespeare hat mit der Auseinandersetzung zwischen Saturninus, Titus und den Söhnen Andronicus' einen recht langen und komplexen Exkurs in sein Stück eingebaut, den er sorgfältig auserzählt, ehe er zur eigentlichen Haupthandlung, zur „Rachehandlung", zurückkehrt. Doch diese ausführliche Zwischengeschichte erfüllt wichtige Funktionen. Etwa wird hier geschickt die politische Situation präsentiert, die in Rom unter Saturninus herrscht. Es handelt sich dabei um den typischen labilen Zustand unter einem ungerechten Herrscher, mit dem sich auch zahlreiche andere *revenge tragedies* jener Zeit auseinandersetzen: Was, wenn der Herrscher, in dessen Hand die Ausübung von Gerechtigkeit liegt, versagt?

In *Titus Andronicus* setzt Shakespeare nicht unbedingt einen „bösen" Kaiser auf den Thron; Saturninus ist zwar kein Maß an Tugend, aber sicher nicht mit dem lasterhaften, verbrecherischen Herzog aus der *Revenger's Tragedy* zu vergleichen, der unbekümmert vergewaltigt und mordet. Shakespeare ist subtiler: Sein römischer Imperator ist ein schwacher Charakter, der seine persönlichen Gefühle nicht von der Ausübung seiner Macht trennen kann. Saturninus missbraucht sein Herrscher- und Richteramt, um seinen Feinden auf eine fast kindische Art und Weise eins auszuwischen. Unter einem solchen Monarchen entsteht schnell eine gesellschaftliche Situation, die Titus schließlich ausrufen lässt: „Die Göttin der Gerechtigkeit hat diese Erd' verlassen!" In seiner Verzweiflung, aber auch aus einem bitteren Zynismus heraus wird Titus gegen Ende des Stücks seine Gefolgsleute mit Pfeil und Bogen Briefe an alle Götter in den Himmel schießen lassen, auf der Suche nach einer Gerechtigkeit, von der der alte General inzwischen sehr gut weiß, dass es sie nicht gibt.

Die ausführliche Zwischengeschichte, die Shakespeare in sein Drama um Trauer, Schmerz und Rache einschiebt, erzählt uns aber auch wichtige Dinge über seine Hauptfigur, Titus Andronicus. Der alte Soldat lebt allein für Rom und seine Werte – vielleicht, weil er nur so sein vierzig Jahre andauerndes Kriegerleben und den Tod seiner vielen Söhne vor sich selbst rechtfertigen kann. Zu Beginn des Stückes bis weit in den Handlungsverlauf hinein ist Rom in Titus' Augen gleichbedeutend mit Gerechtigkeit. Deswegen muss auch allem, was dieses Rom fordert, Genüge getan werden – sei es dem Gebot der Opferung des Sohnes einer verzweifelten Mutter, sei es der eigentlich widerrechtlichen Brautwahl eines Kaisers.

Titus ist die Gestalt gewordene Prinzipientreue, und er ist konsequent, auch als das Leben seiner Söhne und das Glück seiner über alles geliebten Tochter auf dem Spiel steht. Mit dieser unerschütterlichen, ja, versteinerten Loyalität gehen ein extrem verengter Blinkwinkel und eine gewisse Naivität einher. Lange Zeit kann Titus nicht glauben, dass Ungerechtigkeit in Rom herrschen kann. Als er das schließlich doch erkennen muss, bricht eine Welt für ihn zusammen. Das blinde Vertrauen des alten Generals in seinen Staat trägt viel zu dem Unglück bei, das über ihn und die Seinen kommt.

Zu Beginn des Stückes hatten wir die Gotin Tamora als stolze Königin kennengelernt, die in Ketten nach Rom geführt wird, und als eine verzweifelte Mutter, deren erstgeborener Sohn ein grausiges Ende findet. Nun ist sie Kaiserin, und sie weiß den schwachen, jungen Herrscher Saturninus, dem sie halb Mutter, halb kenntnisreiche Geliebte ist, gekonnt zu lenken. Ihn zu überzeugen, der Familie Andronicus, einschließlich seines Bruders, Gnade zu erweisen, soll letztendlich nur ihrem Racheplan zugutekommen. Sie, die nicht nur ihres Sohnes, sondern auch ihrer Würde beraubt worden war, will nun Titus und die Seinen leiden sehen. Tamora schwört sich: „Es findet sich der Tag, sie alle abzuschlachten!"

Zu Hilfe kommen der Kaiserin der scharfe Geist und die abgrundtiefe Bösartigkeit ihres Geliebten, des mit ihr zusammen gefangen genommenen „Mohren" Aaron. Außerdem weiß sie sich der Verruchtheit ihrer beiden jüngeren Söhne zu bedienen. Diese unseligen Jünglinge gieren der inzwischen mit Bassianus verheirateten, tugendsamen Lavinia hinterher, und Aaron macht diese rücksichtslose Lust für Tamoras Pläne nutzbar. Für die beiden gewalttätigen, jungen Goten ist das Motiv der Rache für den Tod ihres Bruders allerhöchstens ein Deckmantel, unter dem sie ihre Begierde möglichst brutal befriedigen können.

Als der gesamte Hofstaat sich eines Tages auf der Jagd befindet, gerät der Stein ins Rollen. Zunächst stiftet Tamora ihre Söhne dazu an, Bassianus, der sie mit Aaron im Wald überrascht hat, zu töten, und gibt ihnen die verzweifelte Lavinia in die Hände, taub für deren Flehen um einen schnellen Tod. Die beiden jungen Goten vergewaltigen die Begehrte, töten sie aber nicht, sondern schneiden Lavinia die Zunge heraus und hacken ihr beide Hände ab, damit sie weder durch Wort noch Schrift ihre Peiniger und die Mörder ihres Mannes anklagen kann. Shakespeare toppt somit den Mythos von Philomela, die von ihrem Schwager vergewaltigt und zum Schweigen gebracht wurde, indem er ihr die Zunge abschnitt. Philomela jedoch gelang es, die Geschichte ihrer Schändung auf einen Bildteppich zu sticken und so mit ihrer Schwester zu kommunizieren.[68] Lavinia bleibt nicht einmal diese Möglichkeit.

---

[68] Die beiden Frauen rächen sich übrigens furchtbar für Vergewaltigung und Verrat, indem sie den Sohn des Übeltäters kochen und ihn dem verbrecherischen Vater zum Mahl vorsetzen.

Tatsächlich scheint es in *Titus Andronicus* zuweilen so, als hätte sich Shakespeare zum Ziel gesetzt, die ja oft schon grauenvollen antiken Mythen noch zu übertreffen. Gleichzeitig jedoch macht er die stumme Lavinia zu einer schockierenden, herzzerreißenden Metapher für das Verschweigen von Gräuel in einem ungerechten System. Auch steht die geschändete, sprachlose Frau für die psychische Unfähigkeit vieler Opfer von Gewalttaten, über das ihnen Widerfahrene zu sprechen. Lavinia wird so zum „Spiegel alles Wehs, der nur in Zeichen redet".

Derweil gelingt es Tamora und Aaron durch raffinierte Tricks, den Mord an Bassianus Titus' Söhnen anzuhängen. Der wutentbrannte Saturninus verurteilt die beiden Verdächtigen sofort zum Tode. Diesmal ist es Titus, der um das Leben seiner Söhne fleht, nicht nur vor dem Kaiser, sondern auch vor den Senatoren, vor ganz Rom. Doch der treue Diener des Reiches findet kein Gehör, erntet sogar noch Spott. Aaron überzeugt Titus, Saturninus als Preis für das Leben seiner Söhne eine Hand zu opfern, schickt ihm aber im Austausch dafür nur die abgehackten Köpfe seiner Kinder.

Titus ist am Boden: Zwei seiner Söhne sind unschuldig hingerichtet, der letzte Überlebende ins Exil geschickt, er selbst seiner Hand beraubt, und das Schicksal seiner stummen, handlosen Lavinia ist mehr, als sein Vaterherz glaubt, ertragen zu können. Dass dies alles in seinem geliebten Rom geschehen konnte, das „eine Wildnis voll von Tigern" geworden ist, trifft ihn nur umso mehr. Seine Welt ist in ihren Grundfesten erschüttert. Das Ausmaß an Leid, das Titus und die Seinen trifft, ist übergroß, und, so legt zumindest der weitere Verlauf des Stückes nahe, bringt den alten Soldaten um seinen Verstand.

Lavinia schafft es, ihre erzwungene Stummheit zu überwinden und die Täter zu benennen. Der Zyklus von Vergeltung und Wiedervergeltung beginnt von Neuem. Titus, der inzwischen begriffen hat, dass die Welt von Ungerechtigkeit regiert wird, nimmt seine Sache selbst in die Hand. Seine Rache ist nicht weniger maßlos als die Tamoras.

Titus' verbannter Sohn Lucius rückt mittlerweile mit einem Gotenheer gegen Rom vor, und der alte General lässt sich zum Schein von Tamora überreden, die Friedensverhandlungen in seinem Haus abzuhalten. Zu diesem Zweck erscheinen Tamora, Saturninus, Lucius und versammelte Würdenträger bei Titus zu einem Bankett. Durch eine List lockt der Alte die

Söhne der Kaiserin in seine Küche, wo er sie im wahrsten Sinne des Wortes schlachtet und Lavinia mit einer Schüssel das Blut ihrer Vergewaltiger auffangen lässt. Danach serviert er die Gotensöhne beim Bankett.

Vor versammelten Römern und Goten gibt Titus seiner Tochter dann den „Gnadentod" und enthüllt die ganze Geschichte. Tamora hat gerade noch genug Zeit, zu erkennen, wessen Fleisch sie gerade verzehrt hat, bevor Titus auch sie ermordet. Der alte General selbst erliegt der Rache von Saturninus, der Imperator wiederum wird von Lucius Andronicus getötet. Das außergewöhnliche Schauspiel um maßlose Rache und (un)menschliche Gräuel endet mit der Krönung von Lucius zum Kaiser und der vagen Hoffnung, dass unter ihm, der sich im Laufe des Stückes stets als gerecht und ehrenhaft erwiesen hat, wieder Ordnung und Friede in Rom einkehren könnten.

Was die schockierende, schonungslose Darstellung von Gewalt angeht, sucht *Titus Andronicus* seinesgleichen. Wie in anderen elisabethanischen Rachetragödien auch grenzt das Schlussgemetzel an Absurdität, lässt diese Grenze vielleicht auch schon hinter sich (so etwas hängt letzten Endes bei Theaterstücken auch immer von der Inszenierung ab). Aber gerade dadurch gelingt Shakespeare eine kompromisslose Porträtierung der Destruktivität, die Ungerechtigkeit, Trauer und Rachedurst innewohnt. Und die Komplexität, mit der er die Mechanismen von Rache und Vergeltung in *Titus Andronicus* und anderen Stücken behandelt, ist, wie so vieles bei Shakespeare, fast einzigartig.

2. Die Hunde des Krieges – Rache und Politik

> *Und Caesars Geist, nach Rache jagend, wird,*
> *Mord rufen und des Krieges Hunde entfesseln!*
> (William Shakespeare, *Julius Caesar*)

Schon seit Homers *Ilias*, dem ältesten Rachetext Europas, gehen Vergeltung und Krieg Hand in Hand: Die Griechen ziehen gegen Troja, um die Entführung der Spartanerkönigin Helena zu strafen, und die *Ilias* beschreibt immer wieder, wie der eine oder andere Heros mitten im Schlachtengetümmel voller kriegerischem Zorn einen eben gefallenen Gefährten an dessen Bezwinger rächt. Der Drang, Vergeltung für den Tod eines Kameraden zu üben, erweist sich hier als eine extrem starke Motivation zum Weiterkämpfen, und Rache wird als ein legitimer Grund, Krieg zu führen, präsentiert. Ersteres begegnet uns in Fiktion wie Geschichte viel zu oft, um uns zu erstaunen, Letzteres mag uns heute als ein moralisch nicht vertretbarer Grund für einen Krieg erscheinen. Angesichts dessen, wie oft auch in unserer Zeit das Wort „Vergeltungsschlag" in Bezug auf kriegerische Auseinandersetzungen auf der ganzen Welt fällt, können wir aber keineswegs behaupten, die *Ilias* hätte in dieser Hinsicht nach fast dreitausend Jahren an Aktualität verloren. Gerade auch im 20. und 21. Jahrhundert setzen sich Geschichtenerzähler immer noch mit dieser Problematik auseinander und machen gerne deutlich, dass der Ruf nach Rache sich hervorragend zur Kriegstreiberei eignet und ausgesprochen gut als Deckmantel für machtpolitische Motive dienen kann. In *Titus Andronicus* erfahren wir übrigens fast nebenbei, dass das Gotenheer, das der exilierte Lucius Andronicus gegen seine Heimatstadt Rom führt, ausgezogen ist, um die vor Beginn des Stückes erlittene „Schmach der Niederlage" zu rächen.

In dem nur wenige Jahre vor Titus *Andronicus* entstandenen Rachedrama *Die Spanische Tragödie* wird ebenfalls die tödliche Verbindung zwischen Rache und Krieg offenbar. Der Konflikt zwischen Spanien und Portugal zieht hier völlig willkürlich und nicht unbedingt kausal nachvollziehbar Tod über Tod nach sich. Überspitzt wird so deutlich gemacht, dass auf Blutvergießen immer nur Blutvergießen folgen kann. Krieg lässt sich nicht einfach vergessen und wirft noch lange nach seinem Ende seinen tödlichen Schatten auf die Lebenden.

Was in der *Spanischen Tragödie* auf eher mystizistische Art und Weise dargestellt wird, macht Shakespeare in *Titus Andronicus* sehr konkret. Das Stück spielt in einer Welt, die von Krieg geprägt ist. Man begreift Titus' unnachgiebige Härte, seine blinde Loyalität Rom gegenüber und seine im wahrsten Sinne des Wortes wahnsinnige Enttäuschung über das ihm widerfahrene Unrecht überhaupt nur, wenn man versteht, dass er ein Mann ist, der sein Leben und das seiner Söhne dem Kampf für Rom geopfert hat. Und wäre Tamora die bittere, blutrünstige, unbarmherzige Frau, die sie ist, wäre sie nicht als Kriegsgefangene nach Rom geschleppt worden?

Titus Andronicus beginnt mit den tödlichen Folgen des Krieges: den Leichen von Titus' Söhnen. Der redliche Soldat glaubt, dass ihm für diese Tode ein Blutpreis zusteht, und nimmt ihn sich in Form des Lebens von Tamoras ältestem Sohn. Dies ist der erste Racheakt, den wir im Stück sehen. Er wird dazu führen, dass sich Tamora und Titus weiterhin gegenseitig die Kinder und schließlich auch einander vernichten. Motiviert aber wurde er vom Krieg, der somit, wie in der *Spanischen Tragödie* auch, noch lange nach seinem Ende das Sterben von „Schuldigen" wie „Unschuldigen" nach sich zieht. Man könnte sogar so weit gehen, zu sagen, dass der Rachekonflikt zwischen Tamora und Titus, die sich ja einst als Königin und General im Krieg als Feinde gegenüberstanden, als Spiegel für den Krieg gesehen werden kann, in dem Söhne dahingeschlachtet und Töchter verwitwet, vergewaltigt und verstümmelt werden.[69]

In *Titus Andronicus* wird allerdings nicht nur diese enge Verbindung von Rache und Krieg offenbart, die nahelegt, dass zwischen beidem kaum ein Unterschied besteht, es sei denn in der Größenordnung. Shakespeare nutzt seine *revenge tragedy* auch, um aufzuzeigen, wie leicht Politik in den Dienst der Rache gestellt werden kann. Als sie erst einmal Kaiserin ist, nutzt Tamora die Angst ihres jungen Gatten vor Titus' politischem Einfluss geschickt aus, um ihn zu manipulieren. Immer bringt sie machtpolitisch durchaus stichhaltige Argumente, um Saturninus dazu zu bringen, so zu handeln, dass es ihr dienlich ist.

Auch nutzt Tamora nicht einfach ihre Machtposition aus, um Titus' Söhne ungestraft ermorden zu lassen. Vielmehr manipuliert sie das politische System Roms so, dass zwei von ihnen für ein Verbrechen hingerichtet werden, das sie nicht begangen haben. Damit trifft sie Titus heftiger, als ein Mord von ihrer eigenen Hand es jemals könnte: Der Staat, an den er bedingungslos glaubt und für den er gekämpft hat, richtet ihn zugrunde. – Tamora ist vor allem deswegen eine so erfolgreiche Rächerin, weil sie Politikerin ist.

Politik als Werkzeug der Rache und Rache als Werkzeug der Politik – am wohl scharfsinnigsten hat Shakespeare diese enge und oft tödliche Verbindung in einer anderen „römischen"

---

[69] Dies mag eine sehr moderne Lesart sein. Aber gerade die Tatsache, dass jede Zeit ihre eigenen Wahrheiten aus Shakespeare zu ziehen vermag, macht den großen Barden eben so unsterblich.

Tragödie behandelt: in *Julius Caesar* (1599). Die Handlung
dieses Stückes ist relativ unkompliziert: Julius Caesar ist am
Höhepunkt seiner Macht angekommen, und die republikani-
schen Kräfte in Rom befürchten, er könnte sich die Krone des
Imperators aufs Haupt setzen. Es kommt zu einer Verschwörung,
an der auch der ehrliche, geradlinige Brutus teilnimmt, obwohl
er Caesar als väterlichen Freund betrachtet. Doch Brutus ist zu
dem Schluss gekommen, dass Caesar zur Sicherung der Freiheit
Roms sterben muss – aus reinen Vernunftgründen also. Es ist
nichts Persönliches, denkt sich Brutus.

Am 14. März wird Caesar von den Verschwörern im Senat
erstochen. Die Freiheit der Republik ist gewahrt. Edelmütig erlaubt Brutus dem trauernden Marcus Antonius, eine Grabrede
für ihrer beider väterlichen Freund zu halten. Antonius, den die
Verschwörer gnadenlos als schulterklopfenden „Partytyp" un-
terschätzen, schafft es im Zuge dieser Rede, das römische Volk
auf seine Seite zu ziehen. Die Verschwörer müssen aus der Stadt
fliehen. Das Stück endet mit der Schlacht zwischen den Caesar-
Mördern und den Anhängern von Antonius und Octavius, in
der Brutus und seine Verbündeten den Tod finden.

Shakespeares *Julius Caesar* zeichnet sich durch die Ambivalenz
und Menschlichkeit seiner Charaktere aus. Keiner von ihnen
ist nur „gut", keiner nur „schlecht". Das Geschehen wird ohne
moralische Wertung dargestellt. Figuren wie Julius Caesar
und Brutus scheitern letzten Endes an sich selbst – an ihren
Schwächen wie an ihren Stärken. Brutus, der als ein wahrhaft ehrenhafter Mensch gezeichnet ist, macht vor allem einen entscheidenden Fehler: Er überschätzt die Vernunft der
Menschen und unterschätzt ihre Emotionalität. In Brutus'
Augen ist der Schluss, dass Caesar für die Freiheit Roms sterben muss, so vernünftig, dass er der Überzeugung ist, jeder
Römer wird ihn nachvollziehen können und gutheißen. Das,
oft ausgesprochen irrationale, Verlangen nach Rache scheint er
in seine Überlegungen überhaupt nicht mit einzubeziehen. Das
zeigt sich etwa, wenn Brutus dem römischen Volk bei Caesars
Beerdigung die Gründe für dessen Ermordung ganz rational
auseinandersetzt und erwartet, damit Erfolg zu haben.

Anders Marcus Antonius. Ihm ist Rachedurst keineswegs
fremd. Seine erste ehrliche Reaktion auf den Tod seines väterlichen Freundes ist Schmerz, Wut und der Wunsch nach
Vergeltung – wir wissen, dass sie ehrlich ist, weil er allein auf
der Bühne ist, als er ausruft:

Ein Fluch wird fallen auf der Menschen Glieder,
Und innre Wut und wilder Bürgerzwist
Wird ängsten alle Teil' Italiens;
Verheerung, Mord wird so zur Sitte werden
Und so gemein das Furchtbarste, dass Mütter
Nur lächeln, wenn sie ihre zarten Kinder
Geviertelt von des Krieges Händen sehn.
Die Fertigkeit in Gräueln würgt das Mitleid;
Und Caesars Geist, nach Rache jagend, wird,
Zur Seit ihm Ate, heiß der Höll entstiegen,
In diesen Grenzen mit des Herrschers Ton
Mord rufen und des Krieges Hund' entfesseln,
Dass diese Schandtat auf zum Himmel stinke
Von Menschenaas, das um Bestattung ächzt.

Antonius' erster Schmerz ist so heftig und maßlos, wie wir
ihn schon kennengelernt haben, etwa bei dem trauernden
Achilleus, bei der vor Schmerz Blut spuckenden Kriemhild
oder auch bei *Titus Andronicus*. Ein einziger oder auch vierzig
Tode sind als Vergeltung für den Mord an Caesar nicht genug.
Das ganze Land soll in Krieg gestürzt werden, nur Ströme von
Blut können die Stufen des Senats reinwaschen. – Rache wird
hier wieder als Motiv für einen Krieg in Aussicht gestellt.

Antonius ist klug. Er versteht Gefühle und, anders als
Brutus, versteht er auch Rache. Seine berühmte Grabrede ist
der Wendepunkt der Tragödie und wird seit Jahrhunderten
als Meisterstück demagogischer Rhetorik gefeiert. Antonius
beschuldigt die Verschwörer, die im Moment alle Macht in
den Händen halten, nie direkt; wiederholt bezeichnet er sie
als „ehrenhafte Männer", bis aus dem Lob ein Vorwurf, ja eine
Verwünschung geworden ist, weil er sie ständig mit Caesar
vergleicht, gegen dessen Größe sie alle nichts sind. Gekonnt
versteht Antonius es, die Menge zur Vergeltung für Caesars
Tod anzustacheln. Gegen den wilden Rachedurst des Mobs,
den er entfesselt, haben Brutus und die Seinen keine Chance.
Antonius übt Vergeltung und instrumentalisiert dafür den allzu menschlichen Wunsch, ein Unrecht zu rächen.

Gleichzeitig jedoch bringt Antonius dieser Schachzug an
die Spitze des Römischen Reiches. Die letzte Schlacht, die im
Namen der Rache geführt wird, zementiert seine neue Macht.
Dies entwertet Antonius' Gefühle bezüglich des Mordes an
Caesar nicht, macht aber zugleich deutlich, dass es hier in al-

lererster Linie um Politik geht. Am Ende des Stückes können die Sieger großmütig zugestehen, dass Brutus' Motive edel und er ein großer Römer war. Sein Tod war schlicht notwendig, um die neue Ordnung zu etablieren. Antonius und Octavius tragen in *Julius Caesar* den Sieg davon – aber nicht, weil sie gerechte Rache üben und ihn deswegen verdient haben, sondern weil sie schlichtweg politisch klüger agieren. In Antonius' Fall bedeutet das vor allem, sowohl das eigene Verlangen nach Vergeltung als auch das der Menge zu instrumentalisieren und in den Dienst einer übergeordneten Sache zu stellen.

Politik, Krieg und Rache sind eng miteinander verstrickt. In *Titus Andronicus* führt das zu einem blutigen Gemetzel, das den Überlebenden Lucius Andronicus als Imperator vor die immense Aufgabe des Wiederaufbaus stellt. In *Julius Caesar* bringt diese Tatsache denjenigen den Sieg, die politisch geschickter und kaltschnäuziger handeln. Hier führt uns Shakespeare die Mechanismen der Rache nicht durch schockierende, wenn auch durchaus wirkungsvolle Gräueltaten vor Augen, sondern durch eine fast nüchterne Analyse, die gerade deswegen eigentlich nur umso wirkungsvoller ist.

3. Tod der Zukunft – Die Rache als Zerstörerin

> *O arme Opfer unsrer Zwistigkeiten!*
> (William Shakespeare, *Romeo und Julia*)

Über die Jahrhunderte sind uns bisher vor allem zwei Möglichkeiten begegnet, persönliche Vergeltung für den Tod eines nahestehenden Menschen zu üben: Entweder wird der Mord dadurch vergolten, dass der Rächer den Schuldigen umbringt, oder dadurch, dass dem Täter seinerseits jemand genommen wird, der ihm viel bedeutet. Wir als Leser tendieren dazu, die erstere Art der Rache nachvollziehen zu können und, wenn nicht als moralisch richtig, so doch nicht selten als „gerecht" zu empfinden. Anders sieht es da mit der zweiten Art der Vergeltung aus. Zwar funktioniert sie nach dem Prinzip,

Gleiches mit Gleichem zu vergelten – du hast mir etwas weggenommen, also nehme ich dir auch etwas –, aber es fällt uns sehr viel schwerer, das, was dem „Ursprungstäter" widerfährt, als eine gerechtfertigte Strafe zu empfinden.

Viele Rachegeschichten legen nahe, dass es für das Objekt der Rache schlimmer ist, den Tod eines geliebten Menschen zu erleben (und indirekt verursacht zu haben), als selbst sterben zu müssen – und unsere Reaktion als Leser gibt ihnen in der Regel recht. Eine solche Rache, die das Leben, Leiden und Sterben Unschuldiger als Instrument nutzt, um dem eigentlichen Objekt des Zorns Schmerz zuzufügen, stellt sich uns schnell als unverhältnismäßig und unmenschlich dar. Dies trifft umso mehr zu, als die betroffenen Unschuldigen nicht selten Kinder oder sehr junge Menschen sind. Man denke nur an die griechischen Mythen von Atreus, der seinem ehebrecherischen Bruder seine Kinder zum Essen vorsetzte, oder von Medea, die ihren ungetreuen Mann straft, indem sie die gemeinsamen Söhne tötet. Wenige andere Szenarien führen uns mit derselben Deutlichkeit vor Augen, dass Rache – mag sie berechtigt sein oder nicht – grundsätzlich destruktiv ist und, gerade wenn sie ohne Maß und Mitleid ausgeteilt wird, die Menschen um ihre Humanität und um ihre Zukunft bringt.

Auch Tamora und Titus Andronicus töten einander die Kinder; erst am Schluss der Tragödie vernichten sie sich gegenseitig (Titus ersticht Tamora, der Imperator aus Rache dafür den alten General). Beide glauben, den Tod ihrer Kinder irgendwie dadurch wettmachen zu können, dass sie die eines anderen ebenfalls ums Leben bringen – Titus bei dem Blutopfer für seine gefallenen Söhne und Tamora bei ihrer Rache dafür.

Der Gotenkönigin genügt es nicht, Titus als Strafe für die Tötung ihres Erstgeborenen umzubringen, sie zerstört seine Söhne, seine Tochter und seinen Schwiegersohn und benutzt ihre eigenen Sprösslinge dazu. Der alte Andronicus gibt sich seinerseits nicht damit zufrieden, einfach nur Hand – und Schlachtermesser – an die Vergewaltiger seiner Tochter zu legen; er bringt Tamora dazu, ihre eigenen Kinder zu verspeisen. Das ist natürlich zu allererst einmal grauenvoll und sagt uns, dass keine üble Tat ungestraft bleibt. Das Bild der das Fleisch ihrer Söhne verzehrenden Tamora wirkt aber auch als eine schockierende Metapher, die ihre Entsprechung darin findet, dass Titus zum einen in Verteidigung der Ehre Roms seinen eigenen Sohn

ersticht und zum anderen Lavinia tötet, mit der sehr beiläu-
figen Begründung, dass „ihre Schande nicht überleben" solle.
Die Gotin und der General tragen einen tödlichen Fehdezyklus
von Rache und Gegenrache aus, der ihren Kindern das Leben
kostet. Eigentlich könnten sie genauso gut gleich ihren eigenen
Nachkommen das Messer in die Brust rammen.

Tamora und Titus töten einander die Kinder, und das bedeutet auch, dass sie einander die Zukunft vernichten. Beide
Familien sind am Ende des Stückes fast völlig ausgerottet. Und
der Zuschauer kann sich eines letzten Schauderns nicht erweh-
ren, wenn der kleine Lucius, Titus' Enkel und einer der wenigen Überlebenden, über der Leiche des Alten trauernd ausruft:
„Großvater! ach, Großvater! Möcht ich doch / Für dich gestorben sein, und du noch leben!"

Durch solche mächtigen Bilder macht Shakespeare überdeutlich, dass Rache nur allzu leicht zur Mörderin der Zukunft wird.
Am unmissverständlichsten wird diese Botschaft über die Figur
der Lavinia vermittelt, die so ziemlich als Einzige kein Blut an
den Händen kleben hat. Sie macht sich höchstens ein wenig
des Hochmuts schuldig, wird aber aus Rache in die Hände ihrer Vergewaltiger gegeben, verstümmelt und zum Schweigen
gebracht und schließlich von ihrem eigenen Vater getötet. Ein
Mechanismus, wie der der Rache und Wiederrache, der ein solches Schicksal möglich macht, ist unmenschlich, vor allem in
Verbindung mit menschlicher Härte und Unbarmherzigkeit.

Noch ein anderes Stück von Shakespeares vermittelt seinen
Zuschauern diese Botschaft, und das vielleicht noch effektiver –
nämlich die „größte Liebesgeschichte aller Zeiten", *Romeo und
Julia* (1597). Das Schicksal dieser tragischen Liebenden, die am
Ende des Stückes beide tot in der Gruft der Capulets liegen, ist
ja überhaupt nur deshalb möglich, weil ihre Familien in einer
uralten Fehde liegen, deren Grund wahrscheinlich überhaupt
niemand mehr kennt. Der Zyklus von Rache, der Romeo und
Julia das Leben kostet und die Verwirklichung ihrer Liebe verhindert, läuft nur noch „der Form halber" weiter. Er ist hohl
und mechanisiert, was das Ende des Stückes nur umso tragischer macht.

Schon zu Beginn des Dramas erfahren wir, wie sehr diese
erbitterte, aber inhaltslos gewordene Fehde die Ordnung der
Stadt Verona zerstört – eine deutliche Botschaft an alle, die
zu Shakespeares Zeit immer noch auf ihr „Recht" pochten,

Selbstjustiz zu üben, und ein deutlicher Kontrast zur positiven Darstellung von privater Rache in den zeitgleich entstandenen spanischen Ehrendramen. Doch der Barde verließ sich nicht auf bloße Worte; er wusste viel zu gut, dass Bilder und Emotionen viel wirkungsvoller sind.

Das Stück zieht uns in die Handlung hinein und lässt uns starken Anteil nehmen an den Charakteren – nicht nur an Romeo und Julia, sondern auch an anderen, die wegen der Fehde ihr Leben lassen werden, wie etwa der schalkhaft-weise Mercutio, der noch im Sterben die beiden „Rachehäuser" verflucht. Aber ganz besonders verlieben wir uns doch in die unschuldige, jugendliche Liebe-auf-den-ersten-Blick zwischen Romeo und Julia. Mit aller Macht hoffen wir auf ein gutes Ende.

Doch das Geschehen entwickelt sich mit einer schicksalhaften Zwangsläufigkeit; innerhalb des automatisierten Zyklus von Rache und Gegenrache hat die Liebe keine Chance, und Romeo und Julia finden den Tod von eigener Hand (und das nur wegen vielfältiger Irrtümer). Shakespeare hätte keine wirkungsvollere Art finden können, die Destruktivität von Rache und Fehde offenzulegen.

Liebe und deren Erfüllung ist ein entscheidender Bestandteil des humanistischen Ideals und wohl einer der langlebigsten und wirkmächtigsten. Eine Gesellschaft, wie sie uns *Romeo und Julia* zeigt, in der nicht nur junge Menschen viel zu früh ums Leben kommen, sondern auch die wahre Liebe nicht ihre Erfüllung finden kann, fällt über sich ihr eigenes Urteil. Bei Shakespeare ist das eine Gesellschaft, die die Racheimpulse der Menschen und den Automatismus der Blutfehde nicht zu zügeln weiß. Jüngere Autoren würden sich Jahrhunderte später derselben erzählerischen Mittel bedienen, um soziale Ungerechtigkeiten oder andere destruktive gesellschaftliche Mechanismen anzuprangern – denn unser Urteilsmaßstab ist seit Shakespeare derselbe geblieben: Was die Liebe tötet, ist nicht gut.

Nun steht zwar am Ende von *Titus Andronicus* die vage Hoffnung auf ein stabiles Rom in Gestalt des überlebenden Titus-Sohnes Lucius, und die Existenz des „kleinen Lucius" verspricht, dass nicht alle Zukunft gestorben ist. Doch der Junge bleibt vom Totenkuss überschattet, den er seinem Großvater gibt, und welches Schicksal dem einzigen überlebenden Kind Tamoras, einem Sohn des „Mohren" Aaron, bevorsteht, ist mehr als ungewiss. *Romeo und Julia* wiederum schließt mit den

Worten des Fürsten, die Familien Montague und Capulet sollten den tragischen Tod ihrer Kinder zum Anlass nehmen, ihre
Fehde endlich zu beenden. Es bleibt also eine Hoffnung auf
Versöhnung und darauf, dass auf Rache und Tod nicht immer
noch mehr Tod folgen muss. Doch es ist das Bild der beiden
leblosen Liebenden, das uns verfolgt und uns zweifeln lässt, ob
die Zukunft nicht wieder neues Unheil bringen wird, solange
die Menschen – und die Rache – das bleiben, was sie sind.

4. Die Frage des Bösen – Rache als Motiv der Schurken

Und wenn ihr uns Unrecht tut,
sollen wir uns dann nicht rächen?
(William Shakespeare, *Der Kaufmann von Venedig*)

Tamora und Titus handeln in *Titus Andronicus* aus identi-
schen Motiven heraus und legen dabei ähnliche Grausamkeit
an den Tag. Die anderen Charaktere des Stückes tendieren allerdings dazu, Titus als edlen Mann zu preisen, und er erhält
ein Staatsbegräbnis, während Tamoras Leichnam den Aasgeiern
überlassen wird. Im Laufe des Dramas wird sie immer wieder
mit tierischen Attributen beschrieben und als „Bestie" bezeichnet. Anders als die handelnden Figuren fällt das Stück selbst
jedoch kein so eindeutiges Urteil darüber, wer von beiden der
„Böse" und wer der „Rechtschaffene" ist. Das Einzige, was zu
Titus' Gunsten und gegen Tamora spricht, ist, dass seine grau-
envollsten Taten möglicherweise dem Wahnsinn entspringen,
während im Falle der Gotenkönigin nie der geringste Zweifel
besteht, dass sie im Vollbesitz ihrer geistigen Kräfte ist.

Es gibt aber in *Titus Andronicus*, neben Tamoras verkomme-
nen Söhnen, einen Bösewicht, der diesen Begriff ohne Zweifel
verdient und sich auch regelmäßig als solcher deklariert: der
Mohr Aaron, Tamoras Geliebter und Haupttränkeschmied aufseiten der Kaiserin. Noch kurz vor seinem Tod, zu dem ihn der
neue Imperator Lucius Andronicus verurteilt, erklärt dieser
Schurke voller ungebrochenem Stolz:

Wut, warum schweigst du? Zorn, was bist du stumm?
Ich bin kein feiges Kind, nicht mit Gebet
Bereu ich die Verbrechen, die ich tat;
Zehntausend, schlimmer noch, als ich vollbracht,
Möcht ich begehn, hätt ich die Freiheit nur;
Und tat ich je ein einzig gutes Werk,
Von ganzem Herzen wünsch ich's ungeschehn.

Bösewichte, die ohne jeden Grund böse sind, einfach nur um des Böse-Seins willen, treten durchaus öfter bei Shakespeare auf. Das berühmteste Beispiel ist wohl der hinterhältige Jago aus *Othello*. In der Regel stehen diese Unholde auch stolz zu ihrer Bösartigkeit. Das lässt sie nur umso verruchter wirken, verleiht ihnen aber auch, wie im Falle Aarons, eine gewisse faszinierende Charakterstärke.

Tatsächlich scheint der „Mohr" der Einzige zu sein, der nicht aus psychologisch nachvollziehbaren Motiven handelt, es sei denn, man gesteht ihm zu, dass er Tamora wirklich liebt. Offensichtlich ist jedenfalls, dass er die Grausamkeit der Taten, die sie zusammen aushecken und ausüben, um ihrer selbst willen genießt. Und doch verkündet gerade dieser Charakter: „Rachsucht erfüllt mein Herz!" Wofür aber will sich Aaron rächen?

Im ganzen Verlauf des Stücks betont Aaron zwei Dinge: seine Verruchtheit und die Tatsache, dass er schwarz ist. Und hier tut sich plötzlich für den modernen Leser Shakespeares ein wahrer Reichtum an Möglichkeiten auf, was den „Mohren" anstelle reiner Bosheit motivieren könnte – Möglichkeiten, die dennoch in einem Text angelegt sind, der um 1600 verfasst wurde.

Aaron ist der schwarze Diener – die Rede ist stets von „Sklave" – einer gefangenen Gotenkönigin, die nur aus Gnade (und wegen der Lust) des Imperators wieder in eine Machtposition aufgestiegen ist. Nun mag das historische Römische Imperium ein Weltreich gewesen sein, das auch afrikanische Provinzen umfasste; in Shakespeares Rom aber steht Aaron allein da. Er ist von der Gesellschaft isoliert und wird wegen seiner Hautfarbe regelmäßig verspottet. Sucht er also nicht dafür Rache?

Besonders deutlich wird die Verachtung, der Aaron vermutlich sein ganzes Leben ausgesetzt war, als Tamora ein farbiges Baby zur Welt bringt. Das Neugeborene wird heimlich fortgeschafft und soll auf Befehl der Kaiserin, die damit endgültig zur mörderischen Mutter wird, umgebracht werden. Und Aaron? Der „Teufel" handelt nicht anders als die anderen Eltern, die wir im Stück sehen, ja, er ist sogar kompromissloser. Er nimmt seinen kleinen Sohn an sich und flüchtet mit ihm aus Rom. Und anders als Tamora und Titus, die ihren Kindern letzten Endes den Tod bringen, tut Aaron alles, um seinem Sohn das Leben zu erhalten. Von Lucius und dessen Goten gefangen genommen, tauscht er sein Wissen um Tamoras Untaten nicht etwa gegen sein eigenes Leben ein, sondern gegen das seines Kindes.

Seine bedingungslose Vaterliebe und sein unbeugsamer Wille machen Aaron zu viel mehr als einem reinen Bösewicht. Indem er ruchlos wird, rächt er sich im Endeffekt an einer Gesellschaft, die ihn immer nur als Ausgestoßenen behandelt hat und sowieso nichts anderes von ihm erwartet. Für sein Kind ist er bereit, das alles zu vergessen und hinter sich zu lassen.

Dass diese Lesart des „Mohren" Aaron nicht einfach Shakespeare eine moderne, politisch korrekte Kappe überstülpt, die ihm eigentlich gar nicht so recht passen will, zeigt seine Darstellung anderer Bösewichte, die auf den ersten Blick auch „nur böse" sind. Tatsächlich jedoch handeln so manche von ihnen aus einer sozialen Außenseiterposition heraus, in die sie durch die Umstände gedrängt wurden und in der ihnen fast nichts anderes übrig bleibt, als in die soziale Rolle des Ruchlosen zu schlüpfen. Schließlich wird von ihnen gar nichts anderes erwartet.

Nicht nur der „Fremde", der Schwarze, unterliegt einer solchen sozialen Determination, sondern etwa auch illegitime Söhne. Ein solch „böser Bastard" ist Edmund aus *König Lear* (1606). Dieser böse Bube glänzt durch ganz besondere Hinterhältigkeit und stürzt seinen „legitimen" Bruder und seinen Vater ins Unglück. Edmunds infames Treiben kann durchaus als Rache für die ständige Zurücksetzung aufgrund der Umstände seiner Geburt gedeutet werden.

Das berühmteste und wohl eindeutigste Beispiel für einen solchen „Bösewicht", der eigentlich gar keiner ist, ist allerdings ein anderer Ausgestoßener. Es handelt sich um den Protagonisten – oder auch Antagonisten – einer von Shakespeares größten Rachegeschichten: der Jude Shylock aus *Der Kaufmann von Venedig*.

Der Kaufmann von Venedig ist eine eigenwillige Mischung aus märchenhafter Romanze und Rachegeschichte. Im Mittelpunkt der Letzteren stehen der Kaufmann Antonio und der reiche Jude

Shylock. Der eigentlich edelmütige Antonio hat den Umgang mit dem Juden stets tunlichst vermieden, aber bei zwangsläufigen Begegnungen seine Verachtung gegenüber Shylock im Besonderen und seinem Volk im Allgemeinen offen gezeigt. Zu Beginn des Stückes nun bittet ihn sein junger Freund Bassanio, ihm Geld zu leihen, damit er um die schöne (und wohlhabende) Portia freien kann. Antonios Vermögen ist gerade in seinen Handelsschiffen gebunden, und deswegen tut er dem Freund zuliebe, was er sonst vermeiden würde: Er leiht sich Geld von dem Juden. Shylock geht auf das Geschäft ein, stellt aber eine bizarre Forderung: Als Sicherheit verlangt er, dass Antonio einen Vertrag unterschreibt, demzufolge Shylock ihm ein Pfund Fleisch aus dem Leib schneiden darf, sollte er seine Schulden nicht zurückzahlen können. Widerstrebend geht Antonio den Handel ein, den Shylock aus Rache für den Hochmut des Venezianers vorgeschlagen hat.

Die Zeit geht ins Land, und Antonios Schiffe laufen nicht ein. Er kann seine Schulden nach Ablauf der Frist nicht begleichen. Zum Entsetzen von ganz Venedig besteht Shylock auf der Einhaltung des Vertrags. Dass seine Tochter mittlerweile mit einem Christen durchgebrannt ist und ihm auch noch einen anständigen Batzen Geld gestohlen hat, hat die Rachsucht Shylocks ins Unermessliche gesteigert. Antonio soll stellvertretend für alle Schmach zahlen, die dem Juden je durch Christen angetan wurde.

Das Schicksal des Kaufmanns scheint besiegelt; er muss sich ein Pfund Fleisch aus dem Leib schneiden lassen. Shylock ist nicht einmal mehr bereit, die ihm geschuldete Summe anstelle des Pfundes Fleisch anzunehmen, und er lässt durchblicken, dass er das Leben seines Widersachers bei der „Operation" nicht schonen wird.

Da tritt Portia, inzwischen die Frau Bassanios, auf den Plan. Als Mann verkleidet, gibt sie sich als Anwalt aus, und Shylock ist bereit, seine Sache in die Hände des „Rechtsgelehrten" zu legen. Sie gibt dem Juden zunächst recht, warnt ihn aber dann, als er das Messer schon gezückt hat, dass im Vertrag nichts von Antonios Blut stehe. Wenn Shylock also nur einen Tropfen „christliches Blut" vergieße, sei sein Leben verwirkt.

Die kluge Portia hat Antonios Leben gerettet, denn Shylock ist nicht bereit, als Preis für seine Rache sein eigenes zu geben. Aber dabei lässt sie es nicht bewenden: Zur Strafe für seine blutigen Absichten wird auch noch die Hälfte von Shylocks

Vermögen eingezogen und Antonio zugesprochen. Die Rache ist vereitelt und der Rächer auf der ganzen Linie besiegt.

Vielleicht noch mehr als bei jedem anderen Theaterstück hängen die Aussagen, die der Zuschauer für sich mitnimmt, beim *Kaufmann von Venedig* von der Inszenierung ab, und zwar in diesem Fall von der Interpretation eines einzigen Charakters: Shylock. Im Laufe der Jahrhunderte wurde er schon als komische Figur und als diabolischer Bösewicht dargestellt. In unserer Zeit wird vor allem eine andere Seite hervorgehoben, etwa durch Al Pacino, der in der Verfilmung des Stückes von 2004 einen ungeheuer menschlichen, leidenden und doch ausgesprochen plausiblen Shylock auf die Leinwand brachte.

Spätestens durch solche Interpretationen wird klar: Shylock wird zu seiner absurden und doch potenziell tödlichen Rache von einer Gesellschaft getrieben, die ihn und die Seinen mit einer abgrundtiefen Verachtung behandelt. Doch schon in Shakespeares Text wird dies eigentlich mehr als deutlich. Man muss sich nur die berühmte Rede Shylocks ansehen, die einem eigentlich alles über seinen Charakter, seine Motivationen und seine Situation sagt, was man wissen muss. Auf die Frage, was um Himmels willen er denn eigentlich mit einem nutzlosen Stück Menschenfleisch wolle, gibt Shylock zur Antwort:

Fische mit zu ködern. Sättigt es sonst niemanden, so sättigt es doch meine Rache. Er hat mich beschimpft, mir 'ne halbe Million gehindert; meinen Verlust belacht, meinen Gewinn bespottet, mein Volk geschmäht, meinen Handel gekreuzt, meine Freunde verleitet, meine Feinde gehetzt. Und was hat er für Grund! Ich bin ein Jude. Hat nicht ein Jude Augen? Hat nicht ein Jude Hände, Gliedmaßen, Werkzeuge, Sinne, Neigungen, Leidenschaften? Mit derselben Speise genährt, mit denselben Waffen verletzt, denselben Krankheiten unterworfen, mit denselben Mitteln geheilt, gewärmt und gekältet von eben dem Winter und Sommer als ein Christ? Wenn ihr uns stecht, bluten wir nicht? Wenn ihr uns kitzelt, lachen wir nicht? Wenn ihr uns vergiftet, sterben wir nicht? Und wenn ihr uns beleidigt, sollen wir uns nicht rächen? Sind wir euch in allen Dingen ähnlich, so wollen wir's euch auch darin gleichtun. Wenn ein Jude einen Christen beleidigt, was ist seine Demut? Rache. Wenn ein Christ einen Juden beleidigt, was muss seine Geduld sein nach christlichem Vorbild? Nu, Rache. Die Bosheit, die ihr mich lehrt, die will ich ausüben, und es muss schlimm hergehen, oder ich will es meinen Meistern zuvortun.

Shylocks entscheidender Fehler besteht darin, dass er sich von dem unstillbaren Wunsch nach Rache so weit treiben lässt, dass er starrsinnig auf seinem Pfund Fleisch besteht und jegliche Vernunft und Mitgefühl vergisst (es ist, als sei er dem Leidensdruck eines ganzen Lebens erlegen). Er verliert dadurch nicht nur die Sympathien des Publikums, indem er völlig unverhältnismäßige Rache übt. Auch handelt er nicht einfach, wie er selbst meint, dem unbarmherzigen Vorbild seiner christlichen Mitmenschen entsprechend. Nein: Durch sein von Rache angetriebenes Verhalten nimmt er genau die Rolle ein, die ihm die Gesellschaft schon immer hat aufzwingen wollen: die des hinterhältigen, bösartigen Juden.

Somit trägt am Ende nicht nur durch Portias Richtspruch die christliche Gemeinschaft den Sieg über den jüdischen Außenseiter davon, sondern auch dadurch, dass Shylock sich dazu hat hinreißen lassen, ihren sämtlichen Erwartungen und Vorurteilen gegen ihn als Juden zu entsprechen. Und das macht ihn, inmitten einer Komödie um Liebe und Spielereien, zu einer wahrhaft tragischen Figur.

5. Hamlet – Der Zauderer als Rächer

Und da der Geist verschwunden ist, wen sehen wir vor uns stehen? Einen jungen Helden, der nach Rache schnaubt?
(Johann Wolfgang von Goethe, *Wilhelm Meisters Lehrjahre*)

Titus Andronicus glaubt lange Zeit an die Gerechtigkeit Roms. Als er das schließlich nicht mehr tut, sind ihm die Hände gebunden, weil er nicht weiß, wer hinter dem unsäglichen Unglück steckt, das über ihn und die Seinen gekommen ist. Nachdem jedoch die Identität der Übeltäter aufgedeckt ist, fackelt er nicht lange. Titus zögert genauso wenig wie Tamora, seine Rache auszuüben. Zweifel, was zu tun sei und ob es richtig oder falsch ist, plagen ihn nicht.

Nun ist gegen Ende der Tragödie nicht ganz klar, ob der Titelheld nicht dem Wahnsinn erlegen ist, den er zunächst lediglich vortäuscht, um seine Feinde in Sicherheit zu wiegen. Verwunderlich wäre es jedenfalls nicht, angesichts dessen, was der alte Titus alles ertragen muss. Wahnsinn würde auch das wahrhaft verrückte Ausmaß erklären, das seine Rache annimmt. Dennoch bleibt die Tatsache bestehen, dass die Rächer in *Titus Andronicus*, ja, in den allermeisten Shakespeare-Stücken, ihre Vergeltungsmission nie infrage stellen. Einer freilich bildet darin eine Ausnahme, und was für eine: kein anderer als Hamlet.

Wenn es um die Frage geht, welches seiner Dramen das Meisterwerk Shakespeare sei, gibt es nicht nur eine Antwort. *Hamlet* jedoch ist ganz sicher einer der Favoriten. Das liegt nicht zuletzt daran, dass es dem Barden gelungen ist, in dieser Tragödie zum ersten Mal den zerrissenen, ewig zweifelnden modernen Menschen in seiner ganzen Komplexität auf die Bühne zu stellen. Jede folgende Epoche fand ihre eigene Lesart dieses großen Dramas, das sich mit den fundamentalen Fragen des Menschseins beschäftigt und auf so viele Arten interpretiert werden kann. Angesichts dieses Facettenreichtums wird leicht vergessen, dass die Grundhandlung von Hamlet zu allererst einmal eine Rachegeschichte ist.

Der junge Prinz Hamlet, humanistisch gebildet und frisch von der Schule zu Wittenberg zurückgekehrt, ist ein Außenseiter am dänischen Hof. Ohne es zunächst zu ahnen, befindet er sich in einer fast klassischen Orestes-Situation: Sein Onkel hat seinen Vater hinterrücks im Schlaf ermordet, nach skandalträchtig kurzer Zeit Hamlets Mutter geehelicht und den Königsthron für sich beansprucht. Shakespeare erspart seinem Hamlet allerdings das Dilemma, die Mutter morden zu müssen, um den Vater zu rächen. Königin Gertrude hat sich nur der allzu schnellen Wiederheirat schuldig gemacht (wenn die Verbindung mit dem Bruder ihres Mannes auch inzestuöse Züge hat). Hamlet belässt es dementsprechend in ihrem Fall bei einer Strafpredigt, in der er seiner Mutter Enthaltsamkeit nahelegt. Aber was ist mit Onkel Claudius?

Der mörderische Onkel soll sterben. So verlangt es jedenfalls der Geist von Hamlets Vater, der dem jungen Prinzen eines nachts erscheint, um die grausige Wahrheit zu enthüllen und seinen Sohn zur Rache aufzufordern. Und Vergeltung zu üben, hätte Hamlet nach damaligem Verständnis nicht nur jeden Grund, sondern sogar jedes Recht. Schließlich trägt Claudius die Königskrone auf dem Kopf, die eigentlich Hamlet, als dem Sohn des alten Königs, zustehen würde. Shakespeare spielt diese Tatsache allerdings herunter. Niemand protestiert im Laufe des Stückes dagegen, dass Claudius auf dem Herrscherthron sitzt, nicht einmal Hamlet selbst. Claudius wiederum macht unmissverständlich klar, dass nach seinem Tod die Krone an seinen Neffen übergehen wird. Damit rückt Shakespeare die politische Seite der geforderten Vergeltungstat bewusst in den Hintergrund; es geht ihm um das archaische Gesetz, den Tod des eigenen Vaters um jeden Preis zu rächen. Jenes war nicht zuletzt mit der *Orestie* gefestigt worden, ist aber natürlich noch weitaus älter. Die Forderung des Geistes ist also eine uralte – sozusagen die Stimme der Vergangenheit, die Hamlet nicht umsonst zuruft: „Erinnere dich meiner!"

Hamlet hätte also nach alten, wenn auch ungeschriebenen, Gesetzen sogar die Pflicht, seinen Vater zu rächen. Aber was geschieht? So fragt sich auch Goethes Wilhelm Meister und gibt sich folgende Antwort:

Und da der Geist verschwunden ist, wen sehen wir da vor uns stehen? Einen jungen Helden, der nach Rache schnaubt? Einen geborenen Fürsten, der sich glücklich fühlt, gegen den Usurpator seiner Krone aufgefordert zu werden? Nein! Staunen und Trübsinn überfällt den Einsamen; er wird bitter gegen die lächelnden Bösewichter, schwört, den Abgeschiedenen nicht zu vergessen, und schließt mit dem bedeutsamen Seufzer: Die Zeit ist aus dem Gelenke; wehe mir, dass ich geboren ward, sie wieder einzurichten.[70]

Tatsächlich dreht sich der Großteil des Stückes nicht darum, *wie* Hamlet die von dem Geist geforderte Rache ausführen wird, sondern *ob.*

Hamlet ist der große Zauderer. Er zweifelt, ob der Geist die Wahrheit gesagt hat, oder ob er nicht vielleicht vom Teufel gesandt wurde; er zögert und ist hin und her gerissen zwischen „ich tu's" und „ich tu's nicht"; er verflucht sich selbst wegen seiner fehlenden Leidenschaft, weil sein Blut bei der Botschaft des Geistes nicht genug in Wallung geraten ist, um Claudius einfach abzustechen. Hamlet ist der gebildete Humanist, der nicht einfach Menschenblut vergießen will, nur weil die Tradition es fordert; er ist aber auch der trauernde Sohn, der die Forderung des Vaters und das an ihm geschehene Unrecht nicht einfach ignorieren kann.

---

[70] Johann Wolfgang von Goethe. *Wilhelm Meisters Lehrjahre.* Viertes Buch, dreizehntes Kapitel.

Diese Zerrissenheit hinsichtlich der Frage „Rache oder nicht?" spiegelt Hamlets umfassendere, existenzielle Zerrissenheit, in der wir heute noch die *Conditio humana* des modernen Menschen erkennen. Sie bringt den dänischen Prinzen schließlich so weit, dass er sich mit einem Dolch in der Hand die berühmte Frage von „Sein oder Nichtsein?" stellt und kurz vor dem Selbstmord steht.

In dieser Situation flüchtet sich Hamlet in vorgetäuschten Wahnsinn. Wie Titus nutzt er diese Maske, um seine Feinde zu täuschen. Gleichzeitig jedoch erhält man den Eindruck, dass dieser Rückzug in die Verrücktheit auch eine Flucht ist vor seiner unauflösbaren Situation. Hamlet dreht sich beständig im Kreise, ohne vorwärtszukommen. Endlich entschließt sich dann der junge Prinz, das Blut seines Onkels nicht zu vergießen, ohne sich nicht sicher zu sein, dass die Anschuldigungen des Geistes der Wahrheit entsprechen. Er lässt eine Truppe Fahrender Schauspieler ein Stück aufführen, das er selbst „die Mausefalle" nennt und in dem die Umstände des Mordes ein wenig verfremdet dargestellt werden. Durch seine Reaktion auf das Schauspiel verrät sich Claudius in Hamlets Augen als Mörder. Der Zauderer Hamlet wird plötzlich zum Rächer – doch nicht erfolgreich.

Zunächst belauscht der junge Prinz seinen Onkel beim Gebet und hat die perfekte Gelegenheit, ihn zu töten. Aber er nutzt sie nicht, weil Claudius betend in einem Zustand der Gnade sterben würde – anders als der alte König, der plötzlich und ohne Absolution den Tod gefunden hatte. Hamlet wird hier zu einem kalkulierenden Rächer, der unbedingt Gleiches mit Gleichem vergelten will. Dadurch scheitert er.

Nur kurze Zeit später jedoch, im Schlafgemach seiner Mutter, wo ihm nochmals der Geist erscheint und ihn wegen seiner Säumigkeit mahnt, hört der junge Prinz ein Geräusch und glaubt, den lauschenden Onkel ertappt zu haben. Endlich ist Hamlet Blut so in Wallung, wie er es sich gewünscht hat; er wird zum leidenschaftlichen, spontanen Rächer und sticht zu. Aber diese „blinde" Rache trifft das falsche Ziel: Hinter dem Vorhang lauschte nicht der König, sondern der Haushofmeister Polonius, der Vater von Hamlets geliebter Ophelia. Wie immer kostet die Rache das Leben Unschuldiger, wenn in diesem Fall auch das eines äußerst unsympathischen Charakters.

Polonius' Tod ist keinesfalls folgenlos. Claudius, der Angst vor Hamlets unberechenbarem Wahnsinn bekommen hat, sendet seinen Neffen nach England, um ihn dort hinterrücks ermorden zu lassen. Der junge Prinz kommt dem Komplott jedoch auf die Schliche und kehrt unversehrt zurück. Er bringt eine neue Entschlossenheit mit ins Schloss Helsingör. Doch Hamlets „heißer", unbesonnener und fehlgeleiteter Racheakt hat ein weiteres Opfer gefordert. Die unerträgliche Situation, dass ihr Geliebter ihren Vater ermordet hat, hat Ophelia um den Verstand gebracht, und sie ist in ihrem Wahnsinn ins Wasser gegangen.

Sobald Hamlet also versucht, den Anforderungen der Vergangenheit gerecht zu werden und Rache zu üben, aktiviert er all die destruktiven Automatismen, die wir bereits kennengelernt haben. Er wird zum Verderben für jemanden, der ihm sehr viel wert ist, und selbst zum Objekt einer Sohnesrache.

Zum Höhepunkt des Stückes kommt es, als Laertes, Ophelias Bruder, den Mörder seines Vaters zum Duell herausfordert. Anders als Hamlet ist Laertes ein traditioneller Rächer und zögert keine Sekunde. Prompt lässt er sich von Claudius instrumentalisieren, der seinen Neffen endgültig beseitigen will. Die beiden vergiften Laertes' Degen, und Claudius präpariert zur Sicherheit noch einen Giftkelch.

Hamlet hat schon das Gift von der Waffe seines Gegners im Blut, als er Laertes besiegt. Im Sterben enthüllt Letzterer das Komplott, während Gertrude bereits aus Versehen aus dem vergifteten Kelch trinkt. Wutentbrannt rammt Hamlet Claudius seinen Degen in den Leib und zwingt dem Brudermörder den letzten Rest Gift in die Kehle, ehe er selbst seinen letzten Atemzug aushaucht. Die Rache ist vollendet und hat gewohnt viele Tote gefordert.

Der Weg, der uns zu diesem vertrauten Schluss geführt hat, ist jedoch ein neuer. Die Notwendigkeit, Vergeltung zu üben, wurde permanent infrage gestellt, das Phänomen „Rache" von jeder Seite beleuchtet, geradezu seziert. Wir wurden Zeuge der inneren Kämpfe eines jungen Mannes, der sich schließlich zu etwas zwingt, das nicht in seiner Natur liegt. Dieser Ansicht ist auch Goethes Wilhelm Meister:

Mir ist deutlich, dass Shakespeare habe schildern wollen: eine große Tat, auf eine Seele gelegt, die der Tat nicht gewachsen ist. [...] Hier wird ein Eichbaum in ein köstliches Gefäß gepflanzt, das nur liebliche Blumen in seinen Schoß hätte aufnehmen sollen; die Wurzeln dehnen sich aus, das Gefäß wird zernichtet.

Ein schönes, reines, edles, höchst moralisches Wesen, ohne die innerliche Stärke, die den Helden macht, geht unter einer Last zugrunde, die es weder tragen noch abwerfen kann; jede Pflicht ist ihm heilig, diese zu schwer. Das Unmögliche wird von ihm gefordert, nicht das Unmögliche an sich, sondern das, was ihm unmöglich ist.

Was aber heißt das? Dass der moderne Mensch à la Hamlet nicht mehr gemacht ist für die Rache? Dass die Zeit epischer Helden vorbei ist, und damit auch die Zeit epischer Rache?

Shakespeares *Hamlet* gibt uns keine Antworten auf unsere Fragen. Das Stück zeigt uns nur, wie ein junger Mann an dem Zwang, Rache üben zu müssen, zerbricht. Es verrät uns nicht, ob es besser gewesen wäre, wenn Hamlet nichts getan hätte oder sogar nie von dem Mord an seinem Vater erfahren hätte. Es bietet uns keine Alternative an, wie der junge Prinz stattdessen hätte handeln sollen. Es sagt uns nicht, dass Rache zu üben schlecht ist. Es sagt uns auch nicht, dass Rache zu üben gut ist. Es zeigt uns lediglich die Rache als Problem des Menschen. Und so ist es nicht überraschend, dass Hamlet mit den Worten stirbt: „Der Rest ist Schweigen."

6. Von Schadenfreude und Schattenseiten – Komische Rache

In den Komödien ist Rache wahrhaft süß.
(Susan Jacoby, *The Evolution of Revenge*)

Wie wir gesehen haben, hat Shakespeare das Thema „Rache" in all seiner Komplexität beleuchtet. Eine grundsätzliche, allgemeine Richtung kristallisiert sich allerdings deutlich heraus: Shakespeare erkennt das Verlangen nach Rache als typisch menschliche Reaktion und ist, wie gerade die Porträtierung vieler seiner „Bösewichte" zeigt, ungeheuer scharfsinnig, was die komplexen Motivationen von Rächern angeht. Er hat ein scharfes Auge für gesellschaftliche Mechanismen der Ausgrenzung, die einen Menschen zum „bösen" Rächer machen können. Hier beweist Shakespeare Einsichten in die Psyche des Menschen, die wahrlich beeindruckend sind.

Dieses Wissen um die mögliche psychologische und soziale Determiniertheit von Racheakten ändert jedoch nichts daran, dass Shakespeare letztendlich in jedem der hier vorgestellten Stücke auf unterschiedliche Weise immer zu demselben entscheidenden Schluss kommt: Rache ist von Grund auf destruktiv. Sie fügt dem Individuum und der Gemeinschaft kaum wieder gutzumachenden Schaden zu und ist eine stete Gefahr für eine friedliche, stabile Zukunft. Shakespeare verurteilt seine Rächer nicht; sie sind wahrhafte Menschen, mit all ihren Schwächen und Stärken. Aber gerade, indem er auf so viele unterschiedliche Arten zeigt, was Rache aus diesen Menschen macht und/oder ihnen und anderen antut, fällt er ein deutliches Urteil über die Rache an sich.

Shakespeares kritische Haltung der Rache gegenüber hinderte ihn allerdings nicht daran, sie nicht nur zum Thema seiner Historiendramen und Tragödien zu machen, sondern sie auch in seine Komödien einzubauen. Hier begegnet uns nun ein Aspekt der Rache, den wir in den Geschichten, die uns bisher begegnet sind, höchsten erahnen konnten, etwa in den farcehaften Elementen, die Euripides' *Elektra* durchziehen. Rache kann nämlich nicht nur wild, unbezähmbar, zerstörerisch oder auch gerecht und höchst befriedigend sein; manchmal, da ist die Rache auch komisch.

Rache als komisches Element, als *comic relief* sozusagen? Funktioniert das? Natürlich, lautet die Antwort, die Shakespeares Komödien uns geben. Freilich darf die Rache dann nicht blutig sein, und Mord und Totschlag haben hier keinen Platz. Aber das Verlangen nach Vergeltung wird ja nicht immer nur von Unrecht epischen Ausmaßes ausgelöst und findet nicht immer nur in großen, dramatischen, blutigen Taten Ausdruck. Im Gegenteil: Wenn wir ehrlich sind, begegnet uns doch Rache am häufigsten in ganz alltäglichem Gewand. Wer kennt schließlich nicht den Wunsch, jemanden, der uns auf die eine oder andere Weise Schaden zugefügt hat, uns piesackt und tagtäglich ärgert, im Gegenzug eins auszuwischen? Selten werden wir hier mit den großen, elementaren Fragestellungen um Richtig und Falsch konfrontiert, und eine solche kleine Rache erfolgreich auszuführen oder ausgeführt zu sehen ist erstens ausgesprochen befriedigend und bedient zweitens in höchst genüsslicher Weise unsere Schadenfreude. Das wusste Shakespeare genauso gut wie etwa die amerikanische Literaturprofessorin Regina

Barreca, die in ihrem 1995 erschienenen Buch *Süß ist die Rache* „von der Lust abzurechnen" erzählt und die kleinen, köstlichen Racheakte des Alltags feiert.

Komödien – nicht nur die Shakespeares, sondern die aller Zeiten – präsentieren uns die lustigen Seiten des Rachenehmens mit einer durchaus boshaften Art von Vergnügen. Die Lächerlichkeit eines Rächers, der aus kleinlichen oder gar nur eingebildeten Gründen Vergeltung üben will, wird uns vor Augen geführt, und wir lachen über ihn und in seiner Gestalt vielleicht sogar über uns selbst (oder, wenn wir weniger ehrlich sind, über meist ungeliebte Bekannte, die ihm ähneln). Oder aber wir dürfen mit ansehen, wie jemand für ein kleines, aber für die Betroffenen durchaus bedeutsames Unrecht gerechterweise abgestraft wird, vorzugsweise wiederum dadurch, dass der Übeltäter lächerlich gemacht wird. Bei Shakespeare passiert das etwa dem bacchantischen Fallstaff, eine Figur, die in mehreren seiner Stücke auftritt und zum Teil Narr, zum Teil Held, vor allem aber die Verkörperung des Lebens mit all seinen Kleinheiten und Wunderbarkeiten ist.

In *Die lustigen Weiber von Windsor* (1597) erhält der lüsterne Fallstaff seine gerechte Strafe dafür, dass er versucht, Frau Page und Frau Ford zu verführen. Unter dem Vorwand, ihn vor ihren wütenden Ehemännern retten zu wollen, verstecken die beiden gewitzten Frauen ihren Möchtegernliebhaber in einem Korb von Schmutzwäsche, den sie prompt mitsamt Fallstaff in die Themse kippen. Sie sind dem dicken Rumtreiber nicht wirklich Gram, sondern verpassen ihm nur für seine Unverschämtheit eine Abreibung – ein harmloser Akt der Rache, den nicht einmal Fallstaff wirklich übel nimmt, selbst als er sich noch einmal ins Bockshorn jagen und sich überreden lässt, sich auf Freiersfüßen als Bock zu verkleiden.

Ein anderes Beispiel für komische Rache findet sich in Shakespeares etwas später entstandener romantischer Komödie *Was ihr wollt* (1601). Dieses Stück um Verwechslungen und Dreiecks- und Mehrecksbeziehungen spielt hauptsächlich im Haus der wohlhabenden, schönen Olivia. Die komische Rachegeschichte, die hier erzählt wird, ist eine Nebenhandlung, jedoch eine, die sehr viel Raum einnimmt. Sie bildet ein Gegengewicht zu der Haupthandlung, die in der Welt verliebter und ob der Liebe unnötigerweise leidender Adliger angesiedelt ist.

Zum Objekt der Rache wird Olivias Haushofmeister Malvolio, ein unangenehmer Zeitgenosse, der die Dienerschaft drangsaliert und sich bei seiner Herrin anbiedert. Malvolio ist pingelig, kleinlich, griesgrämig und selbstherrlich und so ganz und gar eine gewisse Art von Mensch, wie wir sie auch heute noch viel zu gut kennen, um ihn nicht zu verabscheuen.

Besonders unbeliebt macht sich dieser steife, freudlose Kerl bei Olivias Vetter Sir Toby und dessen Freund Sir Andrew, die mehr oder weniger auf Kosten der reichen Olivia leben. Der eine ist ein Trunkenbold und der andere ein lächerlicher Geck, und doch haben sie und ihre tölpelhafte Lebensfreude viel Sympathisches; sie sind das genaue Gegenteil zu dem korrekten, aber öden Malvolio. Eines Abends verscherzt es sich der Haushofmeister durch seine selbstgerechte Art endgültig mit den beiden Saufbrüdern und mit Olivias Kammerfrau Maria, die Sir Toby mehr oder weniger heimlich liebt. Genug ist genug, und die gewitzte Maria heckt einen Plan aus, wie sie sich alle an dem unerträglichen Haustyrannen rächen können.

Maria, die die Handschrift ihrer Herrin täuschend echt nachahmen kann, legt Malvolio einen Brief in den Weg, der von Olivias Hand zu kommen scheint. Der Verwalter, der sich in seiner Selbstverliebtheit ohnehin schon fast davon überzeugt hat, dass seine junge Herrin viel für ihn übrig hat, geht Maria prompt auf den Leim: Er glaubt sofort, dass der Brief, in dem „Olivia" einem ungenannten Angebeteten ihre Liebe gesteht, an ihn gerichtet ist. Blind folgt Malvolio den Anweisungen seiner vermeintlichen Verehrerin. Er kleidet sich in die lächerlichsten Gewänder, von denen das Schriftstück ihn überzeugt hat, dass sie Olivia gefallen, und verhält sich seiner nichts Böses ahnenden Herrin gegenüber so bizarr, dass sie ihn schließlich für verrückt hält.

In dem Glauben, bald der Herr des Hauses zu sein, benimmt sich Malvolio dem Rest des Haushaltes gegenüber noch hochmütiger und verachtungsvoller als zuvor; Marias Rache hat ihn dazu gebracht, sein wahres Gesicht zu zeigen. Der selbstgerechte, prüde Philister wird nach allen Regeln der Kunst lächerlich gemacht, und es ist zum Schreien komisch. Es ist fast unmöglich, nicht Tränen zu lachen, wenn Malvolio in gelben Strümpfen mit Kreuzbändern vor Olivia steht und ihr mit seinem uncharakteristischen breiten Grinsen einen regelrechten Schrecken einjagt.

Aber Shakespeare wäre wohl nicht Shakespeare, wenn er es dabei belassen würde. Olivia befiehlt ihrer Dienerschaft, sich des offenbar wahnsinnig gewordenen Malvolios anzunehmen. Doch der Haustyrann hat keine Freunde. Er wird in einen finsteren Schuppen gesperrt, und der Narr Feste, dessen Feindschaft sich Malvolio durch kleinliche Bosheiten ebenfalls zugezogen hat, besucht ihn als geistlicher Arzt verkleidet. Fast gelingt es dem sonst so weisen Narren, Malvolio davon zu überzeugen, dass er tatsächlich den Verstand verloren hat – und nach und nach wandelt sich das Opfer einer berechtigten, sehr befriedigenden Rachekampagne zu einem Leidenden, mit dem man unweigerlich Mitleid haben muss. Einmal wieder, selbst hier, in der Komödie, lassen sich die Rächer hinreißen und gehen zu weit.

Weil *Was ihr wollt* eben eine Komödie ist, führt dieses Zu-weit-Gehen zu keiner Katastrophe. Im Gegenteil: Die Hauptträcherin, Maria, wird sogar belohnt. Weil sie so einen wunderbaren Plan ersonnen hat, hält Sir Toby endlich um ihre Hand an, und auch alle Liebespaare aus dem Haupthandlungsstrang haben endlich in den passenden Kombinationen zueinander gefunden. Malvolio, der nichts aus seiner Erfahrung gelernt hat, verlässt in selbstgerechter Empörung Olivias Haushalt. Allem Mitleid zum Trotz hat man das Gefühl, dass er im Großen und Ganzen das bekommen hat, was er verdient hat. Und trotzdem: Es hätte nur ein Weniges gebraucht, um die lustige Nebenhandlung umschlagen zu lassen. Das Element der übertriebenen Rache lässt die Komödie eine Zeitlang auf Messers Schneide balancieren und, wenn schon nicht ins Tragische, so doch ins äußert Problematische abgleiten.

Und so scheint es häufig zu gehen in Shakespeares Komödien. Der große Barde weiß mit den komischen Elementen, die der Ausübung berechtigter Vergeltung innewohnen, mit einer Meisterschaft zu spielen, die uns oft die Lachtränen in die Augen treibt. Gleichzeitig aber nutzt er die grundsätzliche Ambivalenz des Phänomens „Rache", um Momente in seine Komödien einzubauen, die deutlich machen, dass auch das lustigste, unbeschwerteste Geschehen immer tragisches Potenzial hat. Mal geschieht das mit aller Deutlichkeit: Schließlich gehört die letztendlich ausgesprochen tragische Figur des gedemütigten, scheiternden Rächers Shylock zu den *dramatis personae* einer Komödie. In anderen Texten geht Shakespeare eher subtil zu Werke, wenn zum Beispiel inmitten der Liebeswirrungen und witzigen Wortgefechte von *Viel Lärm um nichts* die brillante Beatrice ihren Verehrer Benedick bittet, die Unehre, die ihrer Cousine von Benedicks bestem Freund angetan wurde, zu rächen. Auf einmal ist die Komödie kurz davor, in eine tragische Situation umzuschlagen, in der Benedick vor der Entscheidung steht, entweder die Frau zu verlieren, die er liebt, oder den besten Freund zum Duell zu fordern.

Die verfahrene Situation löst sich genrespezifisch auf, ehe es so weit kommen kann: Die eigentlichen Bösewichte werden durch Zufall von den unfähigen Hilfspolizisten festgenommen. Das Potenzial zur Tragik ist aber dennoch vorhanden, und vielleicht zeichnet sich jede meisterhafte Komödie dadurch aus, dass sie diese dunkleren Möglichkeiten zumindest am Horizont erscheinen lässt. William Shakespeare, der große Analytiker der Vergeltungssucht, wählt dazu nicht selten komische Spielarten der Rache, denen die Möglichkeit der Katastrophe von Natur aus inhärent ist.

VI. Der Zwist von Mensch und Welt – Rache zwischen Aufklärung und Industriezeitalter

An der Schwelle zur Neuzeit, in der Renaissance und im Barock, finden wir mindestens zwei konkurrierende Darstellungen von und Haltungen gegenüber Rache. Die eine ist vergangenheitsorientiert und legt eine große Betonung auf die persönliche sowie auf die Familienehre. Ihre Vertreter sind darauf aus, das Recht, sich für eine Beleidigung oder ein geschehenes Unrecht, selbst Genugtuung verschaffen zu dürfen, um jeden Preis zu verteidigen. Die Repräsentanten der anderen Strömung tendieren eher dazu, Selbstjustiz zugunsten einer staatlichen oder göttlichen Gerechtigkeit zu verdammen. Hier finden wir eher Geschichten, die sich mit all den Problematiken, die dem Phänomen Rache innewohnen, sehr differenziert auseinandersetzen – seien diese nun sozialer oder psychologischer Natur.

Beide Tendenzen setzen sich noch über Jahrhunderte fort. Dies sieht man etwa daran, wie oft das Duellieren, schon im 17. Jahrhundert stark umstritten, auch in späteren Werken, bis weit ins 19. Jahrhundert hinein, thematisiert und diskutiert wird. Als Beispiel haben wir bereits die kritischen, messerscharfen Analysen der sinnentleerten Duellkultur in Claríns *Die Präsidentin* und Theodor Fontanes *Effi Briest* kennengelernt. Das Duell wegen Ehrverletzung wird hier zur Metapher eines erstarrten, rückwärtsgewandten gesellschaftlichen Systems, das nur noch aus Schein besteht und jedes wahre Sein unterdrückt. Rache wird nur noch geübt, um den inhaltslosen sozialen Normen Genüge zu tun und nicht etwa aus einem wilden, unzügelbaren Drang nach Vergeltung oder Gerechtigkeit heraus.

Doch auch die unter anderem von Shakespeare (aufs Neue) ins Rollen gebrachte Beschäftigung mit der Destruktivität der Rache setzt sich fort. Dies gilt ganz besonders für Werke, die einer humanistischen Tradition entspringen. Diese geht auf die Renaissance zurück und wurde durch die Aufklärung im 18. Jahrhundert verstärkt. Etwas, das Leben kostet, kann im Sinne dieser Geisteshaltung kaum mehr als „gut" und „gerecht" betrachtet werden.

Mit dem ausgehenden 18. und dem anbrechenden 19. Jahrhundert beginnt eine neue Ära: das Industriezeitalter. Im Zuge dessen veränderte sich des Menschen Wahrnehmung seiner Welt und seiner selbst fundamental, ganz zu schweigen von seiner alltäglichen Lebensumwelt. Wir stehen nun kurz vor der Moderne, und die Literatur beginnt, sich auf neue Weise mit neuen Arten der Rache auseinanderzusetzen.

1. „Rache klassisch" – Schiller, Goethe und der Idealismus

> *Rache trägt keine Frucht! Sich selbst ist sie*
> *Die fürchterliche Nahrung, ihr Genuss*
> *Ist Mord und ihre Sättigung das Grausen.*
> (Friedrich von Schiller, *Wilhelm Tell*)

Friedrich von Schiller, neben Goethe der berühmteste und geachtetste Vertreter der Weimarer Klassik, war ein ausgesprochener Gegner des Rachenehmens. Das geht aus der Gesamtheit seiner Schriften hervor; Zitate wie „Rache, zum Beispiel ist unstreitig ein unedel und selbst niedriger Affekt" oder auch die oben angeführte Stelle aus *Wilhelm Tell* sprechen eigentlich für sich. In dem *Merkwürdigen Beispiel einer weiblichen Rache*, einer Geschichte, für die sich Schiller von einer humoresken Episode aus Denis Diderots *Jacques der Fatalist* inspirieren ließ, zeigt der Weimarer Klassiker, wie die Rachsucht aus einer Frau ein wahres Ungeheuer macht, das maßlose Vergeltung an einem nichtsahnenden Ex-Liebhaber übt.

Dieser insgesamt recht einseitigen Darstellung des Phänomens zum Trotz konfrontiert Schiller uns in seinem frühen Werk *Die Räuber* (1781/82) mit einer interessanten, neuen Variation des Rachenehmens. Diese widerspricht zwar seiner grundsätzlichen Haltung dem Thema gegenüber nicht, wirft aber spannende Fragestellungen hinsichtlich Vergeltung und Vergebung auf.

Schillers Drama *Die Räuber* ist zuallererst die Geschichte eines Bruderkonflikts. Im Reigen unserer Rachegeschichten ist dies eher ungewöhnlich; Vergeltung innerhalb der engsten Familie fand bisher eher generationenübergreifend oder zwischen Ehepartnern statt, und nicht zwischen Geschwistern. Zudem rächen sich in den Räubern beide Brüder Moor nicht nur aneinander, sondern auch an ihrem Vater – und zwar für die Ablehnung, mit der er ihnen jeweils begegnet.

Diese Sohnesrache bricht ebenfalls mit etablierten Traditionen. Schließlich wissen wir doch inzwischen, dass die Vergeltung für den Vater eine der fundamentalsten Pflichten und die vielleicht gerechtfertigste Rachetat überhaupt ist. Dass Vergeltung *am* Vater geübt wird, ist geradezu unerhört. Solche Umstände kennen wir höchstens aus Shakespeares *König Lear*, von der sogenannten Gloucester-Nebenhandlung. Hier erzählt uns der Barde aus Stratford-upon-Avon von der Rache, die ein verachteter Bastardsohn an Bruder und Vater nimmt. Diesem klassischen Bösewicht Edmund gelingt es durch Lug und Trug, den Vater gegen den edlen, bevorzugten Bruder einzunehmen, sodass der alte Gloucester den „guten Sohn" verstößt, nur um dann von seinem unehelichen Spross zugrunde gerichtet zu werden.

Die Einflüsse der Gloucester-Geschichte lassen sich in den *Räubern* deutlich erkennen. Auch hier weckt die Bevorzugung des genialischen Karl durch den alten Moor die Eifersucht des jüngeren Bruders Franz, der zudem von der Natur mit einem hässlichen Äußeren und einem unliebsamen Wesen geschlagen worden ist. In seiner Verbitterung nutzt Franz die studentischen Ausschweifungen seines Bruders aus, um den alten Moor gegen seinen Lieblingssohn aufzubringen: Franz unterschlägt einen Brief, in dem Karl seinen Vater in einer an den biblischen verlorenen Sohn gemahnender Manier um Verzeihung bittet. Dafür schiebt Franz dem Alten einen gefälschten Zeugenbericht unter, demzufolge Karl sich der gewaltsamen Entjungferung eines Edelfräuleins schuldig gemacht haben und unter die Räuber gegangen sein soll.

Vorhersehbarerweise sagt sich der alte Moor daraufhin von seinem geliebten Sohn los und lässt auch noch Franz den Antwortbrief verfassen. Der böse Bruder würzt das Schreiben natürlich mit entsprechenden Übertreibungen. Es ist eine schurkische Tat, die der junge Moor da begeht; das verhindert jedoch nicht den Eindruck, dass sie einem ganzen Lebens voll Enttäuschung, Zurücksetzung und Verbitterung entspringt.

Franz Moor handelt auch aus Geldgier und aus dem Wunsch heraus, alleiniger Herr über das Familiengut zu werden; in gewisser Weise rächt er sich an dem Schicksal, das ihn zum jüngeren Sohn gemacht und ihm dadurch das Erbe vorenthalten hat. Genauso aber übt er Vergeltung an einem Vater, der ihm offenbar nie eine Unze Liebe entgegengebracht hat, indem er ihn dazu bringt, denjenigen Menschen von sich zu stoßen, der ihm mehr bedeutet als alles sonst auf der Welt.

Darin unterscheidet sich der „böse" Franz gar nicht so sehr vom „guten" Karl. Doch wo der jüngere Bruder auf kalte, kalkulierende Weise für ein ganzes Leben der Zurücksetzung Rache nimmt, reagiert der ältere auf eine einzige, wenn auch ausgesprochen grausame, Ablehnung durch den Vater mit all der feurigen Wut eines genialischen Stürmer-und-Drängers.[71] Seitenweise tobt der leidenschaftliche Karl über den unnatürlichen Akt, dass ein Mensch seinen Sprössling von sich stößt – etwas, das kein Raubtier, nicht einmal die sprichwörtlich gewordenen Raben tun würden. Die Zurückweisung durch seinen Vater lässt Karl endgültig gegen die verbürgerlichte, spießige Gesellschaft rebellieren, die er ohnehin verachtet, und macht ihn tatsächlich zum Räuberhauptmann. Und hiermit findet eine sehr neue Ausprägung von Rache ihren Weg still und heimlich in Schillers Theaterstück: die Rache des Individuums an der Gesellschaft.

Der alte Moor steht als Vaterfigur exemplarisch für die versteinerte, patriarchalische Gesellschaft, deren ganze zerstörerische Unbeweglichkeit die Literatur bis ins 20. Jahrhundert hinein so oft anprangert. In Schillers *Räubern* beginnt dies bereits. Die Ablehnung Karls durch den alten Moor ist eine fundamentale Verletzung der Vaterpflicht. Dieser Bruch der ungeschriebenen patriarchalischen Regeln zeigt an, dass mit dem alten, überkommenen System etwas von Grund auf nicht mehr stimmt – und interessanterweise hat dieses System ja auch über Jahrhunderte die Strukturen und Mechanismen der Rache bestimmt. Entsprechend dieser Dynamik besteht Karls Rache also im Gegensatz zu der persönlichen Vergeltung, die Franz an dem alten Moor übt, in seinem Aufstand gegen jene Gesellschaft, die ihn in Gestalt seines Vaters verstoßen hat.

Unterstrichen wird die eigenartige Verbindung zwischen der Vaterfigur, Rache und dem gesellschaftlichen System in den *Räubern* durch ein Nebengeschehen, das für die Gesamthandlung des Stückes eher unbedeutend, aber entscheidender Teil von Franz' Rache an seinem Vater ist. Es genügt dem jüngeren Bruder nicht, einen Keil zwischen den alten Moor und Karl getrieben zu haben. Vielmehr will er – nun auch immer mehr von Geld- und Machtgier getrieben – den Gutsherrn um die Ecke bringen, und zwar, indem er ihm durch Gram und Schreck das Herz bricht. Gerissen, wie er ist, instrumentalisiert Franz den Rachedurst eines Handlangers, der sich von dem alten Moor

---

[71] *Die Räuber* entstanden noch vor Schillers eigentlicher klassischer Phase.

ins Unrecht gesetzt fühlt. Er lässt seinen Helfershelfer dem Gutsherrn berichten, Karl sei in einer Schlacht gefallen. Doch damit nicht genug; der gedungene Schurke gibt der Geschichte von Karls Tod einen ganz bestimmten Dreh:

> *Es war der letzte Wille meines sterbenden Kameraden. Nimm dies Schwert, röchelte er, du wirst's meinem alten Vater überliefern; das Blut seines Sohnes klebt daran, er ist gerächt, er mag sich weiden. Sag' ihm, sein Fluch hätte mich gejagt in Kampf und Tod, ich sei gefallen in Verzweiflung!*

Und auch der alte Moor ruft in seiner unermesslichen Trauer aus:

> *Fluch, Fluch, Verderben, Fluch über mich selber! Ich bin der Vater, der seinen großen Sohn erschlug. Mich liebt' er bis in den Tod! Mich zu rächen, rannte er in Kampf und Tod! Ungeheuer! Ungeheuer!*

Diese Geschichte um Karls Tod ist zwar gar nicht wahr, aber es ist trotzdem signifikant, dass sie erzählt wird. Überspitzt wird hier deutlich: Das an Ehre und Rache gebundene patriarchalische System ist so erstarrt und zerstörerisch geworden, dass es einen Sohn zwingt, die Beleidigung des Vaters sogar an sich selbst zu rächen. Die Unbarmherzigkeit der Väter und der Tradition treibt Söhne in den Tod und vernichtet damit die Zukunft. „Rache" wird somit bei Schiller zum Begriff für ein destruktives gesellschaftliches System, dessen Ketten Karl mit rebellischer Wut und Kraft zu sprengen versucht.

Die Ablehnung durch Vater und Gesellschaft macht Karl Moor zum Rebellen, zum Räuberhauptmann und zum Rächer. Eine Zeitlang wird er zum Robin Hood des 18. Jahrhunderts und zum Rächer und Retter der Unterdrückten. Doch im Endeffekt scheitert er an sich selbst und dem eigenen Übermaß. Karl Moor schießt hoffnungslos über sein Ziel hinaus, wie er am Ende des Stücks selbst erkennt:

> *O über mich Narren, der ich wähnte, die Welt durch Gräuel zu verschönern und die Gesetze durch Gesetzlosigkeit aufrecht zu halten! Ich nannte es Rache und Recht – Ich maßte mich an, o Vorsicht, die Scharten deines Schwerts auszuwetzen und deine Parteilichkeiten gut zu machen – aber – o eitle Kinderei – da steh ich am Rand eines*

entsetzlichen Lebens und erfahre nun mit Zähnklappern und Heulen, dass zwei Menschen wie ich den ganzen Bau der sittlichen Welt zugrunde richten würden.

Der Wendepunkt in Karls „Räubergeschichte" kommt allerdings schon lange vor Ende des Stückes. Um Roller, Karls engen Freund und Mitglied der Räuberbande, vor der Hinrichtung zu retten, setzen die Vogelfreien eine Stadt in Brand. Das Feuer soll erstens als Ablenkungsmanöver dienen und zweitens die sensationsgeilen, heuchlerischen Bürger bestrafen, die alle zum Marktplatz geeilt sind, um der Exekution beizuwohnen. Man könnte auch sagen: Karl will ihre Freude am Leid eines Menschen an ihnen rächen.

Der Räuberhauptmann übersieht allerdings, dass gerade die Alten, Kranken und Hilflosen – kleine Kinder und Wöchnerinnen etwa – nicht zu der Hinrichtung gehen werden, und das von Karl und seinen Mannen gelegte Feuer kostet viele unschuldige Leben. Im Gegensatz zu so einigen seiner Kumpanen, die sich an dem Gemetzel erfreuen, ist Karl am Boden zerstört und erkennt schon da, dass er mit seinem Rachefeldzug gegen die Gesellschaft viel zu weit gegangen ist. Er ist in die Grube gefallen, die im Laufe der Literaturgeschichte so manchem Originalgenie zum Verhängnis wurde: Gerade die eigene Größe, das eigene Mehr-Sein führt zur absoluten Selbstüberhöhung und damit zum tragischen Scheitern. Dass dieser Fehler der Hybris ausgerechnet einem Rächer unterläuft, wundert uns nach allem, was wir schon gesehen haben, nicht mehr sonderlich.

Karl hat sich in eine verworrene Situation verstrickt, aus der er sich nicht mehr befreien kann. In seinem Freiheitsdrang, der sich auch als Rachedurst manifestiert, hat er sich mit einem zwielichtigen Schlag von Menschen eingelassen. Seine räuberischen Kameraden werden ihn ins Unglück stürzen, doch Karl kann sie unmöglich im Stich lassen, weil er als Hauptmann Verantwortung für sie übernommen hat. Diese dem Charakter Karls und der gesellschaftlichen Gesamtsituation geschuldete Tragik führt in den *Räubern* zur Katastrophe und kostet Karls geliebter Amalia und seinem Vater das Leben. Obwohl dieses frühe Schiller-Drama ein Rachestück ist, ist es hier nicht allein die Rache, die sich als destruktiv erweist, sondern in erster Linie sind dies die den Charakteren inhärenten Schwächen und Stärken.

Dass dem Individuum ein derartiges Maß an Selbstver-
antwortung zugesprochen und auch von ihm gefordert wird,
ist typisch für die Zeit Ende des 18. und Anfang des 19.
Jahrhunderts. Der gesellschaftliche Determinismus, der in der
zweiten Hälfte des 19. Jahrhunderts so minutiös von der Literatur
untersucht werden sollte und dem Einzelnen zwischen *race, mi-*
lieu, moment (Erbanlagen, soziales Umfeld und geschichtliche
Situation) eigentlich keinen Raum für den freien Willen mehr
lassen würde, wird von Schiller durchaus schon angedacht.
Schließlich unterschätzt er die Rolle, die die Gesellschaft bei der
Formung des Individuums und der jeweiligen Situation spielt,
keineswegs. Aber Schiller und seine Zeitgenossen sehen den
Einzelnen doch eher als Kämpfer gegen dieses starre System,
als überlebensgroßes Individuum, das jenes System entweder
vernichten oder verändern kann. Aus solchem Stoff werden
Rächer gemacht, und sie werden uns immer wieder begegnen
– etwa in Gestalt von Dumas' Graf von Monte Christo oder von
Melvilles Kapitän Ahab.

Schiller für seinen Teil zeigt uns, allen Lobliedern auf die
Individualität zum Trotz, wie ein derartiges überlebensgroßes
Originalgenie sich selbst und andere in den Untergang führen
kann. Damit nimmt der große Dichter in *Die Räuber* bereits
langsam Abschied von dem Übermaß des Sturm-und-Drang
und beweist eine Sehnsucht nach der idealistischen Harmonie
der Weimarer Klassik, der er und Goethe ihren Stempel aufdrü-
cken sollten.

Das Individuum hat die Kraft und den Willen zu einem
selbstbestimmten Leben. Im Zuge der Aufklärung zweifelt fast
niemand an der Fähigkeit des Menschen zum, um mit Kant
zu sprechen, „Ausgang des Menschen aus der selbstverschul-
deten Unmündigkeit" – eine Unmündigkeit, die wohl auch
den blinden Gehorsam gegenüber uralten, überkommenen
Rachegesetzen mit einschließt.

Karl Moor verfällt dieser archaischen Blindheit, als er mit seinen Räubern in heimatliche Gefilde zurückkehrt und dort von
den Untaten seines Bruder erfahren muss: von seiner Intrige,
von seinem erfolglosen, fast gewaltsamen Werben um Karls
standhafte Amalia, aber vor allem von dem Mordversuch an
dem alten Moor. Karl findet seinen Vater verwahrlost in einer
Ruine mitten im Wald wieder, wo er, von Franz für tot gehalten,
vor sich hin darben muss und schon fast den Verstand verloren

hat. Voller Ingrimm über diese unnatürliche Sünde an dem eigenen Erzeuger befiehlt Karl seinen Männern, das Unrecht, das
seinem Vater angetan wurde, zu bestrafen. Die hartgesottenen
Räuber gehorchen voller Begierde, eine so abscheuliche Tat an
dem sündigen Sohn zu rächen. Selbst dass der alte Moor vom
hartherzigen Patriarchen plötzlich zum biblisch vergebenden
Vater wird, ändert daran nichts.

„Verzeihung sei seine Strafe – meine Rache verdoppelte Liebe",
mahnt der gequälte Alte seine Möchtegern-Rächer. Mit diesen
Worten wandelt sich die Vaterfigur unversehens zum Vertreter
der christlichen Vergebung und Nächstenliebe, eine Tradition,
die seit ihrer Begründung immer ein Gegengewicht zu dem
ebenfalls biblisch verwurzelten Racheaufruf „Auge um Auge"
bildete. Bei Schiller ist sie gepaart mit einer humanistischen
Menschenliebe. Aber angesichts des archaischen Rachehungers
der Räuber verhallen die Worte der Vergebung ungehört. Noch
hat eine solche verzeihende Liebe keine Chance. Damit diese
gelebt wird, braucht es ideale Menschen, wie Schillers späterer
Dichterfreund Goethe mit seiner *Iphigenie auf Tauris* zu zeigen
versuchte.

Dass die Welt der *Räuber* noch nicht reif ist für Goethes idealen Menschen, ändert jedoch nichts an der welterschüttern-
den Kraft des Individuums. Schiller hat mit den Brüdern Moor
gleich zwei Exemplare des genialischen Menschen geschaffen,
der zu unvergleichlicher Größe fähig wäre, aber sich selbst
der ärgste Feind ist. Im Grunde sind Franz und Karl einander
Spiegelbilder, und ihnen wird ein paralleles Schicksal zuteil.
Beide rächen nämlich im Endeffekt ihre Sünden an sich selbst.

Nur das Individuum selbst ist in der Lage, sich wahrhaft zu
strafen. Das geschieht allein schon durch das Gefühl der Reue,
das Karl seit dem Tod der unschuldigen Städter durch seine
Brandschatzungen umtreibt. Franz durchschaut die Macht
dieser unbequemen Emotion sehr wohl: „Du, *Reue*, höllische
Eumenide, grabende Schlange, die ihren Fraß wiederkäut und
ihren eigenen Kot wiederfrisst, ewige Zerstörerinnen und ewige Schöpferinnen eures Giftes!" Der „böse" Franz ist vor dieser
Furie genauso wenig sicher wie der schuldbewusste alte Moor
oder der edle Karl, auch wenn der Intrigant und Gottesleugner
sich das selbst nicht eingesteht.

Die Furie Reue begegnet Franz schließlich in Gestalt eines
„Fremden", in dem er nur zu schnell den Bruder wiederer-

kennt. Diese Begegnung führt dazu, dass der ewige Zweifler Franz sich mit wachsender Erregung die Frage nach einem übergeordneten, göttlichen Richter stellt: „Rächet denn droben über den Sternen einer? – Nein, nein! Ja, ha! [...] Entgegengehen dem Rächer über den Sternen diese Nacht noch!" Der letzte Aufruf wird prophetisch werden. Als Karls Räuber wenig später das Gutsschloss überfallen, um den alten Moor zu rächen, gibt sich Franz selbst den Tod – halb aus Angst, halb in einem letzten Akt des Aufbegehrens gegen die Welt und Gott. Das genialische, wenn auch böse, Individuum nimmt seine Rache selbst in die Hand.

Ganz ähnlich, wenn auch besonnener, gelassener und demütiger, handelt Karl. Die Enthüllung seiner Vergangenheit als Räuberhauptmann kostet sowohl seinem Vater als auch seiner geliebten Amalia das Leben. Der alte Moor stirbt in seinem geschwächten Zustand an dem Schock, und die junge Frau, die eine wahrhaft „schöne Seele" ist, tötet Karl aus nur schwer nachvollziehbaren Gründen mit eigener Hand. Im Angesicht dieser zwei über alles geliebten Toten erkennt der Rebell endgültig die Zerstörungskraft seiner überbordenden Ichheit und liefert sich der Obrigkeit aus. Gleichzeitig begeht der Reuige einen Akt der Nächstenliebe, indem er sich einem armen Tagelöhner in die Hände gibt, der sich das auf Karl ausgesetzte Kopfgeld verdienen soll. Durch diese Tat straft Karl Moor sich nicht nur, sondern beginnt damit, seine Sünden selbst zu vergelten. Alles – das Scheitern wie das Strafen wie das Umkehren – liegt allein in der Hand des Individuums.

In ihrer Jugendphase des Sturm-und-Drang waren Schiller und Goethe so genialisch und prometheisch unterwegs, dass sie das Bild vom aufbegehrenden Poeten für Generationen definierten. Doch anders als den in ihre Fußstapfen tretenden Romantikern war den „Klassikern" Schiller und Goethe nicht mehr allein der selbstbestimmte Einzelne wichtig. Zu sehr waren sie sich der Gefahr der Selbstüberhebung bewusst, die mit dem überbordenden Charakter des Originalgenies einhergeht.

Vor allem Johann Wolfgang von Goethe war auf eine Balance zwischen Ich und Welt aus, auf eine Vereinigung von Gegensätzen in einer umfassenden Synthese. Dass dies ein kaum zu verwirklichendes Ideal war, war ihm durchaus bewusst; dennoch ging es ihm mit seiner Literatur darum, die Möglichkeiten dieses Ideals zu erforschen. Und in einer solchen auf das „Wahre, Gute, Schöne" ausgerichteten Welt hat die Rache keinen Platz.

Besonders deutlich machte Goethe das in seinem klassischen Schlüsseldrama *Iphigenie auf Tauris*, das der „Dichterfürst" mit der ihm eigenen Ironie einmal als „verteufelt human" bezeichnet hat.[72] Die Handlung des Stückes orientiert sich im Großen und Ganzen an seinem antiken Vorbild aus der Feder von Euripides.

Der attische Tragödienschreiber ließ mit seiner *Iphigenie bei den Taurern* den Atridenfluch, jene scheinbar endlose Geschichte um Rache und Gegenrache innerhalb einer einzigen Familie, ein versöhnliches Ende finden: Orestes, der auf Befehl Apollons den Tod seines Vaters gerächt und seine Mutter, dessen Mörderin, umgebracht hat, findet auf der Insel der Taurer seine Schwester Iphigenie wieder. Diese hatte sein Vater auf Befehl der Göttin Artemis opfern lassen und so den Zorn seiner Ehefrau und damit seinen eigenen Tod heraufbeschworen. Iphigenie starb aber gar nicht, sondern wurde von der Göttin entrückt und dient nun im Heiligtum auf Tauris als Priesterin. Indem er die Schwester wiederfindet und das Bildnis der Artemis nach Athen entführt, gehorcht Orestes wiederum der Weisung der Götter und bricht den Fluch der Erinnyen, der Rachegöttinnen, die ihn wegen des Mordes an seiner Mutter unbarmherzig verfolgen und in den Wahnsinn zu treiben drohen.

Für sein eigenes Stück nahm Goethe nun eine entscheidende Veränderung an Euripides' Geschichte vor: Seine Iphigenie vertraut sich nämlich nach langem Zögern und Hin-und-hergerissen-Sein dem edlen Taurerkönig Thoas an. Durch diesen großen Akt des Vertrauens kann aufgeklärt werden, dass mit der Weisung Apollons, „die Schwester" zu ihm nach Delphi zu bringen, gar nicht das Bildnis der Zwillingsschwester des Gottes gemeint ist, sondern Orestes' eigene Schwester Iphigenie. Die Helden müssen also weder Mord noch Blasphemie noch Diebstahl begehen. Thoas wiederum ist edel genug gesinnt, um letzten Endes nicht auf dem uralten Gebot zu bestehen, jeden Fremden, der einen Fuß auf den Strand von Tauris setzt, der Göttin opfern zu lassen. Er trifft damit eine selbstverantwortliche, humanistische Entscheidung, die mit der alten, blutigen Tradition bricht, und erspart der Priesterin Iphigenie, den ei-

---

[72] *Kindlers Neues Literaturlexikon*. Chefredaktion Rudolf Radler. München: Kindler 1988/1998. Band 6. S. 475.

genen Bruder opfern und somit den blutigen Rachefluch der Atriden fortsetzen zu müssen. Orestes wiederum, der sich bereits mit seinem Schicksal abgefunden hat, wird eine Vision zuteil, in der er sich mit seinen toten Ahnen versöhnt. Endlich fällt die Last der Schuld, die über alles geliebte Mutter getötet zu haben, von ihm ab – er kann sich selbst vergeben, weil er genug gelitten hat.

Iphigenie auf Tauris besticht gerade durch die Abwesenheit jeglichen Vergeltungsdursts. Die Rachetaten sind längst alle begangen und haben zu viel Unglück geführt. Orestes selbst wurde nur zum Rächer, weil er glaubte, sich nicht gegen den Determinismus des Fluches auflehnen zu dürfen. Im Laufe des Stückes lernt er, dass sein Schicksal allein in seinen Händen liegt. Und Iphigenies Akt des Vertrauens gegenüber Thoas, der selbst seine Liebe zu der Priesterin hintanstellt und gerecht und gut handelt, bricht den ewigen Kreislauf von Blutvergießen, den wir aus der Antike zu Genüge kennen. Goethe zeigt uns hier: Wenn individuelle Menschen, wahrhaft „schöne Seelen", der ihnen inhärenten Humanität folgen, versöhnen sich Welt und Ich, und die Rache hört schlicht auf zu existieren. So gibt er dem Prototyp der Rachegeschichte, nämlich der *Orestie*, ein Ende, das zur absoluten Rachelosigkeit führt, und setzt damit einer Realität von mangelnder Gerechtigkeit und ungenügender Humanität ein strahlendes Ideal entgegen.

2. „Rache modern" – Kleists *Michael Kohlhaas* als Rächer der Enterbten

> *Die Kunst ist der Ort, wo wir Rache*
> *an der Realität üben können.*
> (Terry Eagleton, *Figures of Dissent*)

Der Konflikt zwischen Individuum und Gesellschaft gewinnt im Laufe des 19. Jahrhunderts zunehmend an Wichtigkeit. Dieser fundamentale Zwist wird von Schiller in *Die Räuber* bereits in Umrissen behandelt und findet im realistisch-naturalistischen Roman und Drama seine volle Ausprägung. Die Gesellschaft des Industriezeitalters, an der Schwelle zur Moderne, stürzte in eine existenzielle Krise, weil die alten

Strukturen den Anforderungen einer völlig neuen Zeit nicht mehr gewachsen waren; es war, wie der große naturalistische Dramatiker August Strindberg einmal formulierte, als wolle man „neuen Wein in alte Schläuche" füllen.

Diese gefährliche Mischung von „viel zu alt" und „erschreckend neu" übersetzte sich in der Literatur oft in Geschichten, in denen das Individuum unweigerlich an der Gesellschaft zugrunde geht. Gegen den Determinismus von *race, milieu, moment* – Erbanlagen, soziales Umfeld und geschichtliche Situation – hat der Einzelne oft keine Chance. Höchstens durch Zufall findet man sein Lebensglück. Diese Geschichten tendieren dazu, umso düsterer zu werden, je weiter das Jahrhundert fortschreitet. Rebellengestalten wie Schillers Karl Moor dominieren eher die erste Hälfte des 19. Jahrhunderts. Ihre Handlungsweise kann als ein Racheakt gegen die erstarrten, tödlichen Gesellschaftsstrukturen gesehen werden. Dies gilt etwa auch für den jungen Landadligen Rastignac aus Honoré de Balzacs großem realistischen Roman *Vater Goriot* (1834/35).

Der ehrgeizige Rastignac muss im Laufe des Buches mit ansehen, was die hartherzige, selbstsüchtige, mitleidlose Pariser „Society", in der es nur um Geld und den äußeren Schein geht, anrichten kann. Nicht nur treibt sie seinen Mentor, den Naturmenschen und Helden-Schurken Vautrin, der für Rastignac ganz offensichtlich nicht unbedingt väterliche Gefühle hegt, in die Verbannung; sie stürzt auch den guten alten „Vater Goriot" ins Elend. Der Tod des Alten, dessen Beerdigung Rastignac am Ende des Romans von Weitem beobachtet, wird für den jungen Adligen zum Exempel der Grausamkeit und Gleichgültigkeit der Gesellschaft, verkörpert in der Stadt Paris. Am Ende sagt Rastignac diesem Moloch trotzig den Kampf an. Seine gebrüllte Herausforderung „À nous deux maintenant"[73] beschließt den Roman mit der Aussicht auf einen spektakulären Rachefeldzug gegen die Gesellschaft an sich.

Entsprechend der realistischen Erzählweise fällt diese Rastignac'sche Vergeltungsmission innerhalb von Balzacs aus 91 Romanen bestehenden *Menschlichen Komödie* allerdings weit weniger bombastisch aus, als der junge Adlige es selbst wünschte. Rastignac ist kein romantischer „Superrächer" wie Alexandre Dumas' Graf von Monte Christo; er ist ein Mensch des Realismus, der immer zu Kompromissen gezwungen wird

---

[73] In etwa: „Jetzt gilt es: Du oder ich!"

und gegen die gesellschaftliche Situation letztendlich nur an-
kommt, wenn er Glück hat. In einem realistischen literarischen
Werk bleibt die Rache an der Gesellschaft meist nur ein Versuch,
und oft noch nicht einmal ein besonders guter.

Heinrich von Kleist (1777–1811), Goethes und Schillers jüngerer schreibender Zeitgenosse, steht ein wenig außerhalb all der
literarischen Strömungen seiner Zeit. Sein Werk lässt sich nicht
recht einordnen, kann aber aufgrund seiner nüchternen, sach-
lichen Erzählweise und seiner oft aus dem Leben gegriffenen
Stoffe durchaus als proto-realistisch bezeichnet werden.

In Kleists Œuvre spielt das Phänomen der Rache eine auffal-
lend große Rolle. So beschäftigt sich etwa sein erstes veröffent-
lichtes Werk *Die Familie Schroffenstein* mit der Zerstörungskraft
von leidenschaftlicher, kompromissloser, ungezügelter Rache,
während der Dichter in *Die Verlobung von Sankt Domingo* schon
gesamtgesellschaftlich denkt. In dieser Erzählung über einen
historischen Aufstand auf Haiti demonstriert Kleist, was geschehen kann, wenn eine Bevölkerungsgruppe eine andere (in
diesem Fall die Schwarzen) unterdrückt und die Geknechteten
endlich Vergeltung suchen.

Insgesamt lässt sich über die Darstellung von Rache im
Gesamtwerk Kleists mit Seán Allans Worten sagen: „Rache
wird unzweideutig negativ dargestellt, und zwar als ein Akt,
wie er nicht weiter von der christlichen Vergebungslehre entfernt sein könnte." Gleichzeitig gilt jedoch: „Es fällt ganz besonders auf, dass bei Kleist diejenigen, die das Unrecht begangen
haben, sich oft gar nicht bewusst sind, ein wie starkes Gefühl
des Hasses sie in ihren Opfern freisetzen."[74]

Rache entspringt nach Kleist also nicht nur menschlicher
Grausamkeit, sondern – wie in Balzacs *Vater Goriot* – genauso sehr der menschlichen Gleichgültigkeit und Ignoranz. Der
junge Schriftsteller (Kleist wurde nur vierundvierzig Jahre
alt) erweist sich als ein scharfsinniger Psychologe. Zugleich
war der Proto-Realist auch ein kluger Beobachter der sozialen
Verhältnisse.

---

[74] Seán Allan: „'Mein ist die Rache spricht der Herr': Violence and Revenge in the Works of Heinrich von Kleist", In: *A Companion to the Works of Heinrich von Kleist*. Herausgegeben von Bernd Fischer: Rochester, NY: Camden
House 2003. S 227–248. hier S. 245 und 246 (meine Übersetzung).

2. „Rache modern" – Kleists Michael Kohlhaas als Rächer der Enterbten

Aus der Feder von Heinrich von Kleist stammt die Novelle *Michael Kohlhaas* (1808/10), eine der berühmtesten deutschen Rachegeschichten überhaupt. Sie ist außerdem eine der merkwürdigsten. Wie Schiller in *Die Räuber* und später die realistischen Autoren erzählt Kleist hier von einem Rachefeldzug gegen das gesellschaftliche System als Gesamtheit – und gleichzeitig ist der Text selbst eine Art von Rache. Wie kann das sein?

Die Rachegeschichte von Michael Kohlhaas ist auf den ersten Blick ausgesprochen geradlinig, und Kleist schildert sie mit der ihm eigenen unsentimentalen Sachlichkeit. Die Novelle beginnt folgendermaßen:

An den Ufern der Havel lebte, um die Mitte des sechzehnten Jahrhunderts, ein Rosshändler, namens Michael Kohlhaas, Sohn eines Schulmeisters, einer der rechtschaffensten zugleich und entsetzlichsten Menschen seiner Zeit. – Dieser außerordentliche Mann würde bis in sein dreißigstes Jahr für das Muster eines guten Staatsbürgers haben gelten können [...]; nicht einer war unter seinen Nachbarn, der sich nicht seiner Wohltätigkeit oder seiner Gerechtigkeit erfreut hätte; kurz, die Welt würde sein Andenken haben segnen müssen, wenn er in einer Tugend nicht ausgeschweift hätte. Das Rechtgefühl aber machte ihn zum Räuber und Mörder.

Michael Kohlhaas ist also ein durch und durch rechtschaffener „Bürger", der sich zunächst felsenfest auf die menschliche und göttliche Gerechtigkeit verlässt.

Als der Brandenburger Pferdehändler geschäftlich in Sachsen unterwegs ist, verlangt der Junker Wenzel von Tronka für die Durchquerung seines Landes einen Wegezoll. Kohlhaas, der nicht bezahlen kann, lässt als Pfand zwei Rapphengste unter Aufsicht eines seiner Knechte zurück und setzt seine Reise nach Dresden fort. Dort erfährt er, dass Junker Tronka mit der Erhebung seiner willkürlichen „Maut" gegen das Gesetz verstoßen hat. Als der betrogene Kohlhaas bei seiner Rückkehr nun seine Pferde zurückverlangt, muss er auch noch feststellen, dass die Hengste geschunden und heruntergekommen sind und dass sein Knecht von den Männern des Junkers zusammengeschlagen wurde. Gesetzestreuer Proto-Bürger, der er ist, verklagt Kohlhaas den Adligen.

Dem Geschädigten geht es in dieser Geschichte zunächst um nichts anderes als um Schadensersatz für seine Pferde und die ausfallende Arbeitskraft seines Knechtes – überaus vernünftige

Forderungen also. Kohlhaas wartet aber über ein Jahr vergeblich darauf, dass die Justiz greift; in Wahrheit haben die von Tronkas viel zu gute Beziehung am sächsischen Kurfürstenhof, als dass dem Pferdehändler Gerechtigkeit widerfahren könnte. Als durch eine Verkettung unglücklicher Umstände auch noch Kohlhaas' Frau bei dem Versuch, ihrem Mann zu seinem Recht zu verhelfen, ums Leben kommt, nimmt der Geschädigte die Sache endlich selbst in die Hand.

Zusammen mit seinen Knechten zieht Kohlhaas gegen die von Tronkas und brennt deren Burg nieder. Voller Rachedurst eilt er dem nach Wittenberg flüchtenden Junker nach. Schnell verwandelt sich Kohlhaas' private Vergeltungsmission in einen regelrechten Feldzug. Immer mehr Mitglieder der unterdrückten Landbevölkerung schließen sich ihm an. Die kleine Armee belagert Wittenberg und das umliegende Land, und sogar ein ausgebildeter Soldatentrupp hat gegen die aufgebrachten Rächer keine Chance. Michael Kohlhaas wird zum Helden der kleinen Leute. Und selbst Martin Luther, der als moralische Autorität in der Novelle auftritt und das Handeln des Pferdehändlers zunächst scharf und öffentlich verurteilt, stellt sich nach einem persönlichen Treffen auf Kohlhaas' Seite. Der Reformator versucht wacker, eine Amnestie für den „Rebellenführer" zu erlangen.

Doch letzten Endes sind die von Tronkas immer noch zu mächtig. Kohlhaas wird mit dem Versprechen, seine Anklage gegen den sächsischen Junker würde endlich verhandelt werden, in eine Falle gelockt und ohne Gnade zum Tode verurteilt. An dem Aufständischen, der sich ja schließlich der Mordbrennerei schuldig gemacht hat, ganz zu schweigen der Aufhetzung des Volkes, soll ein Exempel statuiert werden. Kohlhaas wird hingerichtet, aber nicht ohne dass er noch einen Blick auf seine wieder wohlgenährten Rapphengste werfen darf.

Am Ende der Geschichte scheint die Gerechtigkeit auf ganzer Linie zu siegen: Kohlhaas' ursprünglicher, berechtigter Forderung nach Wiedergutmachung eines „Sachschadens" wurde Genüge getan, aber gleichzeitig findet der Rächer, dessen Selbstjustiz jede Vorstellung von Verhältnismäßigkeit sprengte und Unschuldigen Gut und Leben kostete, seine gerechte Strafe auf dem Schafott.

Bei Kleist sind die Dinge nun allerdings selten so einfach, wie sie auf den ersten Blick erscheinen. Zunächst sieht es so aus, als hätte der Novellendichter mit *Michael Kohlhaas* eine äußerst effektvolle, prototypische Rachegeschichte geschrieben. Hier finden wir viele der Elemente wieder, die uns schon so oft begegnet sind: Wo die Autoritäten versagen, wo ein korruptes oder auch einfach fehlerhaftes gesellschaftliches System herrscht, bricht die persönliche Rachlust aus und vermengt sich mit dem verzweifelten Wunsch nach Gerechtigkeit zu einer tödlichen Mischung. Michael Kohlhaas ist ja zu Beginn ein unbescholtenes Mitglied derjenigen Gesellschaft, die ihn dann so schmählich im Stich lässt. Er handelt aus einer abgrundtiefen Enttäuschung heraus.

Ein weiteres Element, das uns vertraut ist, ist die Maßlosigkeit des eigentlich gerechten Rächers, der damit andere und letzten Endes auch sich selbst zerstört. Michael Kohlhaas wird wegen zweier vernachlässigter Pferde zum Brandstifter, Mörder und Aufständischen. In einem spektakulären Akt der Selbstüberhebung setzt er sich sogar mit dem strafenden Erzengel Michael gleich, der mit dem Flammenschwert in der Hand Luzifer in die Knie zwang.

Mit einer vorher vielleicht noch nicht da gewesenen Intensität unterstreicht Kleists Novelle außerdem das anarchische, subversive Potenzial der Rache. Zwar ist am Ende die herrschende Ordnung einigermaßen wiederhergestellt, aber Kohlhaas' Rachefeldzug hat die staatliche Autorität so ins Wanken gebracht, dass sie sich nur noch mit seiner Hinrichtung zu helfen weiß. Rache, so zeigt Kleist, hat das Potenzial, die bestehende Ordnung ins Wanken zu bringen, und das ist nicht immer etwas Schlechtes – ganz besonders nicht in einem maroden System wie dasjenige, das uns in *Michael Kohlhaas* vor Augen geführt wird.

Mit dem letzten Punkt nähern wir uns nun schon der zweiten literarischen Ebene an, die in Kleists Novelle die Rachegeschichte überlagert, und zwar der Sozialsatire. Kleist erzählt nämlich nicht nur vom tragischen Scheitern eines Rächers, um ganz allgemein die Mechanismen von Vergeltung und Unrecht offenzulegen. Seine Erzählung spielt zwar der historischen Vorlage[75] entsprechend im 16. Jahrhundert; aber die

---

[75] Kleist orientierte sich mit seiner Novelle an der Geschichte des Pferdehändlers Hans Kohlhasen, die sich im 16. Jahrhundert tatsächlich zugetragen hat und im deutschsprachigen Raum über Jahrhunderte als Erzählung um Gerechtigkeit, Ehre und Rache in schriftlicher und mündlicher Form weitergegeben wurde.

gesellschaftlichen und politischen Zustände, die Kleist anprangert, sind nicht die der Reformationszeit, sondern des beginnenden 19. Jahrhunderts.

Damals war Deutschland in unzählige kleine Fürstentümer zerrissen, die jedes seine eigenen Grenzen, seinen eigenen Herrscher und seine eigenen Gesetze hatten. Diese engstirnige Kleinstaaterei klagt Kleist in *Michael Kohlhaas* mit scharfer Feder an, wenn es am Ende zu der absurden Situation kommt, dass der Kurfürst von Sachsen den Titelhelden zum Tode verurteilt und der Kurfürst von Brandenburg gleich danach Kohlhaas' Söhne zu Rittern schlägt. Es sind kleinliche, provinzielle Machtspiele, die Kohlhaas zum Rächer machen. Nichts anderes steckt dahinter, wenn sich die Herren von der Tronkenburg mit der Hilfe ihrer einflussreichen Verwandten Hinz und Kunz von Tronka um die lächerlich geringe Schadensersatzforderung drücken und später ihre sogenannte Familienehre durch die Hinrichtung des Pferdehändlers retten wollen. – Kleist entlarvt die herrschenden Zustände hier nicht nur, er macht sie lächerlich. Seine spöttische Namensgebung erinnert schon sehr an Büchners urkomisches satirisches Drama *Leonce und Lena*, das in derselben Zeitperiode entstand und in dem der Prinz vom Reiche Popo die Prinzessin vom Reiche Pipi heiraten soll. Und somit übt Heinrich von Kleist als scharfzüngiger Satiriker mit seinem Text eine Art von schmerzhafter literarischer Rache an einem gesellschaftlichen System, das hinten und vorne nicht mehr funktioniert.

Dass Satiriker literarische Rächer sind, die nicht mit Degen und Pistole, sondern mit Feder und Tinte arbeiten, ist nun beileibe nichts Neues. Ungewöhnlich ist nur, dass sich Kleist einer Rachegeschichte bedient, um diese schriftstellerische Rache auszuführen. Doch Heinrich von Kleist bleibt selbst hier nicht stehen.

Wenn man noch genauer hinsieht, offenbart Kleists anfänglich so geradlinig, fast simpel wirkende Erzählung um Vergeltung und Gerechtigkeit noch eine weitere Ebene, die die Rachegeschichte fast *ad absurdum* führt. Am deutlichsten zeigt sich diese „Tiefenschicht" am Ende, das sich, wie schon erwähnt, nicht zwischen Strafe und Belohnung entscheiden kann. Was zunächst nach einem salomonischen Urteil aussieht (der Aufrührer Kohlhaas wird bestraft, aber seine Gerechtigkeitsliebe wird über den Ritterschlag seiner Kinder belohnt), ist doch, wenn man es genau nimmt, eine völlig absurde Situation. Verstärkt wird sie dadurch, dass Kohlhaas, kurz bevor das Beil des Henkers niedersaust, noch seine beiden quietschfidelen Rapphengste begutachten darf, wegen derer Misshandlung doch alles angefangen hatte.

Hier wird nicht Gerechtigkeit geübt, hier wird dem Leser vor Augen geführt, wie sinnentleert Kohlhaas' Kreuzzug eigentlich war. Dem entspricht die Selbststilisierung des unverhofften „Rächers der Enterbten" zum Erzengel Michael. Das ist natürlich auch Ausdruck von Kohlhaas' fataler Selbstüberhöhung. Aber wenn man es recht bedenkt, dann ist die Vorstellung vom eigentlich biederen Pferdehändler als Flammenschwert schwingenden Racheengel schon sehr lächerlich.

Auf die Spitze getrieben wird die Absurdität der Rache aber durch eine rätselhafte Episode fast am Ende der Novelle, die von Kohlhaas' eigentlicher Vergeltungsübung an seinem Richter, dem Kurfürsten von Sachsen, erzählt. Dieser Fürst ließ sich nämlich einst von einer Zigeunerin die Zukunft weissagen. Die geheimnisvolle Frau schrieb ihre Prophezeiung auf einen Zettel und übergab sie einem Fremden – keinem anderen als Kohlhaas. Vor seiner Hinrichtung nun verschlingt Kohlhaas das Blatt Papier mit der Prophezeiung vor den Augen des sächsischen Kurfürsten, der deswegen auf immer im Ungewissen über sein Schicksal bleiben wird. Kohlhaas' ultimative Rache an dem ungerechten Fürsten ist also sein von dem Herrscher selbst befohlener Tod.

Dies mag nun einen gewissen verworrenen Sinn ergeben, aber inmitten von Kleists nüchterner, sachlicher Erzählung, die fast im Stil eines Tatsachenberichts gehalten ist, wirkt diese Episode um Wahrsagerei und Schicksal wie ein irritierender Fremdkörper. Durch dieses eigentümliche Rätsel und die übrigen kleinen und großen Absurditäten, die seine Rachegeschichte durchziehen, setzt Kleist ein großes, dickes Fragezeichen hinter das Phänomen „Rache" an sich. Er gibt keine Antworten; *Michael Kohlhaas* sagt uns weder, dass der Titelheld lieber auf Gerechtigkeit verzichten hätte sollen, noch, dass seine Sache gerecht war. Durch viele ironische Brechungen stellt Kleist Rache, Rachegeschichten und Rachetraditionen infrage und fordert den Leser auf, seine eigenen Antworten zu finden. Und damit sind Heinrich von Kleist und sein *Michael Kohlhaas* ganz erstaunlich modern.

Die Geschichte, die Kleist in *Michael Kohlhaas* erzählt, ist zeitlos; die Art und Weise wie er sie erzählt, weist auf die Moderne voraus. Dies schlägt sich in den vielen Adaptationen nieder, die der Kohlhaas-Stoff im 20. Jahrhundert erfahren hat. Dazu gehört der 1975 erschienene Roman *Ragtime* von E. L. Doctorov, einer der großen US-amerikanischen Gegenwartsautoren. Doctorov malt in diesem historischen Roman ein lebendiges Bild der ersten zwei Jahrzehnte des 20. Jahrhunderts. Die Rolle des unbescholtenen Bürgers, der wegen einer Frage der Ehre zum Rächer wird, kommt hier dem Schwarzen Coalhouse Walker zu. Dieser moderne, farbige Kohlhaas wird zum Sinnbild eines Kampfes um Gleichberechtigung, der noch nicht gewonnen werden kann.

Ein weiteres Beispiel für die Aktualität der Kohlhaas-Geschichte ist der Western *Reiter auf verbrannter Erde*. Der Film kam 1999 in die Kinos und hält sich sehr eng an die Geschichte von Michael Kohlhaas. Er gibt Kleists Erzählung einen neuen Rahmen und setzt die sehr fruchtbare Verbindung von Western und Rachegeschichten fort, über die wir noch einiges hören werden.

3. „Rache romantisch" – *Der Graf von Monte Christo*

> *Ich habe mich an die Stelle der Vorsehung gesetzt,*
> *um die Guten zu belohnen. Trete der Gott der Rache*
> *mir jetzt seinen Platz ab, um die Bösen zu bestrafen!*
> (Alexandre Dumas, Père, *Der Graf von Monte Christo*, Band 1)

Der Graf von Monte Christo (1844–1846)[76] aus der Feder von Alexandre Dumas des Älteren ist eine der berühmtesten Rachegeschichten überhaupt. Der Titelheld wurde zum Prototyp des einsamen, rechtschaffenen Rächers, der Vergeltung für ein ihm zugefügtes Unrecht sucht. Diese Figur hat in unserer Zeit in vielfältiger Gestalt ihren Weg auf die Leinwand gefunden. In ihr erkennen wir sowohl uns selbst als auch alle Menschen wie-

---

[76] Auch im Deutschen manchmal, wie im französischen Original, „Monte Cristo" geschrieben.

der, denen jemals Ungerechtigkeit widerfahren und Leid zugefügt worden ist. Monte Christos erfolgreicher Rachefeldzug
wirkt wie eine Art Ersatz-Genugtuung. Zudem ist Dumas'
Roman schlichtweg eine fabelhafte Abenteuergeschichte, voll
von Verwechslungen, Verkleidungen, Verrat, Intrigen und
Liebeswirren. Und am Ende siegt das Gute.

Édmond Dantès, dem seine Unschuld genommen wurde und
der sich selbst zum geheimnisvollen Graf von Monte Christo
formt, ist ein ausgesprochen romantischer Held und Rächer.
Wie Kleists Michael Kohlhaas zieht auch er aus, um göttliche
Gerechtigkeit zu üben, und wie Schillers Karl Moor verkörpert
er das sich selbst absolut setzende Individuum. Dumas' Held
jedoch ist erfolgreicher als jene beiden; er beweist zwar am
Ende eine ähnliche Selbsteinsicht, doch erst nachdem er seine
Feinde nach allen Regeln der Kunst ruiniert hat. Dantès, dem
zugegebenermaßen auch sehr viel größeres Leid widerfahren
ist als Moor und Kohlhaas, bekommt als geläuterter Mensch
die Chance zu einem Neuanfang.

Dumas' großes Rachewerk erzählt die Geschichte eines großen Unrechts; man möchte von einer Schweinerei reden. Am
Beginn des Romans blickt die Hauptfigur, Édmond Dantès,
einer strahlenden Zukunft entgegen. Der junge Marseiller
Seemann ist gerade von seinem Mentor, dem Reeder Morrel,
zum Kapitän befördert worden, und seine Hochzeit mit der von
ihm heiß geliebten Kastilierin Mercédès steht kurz bevor. Doch
ohne es zu ahnen, hat der grundehrliche junge Mann eine ganze
Reihe von Neidern. Prominent unter ihnen sind Danglars, ein
Angestellter des Reeders Morrel, der Dantès seine bevorzugte
Stellung missgönnt, und Fernand Mondego, Mercédès' Vetter
und angeblich ein sehr guter Freund von Dantès, der aber seine
Cousine über alles begehrt.

Diese beiden Schurken machen es sich nun zunutze, dass
dem jungen Seemann von seinem sterbenden Kapitän ein Brief
des nach Elba verbannten Napoleon anvertraut wurde. Dantès
erhielt den Auftrag, dieses Schriftstück an einen Getreuen des
abgesetzten Kaisers zu überbringen. Der junge Mann konnte einem Todgeweihten diesen letzten Wunsch unmöglich abschlagen.

Danglars und Mondego denunzieren Dantès nun als napo-
leontreuen Verräter, und der junge Seemann wird Stunden vor
seiner Hochzeit gefangen genommen. Der Fall landet in den

Händen des Staatsanwalts Villefort, der sich selbst für eine Ausgeburt an Gerechtigkeit hält und auch schnell erkennt, dass sich Dantès höchstens zu großer Vertrauensseligkeit schuldig gemacht hat. Er hat den jungen Kapitän eigentlich bereits entlassen, als es ihm gerade noch in den Sinn kommt, nach dem Empfänger des kompromittierenden Napoleon'schen Briefes zu fragen. Ohne die Umstände zu kennen, nennt Dantès den verlangten Namen – keinen anderen als den von Villeforts Vater. Der Staatsanwalt zögert nicht. Um seinen Vater, aber auch seine eigene Karriere zu schützen, lässt er den unschuldigen Dantès lebenslang ins berüchtigte Gefängnis Château d'If werfen, das kaum weniger ist als die Hölle.

Édmond Dantès' Leben ist also von drei Hauptakteuren zerstört worden: Einer tat es aus Neid und Geldgier (Danglars); einer handelte aus Eifersucht und Begierde und beging dabei Verrat an einer engen Freundschaft (Mondego); und einer machte dabei aus der Gerechtigkeit, die er eigentlich vertreten sollte, ein wahrhaftes Zerrbild (Villefort). Die Rache, die Dantès alias Monte Christo Jahre später an ihnen allen üben wird, entspricht diesen Verbrechen auf äußerst befriedigende Art und Weise.

Aber zunächst schmachtet Dantès vierzehn Jahre lang in seinem fürchterlichen Gefängnis. Erleichtert wird seine Marter nur durch die Freundschaft mit dem alten Abbé Faria, der zu Dantès' Mentor wird. Kurz vor seinem Tod verrät der Abbé Dantès die Lage der abgeschiedenen Insel Monte Christo, auf der der Alte einen unermesslichen Schatz versteckt hat. Als Dantès schließlich die Flucht gelingt, hebt er diesen Schatz und hat nun auf einmal alle Mittel, seinen Rachefeldzug durchzuführen.

Erst einmal muss sich Dantès jedoch kriminalistisch betätigen, um die genauen Umstände, die zu seiner Gefangenschaft geführt haben, aufzudecken. Dies ist ein wichtiges Element, das einen Rächer auszeichnen muss, damit wir als Leser ihn als „gerecht" betrachten können: Er muss geflissentlich zwischen Schuldigen und Unschuldigen unterscheiden. Dafür ist detektivisches Forschen unumgänglich, und hier finden wir eine enge Verbindung zwischen Rachegeschichten und Krimis: Rache ist nicht nur als einer der grundlegendsten Triebe, die den Menschen beherrschen, ein häufiges Motiv für Mord und andere Verbrechen; es besteht auch eine enge Affinität zwischen dem Rächer und dem Ermittler in einem Kriminalfall. Ohnehin verschwimmen Rache und Gerechtigkeit im *Graf von Monte Christo* auf ganz eigene Art und Weise.

Dantès wird also zum Detektiv, und er bedient sich dabei ähnlicher Mittel wie Jahrzehnte später der prototypische Kriminalist Sherlock Holmes. Vor allem den Trick der Verkleidung nutzt Dumas' Held, um der Wahrheit auf die Spur zu kommen. Auch im späteren Verlauf der Geschichte wird er viele verschiedene Masken anlegen, um die Guten zu belohnen und die Bösen zu bestrafen.

Im Zuge seiner Nachforschungen muss Dantès feststellen, dass seine drei Feinde, die inzwischen alle nach Paris gezogen sind, es weit in der Welt gebracht haben: Danglars ist erfolgreicher Bankier (entsprechend seinem ursprünglichen Motiv: Geldgier), Villefort ist Königlicher Staatsanwalt (entsprechend seinem Verbrechen, dem Verrat an der Gerechtigkeit), und Dantès' alter Freund Fernand ist inzwischen zum Graf von Morcerf ernannt worden und hat Mercédès geheiratet (entsprechend seinem Motiv Eifersucht und seinem Verbrechen Verrat an der Freundschaft). Der Erfolg seiner Feinde schürt natürlich Dantès' Wut, fast so sehr wie Tatsache, dass sein alter, geliebter Vater aus Gram um das Schicksal seines Sohnes gestorben ist.

Dumas' Protagonist ist kein heißblütiger Rächer. „Eine Strafe, die den Namen auch verdient, muss von langer Dauer sein", sagt er einmal, und sie muss auch sorgfältigst vorbereitet werden. Um dies zu erreichen, kreiert er die Maske des Grafen von Monte Christo, eines steinreichen, mysteriösen Adligen, der Jahre später in Paris auftaucht und von der feinen Gesellschaft freudig aufgenommen wird.

Dank seines Reichtums hat Monte Christo fast unbegrenzte Macht. Er ist vielleicht der erste Rächer der Literaturgeschichte, der seine Gegner nicht mit dem Schwert oder durch das Gesetz zugrunde richtet, sondern in erster Linie durch Geld. Besonders gilt das im Falle des gierigen, skrupellosen Danglars – eine Art Finanzheuschrecke des frühen 19. Jahrhunderts. Die Strafe, die Monte Christo ihm zugedacht hat, ist ziemlich geradlinig und ausgesprochen passend.

Nur allzu leicht gewinnt der charmante, stinkreiche Graf das Vertrauen des Bankiers und bringt den Finanzhai dazu, ihm einen lächerlich hohen Kreditrahmen (sechs Millionen) einzuräumen. Außerdem folgt Danglars blind den Börsentipps

Monte Christos und verspekuliert sich dabei spektakulär. In kürzester Zeit stehen sowohl der einst so vermögende Bankier persönlich als auch sein Bankhaus vor dem Ruin. Als Danglars versucht, sich mit einem stattlichen Restvermögen nach Italien abzusetzen, wird er von einem „Banditen" gefangen genommen, der ein enger Freund Monte Christos ist. Danglars wird gefangen gesetzt und muss ähnlich leiden wie Dantès vor ihm, bis Letzterer schließlich die Freilassung des verarmten Bankiers veranlasst.

Die Rache, die Dumas seinen Helden an dem Geldhai Danglars üben lässt, ist äußerst effektiv und kaltschnäuzig. So treibt der französische Abenteuerschreiber das auf die Spitze, was Shakespeare in seinem *Kaufmann von Venedig* hinsichtlich der Macht des Geldes als Werkzeug der Rache lediglich angedacht hatte. Im *Graf von Monte Christo* wird eines überdeutlich: Eine neue Zeit ist angebrochen. Das Geld hat das Schwert endgültig abgelöst.

Der Rächer Édmond Dantès stürzt also den geldgierigen Danglars in den finanziellen Ruin. Und auch für seine beiden anderen Feinde findet der Graf von Monte Christo eine ihren Verbrechen entsprechende Strafe. Dies verleiht seiner Rache eine Art von Verhältnismäßigkeit, die sie in den Augen des Lesers „gerecht" werden lässt. Und mehr noch: Jeder der drei Unholde ging den Weg weiter, den sie mit dem Unrecht, das sie Dantès antaten, eingeschlagen hatten. Danglars erwarb sein Vermögen durch skrupellose Mittel, der Staatsanwalt Villefort ist ein beispielloser Heuchler, und Dantès' alter Freund Morcerf ließ es nicht bei dem Verrat an dem jungen Kapitän bewenden. Vielmehr „verdiente" er sich seinen Ruhm und seinen Grafentitel, indem er die griechische Stadt Janina an die Türken verriet, sich aber für die angebliche Verteidigung der Stadt feiern ließ. Dantès übt Vergeltung an Morcerf, indem er diesen ungeheuerlichen Landesverrat aufdeckt. So sorgt Monte Christo, der Rächer seiner selbst, gleichzeitig dafür, dass der Gerechtigkeit Genüge getan wird.

Persönliche Vergeltung und übergeordnete Gerechtigkeit verschwimmen in Dumas' Roman also, werden fast eins; ja, der Rächer gleicht sogar die Versäumnisse der Justiz wieder aus. Die Verfilmung des *Graf von Monte Christo* von 1998 mit Gérard Depardieu in der Hauptrolle betont diesen Aspekt des Romans in ganz besonderer Weise: Immer wieder wird im Laufe der sechsstündigen Verfilmung die Unverhältnismäßigkeit juristischer Rechtsprechung – die Bestrafung oft nur minderer Verbrechen durch Exekution – mit dem „gerechten" Rachefeldzug von Dantès kontrastiert. Der Graf von Monte Christo weiß im Gegensatz zu der Justiz die wirklichen Schuldigen angemessen zu strafen.

Bis ins Unermessliche glorifiziert wird der Rächer Dantès allerdings nicht. Immer wieder wird deutlich, dass er zuallererst aus selbstischen Motiven handelt, nämlich um das ihm, und allein ihm, zugefügt Unrecht zu rächen. Er muss erst eine Persönlichkeitsentwicklung durchmachen, ehe er auch zum Rächer anderer wird und fähig ist, zwischen „Schuldigen" und „Unschuldigen" zu unterscheiden. Außerdem erkennt er zwar deutlich die Mängel der menschlichen Justiz, macht sich aber gerade deswegen einer unglaublichen Selbstüberhöhung schuldig.

„Was würde das für ein Chaos geben, wenn jeder auf seine Art Gerechtigkeit üben wolle?", fragt Staatsanwalt Villefort den Grafen von Monte Christo einmal. „Ich setze mich nicht an die Stelle von menschlicher Justiz, sondern von Gottes Gerechtigkeit", antwortet dieser. An die Stelle von Gott? Selbst der abgebrühte Villefort muss da schlucken. Und tatsächlich zweifelt der verbitterte Dantès nicht nur an der Fehlerhaftigkeit der menschlichen, sondern auch an der Unwirksamkeit göttlicher Gerechtigkeit. Das ist nicht nur Hybris, das ist Blasphemie, und tatsächlich erkennt Dantès am Ende des Romans seinen Fehler. In einem Brief an seinem Freund Maximilien Morrel schreibt der große Rächer:

Sagen Sie dem Engel, der über Ihr Leben wachen wird, dass er zuweilen für einen Mann beten soll, der, wie Satan, sich einen Augenblick Gott gleichgestellt hat und der mit der ganzen Demut eines Christen erkannt hat, dass allein in den Händen Gottes die höchste Macht und die unendliche Weisheit ist. Diese Gebete werden vielleicht den Gewissensbiss mildern, den er im Grund seiner Seele davonträgt.

Dantès hat also die Sünde Luzifers begangen und sich für immer schuldig gemacht. Dennoch gelingt seine Rache, und sie ist und bleibt gerecht, eben *weil* er ein Mensch ist, der erkennt, wann er gefehlt hat. Letzten Endes ist Dantès in der Lage, seinen Rachedurst zu zügeln und in die richtigen Bahnen zu lenken.

Dies wird vor allem daran deutlich, dass Dantès' Rachefeldzug im Grunde keine unschuldigen Leben fordert – anders als bei so vielen anderen Geschichten um Vergeltung, die uns bis dato begegnet sind. Die nachfolgende Generation bleibt bis auf zwei Ausnahmen unversehrt und kann in eine glückliche, fruchtbare Zukunft aufbrechen. Bestes Beispiel ist der eben erwähnte Maximilien Morrel, der Sohn von Dantès' altem Reeder, welcher dem jungen Kapitän vor seiner Verhaftung so zugetan war. Der gerechte Rächer weiß auch die zu belohnen, die ihm Gutes getan haben. Zudem liebt Dantès Maximilien wie einen Sohn. Um seinetwillen rückt Monte Christo von seinen ursprünglichen Racheplänen ab, als sich der junge Reeder unsterblich in Villeforts Tochter Valentine verliebt. Der sonst so kaltschnäuzige Graf tut alles in seiner Macht Stehende, um das junge Paar gegen alle Widerstände zusammenzubringen (eine wunderbare Geschichte mit Verwicklungen von Shakespeare'schen Ausmaßen, inklusive vorgetäuschten Todes des jungen Mädchens).

Dantès' Persönlichkeitsentwicklung, die der Rächer im Laufe des Romans durchmacht, manifestiert sich nicht nur in der Belohnung des geliebten Maximiliens und der damit einhergehenden Verschonung Valentines. Auch im Falle des alten Freundes Morcerf gelingt es Monte Christo, seinen Rachedurst zu zügeln, sodass Vergeltung eben nicht zu jenem wilden, unkontrollierbaren, anarchischen Etwas wird, das wir kennengelernt haben und das Schuldige, Unschuldige und den Rächer selbst gleichermaßen zerreißen kann.

Morcerf, wir erinnern uns, hatte sich nach Dantès' „Verschwinden" dessen Jugendliebe Mercédès zur Frau genommen, und die beiden haben einen gemeinsamen Sohn, Albert. Allen, nun doch seit einigen Jahrtausenden etablierten, Konventionen der Rachegeschichten zufolge haben wir jedes Recht, zu erwarten, dass dieser junge Mann für die Sünden seiner Eltern zahlen wird. Und tatsächlich spielt Dantès mit dem Gedanken. Aber gerade weil er selbst unschuldig so viel Leid hat erdulden müssen, kann Monte Christo nicht selbst einen Unschuldigen ins Elend stürzen. Im Gegenteil rettet er Albert sogar das Leben und macht ihn zu seinem Freund. Zwar entwickelt sich zwischen den beiden nie dasselbe innige Verhältnis wie zwischen Monte Christo und Maximilien Morrel, doch Dantès sieht in Albert nichtsdestoweniger den Sohn, den er mit Mercédès gehabt haben könnte, hätten die drei Unholde nicht sein Leben zerstört.

Als Monte Christo nun vor dem französischen Parlament den Verrat Morcerfs an der Stadt Janina und dem dortigen Fürsten auffliegen lässt und seinen einstigen Freund somit in Unehre stürzt, glaubt Albert, ihn zu einem Duell mit Pistolen fordern zu müssen. Mercédès, die weiß, dass ihr Sohn Monte Christo auf jeden Fall unterliegen wird, eilt zu ihm und bittet ihn, den sie längst als Dantès erkannt hat, um das Leben ihres Sohnes.

In dieser Szene machen Dantès und Mercédès ihren Frieden miteinander – sie erfährt um die Umstände seines Verschwindens, er, dass sie genauso betrogen wurde wie er. Der Rächer erklärt sich schließlich sogar bereit, sein Leben für das von Morcerfs Sohn zu geben und sich beim Duell von Albert treffen zu lassen.

Doch Albert erweist sich seines Vaters im Geiste würdig: Als Mercédès ihm kurz vor dem Duell die wahre Geschichte eröffnet, entschuldigt er sich öffentlich bei Monte Christo. Albert und seine Mutter sagen sich danach endgültig von Morcerf los, und der mehrfache Verräter gibt sich selbst den Tod. Fein säuberlich wurden die Unschuldigen und die Schuldigen voneinander getrennt – fast möchte man sagen: die weißen Schafe auf die rechte und die schwarzen auf die linke Seite.

Édmond Dantès übt hinter der Maske des Grafen von Monte Christo gerechte, quasi-göttliche Rache. Auch der heuchlerische Staatsanwalt Villefort stolpert über seine eigenen Verbrechen und die seiner Familie: Seine zweite Frau betätigt sich eifrig als Giftmörderin, damit das Familienvermögen auf ihren eigenen Sohn übergehen kann. Als Villefort sie stellt und ihr die Wahl zwischen Selbstmord und Verurteilung zum Tode lässt, nimmt sie ihr eigenes Gift und flößt es auch ihrem kleinen Sohn ein. Bei diesem Anblick verliert Villefort, der, Monte Christo sei Dank, auch glaubt, seine Tochter Valentine verloren zu haben und bald über seinen verbrecherischen illegitimen Sohn zu Gericht sitzen zu müssen, den Verstand. Dieses Geschehen, das das Leben eines kleinen, unschuldigen Jungen als Opfer fordert, lässt Dantès wiederum erkennen, dass er mit seiner gottgleichen Rache zu weit gegangen ist – allerdings erst, nachdem sie quasi schon vollendet ist.

Dennoch ist dieser Moment signifikant, denn er macht Dantès endgültig zum Gerechten. Nur weil er ist, wie er ist – ein im Grunde seines Herzens redlicher Mann –, führt sein Rachefeldzug nicht zu dem Chaos, das Villefort vorhergesagt hat, sondern dazu, dass, bis auf eine Ausnahme, die Bösen bestraft und die Guten belohnt werden.

Aber diese positive Persönlichkeitsentwicklung von Édmond Dantès ist nicht ganz ungefährdet. Es gibt immer wieder Momente in Dumas' großem Vergeltungsroman, da könnte sein Titelheld die Balance verlieren und zum absolut gnadenlosen Rächer werden. Die schon angesprochene Verfilmung von 1998 streicht diesen Aspekt besonders hervor, wählt sie doch eine Passage als Prolog, die deutlich macht, dass das Spiel mit der Maske, das Dantès so gekonnt betreibt, nicht immer ungefährlich ist:

> *Meinst du, ich finde Gefallen daran, der Graf von Monte Christo zu sein? Er ist ein schrecklicher Mensch, ebenso unbarmherzig wie kalt. Glaub mir, ich wollte niemals dieser Mensch werden. […] Sie haben mich erst zu jenem Rächer gemacht, der dann gekommen ist, um Rechenschaft zu fordern.*

Dumas' Titelheld läuft also immer wieder Gefahr, sich hinter der Maske des Grafen zu verlieren. Der Preis der Rache wäre dann, wie so oft, der Verlust der eigenen Identität. Die Tatsache, dass Dantès jenen luziferischen Fehler begeht, sich an die Stelle Gottes setzen zu wollen, zeigt, wie nahe der Protagonist an dieser Selbstzerstörung vorbeischrammt und wie schnell Dumas' Roman um gerechte Vergeltung in eine blutige Rachegeschichte umschlagen könnte.

Dies geschieht nur deshalb nicht, weil Dantès so ist, wie er ist. Selbst vierzehn Jahre unverschuldeter Haft im grauenvollen Château d'If konnten das nicht ändern. Das bedeutet, dass die Bösewichte auch am Schluss nicht doch noch gewinnen, indem die Vergeltung für ihre Untaten den Rächer selbst zerstört. Ganz im Gegenteil hilft sein Feldzug dem Protagonisten, sich seine Identität als Édmond Dantès wiederzuerobern. Das wird daran deutlich, welche große Wichtigkeit dem Aussprechen dieses Namens innerhalb der Geschichte zukommt. Die Enthüllung der wahren Identität des „Grafen" geschieht immer in einer Schlüsselszene, sei es gegenüber Freunden wie Mercédès oder Maximilien, sei es gegenüber den drei Übeltätern, die genau in dem Moment geschlagen sind, in dem Monte Christo zu ihnen sagt: „Ich bin Édmond Dantès."

So erzählt uns *Der Graf von Monte Christo*, dass es allein von der Charakterstärke des Individuums abhängt, ob eine gerechte persönliche Rache zur Katastrophe führt oder nicht – und das ist ein ausgesprochen romantischer Gedanke.

4. „Rache psychologisch" – Emily Brontës *Sturmhöhe*

Jede Art von Rachsucht verletzt den innersten Kern unseres Selbst.

(Karen Horney, *Psychological Papers*)

Das 19. Jahrhundert erlebte eine noch nie da gewesene Blüte weiblicher Literatur. Frauen waren auf einmal nicht mehr nur Leserinnen, nein: Sie begannen auch zu schreiben, und das mit Macht.

Während gerade die Literatinnen des deutschen Sprachraums sich auf die angeblich so „weibliche" Gattung der „intimen Literatur" verlegten und Biografien, Tagebücher und Briefbücher veröffentlichten – oft gegen den nicht unbeachtlichen Widerstand ihres Umfeldes –, eroberten sich die englischen Schriftstellerinnen bereits den Roman. Jane Austen ist neben Charles Dickens federführend, was die englische Romankultur des 19. Jahrhunderts angeht, und Mary Shelleys *Frankenstein* hat in puncto Weltruhm die Werke ihrer männlichen, romantischen Dichterkollegen weit übertroffen. Es ist wenig verwunderlich, dass diese „neuen Literatinnen" sich auch des so fruchtbaren Themas der Rache angenommen haben.

Zu den großen englischen Schriftstellerinnen des 19. Jahrhunderts gehören auch die drei Brontë-Schwestern, die wie wohl keine andere das Phänomen Rache unter die Lupe genommen haben. Sie tun das auf eine Art und Weise, die völlig unbekannt und unerhört ist, und präsentieren eine Ausprägung von Rache, wie sie bisher in der Literatur einfach noch nicht angedacht wurde.

Der 1847 erschienene Roman *Jane Eyre* (1847) wird als eines der bedeutendsten literarischen Werke seiner Zeit gerühmt und stammt aus der Feder der ältesten der drei Brontë-Schwestern,

Charlotte. In älteren deutschen Ausgaben trägt dieses Buch den Untertitel „Die Waise von Lowood". Es erzählt aus der Ich-Perspektive vom Schicksal eines Mädchens, das ohne Eltern aufwächst und schließlich gegen viele Widrigkeiten als alleinstehende junge Frau ihren Weg und ihr Glück findet. Man könnte, wenn man Literatur mit einer rosa Brille auf der Nase liest, fast von einer Aschenputtelgeschichte reden. Die Wahrheit ist, dass Jane mit einem der unglücklichsten Schicksale ringen muss, dem eine junge Frau im viktorianischen England ausgesetzt sein konnte – ohne Familie dazustehen nämlich. Außerdem wird sie als Kind von ihren herzlosen Verwandten körperlich und emotional misshandelt. Als die kleine Jane sich nun zum ersten Mal dagegen wehrt, geschieht Folgendes:

„Ich bin nicht Ihr gutes, liebes Kind! Ich kann mich nicht ausruhen! Schicken Sie mich bald in die Erziehungsanstalt, Mrs. Reed, denn das Leben hier ist mir unerträglich und verhasst geworden."

„Wahrhaftig, ich will sie bald in die Schule schicken", murmelte Mrs. Reed, sotto voce. Dann raffte sie ihre Arbeit zusammen und verließ hastig das Zimmer.

Ich blieb nun allein, ich behauptete das Schlachtfeld. Es war der erbittertste Kampf, den ich jemals gekämpft, und der erste Sieg, den ich je errungen. [...]

Zum ersten Mal hatte ich die Süßigkeit der Rache empfunden; aromatischer Wein dünkte sie mich, der während des Trinkens süß und feurig ist; sein Nachgeschmack aber ist herb und metallisch – so hatte ich das Gefühl, als ob ich vergiftet sei. Gern wäre ich gegangen, um Mrs. Reeds Verzeihung zu erbitten, aber ich wusste, teils aus Erfahrung, teils aus Instinkt, dass sie mich dann nur mit doppelter Verachtung zurückstoßen und dadurch jedes meiner Natur innewohnende heftige Gefühl aufs Neue erwecken würde. Gern hätte ich eine andere mir innewohnende Fähigkeit geübt als die des heftigen, trotzigen Sprechens; gern hätte ich Nahrung für ein sanfteres Gefühl gefunden, als das der finsteren Empörung [...].

Da stand ich, ein unglückliches Kind und flüsterte immer wieder: „Was soll ich tun? – Was soll ich tun?"

Ein Kind, das von Rache spricht? Dafür, dass es schlecht behandelt worden ist? Das ist etwas noch nie Dagewesenes in einer Tradition von Rachegeschichten um blutigen Mord, verletzte Ehre und ausbleibende Gerechtigkeit.

4. „Rache psychologisch" – Emily Brontës Sturmhöhe

Jane Eyre wendet sich hier einem Problem zu, das damals noch nicht einmal als solches wahrgenommen wurde. Charlotte und Emily Brontë stellen mit bis dato beispielloser Konsequenz die Frage, was passiert, wenn sich das Unrecht rächt, das Familienmitglieder tagtäglich einem Kind antun. Die erste Ahnung davon, was in jemandem, der so ganz und gar hilflos ist, vorgehen kann – gerade in einem Kind –, manifestiert sich in Janes erster kleiner Rebellion. Charlotte Brontë bricht damit ein fast so großes Tabu wie später Freud mit seiner „sexuellen Revolution".

Dass aus der kleinen, misshandelten Jane nicht eine herzlose, unerbittliche Rächerin wird, liegt einzig und allein in ihrem Wesen, ihrer moralischen Integrität und Charakterstärke begründet. Charlottes jüngere Schwester Emily hingegen konfrontiert uns in ihrem zeitgleich mit *Jane Eyre* erschienenen Roman *Sturmhöhe* mit einem weitaus düstereren Szenario und einer viel unerbittlicheren Variante dieser ganz neuen, unerhörten Art von Rache.

Sturmhöhe wirft seine Leser zunächst mitten hinein in eine ausgesprochen rätselhafte Situation. Durch die Augen des wohlhabenden Stadtmenschen Mr. Lockwood, der aus einer puren Laune heraus einige Zeit auf dem Land verbringt, lernen wir eine bizarre, kleine, misanthropische Familie kennen. Der urbane Gentleman besucht eines Tages den Mann, von dem er den Landsitz Thrushcross Grange gemietet hat, auf dessen Gut Wuthering Heights (ins Deutsche übersetzt mit „Sturmhöhe"). Die Bewohner des Landhauses inmitten der wilden Heidelandschaft Yorkshires präsentieren sich Lockwood als eine höchst unleidige Gesellschaft – von dem finsteren, geheimnisvollen, ungastlichen Hausherrn Heathcliff über dessen Zögling, den ungehobelten, menschenscheuen Hareton, bis hin zu der Hausherrin, Heathcliffs mal in sich gekehrter, mal zänkischer Schwiegertochter.

Lockwood ist von dem „unzivilisierten" Verhalten dieser Leute völlig vor den Kopf gestoßen, und dass es ihm nicht gelingt, die verworrenen Familienverhältnisse zu entschlüsseln, erweckt seine Neugier. Wie der städtische Gentleman wird auch der Leser hier zunächst mit dem Ergebnis einer verschlungenen Kette von Leid, Grausamkeit und Rache konfrontiert. Emily Brontë weiß geschickt, ein Bild des Gestalt gewordenen emotionalen Elends zu zeichnen, das Menschen nicht

nur quält, sondern sie ihrerseits zu wahren „Quälgeistern"
werden lässt.

Das Geheimnis wird schließlich durch Nelly Dean gelüftet,
die Hauswirtschafterin auf Lockwoods gemietetem Landgut,
die fast alle der Protagonisten als Kindermädchen mit aufge-
zogen hat. Es ist eine Geschichte von unerfüllter Liebe und ungezügelter Leidenschaft, die Nelly da erzählt. Auf den ersten
Blick mag sie wild-romantisch wirken. Es ist aber auch eine
Geschichte von Rache und Gegenrache, die immer und immer
wieder aus Opfern Täter macht, bis es schließlich fast unmöglich ist, zwischen beiden zu unterscheiden, ja, diese Begriffe fast
völlig sinnentleert geworden sind.

Begonnen hat alles – wenn diese Geschichte denn überhaupt
einen wirklichen Anfang hat – mit dem alten Hausherrn von
Wuthering Heights, der eines Tages von einer Reise einen ver-
waisten Jungen mitbrachte, den er in den Straßen Liverpools
aufgelesen hat. Dieser gutmütige Familienvater ist also alles andere als ein schlechter Mensch. Doch er begeht einen entscheidenden Fehler, indem er beginnt, den von ihm „Heathcliff"
getauften Jungen seinen eigenen Kindern unbekümmert vorzuziehen. Bald verabscheut sein leiblicher Sohn Hindley den
neuen Ziehbruder von ganzem Herzen.

Heathcliffs Kindheit ist von einer verwirrenden Mischung
von Emotionen geprägt: Sein Pflegevater verwöhnt ihn nach
Strich und Faden, während Hindley ihn aus Rache für die
Zurücksetzung so brutal quält, wie es nur ein nachtragender
heranwachsender Junge kann. Zu Heathcliffs Anker wird seine
Ziehschwester Cathy, ein Sturkopf und Wildfang sondergleichen. Das kleine Mädchen mit der unbändigen Freiheitsliebe
erkennt in dem geheimnisvollen, „unzivilisierten" Jungen einen Seelenverwandten, und die beiden werden unzertrenn-
lich.

Die Situation spitzt sich zu, als der alte Hausherr stirbt und der
inzwischen volljährige Hindley die Vormundschaft über Cathy
und Heathcliff übernimmt. Für die beiden Heranwachsenden
beginnt eine Leidenszeit. Hindley nimmt seine Rache, indem er
Heathcliff alle Privilegien als Bruder entzieht, versucht, einen
Keil zwischen ihn und Cathy zu treiben, und die beiden bei jeder Gelegenheit bestraft und züchtigt. Heathcliff schwört voller
Zorn, ihrem Peiniger eines Tages jeden Moment des Schmerzes
heimzuzahlen.

Doch zur Eskalation kommt es erst, als Heathcliff eines Tages mit anhört, wie Cathy Nelly in einem Anfall von Dickköpfigkeit anvertraut, dass sie ihn, Heathcliff über alles liebe und sie ein einziges Wesen in zwei Körpern seien, dass er aber wegen seiner zweifelhaften Herkunft ihrer nicht würdig sei. Heathcliffs Welt bricht zusammen. Er verlässt Wuthering Heights und schwört, sich nun auch an Cathy zu rächen.

Emily Brontë stellt hier die Jahrtausende alte Weisheit, nichts sei schlimmer als der Zorn einer verschmähten Frau, auf den Kopf. Die Rache, die Heathcliff üben wird, ist nicht die Vergeltung eines gehörnten Ehemannes, nicht einmal die eines abgewiesenen Liebhabers, wie wir sie aus der bisherigen literarischen Tradition kennen. Sein Verhalten ist dem einer Medea oder Frau Potifar sehr viel näher. Emily Brontë hat mit ihrem Heathcliff eine ganz eigene literarische Figur geschaffen: die des verschmähten Mannes.

Cathys gedankenlose und vermutlich noch nicht einmal sehr ernst gemeinte Ablehnung stürzt ihren Ziehbruder in einen Abgrund, in den er versuchen wird, auch alle anderen hinabzuziehen. Heathcliff wird nie wieder derselbe sein, und wir müssen mit ansehen, wie aus dem misshandelten Opfer ein Täter sondergleichen wird.

Das Unglück beginnt in *Wuthering Heights* mit einer verkorksten (Hindley) und einer leidvollen Kindheit und Jugend (Heathcliff). Und diese Kette droht, sich fortzusetzen: Hindleys heiß geliebte Frau stirbt bei der Geburt des gemeinsamen Sohnes Hareton, und der verbitterte Witwer vernachlässigt sein Kind von Anfang an, während er selbst dem Alkohol verfällt. Hindley erweist sich nicht nur als schlechter, rachsüchtiger Vormund, sondern auch als unverantwortlicher Rabenvater.

Angesichts dessen, was aus Hindley und Heathcliff wurde, müssen wir das Schlimmste für den kleinen Hareton befürchten, der ohne jede Liebe aufwächst, nachdem sein Kindermädchen Nelly Dean zusammen mit Cathy Wuthering Heights verlässt. Die Tochter des Hauses heiratet nämlich wenige Jahre nach Heathcliffs Verschwinden den gutbetuchten, kultivierten und sehr sensiblen Nachbarn Edgar Linton von Thrushcross Grange. Sie hat alle Hoffnung aufgegeben, dass ihre Jugendliebe jemals zurückkommen wird, und entscheidet sich für ein Leben in liebevoller Freundschaft an der Seite von Edgar und in der eleganten Abgeschiedenheit von Thrushcross

Grange – eine Existenz, die ihrem freiheitsliebenden Naturell auf fundamentale Art und Weise widerspricht.

Dennoch könnte Cathy womöglich ein, wenn nicht glückliches, so doch einigermaßen zufriedenes Leben führen. Doch nur kurze Zeit nach ihrer Heirat kehrt Heathcliff, zu rätselhaftem Reichtum gekommen, nach Wuthering Heights zurück. Dieser empfindet Cathys Ehe mit dem verachteten „Weichling" Edgar Linton als endgültigen Verrat, und das schürt seine Vergeltungssucht natürlich nur noch. Nicht mehr nur Hindley steht auf seiner „Racheliste", sondern nun auch Edgar und Cathy.

Der mehr als unbiblische „verlorene Sohn" nistet sich in seinem alten Heim ein und treibt Hindleys Alkohol- und Spielsucht voran. Den kleinen Hareton wiederum macht sich Heathcliff regelrecht hörig, indem er ihm ein wenig Güte erweist, nur um ihn dann wieder mit kalkulierter Grausamkeit zu behandeln. Bei einem vernachlässigten Kind wie Hareton ist diese „Zuckerbrot-und-Peitsche-Methode" von durchschlagendem Erfolg gekrönt; der Junge hält Heathcliff bis zum Schluss die Treue, obwohl sein Onkel sein Erbe an sich reißt und ihn bewusst zu einem ungebildeten Rohling verkommen lässt. So zwingt Heathcliff Hindleys Sohn genau die Existenz auf, die Hindley dem „Zigeuner" Heathcliff zugedacht hatte. Mehr noch als Hindley selbst zahlt Hareton so in gleicher Münze für die Sünden seines Vaters.

Doch Heathcliffs Rachepläne haben noch weit größere Ausmaße. Er stürzt Cathy, die eigentlich nach wie vor nur ihn und die Freiheit liebt, in einen höllischen Gefühlskonflikt und zerstört letztendlich ihre harmonische Ehe. Außerdem verführt er Edgars naive Schwester Isabella, die gegen den Willen ihres Bruder Heathcliffs Frau wird, nur um der Rache ihres Mannes an Edgar zum Opfer zu fallen. Heathcliff degradiert und misshandelt seine Frau systematisch, bis die schwangere Isabella schließlich flieht. Cathy wiederum stirbt bei der Geburt ihrer Tochter. Sie hat Heathcliffs Rückkehr, die ihr ihre Ehe zur Qual gemacht hat, seinen Verrat ihrer Liebe durch die Heirat mit Isabella und das Wissen, dass Heathcliff zu einem kaltblütigen, unerbittlichen Rächer geworden ist, nie verwunden und haucht im wahrsten Sinne ihren Geist aus.

Den Rest des Buches scheint Cathys Geist die weite, wilde Landschaft Yorkshires zu durchwandern – sei es als bloße Erinnerung, sei es als unruhige Spukgestalt, die ohne Heathcliff in den Himmel weder einziehen kann noch will. Zwischen den Nachbarn Edgar und Heathcliff bricht ein erbitterter Kampf um das vage Recht aus, die geliebte Tote am meisten zu betrauern. Den Preis dieser jahrelangen Feindschaft wird die nächste Generation tragen müssen.

Das Rad der Zeit dreht sich weiter, und das Rad der Rache auch. Aus Hareton ist, wie von Heathcliff beabsichtigt, ein ungehobelter, unzivilisierter Bursche geworden, der im eigenen Haus Knechtsdienste verrichtet und es zufrieden ist. Er macht auf jeden, dem er begegnet, den Eindruck, dümmer zu sein als die Yorkshire-Schafe. Hindley ist eine Ruine von Mensch und muss kurz vor seinem Tod gedemütigt Heathcliffs Triumph anerkennen, Edgar führt ein melancholisches, zurückgezogenes Leben. Sein einziger Trost besteht in seiner über alles geliebten Tochter Cathy, die die besten Eigenschaften ihrer Mutter und ihres Vaters in sich vereint, aber völlig abgeschirmt von der Welt zu einer naiven, weltfremden jungen Frau heranwächst. Heathcliff selbst hat den Tod seiner Cathy nie überwunden und ist nur noch auf Zerstörung aus. Immer noch will er sich an allen rächen, die verhindert haben, dass er und seine Geliebte ihr Glück miteinander finden.

Fast zwei Jahrzehnte nach dem Tod der ersten Cathy stirbt Isabella, die einsam und ausgestoßen in einer nahegelegenen Stadt ihr Leben gefristet und ihre ganze Energie ihrem Sohn Linton gewidmet hat. Nach dem Tod seiner Mutter wird der verhätschelte, kränkliche Junge in die Hände seines hasserfüllten Vaters gegeben. Heathcliff verachtet den Sohn der „Hure" über alle Maßen, aber benutzt ihn nur zu gerne als Instrument seiner Rache. War Lintons Kindheit und Jugend bis dahin von allzu großer Fürsorge geprägt, muss er jetzt das genaue Gegenteil erleben. Das leidige Spiel beginnt von vorn.

Heathcliff, Hareton und auch die anderen Bewohner von Wuthering Heights demütigen den übersensiblen Linton bei jeder Gelegenheit. Seine Cousine Cathy, die Heathcliff immer wieder aus der heilen, aber erstickenden Welt ihres Vaterhauses heraus und nach Wuthering Heights lockt, wird in gewisser Weise zu seinem Schutzengel. Doch ausgerechnet an ihr lässt der unleidige Linton seine verletzten Gefühle aus. Als Heathcliff nach Edgars Tod die beiden gegen Cathys Willen miteinander verheiratet, ist sein Sohn ein eifriger Komplize; der erzwungene Vollzug der Ehe ist eine Vergewaltigung, und

Emily Brontë macht das mit einer für ihre Zeit unerhörten Unmissverständlichkeit klar.

Für die junge Cathy beginnt ein Leidensweg. Sie wird auf Wuthering Heights zur drangsalierten, wenn nicht sogar misshandelten Ehefrau und Schwiegertochter. Sie wehrt sich auf die einzige Art und Weise, die ihr bleibt: durch verbale Boshaftigkeiten. Darunter leidet vor allem der ihr anfangs freundlich gesinnte Hareton, den Cathy wegen seiner Ungebildetheit verachtet.

Erst der frühe Tod des kränklichen Linton bessert die Lage auf Wuthering Heights ein wenig; die Grausamkeiten mildern sich zu emotionalen Kniestößen, die sich die zusammengewürfelte Familie gegenseitig versetzt. Heathcliff hat sein Ziel erreicht: Er ist alleiniger Herr von Wuthering Heights und Thrushcross Grange; der Sohn der verabscheuten Isabella stirbt als ein sowohl verzogenes als auch gequältes Monster; Hindleys Sohn Hareton ist der unzivilisierte Rohling, der zu sein dessen Vater Heathcliff immer beschuldigte; die Tochter des verhassten Edgar ist verbitterte Dienerin im eigenen Haus. Doch seine Rache hat Heathcliff, was wenig erstaunen mag, nicht glücklich gemacht. Ohne seine Cathy ist er nichts, und sein Leben ist genauso unerquicklich wie das aller anderen auf Wuthering Heights. Die Bewohner des Landguts sind in einem Teufelskreis der kleinen und großen gegenseitigen Bösartigkeiten gefangen.

Diese Situation war es, in die der Leser und Mr. Lockwood zu Beginn des Romans hineingeworfen wurden. Letzterer kann die Lage nur als Ergebnis menschlicher Verderbtheit begreifen und wendet sich angewidert ab. Er ist zu festgefahren in seinen Wahrnehmungsmustern von Moral und Unmoral, um zu erkennen, was vielleicht erst für moderne Leser von Emily Brontës *Sturmhöhe* ersichtlich wird: Über eine Erzählung, deren Stil der englischen Schauerromantik geschuldet ist, zeigt uns der Roman mit schockierender Deutlichkeit, wie unerbittlich sich das rächt, was wir an unseren Kindern tun. Jede Generation an Erwachsenen fügt ihren Kindern erneutes, oft gesteigertes Unrecht zu, und der Teufelskreis geht beständig weiter. Der Familienfluch von Wuthering Heights ist nicht mehr, wie der der Atriden, ein Fluch von Blutrache und Verwandtenmord, sondern jener Fluch, der aus Opfern von Misshandlung irgendwann Täter, ja Monster macht, die ihr eigenes Leid wieder an Schwächeren auslassen.

Es wirkt geradezu wie ein erlösender Zufall, dass *Sturmhöhe* doch noch einen versöhnlichen Abschluss findet. Aus irgendeinem Grund erinnert sich die so verbitterte junge Cathy ihres eigentlichen aufgeschlossenen Wesens und geht auf Hareton zu, den sie wegen seiner Unkultiviertheit so oft gekränkt hat. Sie bringt ihm das Lesen bei, und zwischen den beiden jungen Leuten entwickelt sich langsam eine zarte Liebe. Mit einem Mal scheint die Macht, die der Manipulator Heathcliff über sie hat, gebrochen. Zusammen finden Cathy und Hareton zu einer grundlegenden Menschlichkeit zurück, während der Rächer Heathcliff absichtlich dahinschwindet: Er hört auf, Nahrung zu sich zu nehmen, und wird eines Tages tot auf der Heide gefunden, wo der Geist seiner Cathy schon so lange Jahre auf ihn wartet.

Sturmhöhe gibt uns zum Schluss die Hoffnung, dass der Teufelskreis gebrochen werden und selbst ein so emotional zerstörter Mensch wie Heathcliff noch eine Art von Frieden finden kann. Doch die abschließende Harmonie bleibt prekär, ist es doch nur schwer vorstellbar, dass Cathy und Hareton die psychischen Narben, die sie davongetragen haben, nicht ihr Leben lang spüren und vielleicht nicht doch an eine weitere Generation weitergeben werden.

Emily Brontës Geschichte von der Rache misshandelter Kinder aneinander ist von schockierender psychologischer Präzision. Sie lässt einem unter all der Romantik, die das Buch durchaus auch zu bieten hat, das Blut in den Adern gefrieren. Das liegt nicht zuletzt an der erschreckenden Aktualität der Geschehnisse auf Wuthering Heights, die im 19. Jahrhundert einen Sturm der Entrüstung wegen ihrer Unmoral auslösten. Wir lesen *Sturmhöhe* heute mit anderen Augen, und diese ganz besondere Geschichte verweist auf Dinge in unserer unmittelbaren Lebenswelt, die wir vielleicht nicht unbedingt sehen möchten.

VII. Rache in Übersee – Amerika als neuer kreativer Raum

1. Rache als *Conditio humana* – Kapitän Ahab und der weiße Wal

> *Zeit seines Lebens träumt man von der Rache.*
>
> (Paul Gauguin)

Während die europäische Literatur im 19. Jahrhundert versuchte, mit alten und mit neuen Mitteln den verwirrenden Phänomenen einer neuen Zeit beizukommen, sahen sich die jungen Vereinigten Staaten von Amerika mit einer anderen Aufgabe konfrontiert. Es galt, eigene Formen der literarischen Ausdrucksweise zu finden, eine Art Nationalliteratur sozusagen, die dem riesigen neuen Land dabei helfen konnte, sich selbst zu verstehen. Das gesamte 19. Jahrhundert hindurch rangen die USA um solch eine eigenständige Literatur. Dabei brachen die neuen Dichter keineswegs mit europäisch-westlichen Wurzeln, aber die Lebenserfahrungen in dem noch ungezähmten und in seiner Wesenheit kaum bestimmten Amerika konnten mit alt-europäischen Gedankenmustern nicht vollständig begriffen werden. Die Jahrtausende alten Traditionen mussten angepasst und umgeformt werden, und dabei entstand etwas nicht völlig Neues, aber doch distinktiv Amerikanisches.

Zu den Gründungstexten dieser neuen amerikanischen Literatur gehören prominenterweise Mark Twains *Huckleberry Finn* (1855) und Herman Melvilles *Moby Dick* (1851). Während Mark Twain mit ironischen Brechungen die bizarren Alltagserfahrungen einer Figur auf Papier brachte, die halb moderner Schelm, halb kindlicher Odysseus ist, und damit seinen Blick aufs Nahe richtete, schuf Melville mit seinem Kapitän Ahab einen mythisch-heroischen Helden für das junge Amerika, der sich vor allem über seinen Untergang definiert. „Unseren tragischen Don Quijote", nennt der US-amerikanische

Literaturkritiker Harold Bloom Melvilles Ahab.[77] Dieser zeichnet sich durch eine ins Unermessliche gesteigerte Ichheit aus, die die europäischen Romantiker vermutlich vor Neid erblassen hätte lassen. Ahab ist die ultimative Inkarnation des sich absolut setzenden Individuums. Er geht an sich selbst zugrunde, ohne aber im eigentlichen Sinne zu scheitern. Die Geschichte seiner Rache ist eine einzigartige, und sie wird zum Spiegel der gesamten menschlichen Existenz.

Moby Dick ist ein voluminöses Buch, und das, obwohl die eigentliche Story relativ schnell zusammengefasst ist: Der Walfänger Kapitän Ahab hat im Kampf mit dem sagenumwobenen weißen Pottwal, den die Seeleute auf der ganzen Welt „Moby Dick" nennen, sein Bein verloren und befindet sich nun auf einem Rachefeldzug. Unermüdlich sucht er mit der Crew seines Walfängers *Pequod* nach dem weißen Wal; seine Jagd steigert sich zur Besessenheit. Schließlich wird Moby Dick gesichtet, und die Crew der *Pequod* versucht, das Tier zu erlegen, jedoch ohne Erfolg. Der gigantische Wal versenkt die kleinen Harpunenboote eines nach dem anderen, und schließlich rammt er auch die *Pequod* selbst. Ahab geht mit seinem Schiff unter, von dem Seil seiner eigenen Harpune hinabgezogen. Auch die gesamte Crew kommt ums Leben. Nur der Erzähler des Romans, der junge Seemann Ishmael, übersteht Ahabs fruchtlosen Rachefeldzug unbeschadet.

Erreichen also in Melvilles *Moby Dick* viele jener literarischen Rachemotive, die uns über die Jahrhunderte begleitet haben, ihren Gipfel? Begegnet uns in Ahab nicht wieder der unerbittliche Rächer, der am Ende sich selbst und andere ins Verderben reißt? Sehen wir nicht aufs Neue, wie wild und unbeherrschbar die Rache sein kann? Dass sie eine elementare Kraft ist, die das Begriffsvermögen des Menschen übersteigt und, einmal entfesselt, unweigerlich ihren tödlichen Verlauf nimmt? All diese Fragen mit „Nein" zu beantworten, wäre sicher falsch. Aber *Moby Dick* ist so viel mehr als eine klassische Rachegeschichte. Moralische und ethische Fragestellungen geraten ins Hintertreffen, weil es Melville nicht darum geht, die Mechanismen der Rache zu beleuchten. Wie die Antagonisten Ahab und der Wal ist auch die Rache in *Moby Dick* symbolisch

---

[77] Harold Bloom. *Genius. A Mosaic of One Hundred Exemplary Creative Minds*. New York: Warner Books 2002. S. 307 (meine Übersetzung).

so überhöht, dass sie zu mehr wird, als sie bisher gewesen ist. Dies führt zu dem kuriosen Sachverhalt, dass es in einer der bekanntesten Rachegeschichten der Literatur gar nicht um Rache an sich geht.

Und dennoch bedeutet *Moby Dick* keinen Bruch mit der Tradition der Rachegeschichten. Vielmehr nimmt der Roman vieles her, was wir seit Jahrtausenden über die Rache wissen, und macht es größer. Dadurch aber wird die Rache Ahabs zum Spiegel der *Conditio humana*, der Substanz des Menschseins an sich; sie ist ein Symbol für den steten Kampf des Menschen in einer gleichgültigen, und doch wundervollen Welt, in die er, man weiß nicht, von wem, hineingeworfen wurde.

Mit seinem Rachefeldzug gegen den Wal lehnt sich der Mensch Ahab genau gegen dieses Hineingeworfen-Sein auf; seine wahnhafte Suche nach Vergeltung ist ein obsessiver Versuch, sich den eigenen Platz in einem übermächtigen Kosmos zu erobern. Das ist ein Kampf, den das Individuum verlieren muss, egal, wie groß es ist. Doch eben weil er diesen Kampf führt, ist Ahab auch im Untergang ungebrochen. Er scheitert nicht; er lebt, bis er stirbt.

Melvilles Roman ist unter anderem deswegen ein so umfangreiches Buch, weil der Erzähler Ishmael ein ganzes Netz aus Beobachtungen über den Walfang, das Meer und die Welt knüpft. Dadurch verortet er Ahabs Rachegeschichte in einem größeren Kontext.

Der Mikrokosmos der Walfängergemeinschaft wird zum Spiegel für die Welt und das Leben an sich. Schließlich handelt es sich um einen Beruf, der die Seeleute in ihrer Suche nach den Walen um den halben, wenn nicht den ganzen Globus führt. Des Weiteren ist die Assoziation des Meeres mit der Wiege des Lebens eine uralte, und die Allegorie der Seereise als Lebensreise ist fast ebenso alt. Melville ruft diese mythisch-symbolischen Verknüpfungen auf und verbindet sie mit den sehr empirischen, detailrealistischen Beobachtungen seines Ich-Erzählers Ishmael. Dadurch, dass er im Verlauf des Romans immer wieder verschiedene Motivstränge andenkt, fallen lässt und dann wieder aufgreift, entsteht ein eng geknüpftes Netz, das die Geschichte um *Moby Dick* und Ahabs Rachefeldzug zu einem vielbedeuteten Mehr macht. Ein wichtiges Beispiel: Schon zu Anfang des Romans wird über die Beschreibung einer schiffförmigen Kirche der Vergleich zwischen der Welt und einem Schiff gezogen und damit die etablierte Tradition von der allegorischen Lebensreise aufgerufen. Später gehen wir an Bord der *Pequod*, die zu einem nicht unbeachtlichen Teil aus Walknochen besteht, vor allem aus Kieferknochen, sodass das gesamte Schiff Ishmael an das riesige Maul eines Wals gemahnt. Der Wal hat wiederum vor Beginn des Romans Ahabs Bein verschlungen und wird am Ende den Kapitän in die Tiefe und in den Tod ziehen. Die Assoziationskette geht also: Die Welt ist ein Schiff ist ein Wal ist der Tod. Eingebettet ist diese kurze, wenn auch signifikante Assoziationskette wiederum in ein ganzes Motivgewebe, das die mythische Überhöhung sowohl des Wals als auch Ahabs als auch des Rachefeldzugs garantiert.

Das Gesamtgewebe aus Motivverknüpfungen, das *Moby Dick* ausmacht, ist weitaus komplizierter und uneindeutiger als die eine, eben beschriebene Assoziationskette. Dies wird wohl an nichts deutlicher als an dem zentralen Symbol des Romans selbst: dem weißen Wal.

Das als Moby Dick bekannte Tier, das unter den Walfängern einen geradezu sagenhaften Ruf genießt, ist kein eindimensionales Symbol. Vielmehr ist dieses Sinnbild so vielschichtig, dass es unmöglich ist, es völlig zu greifen oder festzulegen. Das geht nicht nur uns Lesern so, sondern auch den handelnden Figuren. Lange Zeit bleibt der weiße Wal innerhalb der Geschichte unsichtbar. Alles, was wir sehen, ist eine undeutliche Wasserfontäne am Horizont, ein gespenstischer Schemen, der sich als eine unheimliche, bleiche Riesenkrake erweist, und die Spur der Zerstörung, die der „Leviathan" hinter sich herzieht. Die Gestalt des weißen Wals erhält dadurch eine geisterhafte, fast dämonische Qualität, ganz anders als die greifbare Realität der anderen Meeressäuger, die die Crew der *Pequod* erlegt und schlachtet.

Doch selbst diese konkreten Tiere bleiben, wie selbst der Empirist Ishmael feststellen muss, letzten Endes unbegreiflich. All seine Wissenschaftlichkeit verrät ihm nichts über das Wesen der Wale an sich; selbst ihre Skelette zu untersuchen, fasst sie nicht in ihrem So-Sein, in ihrem Mehr-Sein. Das Ganze ist mehr als die Summe seiner Teile, und diese Ganze, dieses Größere, bleibt unfassbar. Der Wal Moby Dick wird zum überhöhten Symbol für dieses Größere, das zugleich unbestimmbar und vieldeutig bleibt.

In einem Kapitel, das im englischen Original mit „The Whiteness of the Whale" überschrieben ist, sinniert Ishmael über die Mehrdeutigkeit allein der Farbe Weiß, die sowohl Unschuld (Reinheit, Jungfräulichkeit) als auch Grauen (Geister, Knochen, Tod) symbolisiert. Für den Ich-Erzähler selbst ist Weiß die Farbe des Wales Moby Dick und somit ein Sinnbild für ein unbestimmtes Etwas, das der Mensch fürchtet, aber nicht begreift. Zusammen mit Ishmaels langen Ausführungen über die kulturelle und mythologische Bedeutung der Spezies der Wale für die gesamte Menschheitsgeschichte – jener Spezies, die laut Ishmael lange vor uns da war und lange nach uns da sein wird[78] – macht diese Vieldeutigkeit Moby Dick zu einem multiplen Symbol für alles, das größer ist als wir: Leben, Tod, Schicksal, Natur, Göttliches, Welt, Kosmos, und, und, und.

Dass Ahab sich gegen dieses undefinierbare Größere auflehnt, macht ihn zu einem modernen Luzifer. Doch seine Rebellion ist nicht mehr gegen einen allmächtigen, personifizierten Gott gerichtet, der eine sehr persönliche Strafe austeilt; sie geht gegen ein unpersönliches, kreatürliches Natürliches, das zwar dämonische Züge trägt, aber im Endeffekt völlig gleichgültig nur so handelt, wie es handelt, weil es eben so handelt. Ahabs Hass ist etwas, das er nach außen auf die große, leere, weiße „Leinwand" Moby Dick projiziert. Die Malvolenz Moby Dicks schreibt der Kapitän dem Wal letztendlich nur zu; das Tier zerstört die Schiffe, die es jagen, aber genauso gut könnte man einem Hurrican böse Absichten unterstellen. Ahab ist sich dessen sogar bewusst, doch das änderte nichts daran, dass er sich gegen jene gleichgültigen Kräfte, die Leben geben und nehmen, auflehnt. Für den Kapitän manifestieren sich diese Kräfte in dem weißen Wal, der ihn verstümmelt hat, und er würde lieber sterben, als die Rache für seinen Verlust unversucht zu lassen.

Dass Ahab diese Rache gegen einen Feind, den er im Endeffekt aus seinem eigenen Innern in die Welt hinausprojiziert, so verbissen und kompromisslos ausführt, macht ihn zum Besessenen und schließlich zum Wahnsinnigen. Dennoch ist Ahab ein Held. Er könnte auch umkehren und sein Schicksal akzeptieren, wie es so manche andere tun, denen die *Pequod* auf

---

[78] Angesichts der heutigen realen Situation vieler vom Aussterben bedrohter Walarten möchte man fast sagen: Hoffentlich.

ihrem Weg begegnet. Ahab tut es nicht. Denn auch der Kapitän ist aus mythischem Stoff gemacht.

Die Figur Ahabs ist nicht so vieldeutig wie die des Wales, aber auch er ist symbolisch überhöht. Dass wir ihn begreifen können, liegt vielleicht schlussendlich daran, dass er für den Menschen steht und Moby Dick für das, was jenseits des Menschen ist. Ahabs Heldenhaftigkeit verleiht seiner an sich sinnlosen Rachemission ihren eigenen Sinn. Er kann nicht gewinnen. Er versucht es trotzdem. Der Mensch lebt, indem er sich gegen das, was größer ist, zu behaupten versucht. Täte er es nicht, oder täten es zumindest manche, besondere Menschen nicht, dann wäre unsere Existenz eine ärmere.

Ob dieses „Mehr" an Leben Ahabs fanatischen Rachefeldzug und die vielen Toten, die jener kostet, rechtfertigt[79], lässt der Roman offen. Verliert Ahab, wenn Moby Dick ihn in die Tiefe zieht? Seine Rache bleibt unerfüllt, und der weiße Wal lebt ungerührt weiter. Er wird und kann nicht einmal Ahabs Versuch würdigen. Warum sollte das, was größer ist als der Mensch, sich um dessen Bemühungen überhaupt kümmern? Es tut es nicht.

Aber hätte Ahab nicht auch verloren, wenn er zähneknirschend ein Schicksal akzeptiert hätte, mit dem er sich eigentlich nicht abfinden kann? Wäre es besser für ihn gewesen, sich nicht zu rächen, nicht zu kämpfen? Hätte das für ihn nicht auch bedeutet, nicht zu leben?

Ahabs Rache wird zum Sinnbild für eine menschliche Existenz, die in einer gleichgültigen und zuweilen absurden Welt nach dem Unerreichbaren strebt, aber auch für eine menschliche Existenz, die hochgradig selbstdestruktiv ist. Zeigt uns hier Melville ein Bild der *Conditio humana*? Sagt er uns, dass wir uns nur selbst zerstören können, wenn wir gegen das Große antreten, aber es dennoch tun müssen, wollen wir wirklich leben? Schließlich macht das Leben Tote aus uns allen.

Doch *Moby Dick* hat schließlich noch einen zweiten Protagonisten, den Ich-Erzähler Ishmael. Dieser bleibt von Ahabs Rachefeldzug weitgehend unberührt – nicht nur, weil er am Ende als Einziger überlebt, sondern auch, weil er sich von der Besessenheit des Kapitäns nicht anstecken lässt. Ishmael bleibt

---

[79] Allerdings muss man klarstellen, dass keiner der Seeleute *gezwungen* wurde, dem Kapitän zu folgen.

über den ganzen Roman hinweg ein empirischer Beobachter. Am Schluss rettet ihn der Sarg, den sein bester Freund für sich gezimmert hat und der Ishmael als Rettungsboje dient. Hier verwandelt sich Tod in Leben. Doch gibt es auch einen nachvollziehbaren Grund dafür? Ist Ishmael der „bessere Mensch", weil er die Welt nicht mit den egomanen Augen der Rache, sondern mit den neugierigen des Empiristen und Geschichtenerzählers sieht? Jedenfalls ist er der erfolgreichere.

Ishmael nähert sich dem Größeren, indem er unermüdlich versucht, es zu verstehen; seine zahllosen Ausführungen über die Wale und den Walfang beweisen dies. Dass er allem Forschen zum Trotz das Größere niemals durchdringen wird, macht ihn nicht verbittert oder hasserfüllt. Vielmehr zeichnet sich Ishmael durch die ungebrochene Bereitschaft aus, sich zu wundern und sich an den Wundern der Welt zu erfreuen. Darin unterscheidet er sich fundamental von Ahabs fokussierter Konzentration, die nur noch das Ziel der Rache kennt.

Ishmael ist offen für die Weite der Welt. Ahabs destruktive Zielgerichtetheit macht sie eng. Der Rachefeldzug des prometheischen Kapitäns mag ein Spiegel der *Conditio humana* sein, der uns selbst heute noch anspricht, eben weil Ahabs Lebensentwurf so fehlerhaft ist. Manchmal haben wir keine andere Wahl, als gegen Windmühlen oder Wale in den Kampf zu ziehen. Doch der Geschichtenerzähler und Weltversteher Ishmael setzt diesem kompromisslosen Blick auf den Kosmos eine offenere Alternative entgegen, die vor allem durch eines gekennzeichnet ist: eine Akzeptanz der Dinge in ihrem So-Sein.

Moby Dick ist eine singuläre Erscheinung unter den Rachegeschichten, ganz besonders zu seiner Zeit. Rache ist bei Melville nicht länger konkret, sie wird zum Symbol für andere Dinge, die vielleicht für die anbrechende Moderne fundamentaler sind als Ehre und Vergeltung. Im 20. Jahrhundert wird sich diese Tendenz fortsetzen, aber kein Autor hat die Symbolisierung des Motivs der Rache mit der gleichen Konsequenz umgesetzt wie Herman Melville, der mit *Moby Dick* vielleicht auch einen Abgesang auf den heroischen Menschen verfasste.

2. Die Rache wird erwachsen – William Faulkner

> *Wenn unsere Ehre durch den Gegner gelitten hat, so vermag*
> *die Rache sie wiederherzustellen. Sie hat aber in jedem Fall einen*
> *Schaden erlitten, wenn man uns absichtlich ein Leid zufügte: denn*
> *der Gegner bewies damit, dass er uns nicht fürchtete.*
> *Durch die Rache beweisen wir, dass wir auch ihn nicht fürchten:*
> *darin liegt die Ausgleichung, die Wiederherstellung.*
> (Friedrich Nietzsche, *Menschliches, Allzumenschliches*)

Die Emanzipation der US-amerikanischen Literatur von der europäischen hatte mit Mark Twain und Herman Melville gerade erst begonnen. Sie dauerte bis weit in das 20. Jahrhundert hinein. Einer der wichtigsten Vertreter einer ureigenen modernen amerikanischen Literatur ist William Faulkner, der vielleicht bedeutendste US-amerikanische Romancier des 20. Jahrhunderts. Seine großen Themen sind Geschichte, Erinnerung, Trauma und Schuld. Die Zeit, von der er schreibt, ist die Zeit um den amerikanischen Bürgerkrieg (1861–1865), und sein literarischer Ort sind die vom Krieg geplagten oder an der Niederlage leidenden Südstaaten.

Innerhalb der untergehenden Südstaatenaristokratie, wie Faulkner sie darstellt, begegnet uns ein zu gleichen Teilen vertrautes und sehr eigenes Verständnis von Ehre, und wo ein starker Ehrbegriff herrscht, da ist auch die Rache nie weit. Doch Faulkners große Romane entstehen in den 30er Jahren des 20. Jahrhunderts. Das bedeutet, dass seit dem Erscheinen von *Moby Dick* achtzig Jahre ins Land gegangen sind. Die Vereinigten Staaten haben nicht nur den eigenen Bürgerkrieg hinter sich, sondern die Welt auch den Ersten Weltkrieg, jenen fehlbenannten „war to end all wars", in dem Soldaten in einem vorher nie gekannten Ausmaß ihr Leben ließen.

Die Erfahrungen der ersten Hälfte des 20. Jahrhunderts veränderten die kulturelle Sichtweise auf Blutvergießen im Allgemeinen, und damit auch auf Blutrache. Bei Faulkner ist dies selbst vor dem Grauen des Zweiten Weltkriegs zu spüren. „Es gab genug Tote", sagt einer der Hauptcharaktere aus seinem episodischen Kurzroman *Die Unbesiegten* (1938).

Was aber geschieht nun mit der Rache? Ist es angesichts von zu viel Tod besser, ganz auf sie zu verzichten? Aber bedeutet dieser Verzicht nicht, Unrecht ungesühnt zu lassen, und, ganz im Sinn der antiken Vergiftungsdoktrin, eine offene Wunde in der Welt zu hinterlassen? Mit solchen Fragestellungen beschäftigen sich die *Unbesiegten*, die die Bildungsgeschichte des jungen Bayard Sartoris erzählen. Der Südstaatenjunge wächst in den Zeiten des Kriegs und der Niederlage auf. Gegen Ende des Romans muss er angesichts eines in sich zusammengefallenen Wertesystems einen neuen Weg des würdigen Lebens finden.

In gewisser Weise handeln die *Unbesiegten* nicht nur vom Erwachsenwerden Bayard Sartoris', sondern vom Reifer-Werden eines Landes, vielleicht sogar eines Jahrhunderts (ein Prozess, der, so deutet Faulkner an, auch in seinem Jahrhundert noch nicht abgeschlossen ist, und, so wissen wir, in unserem auch nicht). Besonders gut lässt sich dieser Entwicklungsprozess anhand der beiden Episoden des Romans verfolgen, in denen es um Rache geht.

Diese Einzelkapitel sind eingebettet in die Geschichte einer Südstaatenjugend zur Zeit des Amerikanischen Bürgerkriegs. Der Ich-Erzähler Bayard ist der Sohn des Plantagenbesitzers Colonel Sartoris, der mit seinem Regiment eine Art Guerillakrieg gegen die überlegenen Nordstaatentruppen führt. Bayards Jugend ist eine merkwürdige, aber organisch anmutende Mischung von alltäglichen, zeitlosen Kleinjungenstreichen und den blutigen Vorgängen in einem besetzten Land, in dem Krieg zum Dauerzustand geworden ist.

Der junge Sartoris ist zu Anfang ohne jeden Zweifel Kind seines Landes und seiner Zeit. Sein Vater, der Colonel, verkörpert die alten Südstaaten und ihr stur-stolzes Ethos, das durch unverrückbare Ehrennormen und eine eigenartige, eiserne Würde geprägt ist. Durch die Ich-Erzählung wird der Leser mit in Bayards kindliche, unreflektierte, fast instinkthafte Sicht der Welt hineingenommen. Dinge sind so, wie sie sind, ohne Wenn und Aber. Als Bayard und Ringo, der Sklavenjunge, mit dem Bayard Seite an Seite aufwächst und der nicht weniger ist als Bayards zweites Ich[80], im ersten Teil des Romans von Weitem ihren ersten „Yankee" auf der Straße zum Sartoris'schen Herren-

---

[80] Eine unerhörte Darstellung eines Verhältnisses zwischen einem Weißen und einem Schwarzen, auch noch in den 30er Jahren des 20. Jahrhunderts.

haus sehen, fackeln sie nicht lange und schießen auf ihn – das ist es schließlich, was man tut, wenn man einen Yankee vor die Flinte bekommt. Die Frage nach dem Warum stellt sich für die beiden Heranwachsenden nicht. Zu ihrem Glück treffen sie nicht den Soldaten, sondern nur sein Pferd. Die potenziell dramatische Situation löst sich in eine absurd-humoreske Episode auf, als die formidable Großmutter Sartoris die beiden jungen Übeltäter vor den indignierten Yankees unter ihren Röcken versteckt.

Wie Colonel Sartoris ist auch „Granny" eine Verkörperung des alten Südens, aber nicht seiner patriarchalisch-martialischen Sturheit, sondern seines ungebrochenen Durchhaltevermögens und einer allgemein-menschlichen Prinzipientreue. Neben Ringo ist sie die Figur, die Bayards frühe Jugend am entscheidendsten prägt: ihre Entschlossenheit, ihre Menschenfreundlichkeit, ihre Bauernschläue, ihr Gerechtigkeitssinn. Als etwa eine Reihe von Grannys Maultieren von einem vorbeiziehenden Nordstaatenregiment beschlagnahmt werden, reist sie kurz entschlossen mit Kind und Kegel (Kutsche, Sonnenhut, Bayard und Ringo) zum örtlichen Oberbefehlshaber und erzwingt mit purer Halsstarrigkeit die Rückgabe der Tiere. Das entsprechende Schreiben, das ihr der Oberbefehlshaber aushändigt, nutzt Granny im Laufe des nächsten Jahres, um immer wieder aufs Neue Maultiere von verschiedenen Regimentern „zurückzufordern". Die Tiere verkauft sie dann gewinnbringend weiter und verteilt das Geld unter der heimatlichen Gemeinde, vor allem unter denjenigen, die am meisten unter dem Krieg leiden. Dass sie dafür lügen und ihre eigenen, streng christlichen Prinzipien brechen muss, nimmt sie in Kauf. „Ich sündigte nicht aus Rache", sagt Granny einmal. „Zuerst sündigte ich für die Gerechtigkeit. Und nach diesem ersten Mal sündigte ich für mehr als Gerechtigkeit; ich sündigte für Essen und Kleidung."[81]

Grannys Maultieraktion bleibt nicht ohne Folgen. Als sie sich auf einen letzten Handel einlässt, wird sie von ihrem Geschäftspartner verraten und von einem aufständischen/vogelfreien Südstaatler ermordet. Die fünfte Episode des Romans, mit „Vendée" betitelt, beginnt mit Grannys Beerdigung. Es handelt sich um ein zentrales Kapitel der *Unbesiegten*, weil Bayard hier in gewisser Weise endgültig aufhört, Kind zu sein. Später,

---

[81] Meine Übersetzung.

im Alter von vierundzwanzig Jahren, reflektiert er über die Zeit nach Grannys Tod: „Ringo und ich mussten mehr tun, als jemals von Kindern verlangt werden sollte, denn es sollte doch eine Grenze gesetzt sein, eine Altersgrenze, unter der man nicht sollte töten müssen."[82]

Doch zu jener Zeit denken weder Bayard und Ringo noch die Menschen in ihrer Umgebung so. Dass die beiden Jungs in Abwesenheit des Hausherrn, der ja immer noch seinen eigentlich schon verlorenen Krieg gegen die Yankees führt, den heimtückischen Mord an Granny rächen sollen, verlangt zwar niemand wirklich; dass sie es aber tun, wird als Zeichen ihres großen Muts und als Reife jenseits ihrer jungen Jahre bewundert. Bayard folgt dem alten Ehrenkodex und erweist sich, wie es zum Schluss der Episode heißt, als Sohn seines Vaters. Er tut der Tradition genüge, und das ist nur recht so.

Für Bayard und Ringo besteht nicht einen Moment ein Zweifel, dass sie Granny rächen müssen. Sie diskutieren nicht darüber, sie tauschen sich nicht aus, ihr Ziel steht von Anfang an fest. Es müssen keine anderen Worte fallen, als die Frage, die Bayard dem alten Uncle Buck über Grannys frisch aufgeschüttetem Grab stellt: „Kann ich mir deine Pistole borgen?" – In der geradezu instinkthaften Denkweise der Kinder ist die Rache zwangsläufige Folge des Mordes; dasselbe gilt für die archaische Weltsicht der Südstaatengesellschaft. Deswegen braucht es keine andere Erklärung als nur diese eine Forderung.

Bayard, Ringo und Uncle Buck brechen zu einer monatelangen Odyssee durch die kriegsversehrten Südstaaten auf und jagen Grannys Mörder. Die ganze Erzählung hat eine traumhafte Qualität und zeichnet sich doch gleichzeitig durch eine seltsame Klarheit aus. Was Bayard fühlt, denkt, wahrnimmt, wird assoziativ und verschwommen wiedergegeben, aber das Ziel aller Handlung steht unverrückbar fest. Beides verweist auf das unmittelbare Erleben, das jenes „Rachedenken" charakterisiert. In der Welt der Kinder und des Südens ist Vergeltung selbstverständlich; dass man als Preis möglicherweise sein Leben lässt, auch. Damit wird die Episode „Vendée" zum Spiegel einer alten Zeit, einer vielleicht vorbewussten Zeit, als Leben und Tod Teil eines einzigen größeren Ganzen waren, zu dem auch die Rache natürlicherweise gehörte. In dieser Welt ergeben sich Handlungen mit einer unreflektierten Zwangsläufigkeit

---

[82] Meine Übersetzung.

eine aus der anderen, weil hier Dinge sind, wie sie sind und schon immer waren. Faulkner erzählt uns nicht, dass diese Welt „schlecht" ist; sie hat sogar viel Gutes wie Mut, Ehre, Zusammenhalt, Gerechtigkeitsgefühl. Aber sie macht Kinder zu Mördern.

Bayard und Ringo stellen schließlich nach langer, entbehrungsreicher Suche Grannys Mörder Grumby. Der junge Sartoris erschießt den Gesetzlosen mit derselben Zwangsläufigkeit, mit der er sich auch auf die Jagd gemacht hat, und er und Ringo üben wahrhaft rituelle Rache: Sie nageln den Leichnam des Übeltäters an seine Hütte und seine abgehackte Hand an das Kreuz von Grannys Grab. Klassischer geht es nicht, und ihre Racheaktion wird als soldatisch-heldische Tat gerühmt.

Doch so wird sie nicht erzählt. Die eigentliche Geschichte um den Tod des Mörders ist voller Leerstellen. Der Ich-Erzähler benennt nicht, was er und sein Freund getan haben. Das letzte Bild, das wir sehen, bevor Faulkner vor der eigentlichen Rachetat abblendet, ist Bayards Pistole, die der Junge auf den Rücken Grumbys gerichtet hat. Die Verstümmelung der Leiche wird überhaupt nicht erzählt, und die abgetrennte Hand wird nur als „was in ein Stück Stoff gewickelt war" und als „es" bezeichnet. Erst durch die Reaktion der Außenstehenden erfahren wir als Leser, was eigentlich passiert ist. Der Schleier der Erinnerung hat sich für Bayard über das Geschehen gelegt, das, wie er später selbst erkennt, ein zu großes Trauma ist, um es anders zu erinnern als in fragmentierten Bildern – oder gar nicht.

Dennoch ist sich Bayard zeit seines Lebens bewusst, was er getan hat; die damals so selbstverständlich erscheinende Tat hat eine Narbe zurückgelassen, die Bayard als Mensch fundamental definiert. „Hast du etwa Grumby vergessen?", fragt ihn einmal Drusilla, Bayards Cousine und Frau seines Vaters. „Nein", antwortet Bayard. „Ich werde ihn niemals vergessen."

Drusilla meint ihre Frage als eine Art Mahnung: Sei eingedenk, was du schon für die Ehre getan hast. Sie sieht in der Tat des jungen Bayard den Beweis, dass er wie sie selbst fest in den alten Denkmustern um Ehre, Tod und Rache verwurzelt ist. Bayards Antwort aber ist völlig anders gemeint: Eben weil er Grumby und den Mord an ihm niemals vergessen kann, wird er nie wieder einen Menschen töten.

Irgendwann zwischen der Episode „Vendée" und dem letzten Kapitel der *Unbesiegten* hat Bayard Sartoris eine andere Art von Wissen dazugewonnen, das auf seine Weise genauso tief verwurzelt ist wie Drusillas uralter Ehrenkodex um Rache und Tod: „Wenn es irgendetwas in der Bibel gibt, irgendetwas, das Hoffnung und Frieden für Seine blinde und verwirrte Brut verspricht, die Er über alle anderen auserwählt hat, um ihr Unsterblichkeit zu verleihen, dann muss das dieses *Du sollst nicht töten* sein [...]. Niemand hatte mir das beigebracht, noch nicht einmal ich selbst, denn es ging tiefer als bloßes Gelerntes."[83]

Im Alter von vierundzwanzig hat Bayard Sartoris, der Jahre zuvor, ohne mit der Wimper zu zucken, auszog, um den Mord an seiner Großmutter zu rächen, ein neues Ethos für sich gewonnen, das dem seiner Mit-Südstaatler nicht mehr hundertprozentig entspricht. Im letzten Kapitel der *Unbesiegten* sieht sich der junge Mann unvermittelt vor die Aufgabe gestellt, sich selbst zu beweisen, dass er auch danach handeln kann.

Die abschließende Episode von Faulkners Roman erzählt die Geschichte einer neuen Art von Rache. Sie beginnt damit, dass Bayard vom Tod seines Vaters erfährt. Colonel Sartoris wurde von einem ehemaligen Geschäftspartner und gegenwärtigen politischen Rivalen, den er bei jeder sich bietenden Gelegenheit gedemütigt hat, in die Brust geschossen. Von dem Moment an, da Bayard die Nachricht erhält, ist für alle klar, was zu tun ist. Schließlich ist er John Sartoris' Sohn und der Rächer seiner Großmutter. Die Welt sieht in ihm wie in seinem Vater die Inkarnation der alten Südstaatenwerte. Also wird Bayard am darauffolgenden Morgen mit den Duellpistolen seines Vaters bewaffnet in das Büro des Übeltäters Redmond gehen und die Kugel sprechen lassen. Das steht für alle fest.

Auch Bayard weiß, was er zu tun hat, doch unterscheiden sich seine Vorstellungen fundamental von denen seiner Umwelt. Dass er an einen Wendepunkt in seinem Leben gekommen ist, ist ihm klar: „Endlich ist sie gekommen: die Gelegenheit, herauszufinden, ob ich wirklich der bin, der ich denke, dass ich es bin, oder ob ich nur hoffe, es zu sein; ob ich so handeln werde, wie ich mich selbst gelehrt habe, dass es richtig ist, oder ob ich lediglich wünschte, ich könnte so handeln."[84]

Es geht für Bayard darum, sich selbst zu beweisen. Kann er sein Prinzip, kein Leben zu nehmen, aufrechterhalten, ohne

---

[83] Meine Übersetzung.
[84] Meine Übersetzung.

sich den Erwartungen von Familie und Tradition zu beugen? Kann er Unehre und Ablehnung in Kauf nehmen? Kann er in seinen eigenen Augen seine Ehre bewahren?

Es sind neue Fragestellungen, die sich Bayard Sartoris und dem Leser der Rachegeschichte hier auftun, und sie bringen eine neue Perspektive mit sich: Faulkners Held ist wie so viele literarische Gestalten vor ihm gefangen zwischen gesellschaftlichen Erwartungen und den eigenen Wünschen und Werten. In der Vergangenheit hat dieser Konflikt fast immer zum tragischen Untergang des Individuums geführt – sei dies nun dem Schicksal oder gesellschaftlichem Determinismus geschuldet. In *Die Unbesiegten* liegt die Entscheidung jedoch allein in Bayards Händen: Er kann den gesellschaftlichen Erwartungen Genüge tun und seine eigenen Prinzipien brechen; oder er kann sich selbst treu bleiben und damit die Verachtung seiner nächsten Umgebung auf sich laden.

Das sind keine beneidenswerten Alternativen, aber Bayard hat dennoch die Freiheit, sich zu entscheiden. Der Verlauf der Rachegeschichte ist nicht mehr zwangsläufig festgelegt, nicht länger in Stein gemeißelt, wenn das Individuum sich von Determinismus in jeder Form freigemacht hat. Das ändert nichts daran, dass die Forderung nach Rache nach wie vor einen Handlungsbedarf schafft und als Preis für jegliche Handlung am Ende immer noch der Tod stehen kann. Aber die Handlungsmuster sind nun offen, und diese geistige Freiheit ermöglicht es Bayard, einen dritten Weg zu finden, der womöglich mehr Mut erfordert als jeder archaische Racheakt zuvor.

Bayard Sartoris steht vor der Aufgabe, auf den Tod seines Vaters zu reagieren, ohne sich selbst untreu zu werden. Letzteres bedeutet für den jungen Mann, der den Süden in Blut und Knochen hat, nicht nur, seinen humanistischen Prinzipien gerecht zu werden, sondern auch die Achtung der alten Südstaatengarde nicht zu verlieren, wie sie von den ehemaligen Soldaten seines Vaters vertreten wird. Und deswegen definiert sich Bayard seine eigene Art von Mut: Er geht nicht mit den Duellpistolen seines Vaters in das Büro Redmonds; in der Tat muss er die Waffen immer und immer wieder ablehnen, was einen bedeutungsvollen Kontrast zu der Frage des kindlichen Rächers Bayard darstellt („Kann ich mir deine Pistole borgen?").

Der neue Rächer tritt dem Objekt seiner Rache unbewaffnet entgegen. Redmond erwartet den jungen Mann mit gezückter

Pistole, der „nicht einmal mit einem Taschenmesser" bewehrt auf ihn zutritt. So packt Bayard Redmond an der Ehre: Drückt er jetzt ab, muss er mit der Schande leben, den unbewaffneten Sohn seines Opfers getötet zu haben.

Bayards Vergeltung besteht im Endeffekt aus dieser Herausforderung und in der Demonstration, dass er Redmond und den Tod nicht fürchtet – und das, so Nietzsche in *Menschliches, Allzumenschliches,* ist der eigentliche Sinn von Rache. Redmond wiederum hat durch seine Nachtwache mit der Pistole in der Hand schon gezeigt, dass er Bayard fürchtet; die Rache des jungen Sartoris ist bereits vollendet. Der ehrenhafte Redmond erkennt das an, indem er zwar zweimal abdrückt, aber den jungen Sartoris absichtlich verfehlt.

Sowohl Bayard als auch Redmond haben ihre Ehre bewahrt, und Colonel Sartoris ist auf eine verquere Art und Weise gerächt, ohne dass ein weiterer Mensch sein Leben lassen musste. Das bedeutet die Zersprengung aller Rachetraditionen, ohne dass die Idee von Vergeltung ganz und gar aufgehoben wurde. Ein Opfer wurde gebracht, ein Preis gezahlt, auch wenn er schwer zu greifen ist. Nach Jahrtausenden scheint endlich zu gelten: Ein Leben muss nicht immer mit einem Leben bezahlt werden. Ein Tod ist Tod genug. Dennoch kann eine Unrechtssituation nicht aufgelöst werden, ohne dass ein gewisser Ausgleich stattfindet und dem menschlichen Gerechtigkeitsempfinden Genüge getan wird. Nur liegt es an dem humanistisch, selbstbestimmt und offen denkenden Individuum, andere Lösungen zu finden.

Das Ende der *Unbesiegten* überrascht, nicht nur wegen Bayards eigentümlicher, aber trotzdem sinniger Art von Vergeltung, sondern auch, weil sie von seinem Umfeld anerkannt wird. Wyatt, der alte Gefolgsmann des Colonels, der zunächst auf die alleinige Andeutung, Bayard könnte Redmonds Leben schonen wollen, mit all der Entrüstung eines Ehrenmannes vom alten Schlage reagiert, erkennt am Ende an: Ich hätte es nicht so gemacht, aber es war gut getan. Sogar Drusilla, die als eine Art Rachemuse auftritt und für jene archaische, wilde, ungezügelte Art von Vergeltung steht, wie sie uns so oft begegnet[85], vergibt Bayard am Ende den Verrat an ihren alten Idealen.

---

[85] „Wie schön du bist", sagt sie zu Bayard, als sie noch den Rächer in ihm sieht. „So jung, und es ist dir erlaubt, zu töten, dich zu rächen, in deiner blo-

Diese beginnende Versöhnung zwischen Bayard und „seinem Blut" – dem alten Süden, wie er sich in Drusilla manifestiert – verweist auf eine Gesellschaft, die im Flux ist. In gewisser Weise ist Bayard Sartoris nur ein Vorreiter, der es schon geschafft hat, sich nach dem Trauma des Krieges selbst neu zu definieren. Die alten Werte sind nicht per se „schlecht", aber sie greifen nicht mehr; sie gehören dem Gestern an, und es ist die Aufgabe des Heute, neue Werte für ein offenes Morgen zu finden.

Das ist die große Hoffnung mit der *Die Unbesiegten* endet: dass selbst die auf die Vergangenheit gerichteten Menschen in dieser sich veränderten Zeit in der Lage sind, Neues zu begreifen und anzunehmen, solange es nicht jegliche Verbindung zum Alten kappt. Der Schock über Bayards neue Art der Rache reißt selbst Drusilla aus ihrem vergangenheitsgerichteten Dornröschenschlaf. Sie, das freiheitsliebende, kämpferische Mädchen, das um der Schicklichkeit willen zu einer Ehe gezwungen wurde, die sie niemals wollte, bricht am Ende des Romans in eine ungewisse, aber offene Welt voller Möglichkeiten auf. Es besteht die Hoffnung, dass sie, wie Bayard, den Krieg endlich hinter sich lassen und, wie das Land, beginnen kann, erwachsen zu werden.

3. Das Gesetz des Colts – Der Rachewestern

> *Leute, die morden, gibt es viele auf der Welt.*
> *Die sterben nicht aus.*
> (*Spiel mir das Lied vom Tod*)

Das noch junge Amerika wurde nicht nur zum Nährboden einer ganz eigenen Art von Literatur, es eröffnete der menschlichen Fantasie auch aufregende neue Räume. Einer davon entstand über eine Gattung, die sich in der zweiten Hälfte des 20. Jahrhunderts die Filmleinwände eroberte: der Western.

Der – fiktive – Wilde Westen, zu dessen Erschaffung unzählige von Filmen immer neue Elemente beigetragen haben und immer noch beitragen, fasziniert uns bis heute. Diese Welt, die

---

ßen Hand das Himmelsfeuer zu halten, das Luzifer zu Boden schleuderte!"
(meine Übersetzung)

da entstanden ist, ist nicht deckungsgleich mit der historischen Realität der frühen Siedler im Westen. Vielmehr handelt es sich um einen literarischen, filmischen, fast mythischen Raum, der sich unserer kollektiven Imagination darbietet und Teil unserer Alltagskultur geworden ist.

Jeder kennt diese Welt, jeder weiß um die Regeln, die in ihr herrschen. Sie gibt uns modernen Menschen die Möglichkeit, eine uns fremd gewordene Art der Existenz zu erforschen, die so anders ist als unsere fragmentierten, überkomplizierten Lebenserfahrungen. Die Welt, zu der der Western uns die Tür auftut, ist eine „rohe" Welt am Rande der Zivilisation, in der noch alte Regeln gelten; und so scheinen uns hier die zeitlosen menschlichen Belange und Emotionen unverfälschter zu begegnen. Alles wirkt in diesem „wilden Westen" unmittelbarer und schärfer umrissen, sodass wir uns mit den Phänomenen des Menschseins mit einer Klarheit und Geradlinigkeit auseinandersetzen können, die in unserer alltäglichen Lebenswelt und im größeren Kontext unserer modernen Existenz verloren scheint. Das gilt in besonderem Maße für die Rache.

Wir haben beobachten können, wie über die Jahrhunderte die literarische Auseinandersetzung mit dem Problemkomplex um Vergeltung und Gerechtigkeit immer differenzierter und komplexer wurde. Die Rache als literarisches Thema gewann neue Aspekte dazu, neue Subtilitäten, neue Perspektiven, während alte Fragestellungen, wenn nicht tatsächlich an Aktualität, so doch an Interesse verloren.

Rache ist ein Phänomen unserer alltäglichen Erfahrungswelt, und sie ist und bleibt es. Als solche hat sie sich – wie die anderen fundamentalen menschlichen Emotionen auch – in ihren grundlegenden Mechanismen wenig verändert. Der „kulturelle Überbau" mag unser Verständnis von Rache, von ihrer Berechtigung, ihrem Verhältnis zur Gerechtigkeit und ihren moralischen Implikationen verändert haben; das ändert jedoch nichts daran, dass wir Rachsucht immer noch empfinden und dass wir im Alltag oft entsprechend handeln, wenn auch in alles anderen als epischen Proportionen.

Aber die zweite Hälfte des 20. Jahrhunderts tat sich schwer mit dem Phänomen der Rache. Nach zwei Weltkriegen und den mit ihnen verbundenen Gräueln und konfrontiert mit der ewigen Aufrüstungsspirale des Kalten Krieges, fällt es schwer, differenziert mit einem Phänomen umzugehen, das so oft zu

Blutvergießen und Verlust von Menschenleben führt – sei es in der Literatur oder in der Realität. Die Trennung zwischen Rache und Gerechtigkeit schien in der westlichen Welt endgültig vollzogen. Was einst eng miteinander verschränkt war, wurde nun streng unterschieden. Rache und Selbstjustiz wurden (und werden) als in gewissen Fällen verständlich, aber grundsätzlich als negativ und moralisch verurteilenswert betrachtet.

Wie wir noch sehen werden, verschwindet die Rache deshalb auch in der zweiten Hälfte des 20. Jahrhunderts nicht aus der Literatur. Dazu ist sie viel zu menschlich. Aber sie tendiert dazu, mit anderen Motivationen, anderen Fragestellungen zu verschwimmen. Die Mechanismen der Rache sind unscharf geworden, nachdem Vergeltung Jahrtausende lang recht geradlinige Plots für immer neue Geschichten geliefert hatte.

Und so ist im 20. Jahrhundert die Trennung zwischen Rache und Gerechtigkeit nicht nur klarer geworden (und mit einem deutlichen moralischen Urteil verbunden); parallel wurde die Erforschung von Rache immer komplexer. Ihre Verwicklung mit anderen Motiven menschlichen Handelns rückt in den Vordergrund, und „reinblütige" Rachegeschichten werden dadurch selten. Doch das Bedürfnis für sie ging nicht zurück, und auch nicht die Notwendigkeit, sich mit dem Thema jenseits von allen Komplikationen weiterhin auseinanderzusetzen.

Da kam der neue, klar abgezirkelte literarische Raum des Westerns gerade recht, umso mehr, da seine fiktive Gesellschaft nach einem strengen Ehrenkodex funktioniert, der, wie wir wissen, immer Hand in Hand mit Rache geht. Des Weiteren treffen wir im Wilden Westen auf eine Archaik des menschlichen Zusammenlebens, wie sie uns in dieser Reinform seit Jahrhunderten nicht mehr begegnet ist. Letzten Endes handelt es sich bei dem imaginären Raum des Wilden Westens um eine Art „Hyperrealität", in der alles etwas „mehr" ist, als wir das inzwischen gewohnt sind. Innerhalb dieser Hyperrealität treten alltägliche Problematiken deutlicher zutage und können mit einer neuen Klarheit verhandelt werden.

In gewisser Weise konstituiert der fiktive Wilde Westen einen Gegenentwurf zu unserer alltäglichen modernen Lebenswelt. In diesem imaginären Raum herrschen soziale Normen, die nicht mehr die unseren sind, die wir alle aber irgendwie noch kennen. Wir würden sie wohl als „ursprünglich" bezeichnen. Die Funktion dieses Gegenweltentwurfs beschreibt Peter A.

French in seiner Studie über Rachewestern, in denen Familie, Zusammenhalt und Ehre in der Regel von großer Wichtigkeit sind: „Teil einer Familie zu sein, verwurzelt den Menschen in der Welt, und diese Verwurzelung spielt innerhalb der Rachewestern eine zentrale Rolle. Sogar die mythische Figur des Wanderers, die so viele Western prägt, schließt sich in der Regel zumindest temporär einer Familie oder einer Gemeinschaft an, deren Verteidigung zum Definitionsmoment für das persönliche Ehrverständnis des Helden wird. Wer von der Familie, der Gemeinschaft ausgeschlossen ist, ist dazu verdammt, für immer die einsame Prärie zu durchstreifen. Ich nehme an, diese Einsicht gehört zu jenen fundamental anti-modernen, anti-aufklärerischen, anti-liberalen, aber individualistischen Momenten der Rachewestern. Diese propagieren somit eine moralische Lebensweise, für die die Kernbeziehungen des menschlichen Zusammenlebens selbstverständlich sind und niemals zur Diskussion stehen können."[86]

Dem Western kann also ein geradezu nostalgisches Moment innewohnen. Das heißt nicht, dass solche Gegenentwürfe unsere eigene Welt infrage stellen; vielmehr geben sie uns entscheidende Denkimpulse und Einblick in Dinge, die wir vielleicht schon vergessen haben.

Die „ursprünglichere" Gesellschaft, die uns ein Großteil der Western präsentieren, ist wie kaum eine andere eine Rachegesellschaft. Das Recht ist im Wilden Westen höchstens rudimentär präsent; nicht selten wird sogar vom Repräsentanten des Gesetzes (etwa dem Sheriff) verlangt, selbst als Rächer aufzutreten. Gerechtigkeit und persönliche Vergeltung sind eins. Rache ist im Westen so natürlich wie Atmen. Niemanden muss man erklären, warum ein Mann aufbricht, um die Mörder seiner Frau, seines Bruders, seines Freundes zu töten. Geld, Einfluss, Eifersucht sind verdammenswerte Motive für einen Mord. Rache ist es nicht. Diese Selbstverständlichkeiten müssen höchstens gegen Figuren verteidigt werden, die von außen kommen, Vertreter der Zivilisation, und diese werden entweder zu dem herrschenden Ehrenkodex bekehrt oder gehen zugrunde. Das heißt nicht, dass der Western Rache nicht problematisiert und ihre Mechanismen nicht in ihrer ganzen Tragweite erforschen

---

[86] French, aaO., S. 63.

kann. Doch Vergeltung an sich ist etwas Gegebenes und grundsätzlich Gerechtfertigtes.

In gewisser Weise funktioniert diese fiktive Rachegesellschaft des Wilden Westens nach den Mechanismen, die der Jurist Richard A. Posner für archaische Gemeinschaften postuliert: In einer solchen Gemeinschaft sei vor allem der erfolgreich, der Stärke projiziert, und derjenige lebt in Sicherheit vor Angriffen, der seiner Umwelt überzeugend glauben machen kann, dass er sich für jeden Schaden unerbittlich rächen wird.[87] Der Wilde Westen ist eine solche Welt der Stärke, eine Welt harter Männer und unbeugsamer Frauen – eine alte Welt.

Dieser fiktive Raum ist ein radikaler Anachronismus und selbst innerhalb der Fiktion am Vergehen. Es gibt kaum einen Western, in dem das unaufhaltsame Fortschreiten der Zivilisation nicht irgendwie zu spüren ist – oft durch die alleinige Anwesenheit der Eisenbahngleise, die Boten einer neuen Zeit, welche, wie wir wissen, das Ende dieser archaischen Welt bedeuten wird.

Der vielleicht berühmteste Rachewestern – neben *High Noon* (1955)[88] – ist kein genuin amerikanisches Machwerk, sondern Sergio Leones *Spiel mir das Lied vom Tod* (1968). Dieser Film gehört zu den sogenannten Italowestern, scherzhaft auch Spaghettiwestern genannt. Es handelt sich dabei um eine Reihe meist in italienisch-spanischer, manchmal auch mit deutscher, Zusammenarbeit entstandener und in Europa gedrehter Western, die nach der Phase der klassischen amerikanischen Western das Genre um eine neue Ästhetik bereicherten. Sie beeinflussten die weitere Entwicklung dieser Filmgattung auch in den USA nachhaltig. Wir sehen hier ein Beispiel, wie sich nicht-amerikanische Künstler den fruchtbaren imaginativen Raum des Wilden Westens aneignen und seine Möglichkeiten sowohl nutzen als auch erweitern.

---

[87] Posner, aaO., S. 75 ff.

[88] In *High Noon* / *Zwölf Uhr mittags* ist ungewöhnlicherweise nicht der Held der Rächer. Vielmehr muss sich der Held, der Marshall der Stadt, einem von ihm dingfest gemachten, aber freigesprochenen Verbrecher stellen, der ihm Rache geschworen hat. Er beweist sein Westernheldentum, indem er diese Herausforderung annimmt. Hier stehen sich in gewisser Weise Rache und Gesetz als Kontrahenten gegenüber, wobei das Gesetz zwar siegt, sich dafür aber den Regeln der Rache beugen muss.

Die Protagonisten der Italowestern sind zumeist kompromissloser und ambivalenter als die aufrechten Streiter der klassischen amerikanischen Western – eher Antihelden als Helden. Auch sind die Italowestern oft „roher" und düsterer. Während der frühe amerikanische Western den moralisch integeren Helden zelebrierte, herrscht in den Italowestern eine Art Outlaw-Gesetzlichkeit. Das zugrunde liegende Ethos der Rachegesellschaft bleibt jedoch dasselbe.

Der Zuschauer betritt mit dem Beginn des Filmes *Spiel mir das Lied vom Tod* eine Welt von wortkargen Cowboys, in der der Mann mit dem schnelleren Colt, wenn nicht der bessere, so ganz sicher der erfolgreichere ist. Dass diese archaische Welt, die sich vor uns auftut, am Schwinden ist, macht die übermächtige Präsenz der Eisenbahn deutlich; tatsächlich dreht sich der gesamte Plot um die Weiterverlegung der Schienen, die Gründung einer neuen Bahnhofsstadt und den damit einhergehenden Profit – alles Sendboten einer neuen Zeit. Des Weiteren verweist der italienische bzw. englische Originaltitel unmissverständlich darauf, dass wir unseren Fuß auf den Boden der Vergangenheit setzen: „Es war einmal im Westen" (Once Upon a Time in the West / C'era una volta il West).

Eigentliche Hauptfigur – wenn es denn in diesem Film um vier im Grunde gleich stark gewichtete Protagonisten eine solche überhaupt gibt – ist die frisch verheiratete Jill McBain, wie so viele der starken Frauen im Westerngenre eine (ehemalige) Hure. Sie ist die Fremde, die von außen (New Orleans) in die eigengesetzliche Welt des Wilden Westens kommt und dort erst einmal ihren Mann und dessen Kinder ermordet vorfindet.

Dass mit diesem Massaker ein fundamentaler Normbruch geschehen ist, macht der vogelfreie Cheyenne deutlich, der sowohl mit seinem schnellen Colt und seiner Gesetzlosigkeit als auch mit seinem unverrückbaren Ehrbegriff für den alten Westen steht und verkündet, dass auf Frauen, Kinder und Krüppel nicht geschossen werden dürfe. Der Übeltäter Frank, der die Familie McBain auf dem Gewissen hat, hat sich somit zum eigentlichen Vogelfreien, zum wahren Bösewicht gemacht – bzw. er hat sich als das entlarvt, was er schon immer war.

Der skrupellose Frank versucht alles, die frischgebackene Mrs. McBain von ihrem Land zu vertreiben. Unerwartete Hilfe erhält sie von einem geheimnisvollen Fremden, den Cheyenne „Mundharmonika" tauft, weil er sein Auftauchen immer durch

eine ganz bestimmte Melodie auf seiner Mundharmonika an-
kündigt – das für die deutsche Synchronisation titelgebende
„Lied vom Tod". Die Motivation dieses Fremden bleibt lange unklar, obwohl dank der etablierten Konventionen des
Westerns spätestens nach seinem ersten Treffen mit Frank klar
wird, dass er wohl als Rächer all der Toten gekommen ist, die
der Bösewicht auf dem Gewissen hat.

Die Namenlosigkeit des Fremden ist signifikant. Er erhält dadurch die Aura eines archetypischen Rächers, ja, wird sogar zur
Inkarnation der Rache. Frank macht diese Unbestimmbarkeit
seines Gegners fast wahnsinnig. Dreimal begegnen sich die beiden im Laufe des Films, und dreimal fragt Frank den Fremden
wiederholt: „Wer bist du?" Der Fremde antwortet jedes Mal mit
einem anderen Namen eines Opfers des Gesetzlosen. Für Frank
wird sein Gegner dadurch immer ominöser. Das Schicksal des
Bösewichts bekommt etwas Unvermeidliches; wir wissen,
dass der unweigerliche Shoot-Out, der den Western beendet,
den Tod des „Bösen" zur Folge haben wird. In der Tat wird
das gesamte Geschehen zur einer Art Ausagieren festgelegter
Rollen, aus denen die Protagonisten aber weder ausbrechen
können noch wollen. Franks Taten, die selbst die rauen Regeln
des Westens brechen, müssen bestraft werden, der Fremde ist
derjenige, der sie straft.

Erst am Ende des Films löst sich die Frage um die Motivation
Mundharmonikas auf. Wir erfahren, dass es hier eigentlich
um eine sehr persönliche Rache geht. Frank hat einst den älteren Bruder Mundharmonikas aufgehängt, und zwar, indem
er ihn mit den Füßen auf die Schultern des kleinen Jungen
stellte. Solange der Kleine aushielt, blieb auch der Bruder am
Leben, doch die Kraft des Kindes ließ natürlich früher oder
später nach; der Kleine fiel, der Bruder auch und starb am
Strang. Dem Zuschauer wird dieses Geschehen allein über die
Erinnerung Mundharmonikas vermittelt, während sich die beiden Kontrahenten gegenüberstehen. Selbst als Frank die Kugel
trifft und er zu Boden geht, weiß er immer noch nicht, warum.
Erst als sein Bezwinger ihm die Mundharmonika zwischen die
Zähne rammt, so wie Frank es damals mit dem Kind gemacht
hatte, das sinnlos versuchte, seinen Bruder am Leben zu halten,
ist Franks letzte Frage: „Wer bist du?" beantwortet. Im Sterben
erkennt er den Grund für seinen Tod.

Spiel mir das Lied vom Tod zeigt uns durch die im Augenblick
des Todes geteilte Erinnerung zwischen Opfer/Täter und Täter/

Opfer, wie zutiefst persönlich, fast intim Rache ist. Das wissen wir schon seit Homer. Der archaische Raum des Wilden Westens eignet sich hervorragend dafür, altes Wissen über die Rache aufzufrischen und neu zu beleuchten (so etwas ist nicht redundant, sondern ein sehr wichtiges Element im Prozess unserer kulturellen Weiterentwicklung).

Gleichzeitig hat Rache in Sergio Leones Meisterwerk auch eine extrem entpersonalisierte Komponente. Selbst am Ende bekommt Mundharmonika keinen Namen. Dass Frank ihn im Sterben erkennt, ist zwar für ihn als Person wichtig, aber nicht unbedingt für die Rache. Im Grunde hätte jedes von Franks Opfern zurückkommen und ihn stellen können, wären die meisten von ihnen nicht tot. Doch manche lebten, und in einer Welt, die Personen wie Frank Raum und Macht gibt, werden diese Lebenden zu Rächern. In der Gestalt von Mundharmonika, dem Frank als Kind Unrecht tat, begegnet uns ein extrem bedeutendes Racheelement: Der Übeltäter schafft sich seinen Tod selbst. Mundharmonika wäre wohl nie der vollendete Revolverheld geworden, der er ist, hätte Frank ihm nicht seine Lebensmission vorgezeichnet: ihn zu töten. In der Welt des Wilden Westens wird Unrecht unweigerlich bestraft, weil es sich seine Strafe selbst schafft.

Das bedeutet jedoch auch, dass Mundharmonika zwangsläufig durch seine Rachemission definiert wird und nur dadurch. Sie hat ihn zu dem gemacht, was er ist, und selbst, als sie vollendet ist, kommt er ihr nicht mehr aus. Am Ende verlässt er die um die Farm von Jill McBain entstehende Stadt, so wie Cheyenne es vorausgesagt hat. Der namenlose Mundharmonika kann nicht mehr dauerhaft einer menschlichen Gemeinschaft angehören; er wird zum ruhelosen Wanderer.

„Männer wie er können nicht anders", versucht Cheyenne der enttäuschten Jill die Sachlage zu erklären. „Sie leben mit dem Tod." – „They have something inside", sagt er in der englischen Version. „Something to do with death." Das Rachenehmen, aber auch der Code, auf den er sein Leben ausgerichtet hat, hat Mundharmonika zu jemandem gemacht, der nicht mehr ganz Teil der Menschheit ist, der Anteil am Tod hat und keinen Platz finden wird in der vorrückenden Zivilisation, die in Gestalt des kleinen Städtchens schon Form annimmt. Jill McBain, die Hure, die McBain an seine Mutter erinnert, die lebenspendende Frau, ist nichts für den „Todesträger" Mundharmonika und auch nichts für Cheyenne, die Inkarnation des Westens, der am

Ende des Films an einer Schusswunde und an seinen Prinzipien stirbt.[89]

Der Fremde in *Spiel mir das Lied vom Tod* ist ein archetypischer Westernrächer: Sein Handeln ist notwendig, um die fragile Gemeinschaft mitten im Nirgendwo zu erhalten, aber es verändert ihn so, dass er nicht mehr dazugehört. Sein „Leben mit dem Tod" verhindert, dass er Anteil an der Zukunft hat, die er hilft zu bauen.

Exkurs: Holocaust –
Die Rache und das Unfassliche

Der Rache geht immer ein Unrecht voraus. Da ist erst einmal egal, ob diese Verletzung eine tatsächliche oder eine eingebildete ist – jedenfalls für den Rächer. Für unsere Beurteilung des Vergeltungsgeschehens spielt das allerdings sehr wohl eine Rolle. Ob wir, als mehr oder weniger neutrale Beobachter oder Leser, die Rachetaten nachvollziehen, entschuldigen oder gar gutheißen können, hängt zu einem Großteil von der Art des Unrechts ab, das dem Rächer (ihm selbst oder denjenigen, für die er Vergeltung übt) zugefügt wurde. Erscheint es uns als schwer, ungerecht, willkürlich, unerträglich etc., können wir auch die Motivation zur Rache verstehen und auf der Seite dessen stehen, der sie nimmt.

Die zweite Komponente, die unsere Beurteilung einer Vergeltungstat beeinflusst, ist die Art der Rache: Ist sie verhältnismäßig? Verletzt sie Unschuldige? Verändert sie den Rächer bis zur Unkenntlichkeit? Ist sie unbarmherzig oder lässt sie sich beschwichtigen? – All das sind Kriterien, nach denen wir eine Rache als „recht" oder „unrecht" beurteilen. Aber was passiert mit diesen Kategorien, wenn das geschehene Unrecht alle Maßstäbe des Begreifbaren übersteigt?

---

[89] Er wurde von einem „Krüppel" angeschossen, auf den er, seinen Grundsätzen folgend, nicht schießen konnte.

„Ich schrieb, weil ich dachte, dass Oberst García eines Tages als Besiegter vor mir stehen würde und ich alle die Menschen rächen könnte, die gerächt werden müssen", schreibt die junge Chilenin Blanca, die stille Erzählerin von Isabel Allendes Erfolgsroman *Das Geisterhaus* (1982). Diese Worte entströmen ihrer Feder, nachdem sie Monate in einem Gefangenenlager der Militärjunta unter dem Befehl des besagten Oberst García verbracht hat und dort nicht nur selbst aufs Grausamste und Demütigendste gefoltert wurde, sondern mit ansehen musste, wie dasselbe und Schlimmeres anderen Menschen geschah. Ihr Hass und die Aussicht auf Rache halten sie aufrecht. Aber als sie endlich wieder frei ist und die Geschichte des Unrechts niederzuschreiben beginnt, erkennt sie: „Und jetzt suche ich nach meinem Hass und kann ihn nicht finden. […] Es wird mir schwer werden, alle zu rächen, die gerächt werden müssen, weil meine Rache ein weiterer Teil des einen, unerbittlichen Ritus sein würde. Ich will denken, dass mein Amt das Leben ist und meine Aufgabe nicht darin besteht, den Hass fortzusetzen."

Blanca entscheidet sich bewusst gegen die Rache, und sie tut es wohl viel eher um ihrer selbst (und ihrer ungeborenen Tochter) willen, als dass sie ihrem Peiniger tatsächlich vergeben hätte. Er als Person verliert für sie schlicht an Bedeutung. Das, was er ihr angetan hat, wird Blanca für immer prägen, aber sie lässt ihn nicht ihr weiteres Leben bestimmen. Es ist vielleicht die einzige Art, wie Blanca versöhnt weiterleben kann. Aber niemand hätte ihr wohl einen Vorwurf gemacht, hätte sie sich anders entschieden und den „einen, unerbittlichen Ritus" der Rache fortgesetzt. Nur weil Blanca sich gegen Vergeltung entscheidet, hebt das ihre mögliche Berechtigung, vielleicht sogar Notwendigkeit nicht auf. Das Unrecht ist getan und wird nicht un-getan, nur weil Blanca für sich den Weg der Versöhnung wählt (nicht mit ihrem Peiniger, wohlgemerkt, lediglich mit dem Leben).

Angesichts so großer, unsäglicher Verbrechen wie Massenfolter und Massenmord beginnen die Kategorien, mithilfe derer wir ansonsten unsere Urteile über die Welt bilden, ihren absoluten Charakter zu verlieren. Mit dem Unbegreifbaren konfrontiert, verlieren wir den Boden unter den Füßen. Das gilt auch für das Thema Gerechtigkeit, Rache und Vergeltung. Es gibt im 20. und auch im beginnenden 21. Jahrhundert genug Beispiele solch maßlosen Unrechts, angesichts dessen uns einfache Antworten fehlen. Das erschütterndste aber ist und bleibt die große Zäsur in der Geschichte der Moderne: der Zweite Weltkrieg und der Holocaust.

Der Problemkomplex Rache und Holocaust ist ein ganz eigener. Er erfordert eine philosophische und ethische Auseinandersetzung, der ein Buch dieser Art unmöglich gerecht werden kann. Doch kann und darf dieses schwierige Thema natürlich nicht einfach ignoriert werden.

Susan Jacoby umreißt in ihrer Studie *Evolution of Revenge* die an sich problematische Haltung des späten 20. Jahrhunderts gegenüber persönlicher Vergeltung und Rachegefühlen. In der Regel, so führt sie aus, wird der Drang nach Genugtuung als eine negative Regung angesehen, die ein „zivilisierter" Mensch fähig sein sollte zu beherrschen: „Gerechtigkeit ist innerhalb des modernen Kodex zivilisierten Verhaltens ein akzeptierter Handlungsmodus – Rache ist es nicht. Wir ziehen es vor, unsere Augen von denjenigen abzuwenden, die darauf bestehen, uns an das Unrecht zu erinnern, das ihnen widerfahren ist. [...] Solche Leute stören den öffentlichen Frieden; wir wünschen uns, sie würden mit ihren Erinnerungen in die Kirche gehen, auf einen Friedhof oder zu einem Psychiater."[90]

Menschen, die nicht nur Gerechtigkeit fordern, sondern auch Rachegefühle äußern, sind uns unangenehm, so meint Jacoby. In unserer neuen, aufgeklärten Welt, die die schlimmsten Gewalttaten der Menschheitsgeschichte mit angesehen hat, scheint Rache keinen Platz mehr haben zu dürfen. Gewalt darf man nicht mit Gewalt beantworten. „Auge um Auge, das macht die ganze Welt blind", heißt ein moderner Ausspruch, und man kann ihm nicht widersprechen. Doch kann man diese Wahrheit, die so banal ist, wie es alle großen Wahrheiten sind, tatsächlich jenen ins Gesicht werfen, denen so unsagbares Leid widerfahren ist wie Überlebenden des Holocaust?

Man kann und man tut es, meint Jacoby. Sie schildert, wie bei Prozessen ehemaligen KZ-Personals in den USA den Mitklägern – Überlebende genau jener oder auch anderer Konzentrationslager – aus ihrer berechtigten Forderung nach Gerechtigkeit allzu leicht ein Strick gedreht wurde, wann immer ihre Worte ein wenig nach Vergeltungswunsch klangen. Jacoby prangert eine solche Art grausamer Heuchelei als gesamtgesellschaftliche Verdrängung der unangenehmen Racheregungen

---

[90] Jacoby, aaO., S. 1 f.

an. Leidtragende sind solche, denen man beim besten Willen nichts vorwerfen kann, wenn sie Hass und Rachegefühle gegen ihre Peiniger hegen. Man kann Jacoby sicher nicht widersprechen, wenn sie verlangt, dass zumindest der Wunsch nach Rache nicht stigmatisiert und dem „reinen" Verlangen nach Gerechtigkeit als „böse" entgegengesetzt wird. Rachegefühle können nicht nur als „niederer Affekt" abgestempelt werden. Opfer darf man nicht zu Schuldigen machen, nur weil sie die Täter bestraft sehen wollen. Das gilt im gesteigerten Maße für die Überlebenden menschenunwürdigster Verbrechen.

All diese Überlegungen sind wichtig und müssen angestellt werden. Das maßlose Unrecht eines Genozids, das im Holocaust seine furchtbarste, unfasslichste Ausprägung gefunden hat, zwingt uns mehr denn je dazu. Gleichzeitig greifen gerade hier alle Antworten zu kurz. Auch die Literatur kann sich nur langsam, mühsam und behutsam mit diesem Thema auseinandersetzen. Natürlich gibt es diese literarische Beschäftigung mit dem Unsagbaren, aller Befürchtungen des Gegenteils zum Trotz. Denn wo sonst manifestieren sich die Versuche des Menschen, das Unbegreifbare greifbar zu machen, deutlicher als in der Religion, der Philosophie und der Kunst? Die Geschichten um Holocaust und Rache stehen in einem ganz eigenen Buch. Einen kurzen Blick wollen wir aber doch hineinwerfen.

Auf besonders prägnante Weise setzte sich der deutsche Schriftsteller Jurek Becker (ca. 1937–1997) mit dem schwierigen Themenkomplex „Holocaust und Rache" auseinander, und zwar in seinem 1986 erschienenen Roman *Bronsteins Kinder*. Becker, selbst Kind jüdischer Eltern, wählt als Ich-Erzähler seiner Rachegeschichte den Sohn eines Überlebenden der Konzentrationslager. Der junge Hans wurde selbst nach dem Zweiten Weltkrieg geboren und ist also nicht mehr „Betroffener". Der Roman wird so zur indirekten Rachegeschichte. Der Protagonist ist nicht der Rächer, sondern Beobachter.

Hans wird in die wenig beneidenswerte Lage versetzt, ein Urteil über die Berechtigung von jüdischer Rache für das Leid während der Nazizeit fällen zu müssen. Es gelingt ihm nicht. Die ohnehin komplizierte Beziehung zwischen Hans und seinem Vater, dem Überlebenden, zerbricht an der Unmöglichkeit, miteinander zu kommunizieren, den Abgrund zu überbrücken zwischen jemandem, der ein Opfer war, und jemandem, der das nicht war. Hans und sein Vater, Bronstein, können nicht nach denselben Gesetzen leben. Hans kann seinen Vater, der von seiner Perspektive aus zum Täter wird, aber Leid ertragen musste, das Hans sich nicht einmal vorstellen kann, nicht verurteilen; genauso wenig kann er seine Rache gutheißen. Er muss schließlich seinen eigenen Werten entsprechend handeln, ohne eine Überbrückung des Abgrunds zu versuchen.

„Vor einem Jahr kam mein Vater auf die denkbar schwerste Weise zu schaden, er starb", beginnt Jurek Beckers Roman. Im Rückblick erzählt Hans die Geschichte von der Rache seines Vaters, während der Leser gleichzeitig Zeuge wird, dass das vergangene Geschehen Hans sein gegenwärtiges Leben unendlich schwer macht. Auch er ist aus dem Alltag der DDR der frühen Siebzigerjahre herausgerissen worden und findet seinen Weg nicht recht zurück.

Hans wird in die Rachegeschichte seines Vaters hineingezogen, als er im Landhaus der Familie einen verwahrlosten Mann mit Handschellen an ein altes Bett gefesselt findet. Es handelt sich um einen ehemaligen KZ-Aufseher, der in derselben Stadt lebte und den Bronstein und zwei seiner Freunde – ebenfalls Überlebende – eines Tages erkannten und daraufhin gefangen setzten. Sie sind der Meinung, selbst Rache üben zu müssen, weil „die Deutschen" weder in der Lage dazu seien, wahre Gerechtigkeit walten zu lassen, noch wirklich das Recht dazu hätten. Zugleich wird – zumindest aus der Perspektive von Hans – klar, dass die drei alternden Männer eigentlich gar nicht so recht wissen, wie sie ihre Vergeltung üben sollen. Wie rächt man sich für das, was an ihnen geschah, und dann auch noch an einer einzelnen Person?

Die drei Rächer halten den ehemaligen Aufseher im Waldhaus gefangen, lassen ihn verkommen, schlagen ihn, damit er *irgendetwas* zugibt – was, wird nie ganz klar, entweder, weil sie es selbst nicht wissen, oder, weil Hans und sein Vater unfähig sind, auf einer gemeinsamen Ebene über das, was geschieht, zu reden. Hans kann sich die Motivationen seines Vaters höchstens erschließen, und das belastet ihn selbst in der Erzählgegenwart immer noch. Er hat keine Möglichkeit, zu verstehen, nachzuvollziehen, was in den drei Opfern vorgeht, die vor seinen Augen zu Tätern werden. Bronstein wiederum erwartet von seinem Sohn bedingungslose Unterstützung. Er, der immer so sehr darauf bedacht war, keine Vorteile aus seinem Status als

„Überlebender" zu schlagen – was kann ihm ein Volk, das zum Täter an ihm wurde, schon geben? –, pocht plötzlich auf seine Rechte als Opfer. Hans kann dem nichts entgegensetzen außer der er-weiß-nicht-auf-was-gegründeten Überzeugung, dass es falsch ist, einem anderen Menschen Leid zuzufügen.

Bronsteins Kinder erzählt von Hans' Kampf mit sich selbst und der Vergangenheit, die seine Familie eingeholt hat. Soll er einfach schweigen, die Rache seines Vaters, deren Berechtigung er weder verneinen noch bejahen kann, unterstützen und so zum Mittäter werden? Oder soll er seinen Vater verraten und einen gequälten Menschen befreien, der sein Schicksal womöglich verdient?

Letztendlich entscheidet sich Hans dafür, den ehemaligen Aufseher zur Flucht zu verhelfen. Er tut es aber weniger, weil er ein „Opfer" retten will, sondern weil er sieht, was die Rache seinem Vater antut – und weil er die Komplikation „Vergeltung" schlicht und einfach aus ihrer aller Leben beseitigen will. Als Hans mit Werkzeug ausgerüstet zum Waldhaus kommt, findet er die Leiche seines Vaters neben dem gefesselten Ex-Aufseher liegen. Bronstein hat während einer weiteren sinnentleerten Befragungsrunde einen Herzinfarkt erlitten. Hans befreit den Gefangenen trotzdem.

Damit endet Hans' Erzählung der Rachegeschichte seines Vaters. Bronstein hat wie so viele andere Rächer im Laufe der Literaturgeschichte den Tod gefunden, aber es bleibt ungeklärt, ob Rache und Sterben in einem direkten Zusammenhang stehen. Hans seinerseits hat sich für humanistische Überzeugungen entschieden, die vor wie nach dem Zweiten Weltkrieg bestehen bleiben. Das ist ihm aber nur gelungen, indem er die Vergangenheit, das unsägliche Unrecht und seine komplexen Konsequenzen nach langem Abwägen schlichtweg beiseiteschiebt.

Das Dilemma „Holocaust und Rache" bleibt ungelöst. *Bronsteins Kinder* sagt uns nicht, dass Hans' Vater und seine Verbündeten nicht das Recht gehabt haben, sich zu rächen, obwohl der Ich-Erzähler gleichzeitig weiß, dass es „nicht recht" ist, was sie tun. Das Geschehen hat dem jungen Hans seinen Vater gekostet und ihn unwiderruflich verändert. Die Beziehung zu seiner ersten Liebe Martha zerbricht im Zuge der Rachegeschichte und ihrer Nachwehen, weil Hans mit ihr, der Unbeteiligten, genauso wenig über die Sache reden kann wie sein Vater mit ihm. Im Grunde sagt uns *Bronsteins Kinder* nur eins: Es ist unendlich schwierig.

Auseinandersetzung mit historischen Geschehnissen braucht immer zeitlichen Abstand. Der Zweite Weltkrieg und der Holocaust benötigten einen sehr großen. Noch immer ist eine freie, kreative Beschäftigung mit diesen Themen schwer. Aber sie ist nicht mehr unmöglich. Fast 65 Jahre nach Ende des Zweiten Weltkriegs fand Quentin Tarantino mit seinem Film *Inglourious Basterds* (2009) einen Weg, die Themen Rache und Holocaust in einem rein fiktionalen Raum zu behandeln und dabei Möglichkeiten der Vergeltung auszutesten, die in der Realität schlicht unmöglich sind.

Neben den von den Vereinigten Staaten ins besetzte Frankreich abkommandierten Guerillakämpfern, den Inglourious Basterds, steht im Mittelpunkt des Films die junge Jüdin Shosanna. Während die Inglourious Basterds die Gräueltaten der Nazis rächen, indem sie jeden Nazi entweder töten oder brandmarken, fällt Shosanna, die als Einzige dem Massaker an ihrer Familie entkommen ist, die Gelegenheit zur ultimativen Vergeltung mehr oder weniger in den Schoß. In ihrem kleinen Pariser Kino soll ein deutscher Kriegsfilm (sprich. Propagandafilm) seine Premiere haben, zu der auch Hitler erscheinen wird. Shosanna gelingt es, ihr Kino zur Todesfalle zu machen. Während sich die versammelte Nazi-Elite den glorifizierenden Heldenfilm zu Gemüte führt, brennt das Kino ab, und Shosannas Stimme verkündet immer und immer wieder „die jüdische Rache". Hitler selbst findet seinen Tod durch die Hände der Inglourious Basterds, und auch der Mörder von Shosannas Familie, „Judenjäger" Oberst Landa, entkommt seiner Strafe nicht.

Es ist eine unerfüllte historische Möglichkeit, die Tarantino in seinem postmodernen Film durchspielt. Damit ermöglicht er in der Fiktion eine Rache, die in der Realität in all ihrer poetischen Gerechtigkeit nie stattfand: Hitler und seine Handlanger erliegen der Vergeltung der Juden.

In der Kunst, im fiktionalen Raum, den Tarantino durch seine höchst eigene Art des Filmemachens erzeugt, ist so etwas möglich. Sein Film ist zu manchen Teilen ausgesprochen bizarr. Er sagt uns von Anfang an: „Ich erzähle eine Geschichte. Das hier ist Fiktion." Dadurch kann Tarantino, als würde er den Vorhang einer Theaterbühne aufziehen, uns in eine fiktionale Welt eintreten lassen, in der es selbst im Kontext von Weltkrieg und Holocaust möglich ist, eine „reine Rachegeschichte" jenseits aller problemüberladenen Fragestellungen zu erzählen. Doch denkbar ist das erst jetzt, mit der Distanz des 21. Jahrhunderts auf Geschehnisse, die über sechzig Jahre zurückliegen.

VIII. Rache postmodern – Alte und neue Geschichten um Vergeltung

Die zweite Hälfte des 20. Jahrhunderts hatte sich ganz neuen geschichtlichen Herausforderungen zu stellen. Die Welt hatte zwei große Kriege gesehen, und der Zweite Weltkrieg und die Gräuel des Holocaust übertrafen alles, was die Menschheit bis dato an Grauen gekannt hatte. Es war die große Aufgabe der folgenden Jahrzehnte, dieses große Welttrauma zu bewältigen, eine Aufgabe, die auch heute noch nicht abgeschlossen ist. Dazu kam die stete Bedrohung des Kalten Krieges, die neue Paranoia, aber auch neue Ideologien der Freiheit und des Friedens nach sich zog.

Welchen Platz hatte Rache in dieser neuen Welt? In Gestalt des ultimativen Vergeltungsschlags wurde sie zum Schreckgespenst. Persönliche Rache, Selbstjustiz, stand nach einer Jahrhunderte, wenn nicht Jahrtausende, dauernden Entwicklung auf der anderen Seite des Gesetzes. Der Drang nach Vergeltung an sich wurde von der sich entwickelnden Psychologie zwar als grundlegende menschliche Motivation anerkannt, zugleich jedoch tendenziell als eine pathologische Erscheinung behandelt. Rachedurst wurde grundsätzlich als ein niederer Affekt beurteilt, und von „normalen", „psychisch gesunden" Menschen wurde erwartet, diesen Drang beherrschen zu können. Susan Jacoby schreibt diesbezüglich in ihrer 1985 erschienenen Studie über die Evolution der Rache vielleicht ein wenig überspitzt: „Das Tabu, mit dem unsere Kultur Rache heutzutage besetzt, ist der Aura des Verbotenen, die im 19. Jahrhundert die Sexualität umgab, gar nicht mal so unähnlich."[91]

Die mangelnde Beherrschung eines Rachewunsches mit einer neurotischen Störung gleichzusetzen, mag richtig oder falsch

---

[91] Jacoby, aaO., S. 12.

sein (nur weil etwas eine allgemein menschliche Erscheinung ist, heißt das nicht, dass sie automatisch einem gesunden psychischen Apparat zuträglich ist). Doch Racheimpulse an sich zu verurteilen, bedeutet, sie mit Schuld zu besetzen. Das wiederum kann zur Verdrängung von Gefühlen führen, die um unserer psychischen Gesundheit willen besser akzeptiert werden sollten, auch wenn es vernünftiger und humaner sein mag, es bei der Emotion zu belassen und sie nicht in Handlung umzusetzen.

Vergeltung war nie ein unproblematisches Phänomen, selbst in Fehdegesellschaften wie der homerischen Welt oder dem feudalen Mittelalter nicht. Das haben uns die Rachegeschichten über die Jahrtausende gezeigt. Rache ist viel zu unberechenbar; sie bricht gesellschaftliche Strukturen auf und kann Personen dazu treiben, auf die eine oder andere Art die Grenzen des Menschlichen hinter sich zu lassen. Zugleich ist sie eine zutiefst menschliche Emotion, und sie verschwindet nicht, indem wir sie verteufeln.

Pathologisches Phänomen oder nicht: Auch eine Gesellschaft, die das Konzept von Rache an sich verfemt, muss sich mit ihren Mechanismen weiter auseinandersetzen. Dass wir Geschichten brauchen, die die Rache an sich erforschen, zeigt nicht zuletzt die unglaubliche Vielzahl von Rachefilmen, die bis heute die Kinoleinwände und Fernsehbildschirme beherrschen. „Rache ist wie Popcorn – sie passt gut ins Kino", schreibt Regina Barreca, und: „Rache verkauft alles."[92]

Letzten Endes verschafft es uns gerade in einer Zeit, in der Racheimpulse verpönt sind, eine finstere, aber genussvolle Art von Genugtuung, einen erfolgreichen Vergeltungsakt seinen Lauf nehmen zu sehen. Und schließlich ist alles nur Fiktion.

---

[92] Barreca, aaO., S. 10 und S. 20.

1. Die alte Dame Rache

Niemals hätte sich der junge Rambald träumen lassen,
dass der Schein so trügen konnte.
(Italo Calvino, *Der Ritter, den es nicht gab*)

Die Literatur der zweiten Hälfte des 20. Jahrhunderts setzte die Tendenzen der Moderne fort und ließ sie zugleich hinter sich. Unter anderem zeichnet sie sich durch ein gesteigertes Geschichts- und Sprachbewusstsein aus. Darüber hinaus ist sie sich ihrer selbst in geradezu hypersensibler Art und Weise bewusst. Die Literatur dieser „Postmoderne" weiß: Die menschliche Existenz ist eine geschichtliche, und das in mehrfacher Hinsicht. Es gibt keine ewigen, in Stein gemeißelten, allgemeinmenschlichen Sicherheiten – Dinge, die so sind, immer so waren und für immer so sein werden.

Wie wir die Welt und uns selbst wahrnehmen und verstehen, hängt von dem historischen Moment ab, in dem wir uns befinden, und was wir über die Vergangenheit wissen, ziehen wir allein aus den Spuren, die die Menschen vor uns hinterlassen haben – Spuren, die wir interpretieren müssen. Zugleich nehmen wir auch unsere gegenwärtige Welt nur über Sprache vermittelt wahr; um etwas zu begreifen, müssen wir dem Ding erst einen Namen gegeben. Dadurch aber interpretieren wir es bereits und schränken es ein. Letzten Endes verstehen wir Menschen unsere Welt nur, indem wir uns und anderen Geschichten über sie erzählen. Über den Wahrheitsgehalt dieser Geschichten bzw. ihre tatsächliche Grundlage in der Realität, die uns umgibt, können wir uns aber nie ganz sicher sein.

Angesichts dieses Wissens der Postmoderne verschwimmt die Grenze zwischen Realität und Fiktion bis zur Unkenntlichkeit. Unser ganzes Leben ist von Geschichten durchzogen, die wir uns selbst erzählen oder die andere uns erzählen. Eine Chance auf Selbstbestimmung hat da das Individuum nur, wenn es sich der Funktionsweise dieser „Wirklichkeit" bewusst ist. Was ich von der Welt weiß, mag kaum mehr sein, als eine Geschichte, die ich mir selbst erzähle – aber wenigstens bin ich mir darüber im Klaren.

Kritisch wird es, wenn ich unreflektiert die Fiktionen, die andere für mich spinnen, als Tatsachen übernehme. Das gilt besonders für die sogenannten „großen Erzählungen", über die die Welt sich ihr Werden und ihr Sein selbst erklärt. Religion gehört dazu, Geschichtsschreibung, Recht und Gesetz. Die Postmoderne setzte und setzt sich die Aufgabe, diese „großen Erzählungen" zu „dekonstruieren", in ihre Bestandteile zu zerlegen, um zu sehen, ob etwas dahinter steckt. Oft scheint sie aufzudecken, dass diese Geschichten und Fiktionen um eine leere Mitte kreisen. Doch selbst das, diese Geschichte um Leere hinter Schein über Schein, ist wiederum eine Art „große Erzählung". Es bleibt, sich seine eigenen Geschichten zu bauen – ein ewiges Spiel um Sein und Schein, um Wirklichkeit und Fiktion, das die Unsicherheit um das, was auf dem Grund liegt, aus Angst in wahre Spielfreude verkehrt.

In gewisser Weise gehören zu diesen „großen Erzählungen" auch die Rachegeschichten, die die Menschen sich über die Jahrtausende gesponnen haben. Wie alle anderen wird auch diese „große Erzählung der Rache" in der zweiten Hälfte des 20. Jahrhunderts erst einmal in ihre Bestandteile zerlegt, auf Herz und Nieren untersucht, und es werden ihre nackten Knochen blankgelegt.

Ein gutes Beispiel für eine solche Racheobduktion findet sich in Italo Calvinos *Der Ritter, den es nicht gab*. Der ausgesprochen philosophisch orientierte Calvino (1923 – 1985) gehört zu den bedeutendsten italienischen Schriftstellern des 20. Jahrhunderts. In seinem humoristischen Ritterroman von 1959 betreibt er die Suche der Postmoderne nach der leeren Mitte bis zur letzten Konsequenz und stellt gleichzeitig deren spielerisches Potenzial unter Beweis.

Im Mittelpunkt des Romans steht Ritter Agilulf, ein Paladin im Heer Karls des Großen, der ein Ausbund perfekter Ritterlichkeit ist – und nicht existiert. In der Ritterrüstung steckt kein Mensch, wie in all den anderen, sondern nichts als Leere. Agilulf verkörpert auf seine körperlose Art die Inhaltsleere eines jeden menschengemachten Ideals, das dennoch mächtig genug ist, ein Eigenleben zu entwickeln.

Verstärkt wird dieses Nicht-Sein des Ideals durch die absolute, ernüchternde Menschlichkeit der übrigen Ritter. Diese sind der körperlosen Verkörperung des Codes, dem sie folgen sollten, aber den sie in Wahrheit ignorieren, alles andere als freundschaftlich zugetan. Der Leser Calvinos wird hier einem humorigen Desillusionierungsprozess ausgesetzt, und zwar gemeinsam mit der zweiten Hauptfigur des Romans, dem junge Ritter Rambald, der mit einer Rachemission zum Heer Karls des Großen stößt und statt Helden nur Menschen vorfindet:

Die beiden [Ritter] führten die Hand zum Helm mit den wallenden Federn, lösten die Sturmhaube vom Halsband und hoben ihn ab. Zwei gelbliche Kahlköpfe kamen zum Vorschein, zwei Gesichter mit etwas schlaffer Haut, großen Tränensäcken und schütteren Schnurrbärten – Gesichter von Schreiberlingen, alten Beamten und Federfuchsern.[93]

Calvino nimmt sich hier natürlich nicht irgendein Ideal vor. Er, der selbst als Partisane im Zweiten Weltkrieg gekämpft hat, entlarvt die Mär vom kriegerischen Heldentum, von Ehre und ruhmvollem Tod. Äußerst effizient demaskiert er die Bürokraten hinter den Soldaten, die die eigentlichen Kriegsführer sind. Calvino bricht hier mit einer Tradition, die so alt ist wie die Rachegeschichten selbst, indem er die enge, scheinbar unauflösliche Verbindung zwischen Rache und Krieg negiert, die uns seit der *Ilias* und dem Trojanischen Krieg so vertraut ist.

Auf der Handlungsebene bedeuten diese Erkenntnisse natürlich einen heftigen Schlag für den jungen Rambald, der voller Eifer aufgebrochen ist, um den Tod seines Vaters auf dem Schlachtfeld zu rächen. Mit allen Idealen der Fehdegesellschaft bewehrt, will Rambald den Kalifen Isoarre voller Heldenmut im Kampf stellen – nur, um von dem „leeren" Ritter Agilulf aufgeklärt zu werden: „Du brauchst nur bei der Oberintendantur für Duelle, Blutrache und Ehrenhändel einen Antrag zu stellen."[94]

Das zieht nicht nur Jung-Rambald den Boden unter den Füßen weg, sondern auch uns erfahrenen Lesern von Rachegeschichten. Ja, natürlich sind uns immer wieder Beispiele von gesellschaftlich akzeptierter, institutionell geregelter und auch ritualisierter Rache untergekommen, die im Laufe der Jahrhunderte zu einem tödlichen, sinnentleerten System versteinerten. Aber bürokratisierte Rache? Wo bleibt da das Wilde, das Anarchische, das Unbezähmbare?

---

[93] Zitiert aus: Italo Calvino: *Der Ritter, den es nicht gab*. München: Deutscher Taschenbuchverlag 1987. S. 18

[94] Calvino, aaO., S. 16.

Calvinos Geschichte stellt alles infrage, was wir über Rache wissen. Vergeltung hat nichts mit Ehre zu tun; sie ist ein rein bürokratischer Vorgang, der man-weiß-nicht-so-genau-warum über die Bühne geht. Auf die Spitze getrieben wird das Ganze, als Rambald bei der fraglichen Oberintendantur das Recht verlangt, den Bezwinger seines Vaters zu töten, und folgende Antwort erhält:

> *Aber was denn, Blutrache! Das hat doch gar keinen Zweck. Als Olivier neulich glaubte, seine beiden Onkel seien in der Schlacht gefallen, hat er sie gerächt. Stattdessen waren sie betrunken unter einem Tisch liegen geblieben. Also haben wir diese beiden Onkelrachen zu viel am Hals und sind arg in Verlegenheit. Nun geht alles glatt auf: Eine Onkelrache rechnen wir als halbe Vaterrache.*[95]

In der Welt des *Ritters, den es nicht gab*, ist nicht nur Rache an sich obsolet, sondern auch jedes Denken von Ausgleich und Wiedergutmachung, das unserem Empfinden von Gerechtigkeit zugrunde liegt. Menschenleben sind in solch einer Welt nur noch „Güter", die beliebig gegeneinander aufgewogen werden. Damit kritisiert Calvino natürlich nicht eigentlich ein fiktionalisiertes Mittelalter, sondern seine eigene Zeit und das kühle Abwägen von Zahlen im Rahmen einer maschinierten, bürokratisierten Kriegs- und Lebensführung.

Dass nun Rachegeschichten für eine derartige Gesellschaftskritik verwendet werden, ist uns genauso wenig fremd wie Geschichten, die den Gedanken von Vergeltung ad absurdum führen. Aber die Konsequenz, mit der Calvino vorgeht, ist neu und ausgesprochen postmodern. Selbst Rambald, der gegen die Institutionalisierung, Willkür und Leidenschaftslosigkeit seiner Umgebung aufbegehren will und versucht, am alten Racheideal festzuhalten, muss sich fragen: „Aber war im Grunde nicht sein Entschluss, den Vater zu rächen [...], nicht ebenfalls ein Ritual, um nicht im Nichts zu versinken?"[96] Der Mensch kreiert sich selbst aus dem Nichts, und zwar mit den Geschichten, die er sich erzählt. Niemand beweist dies besser als Agilulf, der sich selbst aus einem Gestalt gewordenen Ideal erschaffen hat. Als jedoch die Grundlage seiner Ritterexistenz in Zweifel gezogen wird – als nämlich behauptet wird, dass die Jungfrau, die

---

[95] Calvino, aaO., S. 20.
[96] Calvino, aaO., S. 22.

er gerettet hat, gar keine solche gewesen sei –, verliert er an Substanz. Zwar kämpft Agilulf noch eine Weile wacker um sein Da-Sein, schließlich löst er sich aber in dem Nichts auf, aus dem er gekommen ist.

Angesichts dieser halb nihilistischen, halb existenzialistischen Grundlage des *Ritters, den es nicht gab,* wirkt die Absurdität, Willkür und Banalität von Rambalds tatsächlicher Rache wie ein bloßes Nachspiel. Der junge Streiter beugt sich zwar nicht den bürokratischen Gesetzen seiner Welt, jener künstlichen Ordnung, die einer unordbaren Welt übergestülpt wird – aber dafür scheitert sein Unterfangen am Chaos. In den Wirren der Schlacht, die nichts Heroisches an sich hat, stellt Rambald zuerst den falschen Kalifen, nur um dann Isoarre in die Lanze eines anderen christlichen Streiters zu treiben, weil der wackere Rächer aus Versehen die Brille des kurzsichtigen Kalifen zerschlägt. In wahrhaft menschlicher Manier schafft es Rambald, sich zu überzeugen, dass diese Art der Rache eine gute war, und macht damit den ersten Schritt, seine eigene Fiktion zu all den anderen Fiktionen zu gesellen, die die Welt des *Ritters, den es nicht gab,* beherrschen.

Zur selben Tradition wie Calvino gehört eine der bekanntesten Rachegeschichten in deutscher Sprache: Friedrich Dürrenmatts *Besuch der alten Dame.* Dieses Theaterstück wurde 1956 uraufgeführt, erhielt aber erst 1980 seinen letzten Schliff. Dürrenmatt (1921–1990) gab seinem Werk den Untertitel „Tragische Komödie"; für den Schweizer Schriftsteller war Tragisches immer komisch und Komisches immer tragisch. Derartige dramentechnische Paradoxa waren schon Shakespeare geläufig, aber auch das gehört zu der Postmoderne – dass sie sich der Elemente aus allen vorhergehenden Epochen bedient und sie wie einen Flickenteppich zusammenfügt. So legt die neue Literatur offen, dass auch, oder vielmehr besonders, literarische Konzepte nicht an sich sind, sondern immer nur andere Dinge bedeuten und jederzeit neubedeutet werden können.

Bedeutung ist in der Postmoderne immer multipel, vielfältig. Dass sie sich dessen bewusst ist, unterscheidet sie von einem Großteil der Kunst früherer Jahrhunderte, die ihre multiple Bedeutung häufig in unterschwelligen Textebenen wie zufällig mit sich trägt.

Der Besuch der alten Dame präsentiert sich auf den ersten Blick als eine der wenigen „reinen", geradlinigen Rachegeschichten der zweiten Hälfte des letzten Jahrhunderts. Auf den zweiten zeigt sich, dass die tragische Komödie wenig Geradliniges an sich hat, und etwas Reines schon gar nicht. Dürrenmatts Drama erzählt die Geschichte einer Kleinstadt, die sich und alles, was ihre Bewohner „abendländische Prinzipien" nennen, verkauft. Der Vorhang öffnet sich und enthüllt den Bahnhof des bankrotten Städtchens Güllen. Die Stadtoberen erwarten aufgeregt den Besuch der einstigen Klara Wäscher, jetzt Claire Zachanassian, ihres Zeichens Multimillionärin und jene alte Dame, die dem Stück seinen Titel gibt. Ganz Güllen erwartet von der „Tochter der Stadt", deren Großzügigkeit angeblich legendär ist, eine kräftige Finanzspritze. Doch die erhoffte Wohltäterin erweist sich als eine bizarre Erscheinung mit einem ebenso bizarren Gefolge aus Bodyguards, Anwälten, Eunuchen und wechselnden Ehemännern.

Die groteske alte „Dame von Welt" bietet ihrer Heimatstadt nun tatsächlich eine Milliarde an, knüpft ihre „Spende" jedoch an eine Bedingung: einer der Güllener, egal wer, muss Claires Jugendliebe Alfred Ill töten. Was nämlich Güllen kollektiv vergessen hat, ist, dass die junge Klara von Ill geschwängert wurde. Die Vaterschaftsklage verlor die verzweifelte Frau, weil ihr Liebhaber falsche Zeugen bestochen hatte, die angaben, ebenfalls mit ihr geschlafen zu haben. Klara musste daraufhin Güllen in Schimpf und Schande verlassen. Es blieb der mittellosen jungen Frau nichts anderes übrig, als zur Hure zu werden. Ihren Reichtum erlangte sie durch eine quasi-legitimierte Form der Prostitution, nämlich durch eine Reihe klug eingefädelter Ehen, die Claire schließlich zur Multimillionärin machten. Opfer einer käuflichen Welt geworden, zahlt sie es ihr nun mit gleicher Münze heim: „Die Welt machte mich zu einer Hure, nun mache ich sie zu einem Bordell."[97]

Die Güllener protestieren zunächst vehement gegen Claires „barbarisches" Ansinnen. Doch Dürrenmatt hat sein Stück so angelegt, dass von dem Moment an, da die alte Dame ihr Angebot ausspricht, bereits klar ist, wie die tragische Komödie enden wird. Die Güllener beginnen, in der Hoffnung, einer von ihnen möge ihre „abendländischen Prinzipien" doch vergessen, auf Pump zu kaufen. Schließlich wird die Situation untragbar: Alfred Ill wird von der ganzen Stadt vor eine Art

---

[97] Zitiert aus: Friedrich Dürrenmatt: *Der Besuch der alten Dame. Tragische Komödie.* Zürich: Diogenes Verlag 1998. S. 91.

Geheimgericht gestellt, das halb wie ein Lynchmob, halb wie ein archaischer Stammesrat wirkt. Die Gemeinde verurteilt Ill für sein Verbrechen an Klara zum Tod, und er wird umgebracht. Der zunächst gegen sein Schicksal aufbegehrende alternde Ladenbesitzer ist am Ende resigniert und todesergeben; aber er rächt sich in gewisser Weise an seinen Mitbürgern, indem er sich nicht selbst das Leben nimmt. So zwingt er die Güllener, den Mord, den sie alle wollen, tatsächlich zu begehen.

Claire Zachanassian erreicht ihre Rache ohne Probleme. Genauso konsequent wie an den beiden falschen Zeugen, die sie hat kastrieren und blenden lassen, übt sie an Ill Vergeltung, der ihre Liebe verraten hat – und an den Heuchlern von Güllen, indem sie sie dazu bringt, noch größere Heuchler zu werden, und sie mit der Inhaltslosigkeit ihrer „humanistischen" Moral konfrontiert.

Doch im Allgemeinen wird *Der Besuch der alten Dame* gar nicht als eine Rachegeschichte interpretiert, sondern als eine Parabel um Kapitalismus, Käuflichkeit und Korruption. Claire Zachanassian und ihre Rache wirken lediglich als Katalysator, der die ganze kleinstädtische Erbärmlichkeit von Güllen und der Welt offenlegt. „Man kann alles kaufen", ist das Motto der alten Dame, und die Güllener, die exemplarischen Menschen, beweisen, dass sie recht hat.

Claire Zachanassian wird so zu einer Allegorie; sie ist „die alte Dame Korruption" und „die alten Dame Versuchung", wie Friedrich Torberg schreibt. In diesem Sinne verrät uns die geradlinige Geschichte ihrer Rache gar nichts über Rache, sondern über menschliche Schwäche und über die Verführungskraft des Geldes in einer Welt, in der Werte beliebig neubedeutet werden können. Immerhin schaffen es die Güllener in einem spektakulären Akt des Selbstbetrugs, sich davon zu überzeugen, dass Alfred Ill für das, was er Klara angetan hat, als gerechte Strafe den Tod verdient. Ihr Handeln, das sie zu Beginn des Stückes noch als barbarisch abgelehnt haben, wird also flugs als Gerechtigkeit umgedeutet, und der Vorhang schließt sich über einer Stadt, die ihren kommenden Wohlstand feiert.

Dass Rache im *Besuch der alten Dame* so schnell als literarisches Mittel zum gesellschaftssatirischen Zweck interpretiert wird, legt nicht zuletzt den Unwillen des 20. Jahrhunderts offen, das Phänomen Rache für sich stehen zu lassen. Doch

Dürrenmatts Text selbst hat mehr als eine Ebene. Neben der Gesellschaftskritik, die, wie wir spätestens seit Kleists *Michael Kohlhaas* wissen, ja eine Art literarischer Rache an der mit Mangel behafteten sozialen Umwelt verstanden werden kann, manifestiert sich in der tragischen Komödie durchaus eine konkrete Art von Vergeltung, die auch etwas über sich selbst aussagt.

Die Güllener Dürrenmatts erzählen sich unentwegt Geschichten über sich selbst und ihre Welt, die mit der „Wahrheit" wenig zu tun haben, aber für die Charaktere eine Art „erlebte Wirklichkeit" darstellen – oder vielleicht einen Bewältigungsmechanismus der Realität. Diese Geschichten nehmen die unterschiedlichsten Formen an: Güllen ist eine Kulturstadt, ein Hort des Humanismus, weil Goethe einmal dort übernachtet hat; die kleine Kartoffeldiebin Klara war eine Kämpferin für die Gerechtigkeit; das Bahnhofsklo, das ihr Vater gebaut hat, ist ein bedeutendes öffentliches Gebäude; die Nacht-und-Nebel-Verurteilung Ills ist ein Akt der Gerechtigkeit. Genauso versuchen die Güllener auch, Claires Verhalten anhand klassischer Analogien zu verstehen, die aber nicht greifen. Sie wird mit der Schicksalsgöttin Klotho verglichen, die in der griechischen Mythologie den Lebensfaden spinnt. Es ist, als wollten die Güllener die Zwangsläufigkeit ihres Verhaltens mit dem Wirken einer übergeordneten Schicksalsmacht rechtfertigen. Und auch den unbeugsamen Vergeltungswillen der alten Dame wollen die „Humanisten" mit einer uralten Rachegeschichte erklären: „Frau Zachanassian! Sie sind ein verletztes liebendes Weib. Sie verlangen absolute Gerechtigkeit. Wie eine Heldin der Antike kommen Sie mir vor, wie eine Medea."[98]

Die Gestalt von Medea, der großen antiken Rächerin ihrer selbst, wird Claire übergestülpt, aber sie sitzt nicht recht. Ja, Claire rächt sich wie Medea unerbittlich an dem Mann, der sie geliebt und verraten hat, und wie Medea wurde sie zu einer Ausgestoßenen. Aber der simple Vergleich mit einem antiken Vorbild macht ihr Verhalten weder menschlicher noch entschuldbarer noch begreifbarer. Außerdem wendet ihn der Lehrer, der ihn führt, auch noch falsch an. Denn ausgerechnet, indem er Claire mit der gnadenlosen, anarchisch rächenden Medea gleichsetzt, die sogar ihre eigenen Kinder der Vergeltung opfert, will er an ihre Milde appellieren. Er, der am

---

[98] Dürrenmatt, aaO., S. 90.

meisten von humanistischen Idealen tönt, zu denen auch eine klassische Bildung gehört, verkennt die absolute Destruktivität, die den eigentlichen Kern des Medea-Mythos bildet. Der Lehrer redet, aber er weiß nicht, wovon, und das raubt der klassischen Geschichte, die er zitiert, auf der Handlungsebene jegliche Bedeutung (Claire lässt sich natürlich nicht durch den missbrauchten Vergleich beschwichtigen).

Für den Leser/Zuschauer jedoch ist dieser Medea-Verweis ein leuchtendes Warnsignal, das auf die wahre Unerbittlichkeit der alten Dame hinweist. Dürrenmatt muss von da an eigentlich nicht mehr viel über Claire und ihre Rache erzählen. Die Vergeltung der alten Frau folgt einem festgefahrenen Schema, das seit Jahrtausenden feststeht und aus dem sie sich im Endeffekt selbst nicht mehr befreien kann. Die Tatsache, dass sie Ill immer noch liebt, dass eigentlich beide mit der Vergangenheit abgeschlossen und mehr oder weniger ihren Frieden miteinander gemacht haben, dass ein Wort von Claire genügen würde, um die Sache zu beenden und vielleicht mit einem lebenden Ill anstatt mit seiner Leiche nach Capri zu reisen – all das kann den Automatismus der „großen Erzählung" Rache nicht durchbrechen. Dürrenmatt konfrontiert uns hier letztendlich mit der Möglichkeit, dass die Geschichten, die sich die Menschheit seit Jahrtausenden über sich selbst erzählt, uns und unser Handeln dermaßen formen, ja, determinieren, dass wir zu Marionetten in unserem eigenen Theater werden. Und die Rachegeschichte ist eines der Drehbücher, dem zu folgen wir für nötig erachten.

Wenn man diesen Ansatz weiterdenkt, liegt der Schluss nicht fern, dass Claire Zachanassian, die zu Besuch kommt, nicht nur die alte Dame Verführung, Gier, Geld, Korruption ist. Sie ist auch die alte Dame Rache. Immer nach denselben Gesetzen funktioniert sie, doch wie Calvinos *Ritter, den es nicht gab*, ist auch diese alte Dame eine Kunstfigur. Während Agilulf eine Ritterrüstung ohne Inhalt ist, ist Claire Zachanassian ein wahres Ersatzteillager. Ihr Ex-Liebhaber Ill muss das nach und nach zu seinem Schrecken feststellen:

Ill: Ich liebe dich doch! Er küsst ihre rechte Hand. *Dieselbe kühle weiße Hand!*
Claire: Irrtum. Auch eine Prothese. Elfenbein.
Ill lässt entsetzt die Hand fahren. *Klara, ist denn überhaupt alles Prothese an dir!*

Claire: Fast. Von einem Flugzeugabsturz in Afghanistan. Kroch als Einzige aus den Trümmern. Bin nicht umzubringen.[99]

Die alte Dame sieht aus wie etwas „Echtes", doch in Wirklichkeit ist sie fast ganz Imitat. Das ändert nichts an ihrer verheerenden Wirksamkeit, konfrontiert uns aber mit der möglichen Künstlichkeit der Rache, deren Gesetze wir selbst geschaffen haben und in deren Bann wir jetzt stehen.

Dürrenmatt legt in seinem *Besuch der alten Dame* eine neue Art von Determinismus offen, die innerhalb des Stückes nicht zu durchbrechen ist. Es bleibt die Hoffnung, dass die Bewusstheit um die Gemachtheit unserer Welt hilft, uralte Automatismen wie etwa die Rache von außerhalb der Geschichte zu sprengen. Dramen haben seit jeher einen Aufforderungscharakter an ihr Publikum, und darin hat sich seit der attischen Tragödie nichts geändert. Innerhalb des Stückes jedoch zeigt Dürrenmatt uns die Unzerstörbarkeit der alten Dame Rache, die längst verdrängt hat, was von der verletzten Frau Klara noch übrig geblieben war.

2. Die Rückkehr der Medea – *Die Teufelin*

> *Wenn Geduld, Hoffnung und Schweigen die Werkzeuge sind,*
> *die man Frauen gibt, sollte es niemanden überraschen,*
> *dass sie sich in Waffen verwandeln, wenn Frauen gegen*
> *eine Wand aus Schmerz und Ungerechtigkeit anrennen.*
> (Regina Barreca, *Süß ist die Rache*)

Die Postmoderne hat viele Gesichter; schließlich ist ihr Motto: „Anything goes". Und während so mancher ihrer Vertreter dabei ist, die großen, alten Erzählungen in ihre Bestandteile zu zerlegen, entwerfen andere neue Gegenerzählungen, die nicht selten zum Ziel haben, unsere Welt auf den Kopf zu stellen. Da die großen Erzählungen nicht zuletzt Ergebnis einer jahrtausendealten patriarchalischen Gesellschaft sind, sind die neuen Gegenerzählungen nicht selten – weiblich.

---

[99] Dürrenmatt, aaO., S. 39 f.

Claire Zachanassian ist eine Frau, weil die Mehrzahl der großen Abstrakta, die sie personifiziert – Verführung, Korruption, Gier, Rache –, im Deutschen nun einmal weiblich sind. Zudem sind die sexuellen Doppelstandards, an denen Männer und Frauen seit Jahrhunderten gemessen werden und die die Grundlage für das Unrecht sind, das der schwangeren Klara Wäscher widerfährt, noch immer das beste Beispiel für die Heuchelei einer (klein-)bürgerlichen Gesellschaft. Und nicht zuletzt hat Dürrenmatt in Gestalt der übermächtigen Männerfresserin eine uralte männliche Angst vor weiblicher Macht und weiblicher Rache aufs Papier gebannt: „diese verfluchte alte Dame, diese Erzhure, die ihre Männer wechselt vor unseren Augen, schamlos, die unsere Seelen einsammelt".[100]

Was diese anscheinend fast instinktive männliche Angst angeht, zitiert die amerikanische Literaturprofessorin Regina Barreca einen ihrer männlichen Freunde:

„Ich habe eine Heidenangst vor wütenden Frauen", sagt er zu meiner Überraschung. „Ich weiß, dass eine Frau, die ich ärgere oder verletzte – selbst wenn mir das unabsichtlich passiert –, mir das heimzahlen wird. Ein Mann sagt dir wenigstens, du sollst dich zum Teufel scheren, oder er haut dir eins in die Fresse, aber eine Frau wird dich so langsam umbringen, dass du es nicht mal merkst."[101]

Die absolute weibliche Macht, die Claire Zachanassian in ihren Händen hält, verleiht der aus Ersatzteilen bestehenden alten Dame einen letzten Rest an Vitalität. Sie umgibt eine Aura ungebrochener Macht – jener Furcht einflößenden Kraft, die rächenden Frauen seit Anbeginn der Rachegeschichten zugesprochen wird. Solche Figuren verweisen auf eine Tödlichkeit des Weiblichen, die seit Jahrtausenden unterdrückt wurde, und jetzt mit aller Macht wieder an die Oberfläche drängt. Denn die Rache ist weiblich.

Weibliche Rachegestalten begegnen uns über die Jahrhunderte natürlich immer wieder. Lord Byrons Ausspruch „Süß ist die Rache – ganz besonders für Frauen" scheint eine allzeit gültige Wahrheit in Worte zu fassen. Doch es fällt auf, dass die Rächerinnen desto passiver werden, je jünger die Texte sind.

---

[100] Dürrenmatt, aaO., S. 102.
[101] Barreca, aaO., S. 51.

Ihre Vergeltung geschieht in späteren Jahrhunderten entweder heimlich und hinterrücks – wie Regina Barrecas Freund so männlich-ängstlich beschreibt – oder ihnen sind aufgrund ihres Geschlechts die Hände gebunden. Sie werden von Rächerinnen zu Rachemusen degradiert, wie etwa William Faulkners Drusilla aus *Die Unbesiegten*. Diese kriegerische junge Frau, die der Schicklichkeit zuliebe eine ungewollte Ehe eingehen musste, beneidet ihren Vetter Bayard offen, weil er ein Mann ist und darum das Recht und die Fähigkeit hat, Rache zu üben. Sie, die mit einer antiken, griechischen Rachepriesterin verglichen wird, ist eher eine Elektra, die den zögernden männlichen Rächer zum Handeln entweder beflügelt oder anstachelt, und keine Medea, die ihre Sache selbst in die Hand nimmt.

Dieser Umstand ändert nichts an dem leidenschaftlichen weiblichen Streben nach Genugtuung, aber die Frauen späterer Jahrhunderte können in der Regel wenig tun, um sie sich selbst zu verschaffen. Schon Kriemhild, die zunächst Männer instrumentalisiert, um den Tod ihres geliebten Siegfrieds zu rächen, wird, als sie selbst das Schwert hebt, umgehend mit dem Tode bestraft. Dass eine Frau eigenhändig Vergeltung übt, und das auch noch an einem Mann, ist innerhalb einer patriarchalischen Gesellschaft ein subversiver, ja, destruktiver Akt, der nicht ungeahndet bleiben kann. Das beginnt schon in der griechischen Antike, wenn Aischylos in seiner *Orestie* die Rache Klytaimnestras an ihrem Mann für den Opfertod ihrer Tochter als Gattenmord verurteilen lässt. Ihr Sohn Orestes dagegen wird für die Rachetat gegen seine Mutter freigesprochen.

Weibliche Vergeltung wird also vom Beginn der Rachegeschichten an verurteilt und bestraft, gegenüber der männlichen zurückgestellt und abgewertet oder gleich ganz unmöglich gemacht. Eine Ausnahme ist die Gestalt Medeas, die für die Rache an ihrem verräterischen Ehemann sogar ihre Kinder tötet, aber damit davonkommt und in einen quasi-göttlichen Status erhoben wird. Dadurch wird sie jedoch entmenschlicht und in gewisser Weise auch entfraulicht. Medea ist eine halb vergöttlichte, halb dämonisierte Inkarnation weiblicher Rache und der männlichen Angst davor.

Obwohl schon in den frühen Rachegeschichten die Zurücksetzung und Verteufelung weiblicher Vergeltung beginnt, finden wir in diesen alten Texten doch noch eher starke Rächerinnen vom Schlage Medeas. Diese unbezähmbaren

Frauen können den männlichen Helden jederzeit das Wasser reichen und dienen nicht nur als Requisiten oder Dekoration (oder Opfer): Klytaimnestra und Elektra aus der griechischen Antike; Grendels Mutter, die rächende „Seewölfin" aus dem angelsächsischen Epos *Beowulf*; die schwertschwingende Kriemhild aus dem *Nibelungenlied*.

Es ist heute eine allgemein anerkannte literaturwissenschaftlich-anthropologische These, dass derartige weibliche Gestalten in „alten", „ursprünglichen" Texten Echos einer noch älteren, ursprünglicheren, vorschriftlichen und vorpatriarchalischen Tradition sind. Diese einer vielleicht matriarchalisch ausgerichteten Welt entspringenden Geschichten mussten denen der dominanten Gesellschaftsform weichen, aber sind nicht spurlos verschwunden. Die dämonische „Seewölfin" aus *Beowulf*, die auf keinen Fall als Meerjungfrau späterer, romantisierter Jahrhunderte verstanden werden darf, sondern wohl eher einem Drachen, vielleicht sogar der die Welt umschlingenden Midgardschlange gleicht; Medea, die Enkeltochter des Sonnengottes, die fremdländische Priesterin und Zauberin, die am Ende ihrer Geschichte mit einem von Drachen oder Schlangen gezogenen Streitwagen in den Himmel entschwindet; die Erinnyen der griechischen Mythologie, die erbarmungslos die Bestrafung von vergossenem Familienblut einfordern; selbst magisch-starke Kriegerinnen wie die Walküre Brünhild – sie alle verweisen auf eine Zeit allmächtiger Göttinnen vom Schlage der Ischtar aus dem *Gilgamesch-Epos*.

Diese Göttinnen geben Leben genauso wie Tod, sind Mutter und Geliebte genauso wie grausame Rächerin. Sie verkörpern eine uralte, weibliche Macht, die gebrochen wurde, aber ihre Spuren in den Geschichten der Jahrhunderte hinterlassen hat – nicht zuletzt in Gestalt all jener übermenschlichen weiblichen Charaktere, die so unbändig Vergeltung üben. Gerade in jenen Rächerinnen manifestiert sich die Erinnerung an die dunklen Seiten der Göttin und eine Art archaisches, angstbesetztes Wissen: Der Tod ist eine Frau.

Diese Spuren einer untergegangenen Welt eigneten sich nun nicht wenige postmoderne Schriftstellerinnen an, um machtvolle weibliche Gegenerzählungen zu kreieren und sie den dominanten, patriarchalischen Welterklärungsmodellen entgegenzusetzen. „Frauen sind stark, Frauen sind machtvoll, und Frauen sind gefährlich", erzählen uns diese Geschichten.

Dürrenmatts alte Dame verkörpert eine verblühte, künstliche Rache, die nur noch ihren schalen Triumph über die Männerwelt genießen und ihrem eigenen Untergang entgegendämmern kann. Die neuen Rächerinnen der postmodernen Schriftstellerinnen jedoch sind stark und vital, wiedererstandene Medeen. In ihrer Gestalt rächt sich eine Jahrtausende unterdrückte Tradition weiblicher Stärke, die sich ihren rechtmäßigen Platz zurückerobert und dabei genauso grausam und gnadenlos sein kann wie die männervernichtende Kriemhild oder die gekränkte Ischtar. Männer, nehmt euch in Acht!

Viele weibliche Rachegeschichten des späten 20. Jahrhunderts sind gleichzeitig Befreiungs- und Emanzipationsgeschichten. Rache wird in solchen Erzählungen zu einer Form der Selbstbehauptung. Die Heldinnen sind nicht selten moderne Inkarnationen Medeas – betrogene Ehefrauen, die aus der Rolle ausbrechen, die ihnen die Gesellschaft zugedacht hat und „es" den Männern heimzahlen. Beispiele dafür sind die Romane von Olivia Goldsmith (*1949), wie *Die Rache der Frauen* oder *Der Club der Teufelinnen*. Beide Titel sind natürlich äußerst sprechend und sind schon an sich Ausdruck eines neuen, weiblichen Selbstbewusstseins im Stile von „Gute Mädchen kommen in den Himmel, böse überall hin." Es sind Geschichten, die „die Lust abzurechnen"[102] zelebrieren. Zu ihnen gehört auch die Filmkomödie *Die Teufelin* von 1989 mit Roseanne Barr und Meryl Streep in den Hauptrollen. Sie erzählt von einer weiblichen Rache sowohl an den Männern als auch an den Frauen, die diese Männer lieben.

Ruth Patchett – dargestellt von Roseanne, die aus der gleichnamigen kultigen Sitcom als eine ausgesprochen starke Frau und Mutter bekannt ist – ist eine übergewichtige und recht unansehnliche Hausfrau und Mutter, die in diesen Rollen voll und ganz aufgeht. Ihr Leben bricht auseinander, als ihr Mann Bob sich in die Liebesromanzenschreiberin Mary Fisher (Meryl Streep) verliebt.

Mary Fisher ist alles, was Ruth nicht ist: schlank, blond, elegant, reich, kultiviert. Als Bob Ruth schließlich für Mary verlässt, nicht ohne sie noch als „Teufelin" zu beschimpfen, schwört sie, eine neue Medea, Rache. Sie plant, alles zu zerstören, was ihrem ungetreuen Gatten etwas bedeutet: sein Haus, seine Familie, sei-

---

[102] So der Untertitel von Regina Barrecas „Süß ist die Rache".

ne Karriere und seine Freiheit. Ihre Vergeltungsaktion beginnt, indem sie das Familienheim abfackelt. Diese Brandstiftung ist natürlich auch ein höchst symbolischer Akt: Ruth zerstört ihr altes Leben und alle Erwartungen, die die heimelige Idylle von Kindern und Küche an sie stellt. Ihr Rachefeldzug wird von da an zu einem Weg der Selbstfindung und der Emanzipation.

Ruth gelingt es, Bobs neues Leben mit Mary Fisher zur Hölle zu machen, indem sie die bisher der Realität entrückte Romanzenschreiberin mit weiblicher Alltagsrealität konfrontiert: Sie lädt die gemeinsamen Kinder bei Bob und seiner Geliebten ab und erreicht durch eine Reihe von Intrigen, dass die in ein Altersheim abgeschobene Mutter Mary Fishers zu ihrer Tochter zurückgeschickt wird. Die im Endeffekt auf einer bloßen Fantasie von Lust und Liebe gegründete Beziehung von Bob und Mary hält diesen Alltagsbelastungen nicht stand.

Schließlich gelingt Ruth der Gipfel ihrer Rache. Zusammen mit einigen Mitstreiterinnen, die sie im Laufe ihres Feldzugs hinzugewonnen hat, gründet sie die „Vesta Rose Agency", die ans Haus gefesselten und ganz allgemein unterdrückten Frauen hilft, den Schritt in die Arbeitswelt und damit in die Unabhängigkeit zu tun. Ruths Rachemission ist zum Befreiungsschlag geworden und wandelt sich in eine Geschichte weiblicher Solidarität und Emanzipation. Sogar Mary Fisher hat unwissentlich daran teil, indem sie Bob, der mit ihr genau dasselbe macht wie mit Ruth, fallen lässt und mit ihren nun „realistischeren" Büchern zu einer noch erfolgreicheren Autorin wird.

Bob aber stolpert über seine eigenen Sünden. Als Buchhalter der Reichen und Wichtigen hat er immer wieder kleine Summen auf ein eigenes Konto abgezweigt. Über die Vesta Rose Agency hat Ruth inzwischen Verbindungen überall in der Arbeitswelt, die sie nutzt, um Bobs Betrügereien auffliegen zu lassen. Der ungetreue Gatte landet im Gefängnis und sehnt sich nach seinem früheren Leben. Ruth hat auf ganzer Linie gesiegt.

Der Film *Die Teufelin* ist eine bizarr-komische, vor allem aber eine sehr befriedigende Rachegeschichte. Die beileibe keinem gängigen Schönheitsideal entsprechende Hausfrau Ruth schafft es, nicht nur an dem Mann, der sie ausgenutzt und verraten hat, Vergeltung zu üben, sondern in Gestalt von Mary Fisher auch an allen Männerfantasien. Die dickliche Alltagsfrau trägt den Sieg davon. Sie formt sich selbst zur erfolgreichen Geschäftsfrau und verhilft im Zuge dessen auch noch anderen Frauen zu ihrer Befreiung. Manche Kritiker hielten allerdings Ruths anfängliche Unansehnlichkeit für etwas stark aufgetragen. – Ganz offensichtlich hatten besagte Kritiker nie den dem Film zugrunde liegenden Roman der Britin Fay Weldon gelesen.

Die Teufelin ist ein ausgesprochener Frauenemanzipationsfilm und befriedigt so manchen weiblichen Drang nach Vergeltung. Fay Weldons Roman *The Life and Loves of a She-Devil* ist ein durch und durch exotischeres literarisches Gewächs. Er erzählt die Geschichte einer äußerst erfolgreichen weiblichen Rache, doch wie der antike Mythos von Medea verstört Weldons Inkarnation der Teufelin den Leser auf eine fundamentale Art und Weise. Der Weg, den die Britin ihre Ruth gehen lässt, ist eine Emanzipationsgeschichte – und doch keine.

Ist der Film *Die Teufelin* bizarr, so ist Fay Weldons *She-Devil* eine Groteske. Ihre Ruth ist nicht nur dick und unansehnlich; sie ist eine Riesin, zu der Männer aufsehen müssen. Es ist nicht schwer, sieht man mal von ihrer Hässlichkeit ab, in ihr die Walküre Brünhild zu erblicken, deren magisch-kriegerische Kraft durch Männerverrat gebrochen wird und die im *Nibelungenlied* in das patriarchalische Ideal einer höfischen Dame gezwungen wird.

Ruth wirkt mal wie eine über-üppige Steinzeit-Venus mit mächtigen Schenkeln und mächtigen Brüsten, mal wie ein weiblicher Oger. Darin ähnelt sie nicht wenigen Figuren in den Werken postmoderner Schriftstellerinnen, die in solchen Riesinnen alle verdrängten, vielleicht auch unschönen, aber ultimativ fraulichen Aspekte eine ausgesprochen körperliche Gestalt annehmen lassen. Es handelt sich um eine neue Selbst-Dämonisierung des Weiblichen, die sich die männliche Angst zunutze macht und Jahrtausende alte Ideale von innen nach außen kehrt. Die schiere körperliche Fülle und Größe dieser Über-Frauen, die schlichtweg ein Mehr an Weiblichkeit besitzen, steht für eine Fülle an Sein, die letzten Endes unbeherrschbar ist.

Doch in der Welt des *She-Devil* ist kein Platz für eine solche Form der Weiblichkeit. Es ist eine Welt der Reihenhäuser und der funkelnden Werbereklamen, in der alte Ideale häuslicher Weiblichkeit mit neuen Idealen kultivierter Schönheit Hand in Hand gehen. Ruth, die nicht schön ist, bleibt die alte Schablone der Hausfrau und Mutter, und sie versucht wacker, ihre Riesengestalt in die enge Form zu zwängen. Welchen Platz gibt es sonst für solche Frauen, die Ruth zufolge die Welt als „Lasttiere" bezeichnet?

Ruths absolutes Gegenteil ist Mary Fisher. Mit ihr beginnt der Roman: „Mary Fisher lebt in einem Hohen Turm am Rande der See. Sie schreibt sehr viel über die Natur der Liebe. Sie lügt."[103] Mary Fisher, die zierliche, kleine, blonde, hübsche Liebesromanzenschreiberin, die aus ihrem Leben selbst eine Romanze gemacht hat, ist die Verkörperung einer Fantasie – einer männlich-sexuellen, aber ebenso einer weiblichen Liebesfantasie. Wie die Riesin Ruth ist auch das Elementarwesen Mary Fisher mehr als Mensch. Diese neue Mythisierung ist ebenfalls typisch für postmoderne feministische Literatur – womöglich ein Akt der Wiederaneignung verlorener Geschichten über das Als-Frau-in-der-Welt-Sein.

Mary Fisher stiehlt Ruth ihren Mann, Bobbo. Der ganze Kerl ist so erbärmlich wie sein Name, allerhöchstens ein Null-Acht-Fünfzehn-Mann. Seine Alltäglichkeit macht das Abhängigkeitsverhältnis, in das sich beide Frauen zu ihm begeben, nur umso schmerzhafter mit anzusehen. Doch für Bobbo ist gar nichts weiter dabei. Als moderner Mann steht ihm, so findet er, das Recht auf Selbstverwirklichung zu, und das schließt die treue Hausfrau zu Hause und die schöne, kultivierte Geliebte mit ein. Ruth, die hilflos gegen seinen männlichen Egozentrismus aufbegehrt, wirft Bobbo das Wort „She-Devil" an den Kopf – und damit weckt er nicht nur die Rächerin in ihr, sondern auch die Dämonin. Von diesem Moment an charakterisiert Ruth ein Mehr-als-Mensch-Sein, das sie etwa mit Medea und Kriemhild teilt. Es macht sie machtvoll, aber auch in letzter Konsequenz unmenschlich. Ruth heißt diese dämonische Kraft willkommen. Wie eine Schmetterlingsraupe transformiert sie sich – zunächst nur innerlich – und wird von der Frau zur Teufelin, der kaltes Blut durch die Adern rinnt. Ruth feiert diese Wandlung als Rückkehr zu ihrem wahren Selbst.

Was aber passiert? Richtet sich der teuflische Zorn dieses neuen Wesens gegen den verräterischen Ehemann, wie der Medeas? In gewisser Weise ja. Doch das Hauptziel von Ruths Rache ist und bleibt die verhasste Mary Fisher, die nicht nur ihren Mann gestohlen hat, sondern alles ist, was Ruth nie sein kann. – „Nie"? Eine Teufelin kennt dieses Wort nicht. Und so

---

[103] Bei den Zitaten aus *The Life and Lovers of a She-Devil* handelt es sich um meine Übersetzung aus dem englischen Original, da der Roman bis heute noch nicht ins Deutsche übersetzt wurde.

zieht Ruth aus, sich zu rächen: an Bobbo, an Mary Fisher und
an der Natur. Sie, die Frau, die nicht passt, wird sich neu erschaffen, und erst dann ist ihre Mission beendet.

Wie im Film zerstört Ruth auch im Roman Bobbos und Marys
gemeinsames Leben mit einer gesalzenen Dosis Realität: die
Verantwortung für Kinder und alte Eltern. Schließlich gelingt
es ihr, Bobbo wegen Hinterziehung hinter Gitter zu bringen.
Zu diesem Zweck gründet sie auch im Roman die Vesta Rose
Agency, aber bei Weldon wirkt das kaum wie ein Akt weiblicher Solidarität. Die Teufelin Ruth benutzt alle Menschen,
die ihr auf ihrem Rachefeldzug begegnen, nur für ihre
Zwecke, egal ob Männer, auf die sie eine eigenartige sexuelle
Anziehungskraft hat, oder Frauen. Ob jene Menschen von ihrer Begegnung mit der Teufelin profitieren oder daran zerbrechen, wirkt absolut willkürlich und ist Ruth ganz offensichtlich
gleichgültig. Sie hat sich das letzte bisschen Menschlichkeit herausgerissen, als sie ihre Kinder in den Händen von Bobbo und
Mary Fisher zurückgelassen hat; sie tötet die beiden kleinen
Monster nicht, wie es die antike Medea getan hat, aber sie tötet
ihre Mutterliebe.

Bobbo ist im Gefängnis gut aufgehoben, bis Ruth bereit ist,
ihn zurückzunehmen – „zu ihren eigenen Bedingungen", wie
sie Garcia, Mary Fishers verräterischen Butler-Liebhaber einmal
anvertraut (Garcia erkennt in Ruth in diesem Moment sowohl
das Über-Weibliche als auch das Dämonische und ist von da an
voll auf ihrer Seite). Vor Bobbos Verhaftung hatte die Teufelin
mit angesehen, wie Mary Fisher, die Bobbo wahrhaft liebt und
sich nie von ihm lösen kann, dasselbe Schicksal zuteil wurde
wie ihr – Bobbos Untreue und Verachtung nämlich. Aber selbst
das ist Ruth nicht genug. Mary Fisher muss ganz und gar vernichtet werden, damit Ruth zu Mary Fisher werden kann. Die
ultimative Rache der Teufelin wird darin besteht, dass sie den
Platz ihrer Feindin einnimmt – in jeder Hinsicht.

Während Mary Fisher versucht, ihr Möglichstes für Bobbo zu
tun, sich so gut, wie sie kann, um Ruths Kinder und ihre eigene Mutter kümmert, neue, realistischere Bücher schreibt und
Stück um Stück ihren ganzen Reichtum verliert, wird sie immer
menschlicher. Aus der Inkarnation eines Ideals wird eine Frau,
die ihr Bestes tut, wenn das auch nicht gerade gut ist. Am Ende
stirbt sie an einer Krankheit. Mary Fishers Vermenschlichung
macht Ruths Hass auf die Frau, deren Schicksal dem ihren im
Grunde immer ähnlicher wird, umso unmenschlicher. Aber wie

Ruth immer wieder betont: Sie ist kein Mensch mehr, sie ist eine Teufelin.

Während Mary Fisher ihre letzten Jahre aushaucht, ist Ruth in Kalifornien. Dort unterzieht sie sich einer Reihe äußerst schmerzhafter Schönheitsoperationen, bis sie endlich den Körper besitzt, der ihr schon immer zugestanden hätte: den Körper Mary Fishers. Die Schönheitschirurgen, die aus der angeblich so unattraktiven Riesin ein begehrenswertes ätherisches Wesen machen, fühlen sich als gottgleiche Schöpfer einer neuen Frau; dem Leser erscheinen sie wie groteske Versionen von Dr. Frankenstein. Verstärkt wird dieser Eindruck durch den Kommentar von Mrs. Black, die Ehefrau eines der Chirurgen und eine der wenigen wirklich positiven Figuren des Romans: „Sie ist eine Beleidigung für alle Frauen. Und außerdem sieht sie jetzt wie gar niemand aus! Du und deine Freunde, ihr seid keine Ärzte. Ihr seid Reduktionisten."

Fast dreißig Jahre nach dem Erscheinen von *Life and Loves of a She-Devil* und angesichts der Entwicklung der modernen Schönheitschirurgie wirkt Ruths äußere Zerstörung ihrer Individualität wie eine Art gruseliger Prophezeiung. Weldons Rächerin hat sich in eine neue Form gegossen, allerdings eine, die sie sich selbst ausgesucht hat: die Form des romantischen Frauenideals. Dies, so enthüllt Ruth, ist der wahre Körper der Teufelin. Die äußere Gestalt der Dämonin ist nicht die der unansehnlichen Riesin, sondern die des hübschen, zarten entmenschlichten Ideals.

Ruth wählt diese neue äußere Form aus Rache an Mary Fisher, aus Rache an der Natur, die ihr ursprünglich eine Gestalt gegeben hat, welche in einer Welt der Lüge und des Scheins nur getreten und verachtet wurde, und aus Rache an den Männern, die diese Form verehren. Sie lässt sich sogar ein Stück Knochen aus ihren Beinen entfernen, um „endlich zu Männern aufsehen zu können". Doch indem sie sich kleiner macht und dem Begehren der Männer entspricht, ergreift Ruth in Wahrheit die Macht über sie.

Die zu Mary Fisher verwandelte Teufelin holt Bobbo aus dem Gefängnis und lebt zusammen mit ihm in Mary Fishers „Hohem Turm". Aber er ist nicht mehr ihr Mann, er ist ihr Untertan. Bobbo muss mit ansehen, wie sich die Teufelin mit ihren Liebhabern vergnügt, und bekommt nur ein sexuelles Gnadenbrot. Ruth verweist ihn auf den Platz, der zuvor, als Bobbos Ehefrau, der ihre war, und sie erkennt:

Ich füge Bobbo so viel Leid zu wie er einst mir, sogar mehr. Ich versuche, es nicht zu tun, aber irgendwie ist es gar keine Frage des Mann-Seins und des Frau-Seins; das ist es nie gewesen. Es ist lediglich eine Frage der Macht. Ich habe die ganze Macht und er hat keine. So wie ich früher war, so ist er jetzt.

Die Rache der Teufelin ist so vollkommen wie nur selten ein Vergeltungsakt in der Geschichte der Rachegeschichten. Aber Fay Weldon lässt ihre Leser voller Unsicherheit zurück, was das bedeutet. Der Text bietet uns keine Parameter an, Ruths Rache zu beurteilen. Es bleibt uns nicht einmal die Sicherheit, dass Ruth mit ihrer berechtigten Vergeltung irgendwann zu weit gegangen ist und als Preis ihrer Rache sich selbst verloren hat. Ja, sie hat ihre Menschlichkeit aufgegeben, aber Ruth hat längst akzeptiert, dass die Teufelin schon immer ihr wahres Selbst gewesen ist. Sie hat ihr Ruth-Sein aufgegeben und sich in eine eisgekühlte Version von Mary Fisher verwandelt. In gewisser Weise pervertiert sie die Fantasie der zarten Frau, indem sie sich das Hirngespinst aneignet und zum Machtinstrument umformt. Aber ist dies tatsächlich ein fundamentaler subversiver Racheakt?

Das Wesen, in das sich Ruth verwandelt, entspringt genau der dysfunktionalen Gesellschaft, die ihr früher das Leben zur Hölle gemacht hat. Die Teufelin rächt sich an Gott und der Natur, aber nicht dafür, dass sie eine Welt des Lug und Trugs geschaffen haben, in der Frauen entweder schön oder unglücklich sind. Vielmehr rächt sich Ruth dafür, dass sie von Geburt an auf der falschen Seite stand – auf der Seite der Hässlichen und Verachteten.

Ruths Geschichte ist die einer kompromisslosen weiblichen Rache und absoluter weiblicher Macht. Sie ist auch eine Furcht einflößende Geschichte. Sie ist die Geschichte der Teufelin.

3. Schreibend vergelten – Rache, Zeit und Erinnerung im *Geisterhaus*

Noch weiß ich, dass auch zu uns einmal eine alte Dame kommen
wird, eines Tages, und dass dann mit uns geschehen wird,
was nun mit Ihnen geschieht, doch bald, in wenigen Stunden
vielleicht, werde ich es nicht mehr wissen.

(Friedrich Dürrenmatt, *Der Besuch der alten Dame*)

Weibliche Gegenerzählungen sind nicht die einzigen neuen Geschichten, die in der Postmoderne den alten, dominanten Welterklärungsmodellen entgegengesetzt werden. Auch die ehemaligen Kolonien beginnen, die großen Erzählungen der westlichen Welt herauszufordern, sich ihrer Ursprünge zu erinnern und sich zugleich schreibend in einer neuen Zeit selbst zu definieren. Salman Rushdie, der Skandalautor der *Satanischen Verse* (1988), hat die neu-alten Gegenerzählungen der ehemaligen britischen Kolonien einmal sehr passend mit dem Schlagwort „the Empire writes back" beschrieben. Es ist sowohl eine selbstbewusste Emanzipationsbewegung als auch eine neue Art der literarischen Rache an den ehemaligen Kolonialherren, die ihre Welterklärungsmodelle absolut setz(t)en. Das ist nicht mehr die literarische Rache in Form der Satire, das ist Befreiungsschreiben und Selbstfindung in Geschichten, in der Erinnerung und in der Imagination. Statt destruktiv ist diese Rache in Schwarz auf Weiß kreativ.

Die chilenische Erfolgsautorin Isabel Allende kann man nur bedingt unter jene „zurückschreibenden" Schriftsteller rechnen, doch hat sie wie wenig andere die Aufmerksamkeit der Welt auf die lateinamerikanische Literatur gelenkt. Und gerade diese hatte einen ungeheuren Einfluss auf die Postmoderne im Allgemeinen. Mit ihrem sogenannten „magischen Realismus "mischt sie unbekümmert fantastische mit realistischen Elementen und lässt so die Grenzen von Fiktion und Wirklichkeit bis zur Unkenntlichkeit verschwimmen.

Auch das ist Merkmal der kreativen Rache des Zurückschreibens: dass die literarische Manifestation des neu-alten, nicht-westlichen Denkens und Weltverstehens die versteinerten großen alten Erzählungen des Abendlandes aufbrechen lässt und uns neue Impulse gibt. Dass Allende um die Notwendigkeit des Zurückschreibens weiß, wird in ihren Büchern immer wieder deutlich, etwa wenn sie in ihrem Debütroman *Das Geisterhaus* (1982) den weit gereisten, europäischen Grafen von Satigny sentimental über das „gutartige" Land Chile sinnieren lässt, „wo es, um die Perfektion vollzumachen, auch keine rachsüchtigen Neger und wilden Indios gab"[104].

Das Geisterhaus ist eine sehr subtile Rachegeschichte. Erst auf den zweiten Blick erkennt man, dass dieser Roman über das Schicksal von vier Generationen einer chilenischen Familie von der ersten bis zur letzten Seite von diesem Thema durchzogen ist.

Der Racheakt, der diese Geschichte einläutet, ist der Giftmord an der sirenengleichen, grünhaarigen Rosa del Valle. Der blasse, blutige Körper der schönen Braut, der auf dem Küchentisch der Familie obduziert wird, wirkt wie ein Omen: „Dieser Racheakt überschattete die nachfolgenden Generationen. Er war die erste von vielen Gewalttaten, die das Schicksal der Familie markierten." Dass Rosas kleine Schwester, die „klarsichtige" Clara, die das zweite Gesicht besitzt, die Obduktion heimlich beobachtet, unterstreicht dieses unheilsschwangere Bild. Und doch erzählt Allende die Geschichte des *Geisterhauses* nicht melodramatisch-schauerlich, sondern geradezu nüchtern. Grausamkeit und Familienalltag vermischen sich, Magie und Wirklichkeit auch. So entsteht eine mit Wundern volle Familiengeschichte, die die Geschichte des Landes Chile spiegelt und auf eine tiefere, mythische Wahrheit verweist – eine Wahrheit, zu deren dunklen Seite die Rache gehört.

Die Handlung des *Geisterhauses* zieht sich über mehr als fünfzig Jahre hin: von den 20er Jahren des letzten Jahrhunderts bis kurz nach dem Staatsstreich von Augusto Pinochet 1973. Die Geschichte Chiles spielt eine wichtige Rolle innerhalb des Romans; sie geht mit der mythischen Grundstruktur der Erzählung eine ganz eigene Verbindung ein und wird in jedem Wort aus Allendes Feder spürbar.

In gewisser Weise berichtet die Chilenin im *Geisterhaus* von der Rache der Geschichte. Ganz sicher spielt neben den persönlichen Vergeltungsakten der einzelnen Charaktere ein abstrak-

---

[104] Zitiert aus: Isabel Allende: *Das Geisterhaus*. Frankfurt a.M.: Suhrkamp 1984, S. 189.

tes „Sich-Rächen" eine Rolle, das an die Schicksalshaftigkeit antiker Tragödien erinnert: Ein einmal getanes Unrecht rächt sich immer irgendwann, auf irgendeine Weise. Nichts bleibt vergessen.

Der erste „Racheakt" des Romans, der Tod Rosa del Valles, ist ein politischer Mord und gleichzeitig ein Versehen. Das Gift, das die junge Braut eingenommen hat, galt eigentlich ihrem Vater, der, obwohl ein Mitglied der herrschenden Familien, zu der liberalen Partei übergewechselt war. Der Tod der unschuldigen jungen Frau ist also ein fehlgeleiteter Vergeltungsakt der Oligarchie für etwas, das als Verrat empfunden wird. Er entspringt der sturen Rückwärtsgewandtheit der herrschenden Klasse Chiles, die sich über fünfzig Jahre später in Form des Staatsstreichs Pinochets so furchtbar rächen wird.

Zunächst jedoch leitet Rosas Tod die Geschichte der Familie Trueba ein. In gewisser Weise macht ihr Sterben die Erzählung, die folgen wird, überhaupt erst möglich, und so bleibt Rosas Geist zwischen den Zeilen des Romans immer lebendig, obwohl sie die Welt verlässt, ehe die Geschichte richtig angefangen hat. Echos von Rosa, der grünhaarigen Sirene, die seltsame Fabelgestalten auf Leinentücher stickt, finden sich in ihrer Nichte Blanca, die ganz ähnliche Monstren aus Ton formt, und in deren Tochter Alba, die das grüne Haar ihrer Großtante geerbt hat. All das bringt Clara, Rosas jüngere Schwester, zu der Gewissheit, dass „es ein genetisches Gedächtnis geben muss, das ein Vergessen bestimmter Dinge verhindert".[105] Die Frauen der Familie de Valle Trueba verkörpern ein solches ungewisses Gedächtnis, das all die Dinge erinnert, die die Geschichte vergisst.

Diese seltsamen Frauen sind durch enge Familienbindungen miteinander verknüpft; alle Mütter, Töchter, Großmütter und Enkelinnen unterhalten ein extrem enges Verhältnis zueinander, das von einer Generation an die andere weitergegeben wird. Aber mehr noch: Sie alle, die sie jede auf ihre Weise „eigenartig" sind, wirken fast wie individualisierte Inkarnationen derselben Frau. Dies zeigt sich schon allein an ihren höchst ähnlichen, sprechenden Namen: Clara, was auf Spanisch „hell, klar, licht" heißt; Blanca, d.i. „weiß" oder gar „schneeweiß"; Alba, was „weiß" oder auch „Tagesanbruch" bedeutet. In der Hand

---

[105] Allende, aaO., S. 179.

dieser lichten Frauen liegt es letztendlich, die Zyklen von Rache entweder zu durchbrechen oder aber voranzutreiben.

Den Frauen – oder der einen Frau mit den vielen Gesichtern – steht Esteban Trueba gegenüber, den wir von seiner frühen Jugend bis zu seinem Tod im hohen Alter begleiten. Trueba, zu Beginn des Romans mit Rosa del Valle verlobt, ist mit all seinen Schwächen und Stärken ein prototypischer Vertreter der patriarchalischen Oligarchie, die am Anfang noch unangefochten über Chile herrscht. Aus dem Nichts baut er das heruntergekommene Landgut seines verstorbenen Vaters wieder auf – allein mit seinem Willen, so erscheint es manchmal.

Esteban Trueba verkörpert den guten „Patron", den Gutsherrn, der um das Wohlergehen der auf seinem Land lebenden und arbeitenden Bauern besorgt ist und *für* sie sorgt wie – ein Vater für seine Kinder. Dass er sie dabei auch gnadenlos ausnutzt, ist Trueba höchstens halb bewusst. In seiner Welt ist nichts falsch an diesem Verhalten, ganz im Gegenteil. Die Dinge sind eben immer schon so gewesen, wie sie jetzt sind, und wenn es nach Trueba geht, werden sie auch immer so bleiben. Der Gutsherr lebt zu diesem Zeitpunkt eine Art zeitlose Existenz – wofür sich die Zeit gnadenlos an ihm rächen wird. Trueba wird im *Geisterhaus* versuchen, der Geschichte Knüppel zwischen die Beine zu werfen, und so etwas bleibt nicht ungestraft.

Zunächst jedoch ist Esteban ein kleiner König auf seinem eigenen kleinen Berg, sprich: Patron und unangefochtener Herrscher auf seinem Landgut, den „Drei Marien". Er befindet sich in der Blüte seiner Jahre. In gewisser Weise ist Trueba in jener Zeit überlebensgroß, was sich unter anderem in einer Art überhöhter Männlichkeit manifestiert, einer fast unheimlichen Fruchtbarkeit und … nun ja, Geilheit. Trueba begehrt alles in seiner Umgebung als sein. Dies wirkt sich auch als eine übersteigerte Sexualität aus und führt schließlich zu der Vergewaltigung des Bauernmädchens Pancha.

Dieser Akt der Gewalt und des In-Besitz-Nehmens steht exemplarisch für all die Akte des gewaltsamen Sich-Aneignens des Landes, seiner Bewohner und wohl auch des Weiblichen, die Trueba und seinesgleichen sich zuschulden kommen lassen, ohne sich viel dabei zu denken. In diesem Fall wird die Gewalttat sich rächen – allerdings nicht durch Pancha oder ihre männlichen Verwandten, die auch kein eigentliches Unrecht geschehen sehen, sondern nur etwas, was schon immer geschehen ist. Aber „es" „rächt sich", und sei es Jahrzehnte später. Indem

Esteban Trueba Pancha García vergewaltigt und schwängert, schmiedet er die beiden Familien mit unsichtbaren Ketten aneinander. Nichts bleibt vergessen.

Jahre später heiratet Esteban Trueba die jüngere Schwester seiner verstorbenen Braut, Clara del Valle. Er liebt die spirituelle, charismatische junge Frau genauso sehr wie ihre exotische, schöne Schwester, und die beiden verbringen glückliche Jahre miteinander. Aus der Ehe gehen zwei Söhne und die Tochter Blanca hervor. Allende schildert das Alltagsleben der merkwürdigen Familie mit einer charmanten Ironie, die die düsteren Omen vom Anfang fast vergessen lässt.

Doch wieder fordern Estebans männlicher Stolz und sein besitzergreifendes Wesen die Rache heraus. Jahrelang nämlich lebt Trueba – so empfindet er es – in einem Konkurrenzkampf mit seiner älteren Schwester Férula, und zwar um die Zuneigung seiner Frau. Ob die durch die jahrelange Pflege der kranken Mutter zu einem einsamen Dasein verdammte, verbitterte Férula für Clara tatsächlich erotische Gefühle hegt, wird nie ganz klar; jedenfalls lässt sie, die nie etwas anderes gekannt hat, als sorgende Schwester und Mutter zu sein, alle Fürsorge, zu der sie fähig ist, ihrer Schwägerin zukommen. Damit tritt sie aber – wissentlich oder unwissentlich – ihrem Bruder gewaltig auf die Füße. Als Trueba eines Abends die beiden Frauen zusammen in einem Bett liegend erwischt, verbannt er Férula aus dem Familienhaus. Die erzürnte – und vielleicht auch eifersüchtige – Frau rächt sich auf ihre Weise und verflucht ihren Bruder: „Immer wirst du allein sein, deine Seele und dein Körper werden schrumpfen, und du wirst sterben wie ein Hund."[106]

Flüche sind seit jeher eine Metapher für die Vorstellung, dass sich ein einmal getanes Unrecht früher oder später rächt – nicht unbedingt direkt und nicht immer an dem eigentlichen Täter, aber unabwendbar. Oft werden diese Flüche von einem hilflosen Opfer ausgesprochen, das nicht selbst und nicht im Augenblick des Geschehens Vergeltung üben kann, nicht selten, weil der Täter zu übermächtig ist. Ein prominentes Beispiel ist Dido aus Vergils römischem Gründungsepos, der *Aeneis*. Sie ist die Herrscherin von Karthago, die sich unsterblich in den aus dem brennenden Troja geflüchteten Heros Aenaeas verliebt. Der Held teilt ihre Liebe. Doch seine Bestimmung ist es, zum

---

[106] Allende, aaO., S. 137.

Stammvater der Römer zu werden. Dementsprechend folgt Aeneaas der Weisung der Götter, bricht nach Italien auf und verlässt Dido. Diese wählt die einzige Rache, die ihr als „schwacher" Frau bleibt: Sie gibt sich selbst den Tod, um den herzlosen Geliebten zu strafen, und verflucht Aeneaas und die Frucht seiner Lenden. Darauf, so die Römer, ging die Feindschaft zwischen Rom und dem Erzgegner Karthago zurück, die bekanntlich fast zur Zerstörung der großen Stadt geführt hätte.

Auch der Konflikt zwischen Esteban und Férula ist ein Konflikt zwischen dem Männlichen, das mächtig und hartherzig ist, und dem Weiblichen, das ungeliebt und rachsüchtig ist. Der Antagonismus zwischen den beiden besteht seit ihrer Jugend, denn dem Mann Esteban war es vergönnt, sich selbst zu verwirklichen, während Férula, der Pflegerin der kranken Mutter, das aufgrund ihres Geschlechts verwehrt blieb: „Sie war geschaffen für die große, einzige Liebe, den maßlosen Hass, die apokalyptische Rache, das erhabene Heldentum, aber es blieb ihr versagt, ihr Schicksal nach dem Maßstab ihrer romantischen Berufung zu verwirklichen."[107]

Férulas Tragik ist die Tragik der unerfüllten Frau; Estebans ist die des sich selbst überhebenden Mannes.

Der Fluch der kleingemachten Schwester richtet sich gegen den überlebensgroßen Bruder, und er wirkt: Über die Jahre entfremden sich die Eheleute voneinander, seine Kinder macht Esteban sich fast zu Feinden, und der großgewachsene Mann wird von Jahr zu Jahr kleiner, auch wenn er der Einzige ist, der es zu bemerken scheint. Das unbestimmte „Es", das sich in Férulas Fluch manifestiert, beraubt Esteban seiner Übermacht, seines männlichen „Mehr-Seins".

Trueba schrumpft umso mehr, desto schneller die geschichtlichen Veränderungen voranschreiten. Ob dies tatsächlich die Wirkung von Férulas Fluch ist oder nicht, bleibt offen; Esteban selbst jedenfalls glaubt es. Vielleicht handelt es sich auch schlicht um den normalen Alterungsprozess, den der einst in (scheinbar) zeitloser männlicher Macht lebende Trueba nicht akzeptieren kann. Dies aber würde Férula, oder zumindest ihren Fluch, zu einer Manifestation der Zeit selbst machen, die sich an allen rächt, die sie aufhalten wollen. Férula bedeutet übrigens übersetzt „Zuchtrute" – ein ziemlich augenzwinkernder

---

[107] Allende, aaO., S. 114.

Verweis Allendes auf diese halb amüsante, halb erschreckende Ausprägung des sich rächenden „Es".

Dass sich Férulas Fluch nicht bis zur letzten Konsequenz erfüllt, wie Esteban eigentlich befürchtet, verdankt der alte Patriarch seiner Enkelin Alba, der vorerst letzten Inkarnation der „lichten Frau". Sie, die als Einzige eine innige Beziehung zu ihrem Großvater hat, verlässt ihn bis zum Ende nicht. Folglich stirbt Esteban nicht allein und einsam „wie ein Hund", sondern in ihren Armen. Das Weibliche durchbricht die Macht der Rache – oder mildert sie zumindest.

Die versöhnende Macht des lichten Weiblichen wirkt sich auch in einer weiteren Rachegeschichte aus, die Allende uns im *Geisterhaus* erzählt: Estebans und Claras Tochter Blanca liebt von frühester Jugend an den Bauernjungen Pedro Tercero, den Neffen der einst von ihrem Vater vergewaltigten Pancha García. Es ist die eine, große, wahre Liebe. Wegen des erheblichen Standesunterschieds müssen die beiden ihre Beziehung geheim halten. Als Esteban schließlich doch von der Affäre erfährt, erfüllt ihn vorhersehbarerweise väterlich-patriarchalischer Zorn, und er schwört Rache gegen Pedro Tercero, der nicht nur seine Tochter entjungfert hat, sondern außerdem zu jenen „kommunistischen" Aufrührern gehört, die seinen abhängigen Bauern einreden, sie hätten Rechte.

Die Rachegeschichte zwischen Esteban Trueba und Pedro Tercero erreicht einen ersten Höhepunkt, als der Gutsherr den flüchtigen jungen Mann in seinem Versteck aufspürt und ihm mit einer Axt drei Finger der rechten Hand abhackt. Pedro kann fliehen, ehe Esteban noch weiter gehen kann – und der Gutsherr ist erleichtert. Dank dem Glück des jungen Mannes fügt Trueba der Liste seiner Sünden nie Mord hinzu.

Die heiße Rache zwischen Esteban Trueba und Pedro Tercero verwandelt sich in eine kalte, ruhende, aber Jahrzehnte andauernde Privatfehde. Trueba macht den jungen „Aufrührer" für die Entfremdung zwischen ihm und dem Rest seiner Familie verantwortlich. Die ganze Sache führt zum Bruch zwischen Esteban und Clara, als Letztere sich auf die Seite ihrer Tochter stellt und Esteban seine frühen Sünden – sprich: seine Vergewaltigungen – an den Kopf wirft. Zum ersten (und letzten) Mal vergisst sich Trueba gegenüber seiner Frau und schlägt sie – und Clara spricht daraufhin nie mehr in ihrem Leben mit ihrem Mann. Das Schweigen Clara Truebas gegenüber Esteban, der sie immer noch verzweifelt liebt, ist vielleicht eines der konsequentesten und effektivsten Beispiele weiblicher Rache in der Literaturgeschichte. Diese Stille ist völlig gewaltfrei und trifft Esteban härter, als irgendeine andere Strafe es könnte.

Esteban sieht in Pedro Tercero die Verkörperung all der gleichmacherischen, umstürzlerischen, „kommunistischen" Bewegungen, die er als Gutsherr und Oligarch so fürchtet und die er als konservativer Politiker mit aller Macht zu unterdrücken versucht. Auch das wird sich mit der Zeit rächen. Doch im Falle der Privatfehde mit Pedro Tercero heilt die Zeit die Wunden und sorgt für das Abklingen und schließliche Verschwinden der Rachegefühle.

Komplizin der Zeit ist wieder einmal das lichte Weibliche, in diesem Fall Blanca und ihre Tochter Alba. Letztere ist der über Jahrzehnte andauernden heimlichen Liebschaft mit Pedro Tercero entsprungen. Sie wächst aber von der ganzen Familie Trueba, einschließlich Esteban, innig geliebt auf. Als der alternde Gutsherr von seinen revoltierenden Bauern als Geisel genommen wird, erscheint Pedro Tercero, der inzwischen zum Volkshelden aufgestiegen ist, zu seiner Rettung – „weil Alba ihn darum gebeten hat". Jahre später, als Chile fest in der Hand der Militärjunta ist und allen „Kommunisten" der Tod droht, sorgt der immer noch einflussreiche Esteban Trueba dafür, dass Pedro Tercero zusammen mit Blanca das Land verlassen kann – „weil Blanca ihn darum gebeten hat". Und außerdem hat die Zeit Trueba nachgiebig gemacht:

Als er seine Wut und seinen Hass suchte und sie nirgends finden konnte, ging ihm auf, wie verbraucht er war. Er dachte an diesen Bauern, der ein halbes Jahrhundert lang seine Tochter geliebt hatte und von ihr geliebt worden war, und konnte keinen Grund entdecken, ihn oder auch nur seinen Poncho, seinen Sozialistenbart, seine Dickköpfigkeit oder seine vermaledeiten, Füchse verfolgenden Hennen zu hassen.[108]

Die Zeit kann unerbittlich Rache bringen, aber sie kann sie auch verschwinden lassen, sodass Esteban Trueba die enge Verbindung anerkennen kann, die durch Jahrzehnte der Fehde zwischen ihm und seinem Lieblingsfeind entstanden ist. Er ist sogar fähig, Pedro und Blanca beide als „seine Kinder" zu ver-

---

[108] Allende, aaO., S. 402 f.

abschieden. Esteban Trueba ist immer noch ein alter Patriarch, aber er ist ein milder Vater geworden. Doch die Zeit ist noch nicht fertig mit ihm.

Zu dem Zeitpunkt, da Trueba das Kriegsbeil zwischen sich und Pedro Tercero begräbt, steht er bereits vor den Trümmern seiner Welt. Tatkräftig haben er und andere konservative Köpfe auf den Sturz der sozialistischen Regierung unter Salvador Allende (Isabel Allendes Onkel) hingearbeitet. Ihre Bemühungen haben den Militärputsch im Jahr 1973 zufolge. Wenn sie aber erwartet haben, dass das Militär die Macht zurück in die Hände der Konservativen geben würde – und das haben sie –, so sehen sie sich maßlos enttäuscht. In Chile entsteht, was Trueba immer für völlig unmöglich gehalten hat: eine Diktatur. Sie kostet Trueba seinen Sohn, der während des Putsches auf grausamste Art und Weise ums Leben kommt, und er muss mit ansehen, wie sein Land unter die Gewaltherrschaft des Militärs gerät. Und in dieser Situation, in der sich vielleicht die Geschichte für zu viel rückwärtsgewandte Sturheit rächt, müssen die Truebas auch für Estebans persönliche Sünden bezahlen.

Die vergewaltige Pancha García nämlich hatte einen Enkelsohn, den sie nach seinem Großvater auf den Namen Esteban taufte und den sie mit Geschichten über sein eigentlich herrschaftliches Blut zum Rächer formt: „Er war geschlagen mit seinem rachsüchtigen Zorn auf den Patron, seine verführte Großmutter, seinen unehelich geborenen Vater und sein eigenes, ein für alle Mal festgelegtes Schicksal als Bauer."[109] Dieser übermächtige Hass des jungen Esteban konzentriert sich, seltsamerweise vielleicht, auf ein zartes, fast magisches Geschöpf: das grünhaarige Mädchen Alba. In ihrer Gestalt sieht er alles verkörpert, was er niemals haben konnte. Schon sehr bald ist sein Hass auf Alba mit einem gewaltsamen, sexuellen Begehren unterlegt.

Nach dem Militärputsch unterstützt die junge Alba die Widerstandsbewegung. Schließlich wird sie verhaftet und landet in einem Gefangenenlager unter dem Kommando von Esteban García, der unter dem neuen Regime zum Oberst aufgestiegen ist. Endlich hat er das Mädchen mit den grünen Haaren in seinen Händen. Für Alba beginnt die Hölle. Esteban lässt sie grauenvoller Folter unterziehen und vergewaltigt sie

---

[109] Allende, aaO., S. 194.

mehrfach. In dieser Art von sexueller Rache manifestiert sich aufs Schauderhafteste die intime Beziehung zwischen Rächer und Racheobjekt.

Als Esteban merkt, dass er beginnt, andere Gefühle als Hass für Alba zu hegen, lässt er sie in den „Hundestall" werfen, eine winzigste, lichtlose Zelle, in der sie ihre Zeit in Isolationshaft verbringt und in der schon viele vor ihr den Verstand verloren haben. Estebans Truebas alte Sünde rächt sich in der Gestalt Esteban Garcías, und das Opfer ist seine über alles geliebte Alba. Erst als er, der einstige über-männliche Patriarch, so verzweifelt ist, dass er einen alten Gefallen einlöst und eine inzwischen zu großer Macht aufgestiegene Prostituierte um Hilfe bittet, gelingt es ihm, seine Enkelin zu retten.

Unrecht wie gute Tat haben Jahrzehnte nach ihrem Geschehen Folgen, die über Leben oder Tod entscheiden. Alba erkennt das, als sie am Ende des Romans, nach dem Tod ihres Großvaters, über alles reflektiert, was passiert ist. Sie begreift die Schicksalhaftigkeit des Geschehens, „jener endlosen Geschichte von Schmerz, Blut und Liebe", in der sich die Vergewaltigung von Garcías Großmutter durch ihre eigene Vergewaltigung rächte, welche sich einst vielleicht wiederum rächen wird, wenn „in vierzig Jahren mein Enkel Esteban Garcías Enkelin in die Sträucher am Fluss zerrt". Doch diese Erkenntnis geschieht ohne moralische Wertung. Alba akzeptiert ihr Schicksal nicht mit der Vorstellung im Kopf, dass sie es aus irgendeinem verqueren Grund verdient hätte, im Stil von „die Sünde der Großväter komme auf die Häupter der Enkeltöchter". Sie akzeptiert es lediglich in seinem So-Sein: „Jedes Teil hat, so wie es ist, seine Daseinsberechtigung, selbst Oberst García." Und genau durch diese Akzeptanz des „So-Seins" der Rache gelingt es Alba, für sich den Kreislauf der Rache zu durchbrechen. Während ihrer Gefangenschaft hielt sie der Wunsch, für sich und alle anderen Opfer Garcías und der Militärjunta Vergeltung und Gerechtigkeit zu erlangen, am Leben und bei Verstand. Doch nachdem sie, die Überlebende, die Fragmente ihrer Familiengeschichte zu der Erzählung zusammengefügt hat, die Das Geisterhaus bildet, hat sie verstanden: „Es wird mir schwer werden, alle zu rächen, die gerächt werden müssen, weil meine Rache ein weiterer Teil des einen unerbittlichen Ritus sein würde."[110]

---

[110] Allende, aaO., S. 443.

Das Geisterhaus erzählt uns in Gewand der Geschichte einer Familie und eines Landes eine Rachegeschichte der Unvermeidlichkeit. „Es" rächt sich immer auf die eine oder andere Weise. Das ist der Lauf des Lebens. Albas Erkenntnis gehört zum Kern jener mythischen Wahrheit, die dem Roman zugrunde liegt.

Doch es gehört auch zum Wesen der Rache, dass der Kreislauf durch das Individuum durchbrochen werden kann. Alba wird zur Erzählerin einer großen Geschichte. Sie begann damit, um Zeugnis eines Unrechts abzulegen und Rache zu üben, indem sie die Wahrheit schrieb. Was sie in Wirklichkeit erzählte, war eine Geschichte der Erkenntnis und der Akzeptanz. Es handelt sich dabei aber nicht um eine fatalistische Unterwerfung unter eine grausame Wirklichkeit, denn Alba ist wie alle Mitglieder ihrer Familie eine unerschrockene Kämpferin. Es ist nicht schwer, sich vorzustellen, dass sie, die Geschichtenschreiberin und werdende Mutter, das Regime überdauern wird.

Das Zusammentragen ihrer Familiengeschichte durch Alba Trueba ist ein Akt kreativer Erinnerung, der selbst die Rache in einen größeren Gesamtzusammenhang einordnet und als unverzichtbaren Teil dieser großen Geschichte anerkennt. Dieses erinnernde Verstehen und verstehende Erinnern gibt Alba gleichzeitig die Macht, über den eigenen Rachedrang hinauszuwachsen, sich selbst aus jenem „unerbittlichen Ritus" herauszunehmen, wenn auch der größere Kreislauf der Rache der Zeit, der Geschichte, des „Es" bestehen bleibt.

Mit ihrem Erzählen und ihrem Erinnern durchbricht Alba die lineare Zeit, ohne sie aufzuheben. Sie eignet sich ihre eigene Geschichte an und wird so zur Meisterin ihres Schicksals, ihres Leids und ihrer Rache.

4. Alles nur ein Spiel – Die Ästhetik der Rache und *Kill Bill*

> *Revenge is never a straight line.*
> (*Kill Bill*, Volume 1)

Die Literatur der Postmoderne entsteht in einem Spannungsfeld aus Dekonstruktion der Tradition und geradezu obsessi-
vem Erinnern. Oft zerschlägt sie Althergebrachtes, nur um die
Einzelteile wieder neu zusammenzusetzen – schließlich kann
man nicht immer nur alles auseinandernehmen, bis schließlich
nichts mehr da ist. Wenn erst einmal alles infrage gestellt ist,
kann man es wieder neu aufgreifen und – damit spielen.

Wie jede andere Literatur auch erschafft die der Postmoderne
einen fiktionalen Raum. Und in der Regel ist sie sich dessen
mehr als bewusst. Dadurch aber ist es, als würde sie den Leser
an die Hand nehmen und zu ihm sagen: Komm, lass uns zusammen eine Welt betreten, in der alles erfunden ist, in der wir
frei sind, das Unmögliche zu tun und zu denken.

In diesem freien fiktionalen Raum können allerlei Experimente
durchexerziert werden, egal wie realistisch oder unrealistisch
sie sein mögen. Grundsätzlich gilt das natürlich für jede Art
von Geschichte, und das späte 20. und frühe 21. Jahrhundert
haben in dieser Hinsicht nicht unbedingt das Rad erfunden.
Die märchenhafte Formel „Es war einmal", der Vorhang einer
Theaterbühne, sogar die Deckel eines Buches – das sind alles
Signale dafür, dass mit der Geschichte auch ein Spiel beginnt,
ein „So-tun-als-Ob". Die Postmoderne, gerade die neuere, ist
nur etwas konsequenter darin, sich dieser Lust am Spiel zu ergeben.

Gerade angesichts eines so wuchtigen, komplexen Themas
wie Rache kann der Eintritt in diesen freien, fiktionalen Raum
bedeuten, dass dem Schriftsteller wie dem Leser oder Zuschauer
eine metaphorische Last von den Schultern fällt. Das heißt
nicht, dass alle Problematiken des Themenkomplexes Rache,
Vergeltung und Gerechtigkeit einfach vergessen werden. Aber
es bedeutet, dass Autor und Publikum zusammen eine Welt betreten können, in der Rache von neuen Seiten beleuchtet wer-

den kann. In solchen fiktionalen Räumen können ganz eigene Gesetze herrschen. Hier kann Rache genussvoll sein, allgemein anerkannte Praktik, die Erfüllung eines lang gehegten Traums, ohne dass wir uns gleich über die moralischen und ethischen Implikationen den Kopf zerbrechen müssen. Diese anderen Gesetze gelten eben nur innerhalb der Wände des durch Worte oder Bilder errichteten fiktionalen Raums.

Rache kann so zum Spiel werden, ohne ihre eigentliche Problematik zu verlieren. Und in einer Zeit, in der wir als Gesellschaft zu dem allgemeinen moralischen Konsens gekommen sind, dass Rache und Selbstjustiz, wenn auch verständlich, so doch bestenfalls moralisch zweifelhaft sind, brauchen wir solche fiktionalen Spielplätze. Nicht umsonst schrieb John Carey im *Independent:*

Wir haben das Bedürfnis, die Süße der Rache ununterbrochen zu kosten, und das wirkliche Leben kann es nicht stillen. Daher müssen wir uns immer wieder Bösewichte erfinden und Geschichten, in denen diese Bösewichte der Rache zum Opfer fallen. Andernfalls würde es uns an einem lebenswichtigen moralischen Gericht mangeln.[111]

Und besser, wir erfinden uns solche Bösewichte und Rachegeschichten in einem Raum, über dessen fiktionalen Charakter wir uns alle einig sind, als dass wir die Rollen von Rächer und Racheobjekt mit realen Personen besetzen – sei es aus unserem alltäglichen oder aus dem weltpolitischen Umfeld.

Ganz besonders gut als Träger spielerisch-fiktionaler Rachegeschichten eignet sich das Medium Film. „Rache ist wie Popcorn – sie passt gut ins Kino", schreibt Regina Barreca[112], und damit scheint sie recht zu haben. Die Liste von Filmen, in denen Rache eine Rolle spielt, ist schier endlos. Ein Großteil der hier vorgestellten Rachegeschichten hat in der einen oder anderen Form den Weg auf die Leinwand gefunden, und Kino und Fernsehen haben eine Unzahl eigener Rachegeschichten hervorgebracht – so viele, dass ein eigenes Buch von Nöten wäre, um diesem Thema gerecht zu werden.

Western, Krimis, Thriller, Science-Fiction – Rache findet sich in allen Genres. Sie kann Bösewichte motivieren, und sie entweder dämonisieren oder vermenschlichen – je nachdem, wie

---

[111] Meine Übersetzung.
[112] Barreca, aaO., S. 20.

berechtigt ihr Wunsch nach Vergeltung in unseren Augen ist. Rache kann genauso gut die Helden bewegen und sie entweder problematisieren oder glorifizieren, je nachdem … ja, genau.

Im fiktionalen Raum eines jeweiligen Films kann Rache völlig unproblematisch sein und einen Charakter zum Helden machen, sie kann absolut verurteilt werden und Bösewichte erschaffen, oder sie kann als komplexes, ambivalentes Phänomen dargestellt werden. Es gibt Filme, in denen sie uns als moralischer Kompass dient, um das Verhalten der Charaktere einzuschätzen – wobei die Tendenz dahin geht, diejenigen positiv zu beurteilen, die stark, edel, gutherzig etc. genug sind, um auf Vergeltung zu verzichten. In anderen Geschichten identifizieren wir uns nur zu gerne mit dem Helden, der zum Rächer wird, in der Regel, weil ihm – je nach Genre großes oder auch kleines – Unrecht angetan wurde. Sein oder ihr Rachefeldzug kann uns dann eine ungeheure (Ersatz-)Befriedigung verschaffen, die, glaubt man John Carey, nicht unwichtig für unsere psychische Hygiene ist. Die über Jahrzehnte ungebrochene Beliebtheit von Figuren wie Robin Hood und Zorro, jenen gerechten Rächern der Unterdrückten, gibt ihm wohl recht.

Quentin Tarantino (*1963) ist einer der berühmtesten Filmemacher, der postmoderne Techniken in seinen Filmen anwendet: eine nicht-chronologische Erzählweise; Zitate aus Film und Literatur; die Mischung von Genres; sogenannte metanarrative Techniken wie etwa Erzählerstimmen aus dem Off und Kapitelüberschriften, die immer wieder den Erzählfluss des Films unterbrechen und uns so ständig auf seine Gemachtheit, seine Fiktionalität verweisen. Außerdem wendet er sich immer wieder gerne dem Rachethema zu, wobei er die spielerische Freiheit, die ihm der postmoderne filmische Raum eröffnet, voll ausnutzt.

Tarantinos großer Rachefilm – neben *Inglourious Basterds* (2009) – ist der Zweiteiler *Kill Bill* (2003 und 2004). Volume 1, also der erste Teil, führt uns in eine eigenartige hybride Welt ein, eine Mischung aus Western, Eastern, Martial-Art- und Gangsterfilm. Das sind alles Welten, die wir aus Jahrzehnten der Filmtradition kennen; wir wissen, welche Regeln in ihnen herrschen. Tarantino bedient sich dieses unseres Wissens um den Verhaltenskodex, der diese fiktionalen Räume beherrscht, um seine ganz eigene Welt zu schaffen, von der wir aber geradezu instinktiv wissen, dass sie von Ehre, Gewalt und Vergeltung bestimmt ist.

Es ist eine „andere" Welt, die wir da betreten, nicht die unsere; eine Welt der bezahlten Killer und Schwertkämpfer, eine Welt des Kampfes und der Gnadenlosigkeit, in der der blanke Wille eine eben erst aus dem Koma erwachte Frau zur eiskalt-effizienten Killerin werden lässt und halbwüchsige Kinder Rache üben. Es ist außerdem eine bewusst überzeichnete, fast comic-hafte Welt, in der Erinnerungen in Schwarz-Weiß oder als Anime-Zeichentrickfilm ablaufen, Blut in maßloser und seltsam ästhetischer Weise vergossen wird und ein Kapitelüberschriften wiedergebender Erzähler die Geschichte strukturiert. *Kill Bill, Volume 1* kreiert eine bewusst künstliche Welt, in der eigene Gesetze herrschen. So kann eine „reine" Rachegeschichte erzählt werden – um keinen anderen Grund als ihrer selbst willen.

Wir als Zuschauer erfahren im *Volume 1* nur das über die Motivationen der Charaktere, was wir unbedingt wissen müssen. Wir sehen eine blonde Braut, die in ihrem Hochzeitskleid in ihrem eigenen Blut liegt und von einem Mann namens Bill erschossen wird. Wir sehen, wie dieselbe Frau vier Jahre später aus ihrem Koma erwacht, sich des Massakers erinnert und sich ihres flachen Bauchs bewusst wird – das Kind, mit dem sie schwanger war, ist fort. Wir sehen die Frau zu einem Rachefeldzug aufbrechen, um mit Bill und seiner Bande (drei Frauen und ein Mann) abzurechnen. Wir wissen, warum sie es tut: weil diese Menschen ihr Leben zerstört haben. Mehr wissen wir aber auch nicht.

Über die Motivationen der anderen Charaktere, vor allem die Bills, und über ihre Beziehungen zu der Braut erfahren wir nur Andeutungen. Doch das genügt. Weil die Frau eine Braut, schwanger und während ihres Komas mehrfach vergewaltigt worden ist, wissen wir, dass sie das Opfer ist. Weil es immer wieder auch ihre Stimme ist, die die Lücken der Erzählung schließt, lassen wir uns endgültig auf ihre Seite ziehen. Doch wir erkennen auch, dass sie Teil derselben Welt ist wie ihre Möchte-Gern-Mörder: eine Kämpferin, eine Killerin. Als Rächerin kennt sie keine Gnade, so wie auch sie keine Gnade erfahren hat. Sie lässt sich durch nichts davon abbringen, Vergeltung zu üben. Eine ihrer Mörderinnen tötet sie, obwohl die Frau inzwischen eine vierjährige Tochter hat, die die Tat zufällig auch noch mit ansehen muss. Die Braut weiß, dass sie für diese Gnadenlosigkeit womöglich zahlen muss, dass sie das kleine Mädchen für immer verändert hat und dass sie sich gerade eine potenzielle

Rächerin geschaffen hat – eine Rächerin, der sie sich stellen wird, wenn es soweit ist.

Die Welt von *Kill Bill* funktioniert, wie gesagt, nach ganz bestimmten Regeln, und die Braut hält sich unerbittlich daran, egal ob sie für oder gegen sie arbeiten. Das verleiht ihr eine Ehre und Integrität, die sie zur „Gerechten" werden lässt. Nach diesem Maßstab beurteilen wir ihre Taten und ihre Rache, die sie mit eiserner Konsequenz durchführt.

Volume 1 erzählt die Geschichte einer kämpfenden Frau, die sich anderen kämpfenden Frauen und einem übermächtigen männlichen Feind stellt. Es ist eine grausame, aber eine ästhetische Geschichte, und die Rache ist das Medium, das diese Ästhetik trägt. Weiter lässt sich die Spielmentalität der Postmoderne kaum treiben. Ihren Höhepunkt findet sie in einem Martial-Art-Schwertkampf im Schnee zwischen den Charakteren von Uma Thurman und Lucy Liu.

Die große, schlanke Blonde und die schöne, fast süße Asiatin malen ein ästhetisches Tableau des Todes. Über Letztere weiß der Zuschauer zu diesem Zeitpunkt fast mehr als über die Braut. Auch sie, O-Ren, war einst eine Rächerin, im zartesten Alter, nachdem ihre Eltern vor ihren Augen ermordet worden waren. Dass sie jetzt auf der anderen Seite steht und zum Racheobjekt einer ebenso unerbittlichen Rächerin geworden ist, scheint fast willkürlich. Es ist gut vorstellbar, dass zu einem anderen Zeitpunkt, unter anderen Umständen, die Seiten vertauscht sein können. Aber es ist die Geschichte der Braut, die uns erzählt wird, nicht die O-Rens; die Frau, die zum Opfer gemachte wurde, ist die Rächerin, deren Weg wir verfolgt haben – ein Weg, der erst mit der Vergeltung an Bill selbst zu Ende gegangen sein wird. Darum ist der Sieg der Braut über O-Ren zwangsläufig; er ist das einzige mögliche Ende für eine reine Rachegeschichte, die sich selbst erzählt.

Kill Bill, Volume 2 rückt vieles von dem, was wir in *Volume 1* gesehen haben, in ein anderes Licht. Das Rätsel löst sich nach und nach auf. Dadurch wird aber die Geschichte der Braut zu mehr als „reiner" Vergeltung.

Lange Zeit ist die Braut, deren einstiger Killername „Black Mamba"[113] war, eine Inkarnation des Todes, hart und scharf

---

[113] Die Schwarze Mamba ist eine der tödlichsten Schlangenarten überhaupt.

wie die Klinge ihres japanischen Schwertes. Doch in *Volume 2*
ändert sich das Schritt für Schritt. Wir erfahren mehr über ihre
Vergangenheit, und das vermenschlicht sie. Schließlich wird
uns sogar ihr voller Name offenbart. Dass sie sich im Laufe des
Films einmal aus ihrem eigenen Grab wühlen muss, versinn-
bildlicht ihren Weg vom Tod zum Leben.

Der Wendepunkt der Rachegeschichte von *Volume 2* ist erreicht, als die Braut am Ende ihres Wegs blutiger Vergeltung
– alle anderen (interessanterweise hauptsächlich weiblichen)
Gegner hat sie eliminiert – Bill gegenüber steht. Doch im Haus
ihres einstigen Liebhabers findet sie nicht nur Bill vor, sondern
auch die gemeinsame Tochter B. B., die die Braut für tot gehalten
hatte. Ein stärkeres Symbol für Leben und Hoffnung als dieses
kleine, vierjährige Mädchen gibt es kaum. B. B. hat sehnsüchtig
auf die Rückkehr ihrer Mama gewartet, die so lange „geschlafen" hat; es ist offensichtlich, dass sie die Unbekannte genauso
sehr liebt wie ihren Vater Bill. Die Eltern stellen ihre tödliche
Fehde hintan, bis sie Klein-B.B. ins Bett gebracht haben.

Die Konfrontation zwischen Bill und der Braut ist der
Höhepunkt der ganzen Geschichte. Sie ist vor allem verba-
ler Natur und verrät uns viel über das Wesen der Braut, Bills
und der Welt, die sie bewohnen. Die Hochzeit, die Bill und
die Seinen in ein Massaker verwandelten, war der Versuch
der Braut, die Welt des Todes zu verlassen, die Bill und seinen
Schwertschwingern gehört. Hochschwanger wollte sie für ihre
Tochter eine Welt des Lebens schaffen. Doch Bills Handeln und
seine Worte machen der Braut, die immer wieder als „größte
Kriegerin, die je gelebt hat", beschrieben wird, klar, dass sie niemals ein normales Leben haben kann, niemals in „unsere" Welt
eintreten kann, weil sie nicht normal ist. Sie ist mehr. Wie die
alten Helden, wie Achilleus oder Medea, wie so viele Rächer,
ist sie Mehr-als-Mensch geworden, etwas „Anderes", das außerhalb der menschlichen Gemeinschaft und des alltäglichen
Menschseins steht. Sie, die jeden Moment ihres Rachefeldzugs
genossen hat und nichts davon bereut, wird immer Tod in sich
tragen.

Bill hat also recht, wenn er behauptet, die geplante Hochzeit
der Braut sei nur eine versuchte Flucht gewesen, ein Sich-
Verstecken vor dem eigenen unmenschlichen Mehr-Sein. Wie
Bill selbst gehört auch die Braut, die er immer noch liebt, der
Welt des Todes an. Aber er hat eines vergessen: Sie ist eine Frau,
und sie ist eine Mutter. Von dem Moment an, da die Braut ihre

kleine Tochter erblickt, hat sich ihr Rachefeldzug verwandelt. Sie ist nicht mehr länger Medea, die gnadenlose Rächerin männlichen Verrats an niemand andern als ihr selbst, Medea, die ihr Mutter-Sein überwindet und selbst ihre Kinder der Rache opfert. Die Braut wandelt sich von einem Augenblick zum anderen in die „Seewölfin". Sie wird zu Grendels Mutter und zu Klytaimnestra, die beide ihre Kinder rächen – und anders als ihre antiken Vorbilder wird sie erfolgreich sein.

Mit einem gezielten, blitzschnellen Schlag, der ihrem Kriegsnamen „Black Mamba" alle Ehre macht, löst sie sich von Bill, dem männlichen Tod, der Geliebter, Vaterfigur und Mörder in einem ist. Bill stirbt den Tod, der ihm gebührt, und die Mutter fährt Seite an Seite mit ihrer lachenden kleinen Tochter ins Licht.

Am Ende der Rachegeschichte von *Volume 2* steht nicht Tod, sondern Leben. „Die Löwin und ihr Junges sind wieder vereint", kommentiert der Film. Die Braut ist immer noch tödlich, und B. B. verspricht, ihre Erbin zu werden. Aber sie bringt den Tod mit dem Ziel, Leben zu geben. Die Mutter, die Gestalten wie Medea, Klytaimnestra, Grendels Mutter, Brünhild, Kriemhild und Achilleus in sich vereint, trägt den Sieg über das sich absolut setzende Männliche davon, das von der unauflöslichen Verbindung von Leben und Tod nichts begriffen hat. In *Kill Bill, Volume 2* nutzt Tarantino den freien fiktionalen Raum, den er mit seinen beiden Rachefilmen geschaffen hat, um einen modernen Mythos zu erzählen, der Altes mit Neuem vereint – und er hat Spaß dabei.

IX. DIE RACHE LEBT

Vengeance is a living thing.
(*Buffy the Vampire Slayer, Becoming*)

Wir haben gesehen, wie sich von der Antike bis zur Gegenwart die kulturelle Bedeutung der Rache verändert hat. Die westliche Literatur fand immer wieder neue Wege, um dem Phänomen an sich Herr zu werden. Doch die Rache sperrt sich. Sie ist widerspenstig und weigert sich, sich zähmen zu lassen – sei es durch gesellschaftliche Institutionen oder durch die Literatur.

Rache ist menschlich, allzu menschlich. Die christlich-abendländische Ideengeschichte erzählt uns seit zweitausend Jahren, dass persönliche Genugtuung zu üben, eigentlich keine so gute Idee ist. Rache kostet uns derart viel, dass es unserer psychischen wie physischen Gesundheit schlicht zuträglicher wäre, unseren Feinden zu vergeben und sie höchstens durch gute Taten zu piesacken. Die weltliche Gerichtsbarkeit versucht uns spätestens seit der Renaissance zu überzeugen, dass es besser für alle ist, wenn die Bestrafung eines Übeltäters den entsprechenden gesellschaftlichen Institutionen überlassen wird. Das erspart es dem Geschädigten, selbst zum Täter zu werden, sorgt dafür, dass der Aggressor auch tatsächlich eine gerechte Strafe erhält, und hat außerdem den Vorteil, ohne das destabilisierende Element der persönlichen Rache auszukommen.

Wir *wissen* im 21. Jahrhundert, dass Rache nichts Gutes ist. Sie mag ein nachvollziehbares Handlungsmotiv von Opfern sein, aber eigentlich ist sie nicht akzeptabel. Das erzählt uns die dominante kulturelle Ideologie, und sie hat stichhaltige Argumente. Und trotzdem, trotzdem, trotzdem – Racheimpulse lassen sich nicht ausmerzen. Dafür sind sie viel zu menschlich. „So funktioniert Rache", schreibt Regina Barreca. „Wir gehen das Risiko ein, vieles zu verlieren, was uns normalerweise lieb und teuer ist: Selbstachtung, Stolz, Moral, ethische Grundsätze, Liebe und Familie. Auch wenn Rache meist mit unserem guten Eindruck von uns selbst (und unserem guten Eindruck bei anderen Leuten) bezahlt wird, hat man immer irgendwie das Gefühl, sie sei es wert gewesen."[114]

Rache zu nehmen ist ein Drang, der tief in uns allen verankert ist. Vergeltung ist eines der Grundphänomene des menschlichen Daseins. Sie ist einfach da. Und weil Rache an sich so problematisch ist, kommen wir als Menschen nicht umhin, uns immer wieder mit ihr auseinanderzusetzen. Ohne Unrecht gibt es keine Rache. Sie versucht, Unrecht auszugleichen. Aber sie will das paradoxerweise erreichen, indem sie neues Unrecht in die Welt bringt. Daraus entspringt die zutiefst zwiespältige Natur der Rache: dass wir sie nie wirklich an sich verurteilen, doch auch nicht unumwunden gutheißen können. Das macht Rache zu einem geradezu ärgerlichen, auf alle Fälle aber unbequemen

---

[114] Barreca, aaO., S. 10.

Phänomen. Sie stellt eine Forderung, nicht nur an den Rächer und das Racheobjekt, sondern auch an einen Dritten – an den Beobachter, an die Gemeinschaft. Sie verlangt von uns, Stellung zu beziehen. Und gerade im Fall von Vergeltung ist das ungeheuer schwer.

Diese Problematik der Rache, die uns alle angeht, als Einzelwesen und als Gemeinschaft, ist der Grund, warum die literarische Auseinandersetzung mit Vergeltung so spannend und fruchtbar ist. Rache ist wie ein Stachel in unserem kollektiven Fleisch. Die Aufforderung zur Stellungnahme, zum *Nachdenken*, die ihre alleinige Existenz an uns als Menschen richtet, nehmen wir unter anderem dadurch an, dass wir uns Geschichten über die Rache erzählen. Das hat sich seit den Anfängen der Menschheit nicht geändert. Die Mythen der frühen Kulturen (ob hoch oder nicht) beschäftigen sich genauso mit Rache wie Kinofilme aus dem Jahr 2010.

Rache muss erzählt werden. Geschichten über Vergeltung erlauben uns nicht nur den Versuch, dieses unfassliche Phänomen *in den Griff* zu bekommen – Rachegeschichten geben uns auch ein Ventil für unsere eigenen Vergeltungsimpulse. Die reflektierte Auseinandersetzung mit einem komplexen, allgemein-menschlichen Thema ist nur eine Seite der Münze. Rachegeschichten verschaffen auch Befriedigung. Es gibt kaum eine unter ihnen, die nicht das Potenzial hat, uns auf die Seite des Rächers zu ziehen, mag seine Vergeltung gerecht sein oder nicht. Wenn wir den blutigen Weg des Rächers verfolgen, leben wir unsere eigenen Vergeltungswünsche aus – und das ist nichts Schlechtes. Das meint auch Regina Barreca: „Wir können unsere Rachefantasien nutzen, um zu dem Kern dessen vorzudringen, was uns bedrückt. Der Wunsch nach Rache ist oft unkontrolliert, universell, irrational und persönlich, aber er kann auf neue Ebenen der Selbsterkenntnis und zum Verständnis tief verschütteter Emotionen und Bedürfnisse führen."[115]

Es bringt nichts, Racheimpulse und -fantasien einfach zu leugnen und zu unterdrücken. Jeder Mensch hat sie. Wenn wir sie gedanklich ausleben, dann sinkt sogar die Wahrscheinlichkeit, dass wir es realiter tun. Rachegeschichten sind ein ausgezeichnetes Mittel dazu, ein imaginativer Spielplatz, auf dem Erkenntnis, Schadenfreude, Mitleid und dunkle Befriedigung alle ihre Reigen drehen.

---

[115] Barreca, aaO., S. 14.

Geschichten über Vergeltung sind immer fiktiv. Sie erzählen uns wichtige Dinge über die Realität, aber sie *sind* nicht real. Sie sind ein Raum, in dem Möglichkeiten ausprobiert werden können, die unsere Lebenswirklichkeit zerstören würden. Innerhalb dieses Raumes darf Rache genossen werden – sie darf auch verurteilt, verteufelt oder gefeiert werden. Das weiß auch der Literaturkritiker John Carey: „Wir haben das Bedürfnis, die Süße der Rache ununterbrochen zu kosten, und das wirkliche Leben kann es nicht stillen. Daher müssen wir uns immer wieder Bösewichte erfinden und Geschichten, in denen diese Bösewichte der Rache zum Opfer fallen. Andernfalls würde es uns an einem lebenswichtigen moralischen Gericht mangeln."[116]

– Das haben wir schon einmal gehört, es ist aber wichtig genug, um es zu wiederholen: Rache braucht ihren Raum. Die Fiktion ist nicht der schlechteste Ort, den sie sich aussuchen könnte. Und wir haben jedes Recht, Rachegeschichten zu genießen – ob kalt oder heiß.

So sehr sich die Wahrnehmung und Darstellung von Rache über die Jahrhunderte verändert hat – gewisse Grundelemente sind immer die gleichen geblieben. Rache an sich scheint etwas Überzeitliches zu sein. Die einzelnen Rachegeschichten verschiedener Epochen mögen immer neue, spannende, tragische, schaurige und genussvolle Spielarten der Vergeltung ans Tageslicht bringen. Dennoch sind sie alle Variationen eines einzigen Themas in einer großen, zeitlosen Symphonie der Rache.

Was also erzählen uns die Rachegeschichten der westlichen Welt über dieses zutiefst menschliche Phänomen? Wir haben viele Antworten auf diese Frage erhalten. Doch die folgenden Faktoren bleiben konstant.

a) Rache entspringt einem Unrecht.

Das haben wir schon ganz zu Anfang als Grundvoraussetzung der Vergeltungssituation erkannt. Wo kein Unrecht, da keine Rache. Der Rächer ist immer zuerst Opfer, oder er handelt stellvertretend für ein Opfer, das sich nicht wehren kann – weil es tot ist oder zu schwach (ein alter Vater, eine abhängige Frau, ein Kind). Das geschehene Unrecht zerstört eine bestehende

---

[116] Meine Übersetzung.

Ordnung. Das Ziel der Rache ist es, diese Ordnung wiederherzustellen.

Aus diesem Grund eignet sich der Racheplot an sich hervorragend dazu, eine Geschichte zu erzählen. Denn genau das ist auch die Grundstruktur einer jeglichen Erzählung, vom Mythos bis zum Roman: Eine bestehende Ordnung wird gestört, ein Konflikt entsteht mit allem, was dazugehört, der Konflikt wird gelöst und die Ordnung ist wiederhergestellt. Der große griechische Philosoph Aristoteles hat das denkbar einfach in etwa so formuliert: Eine Erzählung ist eine Geschichte, die einen Anfang, eine Mitte und ein Ende hat.

Der Racheplot macht es einem Geschichtenerzähler einfach, denn er gibt die Struktur der Erzählung vor: Das Unrecht geschieht, der Rächer zieht aus, das Unrecht wird gerächt. Ende. – Oder? Ganz so einfach macht es die Rache den Geschichtenerzählern dann doch nicht. Denn wir wissen ja, dass die Vergeltungssituation in Wahrheit alles andere als einfach ist. Schließlich kann sie eigentlich gar nicht aufgelöst werden. Die Konfliktlösung, die die Rache vorschlägt, besteht in weiterem Unrecht, das wiederum potenziell zu mehr Konflikt führt. Eine Wiederherstellung von Ordnung durch Rache scheint fast unmöglich. Wie kann die Rachegeschichte also ein Ende finden?

Die meisten Rachegeschichten haben für dieses Problem folgende Lösung parat: Der Rächer muss einen Preis bezahlen. Der radikalste Preis ist natürlich der Tod. Selbst erfolgreiche Rächer müssen das Gelingen ihrer Vergeltung oft mir ihrem eigenen Leben bezahlen. Das beginnt schon in Homers *Ilias* mit dem Charakter von Achilleus: Er weiß, dass er bald nach dem trojanischen Recken Hektor sterben wird. Als Hektor aber seinen Freund Patroklos in der Schlacht tötet, ist Achilleus ohne jedes Zögern bereit, diesen Preis zu entrichten, um Rache für den geliebten Menschen üben zu können.

Manche Rachegeschichten gehen so weit, dass sie nicht nur den Rächer selbst, sondern sämtliche Beteiligten auslöschen – auch der Tod ist eine Art von Ordnung. Diese Option wählen die blutigen Rachetragödien der Renaissance, zum Beispiel Shakespeares *Titus Andronicus*. Solche Geschichten befriedigen nicht nur unsere Racheimpulse, sondern auch unser Bedürfnis nach exzessiver Gewalt. Gleichzeitig führen sie uns die potenzielle Destruktivität der Rache in aller Deutlichkeit vor Augen.

Andere Erzählungen lassen den Rächer glimpflicher davonkommen. Der Rachewestern etwa endet meist damit, dass der

Protagonist einsam in den Sonnenuntergang reitet. Er hat eine notwendige Rache geübt, aber kann durch seine Tat nicht länger Mitglied der menschlichen Gemeinschaft bleiben. Etwas hat sich fundamental in ihm verändert. Der Preis, den er zahlen muss, ist die Einsamkeit. Nur, indem das gewalttätige, anarchische Element des Rächers aus der Gemeinschaft entfernt wird, kann die Ordnung wiederhergestellt werden.

Entkommen kann der Rächer Tod oder Verbannung nicht selten dadurch, dass er Reue zeigt. Auch das ist ein hoher Preis und beinhaltet oft großes Leid. Außerdem muss einem solchen Reuigen Gnade zuteil werden. Ein solcher Akt des Erbarmens kommt fast immer von außerhalb des Rächers – von Gott, der Welt, einem anderen Menschen.

Je moderner Geschichten werden, desto weniger bindend ist die Notwendigkeit, sie tatsächlich mit der Wiederherstellung von Ordnung enden zu lassen. Textgattungen wie der Roman sind weitaus offener als die uralten Genres des Epos oder des Dramas. In modernen Texten (oder älteren Texten mit modernen Zügen) ist es auch möglich, die Rachesituation unaufgelöst in ihrer ganzen Ambivalenz stehen zu lassen. Auch kann es modernen Charakteren wie Isabel Allendes Alba gelingen, die Rache von sich aus zu überwinden – oder wie Tarantinos Heldin aus *Kill Bill* einfach nur zu zelebrieren.

b) Es gibt gerechte und ungerechte Rache.

Rachegeschichten verlangen von uns, Stellung zu beziehen. Es gibt auch Arten von Erzählungen, die das nicht tun. Aber wenn sich ein Rachegeschehen vor unseren Augen abspielt, sind wir gezwungen, ein moralisch-ethisches Urteil zu fällen. Dieses kann sich ganz simpel und unreflektiert manifestieren, zum Beispiel als Sympathie oder Antipathie dem Rächer gegenüber.

Ob wir einen Vergeltungssuchenden als „Bösewicht", als „Helden" oder als ambivalenten Charakter wahrnehmen, hängt von mehreren Faktoren ab. Der wichtigste ist wohl das der jeweiligen Rache zugrunde liegende Unrecht. Wenn wir als Leser dieses Unrecht nicht als solches wahrnehmen, oder nur als ein geringfügiges, dann ist es gar keine Frage, dass die Rache dafür ungerecht und „böse" ist. Aus diesem Grund eignet sich das Motiv der Vergeltung hervorragend, um „unverfälschte" Bösewichte zu kreieren. Einen Charakter für eine eingebildete Beleidigung Rache üben zu lassen, ist die beste Möglichkeit, ihn von vornherein als Schurken abzustempeln. Da braucht dem Leser nicht erst viel erklärt zu werden; der Autor könnte genauso ein Schild über den Kopf seines Antagonisten malen, das sagt: „Der hier ist böse!"

Umgekehrt können wir nicht umhin, uns auf die Seite eines Rächers zu stellen, dem offensichtliches, unverdientes und schweres Unrecht zugefügt wurde: ein Mann, der den Mörder seiner Familie jagt; eine Frau, die Vergeltung an ihrem Vergewaltiger sucht; Opfer von Folter, die zurückschlagen. Wenn ich als Autor meiner Geschichte ein eindeutiges Unrecht zugrunde lege, dann kann ich auch ohne Probleme von einer „reinen", „gerechten" Rache erzählen.

Genauso aber eignet sich Rache ausgesprochen gut dazu, moralische Grauzonen zu schaffen. Auch ein ausgewiesener Schurke kann sich für ein unverdientes Unrecht nachvollziehbarerweise rächen wollen. Solche zutiefst menschlichen Reaktionen aber ziehen das Schurkentum des Bösewichts in Zweifel und machen ihn zu einem vielschichtigeren Charakter. Im Gegenzug kann ein Rachemotiv auch die moralische Integrität eines aufrechten Helden unterminieren. Vergeltung erschafft ambivalente Charaktere mit komplizierten Handlungsmotiven.

Ein weiterer Parameter für die Einschätzung einer Rachemission als „recht" oder „unrecht", ist die Verhältnismäßigkeit der Rache. Diese Vorstellung geht auf das antike *lex talionis* zurück, das sich im biblischen „Auge um Auge, Zahn um Zahn" manifestiert. Selbst Gesellschaften, in denen Rache und Gesetz eins sind, erlauben keine maßlose, ungezügelte Vergeltung. Die Heroengemeinschaft der *Ilias*, der Kriegerstamm von *Beowulf*, die Fehdegesellschaft des Mittelalters – sie alle basieren auf Gesetzen der persönlichen Rache, die streng reglementiert sind. Fast alle von ihnen kennen das Prinzip der Verhältnismäßigkeit. Daher stammt auch die Idee einer „poetischen Gerechtigkeit".

Wenn der Rächer Gleiches mit Gleichem vergilt, können wir das nachvollziehen und für gerecht erachten. „Du schlägst mich, ich schlage dich" oder auch: „Du hast meine Frau getötet oder vergewaltigt, ich töte dich" – das können wir verstehen. Auch wenn die Rache dem Verbrechen des Übeltäters entspricht, wenn etwa der Graf von Monte Christo den geldgierigen Bankier und Verräter Danglars finanziell zugrunde richtet, finden wir das gerecht und außerdem befriedigend.

Doch die wenigsten Rächer der Literaturgeschichte bleiben bei der Idee von Gleich gegen Gleich stehen. Rache ist selten ein vernünftiges Abwägen. Sie mag in der Theorie nach dem Prinzip funktionieren „so viel, aber nicht mehr"; in der Praxis tut sie das nicht. Dieses Problem schildern uns Rachegeschichten aller Epochen. Vergeltung ist eine unbeherrschbare Kraft, die sich nicht mehr so leicht eindämmen lässt, wenn sie erst einmal entfesselt ist. Rache ist nicht rational. Sie ist emotional, leidenschaftlich und oft aus so großem Schmerz geboren, dass sie keine Grenzen mehr kennt.

Diese Tendenz der Vergeltung zum Unmaß führt in vielen Rachegeschichten zu einem entscheidenden Wendepunkt. Fast jeder Rächer überschreitet die Grenze der Verhältnismäßigkeit, und wenn er das tut, wandelt sich seine Mission von einer „gerechten" zu einer destruktiven. Achilleus ist vielleicht berechtigt, den Bezwinger seines Freundes zu töten. Er hat kein Recht, seine Leiche zu schänden. Medea hat als betrogene, verstoßene Ehefrau unsere ganze Sympathie. Doch wir können nicht begreifen, warum sie ihre eigenen Kinder tötet, um ihren treulosen Mann Iason zu strafen. Der Moment, da der Rächer diese Grenze überschreitet, verändert unsere Wahrnehmung seines Charakters. Wir können die Motive seiner Rache immer noch nachvollziehen – aber nicht mehr sein Handeln.

Ihr endgültiges Urteil spricht die Rache über sich selbst, wenn sie unschuldige Opfer fordert. Eine solche Vergeltung können wir unmöglich als „gut" beurteilen, egal, wie berechtigt sie zu Anfang gewesen sein mag.

Im Gegenzug sind sich fast alle Rachegeschichten einig, dass persönliche Vergeltung ein akzeptabler Weg ist, um sich Gerechtigkeit zu verschaffen, wann immer die öffentliche Hand zu kurz greift. Wer in einem Zustand sozialer Ungerechtigkeit lebt, hat aus Perspektive des Lesers und der Rachegeschichten jedes Recht, zum Rächer seiner selbst und der Seinen zu werden. Selbst wenn die Vergeltungsmission in diesem Fall ins absolut Destruktive umschlägt, spricht die Rachegeschichte kein Urteil über den Rächer selbst aus, sondern über die ungerechte Gesellschaft, die sein Handeln verursacht hat.

Die Beurteilung darüber, wie eine bestimmte Rachegeschichte einzuschätzen ist, kann sich im Laufe der Zeit natürlich verändern. So wurde Medea als verzweifelte Frau in der Fremde gesehen, als Monster, als Wahnsinnige, als Betrogene und als Opfer der Geschichte. Wir sind heutzutage vielleicht eher bereit, zwischen den Zeilen zu lesen, genauer hinzusehen, bevor wir Rächer verurteilen. Beispielsweise können wir den Juden

Shylock aus Shakespeares *Kaufmann von Venedig*, der als Rache für ein Leben voller Verachtung das Fleisch eines Christen fordert, heute eigentlich nur noch als ein Opfer verstehen.

c) Rächer sind männlich. Die Rache ist weiblich.
Von Beginn der Geschichte verschriftlichter Literatur an begegnet uns ein interessanter Widerspruch: Zwischen Rache und Frauen besteht eine enge Verbindung – die Rache ist das Recht der Männer.

Am Auffälligsten begegnet uns dieser Sachverhalt in der *Orestie* von Aischylos: Klytaimnestra, die Mutter, die den Opfertod ihrer Tochter an ihrem Ehemann rächt, wird zur Gattenmörderin erklärt. Ihr Sohn Orestes muss zwar eine wahrhaft tragische Krise durchmachen, bevor und nachdem er sich dazu entschließt, dem Gesetz der Vergeltung zu folgen und den Tod seines Vaters an seiner Mutter zu rächen; im Endeffekt wird er aber von Göttern und Menschen freigesprochen, weil seine Tat eine „gerechte" war. Eine Frau rächt den Tod einer Frau und wird dafür verurteilt. Ein Mann rächt einen Mann und wird freigesprochen.

Die Literaturgeschichte des Abendlandes ist eine Geschichte männlicher, patriarchalischer Erzählungen. Das ist keine feministische Parole, das ist schlichtweg eine Tatsache. Innerhalb dieser männlichen Tradition wird die weibliche Rache unterdrückt. Frauen wird nicht die *Fähigkeit* zum Rachenehmen abgesprochen, aber das *Recht* darauf. Elektra beklagt im gleichnamigen Stück von Aischylos' Zeitgenossen Sophokles, dass sie kein Mann ist und den Tod ihres Vaters deswegen nicht rächen kann. Drusilla aus William Faulkners 1938 erschienenen Roman *Die Unbesiegten* verflucht genau denselben Umstand und beneidet ihren Cousin Bayard um dessen Männlichkeit und das Recht, zu rächen.

Auch in der Bibel finden wir diese Unterdrückung weiblicher Rache. Es ist kein Zufall, dass viele Rachegeschichten im Alten Testament von Brüdern handeln, die die Vergeltung für die Vergewaltigung ihrer Schwester übernehmen. Nie ist die Rede davon, die geschändete Frau könnte selbst Rache üben. Weibliche Vergeltung wird mit einem Tabu belegt. Frauen können sich rächen, aber sie sollen es nicht. Wenn sie es doch tun, ist es „unweiblich". Elektra ist bereit, ihren Vater zu rächen, aber das würde bedeuten, ihre Fraulichkeit abzulegen. Kriemhild aus dem *Nibelungenlied* wird vom überschwänglich besungenen Edelfräulein zur schwertschwingenden Männerfresserin. Prompt wird sie als Strafe für ihre Rache an der Männergesellschaft mit dem Schwert durchbohrt.

Frauen können Racheobjekt sein, ganz besonders, wenn sie die Ehe brechen. Sie können Gerächte sein, die durch die Hand von Männern zu ihrem Recht kommen. Aber Rächerinnen? Das ist gar nicht gut.

Weibliche Rache wurde tabuisiert. Wenn sie geschieht, dann ist sie unnatürlich, hinterrücks und auf jeden Fall unedel. Matthias Mala schreibt dazu: „ Die Vergeltung der Ohnmächtigen kann aber ihrer Natur nach nur heimtückisch und hinterhältig sein. Und so mag in der überlieferten Erinnerung von rächenden Frauen auch eine männliche Urangst vor der Frau mitschwingen. Es ist die Angst vor der Mondin, der urweiblichen Göttin, die einst als Fruchtbringerin und Zerstörerin, in der Gestalt der Frau Holle, Segen und Fluch über das Land brachte. Sie ist die sich ewig Widersetzende, die unfassbar Wandelbare, die biblische Lilith, deren anarchischer Geist dem männlichen Gesetz widerspricht."[117]

Denn dem patriarchalischen Primat der Vergeltungen zum Trotz sind Rachegottheiten und andere Inkarnationen der Rache fast immer weiblich. Auch erhalten rächende Frauen schnell etwas Unmenschliches, Übernatürliches: Medea, Kriemhild, Grendels dämonische Mutter, selbst Fay Weldons Ruth aus der 1983 erschienen Geschichte um *Die Teufelin* (1983). So wurde die Frau, die Vergeltung übt, zur Inkarnation aller unbeherrschbaren, wilden und anarchischen Elemente der Rache.

d) Die Rache verwandelt den Rächer.

Der Drang oder auch die Pflicht, Vergeltung zu üben, kann eine schwere Bürde sein. Rache kostet einen ungeheuer hohen Preis. Oft muss der Rächer Gut und Leben aufs Spiel setzen, sein öffentliches Ansehen, seine Familie, sein Glück – von der psychologischen Last, die es bedeutet, einem anderen Menschen etwas anzutun, ganz zu schweigen. Nicht jeder kann diese Bürde tragen. Shakespeares Hamlet ist das Paradebeispiel eines Menschen, der an der Rachepflicht zerbricht.

Diese große psychische Belastung, die Rache bedeutet, liefert jede Menge Stoff für großartige Geschichten. Schließlich hat es keinen Sinn, eine Geschichte zu erzählen, in der den

---

[117] Mala, aaO., S. 16.

Charakteren nichts passiert. Nichts ist langweiliger, als wenn sich die Figuren nicht entwickeln. Meist garantiert ein Autor diese notwendigen Veränderungen, indem er seine Charaktere in einen Konflikt stürzt und/oder mit Extremsituationen konfrontiert. Rache ist der Traum jedes Schriftstellers, der seine Charaktere ordentlich piesacken will, um eine spannende Geschichte erzählen zu können.

Rache erfordert notwendigerweise Persönlichkeitsentwicklung. Diese kann durchaus positiv sein, wie etwa im Falle des Grafen von Monte Christo oder von Faulkners Bayard, der seine ganz eigene Form ehrenvoller, humaner Rache findet. Oft jedoch müssen wir mit ansehen, wie Rache den Rächer zerstört. Unser Protagonist wird von einem moralisch integren Charakter zu einem Schlächter, zu einem eiskalt kalkulierenden Manipulator, zum unmenschlichen Monstrum. Der Preis, den er für seine Vergeltung zahlt, ist seine eigene Identität.

Es erfordert einen ganz bestimmten Schlag von Menschen, um Rache üben zu können. Das mögen nicht immer sympathische Menschen sein, aber oft beweisen sie eine ganz ungewöhnliche Charakterstärke. Selbst im Falle von vielen rächenden Bösewichten trifft das zu. Das heißt nicht, dass nicht auch kleingeistige Menschen Vergeltung üben können – meist mies, hinterhältig und ungerechtfertigt. Aber die großen Rächer der Literaturgeschichte sind auch große Menschen.

Das bedeutet noch lange nicht, dass sie gute Menschen sind. Oft finden wir diese Rächer nicht einmal sonderlich sympathisch. Aber sie sind immer stark und auf die eine oder andere Weise bewundernswert – oder Furcht einflößend.

In nicht wenigen Rachegeschichten manifestiert sich diese Größe der Rächer in einer Art Übermenschentum, in einem Mehr-als-Mensch-Sein. Das trifft auf antike Gestalten wie Achilleus und Medea genauso zu wie auf moderne Rächer wie Fay Weldons Teufelin oder Tarantinos Braut aus *Kill Bill*. Der Rächer löst sich aus der Gemeinschaft der Menschen. Dadurch entfernt er sich gleichzeitig von seinem eigenen Menschsein. Ob dieses „Mehr-als-Mensch-Sein" positiv oder negativ ist, kommt auf die jeweilige Geschichte an. Oft bleibt die Frage ungeklärt. Menschliche Kategorien von „gut" und „schlecht" können auf den Rächer nicht mehr angewandt werden. Er ist schlicht etwas Anderes-als-Mensch.

e) „Es" rächt sich.

Rache begegnet uns im Laufe der Literaturgeschichte auch immer wieder als eine Kraft, die vom Menschen losgelöst ist. Einmal geschehenes Unrecht kann nicht einfach ungeschehen gemacht werden und bleibt nicht ohne Konsequenzen. „Es" rächt sich selbst lange Zeit später – durch das Schicksal, die Götter, die Geschichte. Die einzigen Möglichkeiten, dieser übermenschlichen Macht Einhalt zu gebieten, sind entweder, selbst Vergeltung zu üben, oder, sie in ihrem So-Sein zu akzeptieren.

Rachegeschichten reflektieren die Universalität, absolute Menschlichkeit und Unbeherrschbarkeit der Rache. Sie ist sowohl ein psychologisches als auch ein kulturelles Phänomen. Als solches scheint sie oft außerhalb unseres Einflussbereichs als Menschen und Individuen zu liegen. Rachegeschichten versuchen nicht zuletzt, Möglichkeiten zu entwerfen, dieses unbegreifbare Phänomen greifbar zu machen. Denn nur, was wir verstehen, können wir bewältigen. Und wenn wir die Rache nicht verstehen, dann verstehen wir uns selbst nicht.

EPILOG: RACHE HEUTE

Das 20. Jahrhundert unterhielt ein sehr problematisches Verhältnis zur Rache. Sie wurde pathologisiert und als „nicht normal" abgestempelt. Jeder, der sich mit dem Phänomen der Vergeltung beschäftigt, muss jedoch zu dem Schluss gelangen, dass es in einem universellen menschlichen Drang gründet – ob dieser pathologisch ist oder nicht, steht auf einem anderen Blatt.

In vielerlei Hinsicht hätte das 20. Jahrhundert die Existenz der Rache am liebsten vergessen. Das ist angesichts des Geschichtsverlaufs der letzten hundert Jahre mehr als verständlich, aber nicht unbedingt psychologisch und soziologisch ratsam. „Es gibt zahllose Beispiele, da wir Zuschauer des tragikomischen Schauspiels werden, dass Opfer (egal, ob sie Überlebende von Folter oder von Taschendiebstählen sind) jegliches Rachegefühl abstreiten müssen, wenn ihr Zeugnis ernst und glaubhaft wirken soll", schreibt Susan Jacoby in ihrer Studie über die Evolution der Rache.[118] Das ist für sich wieder

---

[118] Jacoby, aaO., S. 6.

eine Situation sozialen Unrechts, und sie entsteht durch die Verdrängung des unbequemen Phänomens Rache. Wir müssen uns ihm aber stellen, wollen wir als gesunde Individuen und als eine stabile Gemeinschaft existieren.

Und im 21. Jahrhundert? Das neue Jahrtausend wurde eingeläutet mit einer schrecklichen Zäsur: dem 11. September 2001. Der Fall des World Trade Centers hat unsere Welt verändert. Es wandelte auch das Verhältnis der westlichen Gemeinschaft zu dem Phänomen Rache. Nicht dass es seinen problematischen Charakter verloren hätte – ganz im Gegenteil. Aber Rache lässt sich im neuen Jahrtausend als alltägliche Erscheinung gequälter, grausamer Menschlichkeit nicht mehr so leicht verdrängen. Karl Isak, der unserer westlichen Welt unterstellt, eine heimliche Rachegesellschaft zu sein, schreibt über den 11. September: „Rache wurde plötzlich offen geäußert. Ein Wort, das vorher nur selten in den Medien zu finden war und somit auch nur selten über diese Schiene einen sozialisatorischen Rahmen bildete. Die Menschen wurden weltweit mit Rachegedanken konfrontiert, und diese erhielten ein breites Verständnis. Archaisch, wie die Rache nun einmal ist, wurde dieser Trieb wiederentdeckt und erhielt eine Legitimation, die durchaus überraschend war."[119]

Die Anschläge vom 11. September und ihre Folgen, der sogenannte Krieg gegen den Terror und die allgemeine Übersensibilisierung der Welt hinsichtlich innerer und äußerer Gefahren konfrontieren uns nicht mit einer neuen Art der Rache. Aber vielleicht zwingen sie uns zu einer neuen Wahrnehmung dieses komplexen, menschlichen, allzu menschlichen Dranges. Die Mechanismen der Vergeltung, woher sie kommt, wozu sie Menschen fähig macht, wohin sie führt – all diesen Wahrheiten müssen wir nach dem ersten Jahrzehnt des 3. Jahrtausends nach Christus wieder ungeschminkt ins Gesicht blicken.

„Die schwarzen Witwen", betitelte der Stern am 29. 4. 2010 einen Artikel über die islamistischen Selbstmordattentäterinnen, die am 29. März 2010 in der Moskauer Metro Sprengsätze zündeten. Weiter heißt es: „Sie sprengen sich in der Metro in Moskau in die Luft, *um Rache zu nehmen* [rot unterlegt]. Für ihre Ehemänner, die im Kaukasus gegen die Milizen des Kreml ge-

---

[119] Karl Isak: *Die Rachegesellschaft. Der Rachediskurs in den Printmedien. Ein Beitrag zur Logistik der Medien.* Maria Saal: vision+mission-Verlag 2003. S. 11.

kämpft hatten. Für den Krieg gegen ihre Religion. Denn aus intelligenten Frauen waren fanatische Islamistinnen geworden. Und dann Mordwerkzeuge von Terroristen."

Im Kontext von Anschlägen und dem Konflikt von Religionen und Weltbildern erhält Rache heute wieder eine Schärfe, die nicht neu ist, die wir aber gerne vergessen hätten. „Medwedew erklärt Terroristen den Krieg", schrieb der Spiegel zum selben Vorfall. „Nach den Anschlägen in Moskaus Metro schwört Präsident Medwedew Russland auf einen unerbittlichen Kampf gegen Extremisten ein."

Vergeltungsschlag, Rache und Wiederrache, all das sind für uns heutzutage keine Worte aus längst vergangenen Zeiten mehr. Wahrscheinlich haben sie ihre Aktualität in Wirklichkeit nie verloren. Im 21. Jahrhundert spielen sich die Mechanismen der Rache vor den Augen der Welt ab. Rache hat – wieder – globale Ausmaße angenommen. Rache konfrontiert uns auch – wieder – mit erschütternden Einzelschicksalen. Umso wichtiger ist es, dass wir ihr als Menschen des 21. Jahrhunderts ins Gesicht blicken, um ihr Herr zu werden.

LITERATUR

A Companion to the Works of Heinrich von Kleist. Herausgegeben von Bernd Fischer: Rochester, NY: Camden House 2003.

James Robert Allard: *Staging Pain, 1580–1800*. Farnham, Surrey: Ashgate 2009.

Regina Barreca: *Süß ist die Rache. Von der Lust abzurechnen*. München: dtv 1998.

Harold Bloom: *Genius. A Mosaic of One Hundred Exemplary Creative Minds*. New York: Warner Books 2002.

Anne Pippin Burnett: *Revenge in Attic and Later Tragedy*. Berkley: U of California P 1998.

Johannes Dornseiff: *Recht und Rache. Der Rechtsanspruch auf Wiederverletzung*. Berlin: Freiling 2003.

Wilson F. Engel: *Notes on Herman Melville: Moby Dick*. Harlow, Essex: Longman York Press 1981.

Französische Literaturgeschichte. Herausgegeben von Jürgen Grimm. Stuttgart: Metzler 1999.

Peter A. French: *The Virtues of Vengeance*. Lawrence: UP of Kansas 2001.

Irmgard Gephart: *Der Zorn der Nibelungen. Rivalität und Rache im Nibelungenlied*. Köln: Böhlau, 2005.

Karl Isak: *Die Rachegesellschaft. Der Rachediskurs in den Printmedien. Ein Beitrag zur Logistik der Medien*. Maria Saal: vission+mission-Verlag 2003.

Susan Jacoby: *Wild Justice. The Evolution of Revenge*. London: Collins 1985.

John Kerrigan: *Revenge Tragedy. Aeschylus to Armageddon*. Oxford: Clarendon Press 1996.

Kindlers Neues LiteraturLexikon. Chefredaktion Rudolf Radler. München: Kindler 1988 / 1998.

Matthias Mala: *Rache ist Blutwurst. Der ultimative Leitfaden für den rachedurstigen Zeitgenossen*. Landsberg am Lech: mvg-verlag 1997.

Donald J. Mastronarde. „General Introduction". In: Euripides: *Medea*. Cambridge: Cambridge UP 2001.

Metzler Lexikon der Weltliteratur. 1000 Autoren von der Antike bis zur Gegenwart. Band 1–3. Herausgegeben von Axel Ruckaberle. Stuttgart / Weimar: Metzler 2006.

Richard A. Posner: *Law & Literature*. Third Edition. Cambridge, Mass.: Havard UP 2009.

The Cambridge History of Spanish Literature. Herausgegeben von David T. Gies. Cambridge: Cambridge UP 2009.

Donna F. Wilson: *Ransom, Revenge, and Heroic Identitiy in the Iliad*. Cambridge: Cambridge UP 2002.